dtv
premium

ILKKA
REMES

DIE SCHOCKWELLE

Thriller

Aus dem Finnischen
von Stefan Moster

Deutscher Taschenbuch Verlag

Von Ilkka Remes
sind im Deutschen Taschenbuch Verlag u. a. erschienen:
Ewige Nacht (20939)
Das Hiroshima-Tor (21044)
Das Erbe des Bösen (21228)
Ein Schlag ins Herz (24853)

Deutsche Erstausgabe 2013
Deutscher Taschenbuch Verlag GmbH & Co. KG,
München

Titel der finnischen Originalausgabe:
›Shokkiaalto‹

Umschlagkonzept: Balk & Brumshagen
Umschlaggestaltung: Wildes Blut, Atelier für Gestaltung,
Stephanie Weischer unter Verwendung eines Fotos von
Arcangel Images/Nik Keevil
Satz: Fotosatz Amann, Aichstetten
Gesetzt aus der Aldus 10,25/12,75·
Druck und Bindung: CPI – Ebner & Spiegel, Ulm
Gedruckt auf säurefreiem, chlorfrei gebleichtem Papier
Printed in Germany · ISBN 978-3-423-24965-2

ERSTER TEIL

I

Die Kugel traf Aleksej Tarasovs Brustkorb hart, und der Schmerz loderte bis in seine Arme, viel stärker, als er vermutet hatte. Der Schuss hallte noch in seinen Ohren nach, als er den Blick senkte und sah, wie sich sein Hemd rot färbte.

Er brach auf dem nassen Asphalt des Bürgersteigs zusammen und konnte gerade noch sehen, wie sich die Menschen in seiner Nähe unsicher und verwirrt umdrehten, bevor er die Augen schloss. Der Wind wehte Rauchgeruch vom Swerdlowskaja-Park herüber.

Jetzt kam jemand im Laufschritt auf ihn zu. Sein Puls beschleunigte sich sofort noch mehr.

»Ein Krankenwagen! Ruft einen Krankenwagen!«, schrie eine Stimme.

Die Schritte hielten unmittelbar neben ihm an, und Tarasov öffnete die Augen einen Spaltbreit, um sich zu vergewissern, dass es sich bei der Person, die sich nun über ihn beugte, um die Frau handelte, die ihm die Anweisungen gegeben hatte.

»Hilfe ist unterwegs«, sagte die Frau atemlos, während sie ihm das Hemd aufriss. Gleich darauf spürte Tarasov, wie sie die Blutpatrone entfernte, die mit Klebeband an seiner Brust befestigt war. Er hielt die Augen geschlossen; die Frau versteckte die Patrone in ihrer Handtasche, vermutlich für den Fall, dass die Polizei vor dem Krankenwagen eintraf.

Er hörte Schritte, Rufe, aufgeregte Wortwechsel. Neugierige und schockierte Menschen drängten sich dicht um ihn herum, und es kamen immer mehr hinzu. Trotzdem lag Tarasov regungslos da, exakt den Anweisungen entsprechend. Wo blieben sie? Vor fünfzig Minuten war er vom Hauptquartier des Auslandsnachrichtendienstes in der Jasnajewo aufgebrochen, mit einem der gewöhnlichen Kleinbusse, die für den Transport der Mitarbeiter eingesetzt wurden. In der Kuznetsky war er ausgestiegen und einkaufen gegangen. Die aufgeplatzte Plastiktüte aus dem Geschäft lag nun neben ihm auf dem Asphalt, der Inhalt war rundherum verstreut.

»Machen Sie Platz, ich bin Arzt«, sagte eine Männerstimme in wenigen Metern Entfernung.

Tarasovs Herz setzte einen Schlag aus.

»Und ich bin Ärztin«, erwiderte die Frau neben ihm sehr selbstsicher. Allerdings klang dabei der Hauch eines englischen Akzentes durch, was jemandem eventuell auffallen konnte, dachte Tarasov verzweifelt. Er war schon immer Pessimist gewesen, und in dieser Situation schien ihm das auch die einzige realistische Haltung zu sein: Etwas würde mit Sicherheit schiefgehen, und das wäre sein Ende. Er versuchte, an seine Tochter zu denken und fest daran, warum er all das tat.

Das Geräusch der Sirene wurde lauter, gleich würden sie hier sein, die Sanitäter oder die Miliz … Tarasov fühlte sich vollkommen hilflos, er konnte nichts mehr tun, seine Entscheidung hatte er vor Jahren getroffen, jetzt war der Moment der Wahrheit gekommen. Erst jetzt.

»Wo ist die Wunde?«, fragte der Moskauer, der sich als Arzt vorgestellt hatte.

Tarasov spürte, wie er den Atem anhielt.

»Zwischen der dritten und der vierten Rippe«, antwortete die Frau vollkommen überzeugend und jetzt auch ohne Akzent. Die Sirene des Krankenwagens marterte die Gehörgänge immer heftiger.

»Gehen Sie aus dem Weg!«, rief jemand. Das Heulen der Sirene brach in unmittelbarer Nähe ab, Türen wurden geöffnet, dann hörte man ein metallisches Gleitgeräusch.

Hände, die in Einweghandschuhen steckten, packten Tarasov unter den Armen und hoben ihn auf eine Bahre, die sich sofort in Bewegung setzte. Man schob ihn in das Fahrzeug, in dem es nach Desinfektionsmittel roch. Ein Sanitäter sprang in den Wagen, dann wurden die Türen zugeschlagen, und das Stimmengewirr von der Straße war verstummt. Wenige Sekunden später fuhr der Krankenwagen los, und die Sirene fing wieder an zu heulen.

Tarasov schlug die Augen auf und sah den Sanitäter die weiße Jacke ausziehen.

»Schnell«, sagte der junge Mann auf Russisch. Sein britischer Akzent war noch stärker als der der Frau.

Tarasov richtete sich auf, riss sich das blutige Hemd vom Leib und stopfte es in eine Plastiktüte. Das Blut war echtes Menschenblut, alles sollte möglichst realistisch aussehen.

An einer Kreuzung neigte sich das Fahrzeug zur Seite, und der Brite musste sich an der Wand abstützen, während er Tarasov mit Spiritus die Brust abwischte. Die Blutpatrone war mit einer kleinen Zündkapsel ausgelöst worden und hatte ein Hämatom auf der Haut hinterlassen, aber das spielte keine Rolle, wichtig war nur die Flucht. Sie musste gelingen, eine Alternative hatte er nicht. Offiziell wurde man für Landesverrat nicht mehr mit dem Tod bestraft, aber in der Praxis befanden sich Russen, die für den Westen spionierten, noch immer in Lebensgefahr.

Plötzlich bremste das Fahrzeug, und vor den Milchglasscheiben wurde es dunkel.

»Tempo!«, rief der Brite, zog eine Lederjacke an und warf Tarasov ein blaues Hemd hin.

Die Hecktür ging auf, und Tarasov stieg mit wackligen Knien aus, wobei er sich mit einer Hand das Hemd zuknöpfte. In der anderen Hand hielt er sein Sakko. Er stand in einer düsteren Gasse zwischen zwei Häusern. Die Hecktür wurde zugeschlagen, und der Krankenwagen fuhr los, während Tarasov das

Sakko anzog und sich auf den Rücksitz des Lexus fallen ließ, der gerade herangefahren war. Noch bevor er die Tür richtig zugezogen hatte, setzte sich das Auto im Rückwärtsgang in Bewegung.

»*Good to see you, Aleksej*«, begrüßte ihn der Mitarbeiter des britischen Geheimdienstes SIS. »*And goodbye*«, schloss er, während er Tarasov eine flexible, hautfarbene Latexfolie übers Gesicht zog. Sie fühlte sich unangenehm an, so als würde einem mit Gewalt ein kaputter Luftballon über den Kopf gespannt. Das Auto bog von der Nebenstraße in die Petrovskaja ein und schloss sich mit heftiger Beschleunigung dem Verkehrsstrom an.

Tarasov war angewiesen worden, in einer Notsituation nur die sicherste Form der Kommunikation zu wählen, die kontaktlose Methode. Keine Treffen, keine Telefonate, keine E-Mails, keine SMS. Als die Anzeichen von Gefahr überdeutlich geworden waren, war er am vereinbarten Wochentag zur festgesetzten Zeit an den angegebenen Ort gekommen: Donnerstag 19.30 Uhr, Ecke Nikolskaja und Tretjakowsk, in einer bestimmten Jacke und mit einer Plastiktüte des Kaufhauses Stockmann in der Hand. Die britischen Beamten hatten das Notsignal im Vorbeifahren erkannt. Es war die gleiche Methode wie in den Jahren des Kalten Krieges. In der Welt der Geheimdienste war vieles wieder so wie früher.

Tarasov setzte eine Brille auf und blickte in einen kleinen Schminkspiegel. Nun sah er genau so aus wie auf dem Foto in seinem britischen Pass.

Langsam löste sich die Anspannung, die er seit Tagen verspürt hatte, und er merkte, dass er rührselig wurde. Diese Profis hier waren bereit, alles zu tun, um sein Leben zu retten. Das war ein seltsames Gefühl in einem Land, in dem ein einzelnes Menschenleben für die Machthaber keinen Wert besaß.

Tarasov holte tief Luft. Er wusste, dass der für ihn zuständige Offizier Verständnis für seinen Gemütszustand hatte.

»Alles wird gut gehen«, sagte der Mann denn auch. »Tut mir leid, dass du diese ganze Prozedur durchstehen musstest, aber du wirst sehen, es wird klappen. Alles ist sorgfältig geplant.«

Die Frage war nur, ob das am Ende ausreichte. Die Enttarnung eines Agenten war der schlimmste Albtraum der Geheimdienste. Danach konnte man nur noch versuchen, den Betroffenen so rasch wie möglich aus dem Land zu schleusen. Der Agent musste in Sicherheit gebracht werden, aber im schlimmsten Fall waren die Grenzbehörden zu dem Zeitpunkt bereits alarmiert. In Tarasovs Fall – wie zuvor auch bei Oleg Gordijewski und Wassili Mitrochin – war Großbritannien bereit, bis zum Äußersten zu gehen.

Leider waren auch die Russen dazu entschlossen, denn Tarasov hatte Zugang zum Allerheiligsten des russischen Auslandsgeheimdienstes gehabt, zu den Codenamen der angeworbenen Ausländer. Würde es ihm gelingen, sich abzusetzen, wäre das eine der schlimmsten Niederlagen in der Geschichte des sowjetischen und russischen Geheimdienstes – vom gleichen Kaliber wie die Überführung des CIA-Angestellten Aldrich Ames als Spion in Diensten Moskaus.

2

Vera Dobrina blickte sich intuitiv um, als sie mit einer Plastiktüte in der Hand aus dem K-Extra-Supermarkt im Helsinkier Stadtteil Kallio auf die Straße trat. Es war bewölkt, die Dämmerung setzte bereits ein, aber noch immer waren die Hitze und die Feuchtigkeit des Tages zu spüren. Obwohl der Sommer seinem Ende zuging, war es für finnische Verhältnisse außergewöhnlich warm. Vera blieb stehen, schloss die Augen und ließ die ersten leichten Regentropfen auf ihr Gesicht fallen. Genau das tat ihr gut: frei atmen, die kleinen Momente des Lebens genießen und unbehelligt durch die Stadt gehen, ohne die Menschenmassen ringsum als Bedrohung zu empfinden.

Dennoch verspürte sie bereits Heimweh nach Moskau – nach dem Stimmengewirr in der Redaktion, sogar nach dem Gedränge in der U-Bahn-Station. Der Mensch ist kein rationales Wesen.

Vera war bereits ein gutes Stück die Porthaninkatu hinaufgegangen, da fiel ihr ein, dass sie den Sauerrahm vergessen hatte. Wenn sie Stress hatte, wirkte sich das hin und wieder auf ihr Gedächtnis aus, aber für einen Menschen, der das Kochen ernst nahm, handelte es sich hier doch um eine größere Gedächtnislücke. Trotzdem mochte sie nicht mehr umkehren. Elina würde sich mit dem zufriedengeben müssen, was sie gekauft hatte. Vera wollte ihrer finnischen Freundin zum Dank für deren Gastfreundschaft einen einzigartigen russischen Abend bereiten.

An der Ampel ließ ein kleiner Junge seinen Zorn an seiner

Mutter aus. Der Anblick weckte in Vera widersprüchliche Gefühle. Sie hatte noch keine Kinder, in ihrer jetzigen Lebenssituation gab es absolut keinen Platz für ein Kind, ja nicht einmal für einen Mann.

Elina Aro stützte sich auf die breite Fensterbank, von der die Farbe schon etwas abblätterte, und starrte nach draußen. Sie hatte die Kerze auf dem Tisch angezündet und das Licht ausgeschaltet. Winzige Regentropfen setzten sich auf die Fensterscheibe. Die Blumenbeete in der Anlage vor dem Haus leuchteten hell zwischen den Linden. Es dämmerte bereits. Elina sah auf die Uhr. Wo blieb Vera?

Elina schob ihren Laptop in die Mitte des grob gezimmerten Tisches, den sie sich nach ihrem Umzug vor drei Wochen im Recyclingzentrum geholt hatte. Das alte Lundia-Regal war vollgestopft mit Ordnern und Mikrofilmrollen in Papphüllen, während sich die Bücher auf dem Fußboden stapelten, zum Teil in so hohen Türmen, dass sie zu kippen drohten. Die Dreizimmer-Altbauwohnung war in einem schlechten Zustand, aber geräumig, mit hohen Decken und einem Kachelofen im Wohnzimmer. Die Wohnung gehörte einem Freund von Elinas Vater, einem Investor, und die Miete war eher nominell, wegen der in einem halben Jahr anstehenden Wasserrohrsanierung.

Endlich hörte Elina das Schloss klacken und wie die Tür zum hallenden Treppenhaus geöffnet wurde. Vera betrat die Wohnung, brachte die Einkaufstüte in die Küche und kam dann ins Wohnzimmer.

»Hat's geklappt?«, fragte Elina.

»Wie man's nimmt.«

Elina wusste, dass Vera nicht gern von den Dingen sprach, über die sie schrieb. Sie hatte sich vorhin bei Elina nach dem finnischen Handelsregister erkundigt, aber nicht erklärt, warum.

»Die Firma Tradex Trading hat ihre Bilanzen nicht an das

Handelsregister weitergegeben, obwohl das gesetzlich vorgeschrieben ist«, sagte Vera.

»Soweit ich weiß, ist das ziemlich üblich. Ich kann meinen Vater deswegen fragen, wenn du willst.«

Vera setzte sich neben Elina an den Tisch, nahm einen Stift und zeichnete einen Kasten an den Rand der Zeitung. »Das hier ist Gazprom, identisch mit dem Kreml, wenn man es praktisch betrachtet. Medwedew war Aufsichtsratsvorsitzender des Konzerns. Gazprom verkauft neben dem Erdgas sein Öl über unterschiedliche Makler in den Westen.«

Vera zeichnete einige Kreise. »Die Maklerfirmen von Gazprom und anderen Energieriesen sind hauptsächlich in der Schweiz registriert, aber Tradex Trading hat seinen Sitz in Finnland. Entscheidend ist, wer wirklich von den Firmen profitiert. Man sollte meinen, darüber wenigstens in Finnland Informationen zu bekommen, wenn man schon in der Schweiz nichts erfährt. Aber ich komme nicht weiter.«

»Du hast es trotzdem viel leichter als ich«, erwiderte Elina und legte die nackten Füße auf die Fensterbank.

Vera blickte auf den leuchtenden Computerbildschirm. In diesem PC steckte das Buch, an dem Elina schrieb, eine wissenschaftliche Untersuchung, die sich mit den Aktivitäten des KGB und des Ministeriums für Staatssicherheit der DDR, also der Stasi, in Finnland beschäftigte.

»Bist du bald fertig damit?«, fragte Vera.

»Ich habe mich vom Verlag zu einem zu frühen Abgabetermin drängen lassen. Es gibt immer noch jede Menge offener Fragen. Sowohl was Russland betrifft, als auch die DDR.«

»Lass dich nicht entmutigen. Irgendwann kommen die Antworten schon.«

»Dann bin ich wahrscheinlich längst pensioniert. Bei manchen Interviews mit ehemaligen Politikern kommen interessante Informationen ans Tageslicht, aber die mündliche Aussage nützt nicht viel. Als Wissenschaftlerin braucht man alles schwarz auf weiß. Die Rosenholz-Dateien werden geheim gehalten, die Liste des ehemaligen finnischen Geheimdienstchefs Tiitinen, auf der finnische Stasi-Zuträger aufgeführt sind, wurde für immer im Tresor begraben, und die KGB-Archive werden noch jahrzehntelang verschlossen bleiben, und wenn die Entwicklung in Russland so weitergeht wie momentan, dann sogar jahrhundertelang.«

Vera stand auf. Sie war zusehends ernster geworden. »Die Rosenholz-Dateien liefern die Schlüssel für zu viele Schlösser in Finnland, da wird sich nichts tun. Aber auf die Öffnung der KGB-Archive muss man vielleicht gar nicht warten, denn die einschlägigen Informationen finden sich unter Umständen auch anderswo in Moskau.«

Elina blickte interessiert auf. »Was meinst du damit?«

Vera sah aus dem Fenster und schien ihre Worte sorgfältig abzuwägen. »Ich habe darüber nachgedacht, wer aus dem engen Umfeld von Präsident Koivisto Informationen über seinen Briefwechsel mit dem Präsidenten der Vereinigten Staaten an Moskau verraten haben könnte.« Vera senkte die Stimme. »Es gibt gute Gründe, darüber nachzudenken. Hier in Finnland wird erstaunlich wenig darüber geredet, dass damals geheimste Informationen der Regierung unmittelbar in die Hände einer fremden Macht gelangt sind. Was würdest du sagen, wenn ich behaupte zu wissen, wer der Maulwurf war?«

Elina starrte Vera an und stand langsam auf.

»Du machst wohl Witze?«

Der Mann stand mit finsterem Gesichtsausdruck an der Stelle, wo die Agricolankatu auf die Grünanlage Karhupuisto stieß. Er hatte die Hände in die Taschen seines halblangen, dunklen Mantels geschoben und wartete darauf, dass die Haustür des Altbaus, die er beobachtete, geöffnet würde.

Schließlich kam eine ältere Dame mit Hund heraus. Der Mann eilte zur Tür, hielt sie auf, bevor sie zufiel, und huschte in den Hausflur, wobei er darauf achtete, dass die alte Dame sein Gesicht nicht sah.

Dann stieg er die Treppe hinauf. Er war schon einmal ohne Elina Aros Wissen in ihrer Wohnung gewesen, er kannte den Grundriss genau.

Elina war Vera neugierig in die Küche gefolgt, wo die Freundin ihre Einkäufe auspackte.

»Du beschäftigst dich in deinem Buch mit der Finnlandisierung, aber dir fehlt die Spitze, mit der du eine ernsthafte Diskussion auslösen kannst«, sagte Vera, während sie ein Glas Rote Bete, zwei Saatrüben, einen Kohl, ein Glas Honig und Salzgurken aus der Tüte nahm.

»Eine Diskussion? Ich glaube nicht, dass es irgendetwas gibt, das in diesem Land eine Diskussion über die Zeit der Finnlandisierung in Gang setzen könnte.«

»Bei euch werden Bücher nicht zensiert. Wenn du die Wahrheit enthüllst, geraten eure derzeitigen politischen Strukturen gehörig durcheinander.«

Elina starrte ihre russische Freundin schweigend an. Sie wusste genau, was Vera meinte. Als unter Jelzin die Archive des KGB einen Spaltbreit geöffnet wurden, bat die finnische Regierung umgehend darum, die Akten einzufrieren. Alle anderen Länder hingegen suchten um Informationen an.

»Du hast nichts Konkretes, nur Vermutungen«, sagte Elina.

Vera erwiderte nichts, sondern griff zum Messer und fing an, den Kohl zu zerkleinern. »Du könntest mich jetzt in der Küche allein lassen. Vielleicht räumst du deinen Computer weg, ich möchte nachher im Wohnzimmer decken.«

Elina wusste, dass sie mit Druck nicht mehr erfahren würde. Wenn Vera reden wollte, würde sie das tun. Gerade erst war sie in London gewesen, wo sie Kontakt zu geflohenen russischen Dissidenten hatte. Obwohl Vera nicht viel darüber gesprochen hatte, wusste Elina, dass sie auch Oberst Alexander Litwinenko vom russischen Sicherheitsdienst gekannt hatte, der im Jahr 2000 übergelaufen war, kurz nachdem man ihn beauftragt hatte, den Geschäftsmann Boris Beresowski zu ermorden. In Großbritannien war Litwinenko zum scharfen Kritiker Putins avanciert. Er sollte Informationen über den Mord an Anna Politkowskaja sammeln, wurde dann aber selbst mit einer seltenen und extrem teuren radioaktiven Substanz vergiftet, die man nur über staatlich anerkannte Labors beschaffen konnte. Vera hatte sich mit dem Mord an Litwinenko beschäftigt und unterhielt gute Beziehungen zum britischen Nachrichtendienst.

Elina war gespannt. Vielleicht würde Vera beim Abendessen etwas erzählen. Sie räumte ihren Laptop und die Papierstapel vom Tisch, ging ins Schlafzimmer, stellte den Computer aufs Hochbett und stieg die Leiter hinauf. Kurz sah sie noch Vera in der Küche hantieren, bevor ihr vom hohen Rand des Hochbetts der Blick versperrt wurde.

Gerade als sie den Esstisch im Wohnzimmer fertig gedeckt hatte, hörte Vera den Deckel auf dem Kochtopf klappern. Auf dem Tisch hatte sie eine weiße Decke ausgebreitet und darauf schön die Teller, den Brotkorb, verschiedene kleine Schälchen und eine Flasche Wein arrangiert.

Sie eilte in die Küche, wo heißer Dampf unter dem scheppernden Deckel hervorquoll. Die alte Dunstabzugshaube ratterte. Vera nahm den Deckel ab, beugte sich über den Topf und schnupperte. Der Duft des aromatischen Borschtsch erfüllte die ganze Küche.

Durch den Dampf hindurch registrierte Vera, dass sich an der Tür zum Flur etwas bewegte. Konnte Elina es sich doch nicht verkneifen, in die Küche zu spähen?

Vera richtete sich auf und erstarrte.

Vor ihr stand ein Mann und blickte sie mit ernstem Gesicht an.

Im Bruchteil einer Sekunde erkannte Vera, dass der Mann den Lauf einer Waffe mit Schalldämpfer auf sie richtete. Als er abdrückte, sah sie ein ganz leichtes Zucken an seinen Mundwinkeln.

Das kurze, dumpfe Geräusch, das zwischen dem metallischen Klappern des Topfes und dem ratternden Rauschen der Dunstabzugshaube aus der Küche drang, riss Elina aus ihren Gedanken. Sie schob ihr Notebook zur Seite, auf dem sie gerade jene Meldung über die Memoiren des ehemaligen finnischen Präsidenten Koivisto gesucht hatte, in der die Vermutungen über einen Maulwurf in der engsten Umgebung des Staatsoberhauptes geäußert wurden.

Elina hob den Kopf, um über den Rand des Hochbetts hinwegschauen zu können.

Ihr blieb der Schrei im Hals stecken.

Sie sah einen Teil des Küchenbodens, und dort lagen Veras Beine, leblos. Ein Mann beugte sich über sie.

Elina konnte nicht sehen, was er tat. Dann richtete sich der Mann plötzlich auf. Er trug dunkle Kleidung und schwarze Handschuhe, und er hielt etwas in der Hand: eine Waffe.

Elina ging hinter dem Bettrand in Deckung. Sie lag absolut regungslos da. Hatte der Mann sie gesehen?

Sie kämpfte gegen die aufsteigende Panik an. Die Schritte des Mannes waren jetzt im kleinen Schlafzimmer zu hören, das Vera benutzt hatte. Dann hielten sie inne.

Elina wagte nicht zu atmen. Sie hörte, wie ein Reißverschluss geöffnet wurde. Der Mann durchsuchte Veras Sachen.

Elina wollte nur raus aus der Wohnung, aber es war unmöglich zu fliehen. Sie würde sich nicht einmal unbemerkt vom Hochbett herunterlassen können, ganz zu schweigen davon, sich an die Wohnungstür zu schleichen.

Da begann plötzlich ihr Notebook zu summen, und sie schrak zusammen. Es würde sie verraten, sobald der Mann ins

Zimmer käme. Sie tastete nach dem Gerät, drückte den Schalter, und der Computer ging lautlos aus.

Die Schritte kamen näher.

Elina griff nach dem Computer. Die Überraschung war ihre Chance. Ihre einzige Chance. Sie spannte die Muskeln an. Sie würde um ihr Leben kämpfen.

Die Schritte hielten an der Zimmertür an. Immer fester umklammerten Elinas Finger den Laptop.

3

Das Dröhnen einer startenden Passagiermaschine übertönte die Stimme aus dem Handy.

»Könntest du das noch einmal wiederholen«, bat Kriminalkommissar Riku Tanner vom Drogen- und Gewaltdezernat mit einem Blick in den Rückspiegel. Durch die Regentropfen auf der Heckscheibe sah er einen kleinen alten BMW hinter sich die Auffahrt zum Terminal 1 des Flughafens Helsinki-Vantaa heraufkommen.

»Der in Estland zugelassene Hiace ist vom Westhafen nach Kannelmäki gefahren und steht jetzt auf einem Parkplatz in der Halsuantie«, sagte die Stimme seiner Kollegin. *»Zwei neue Gesichter am Erdversteck. Was sollen wir tun?«*

Riku überlegte einige Sekunden. »Festnehmen«, entschied er. Er hatte von seinem Informanten den Hinweis auf eine neue Drogenlieferung erhalten und beschlossen zu handeln.

Schwungvoll lenkte er seinen Mercedes-Sportwagen, Baujahr 1972, in der Nähe des Terminaleingangs an den Straßenrand und merkte, dass der kleine BMW an ihm vorbeirollte; am Steuer saß ein jüngerer Mann, der ihm nicht bekannt vorkam. Intuitiv prägte sich Riku das Kennzeichen ein, denn der Fahrer war ihm außergewöhnlich lange gefolgt. Aber vielleicht interessierte er sich nur für alte Sportwagen.

Vor fünf Jahren hatte Riku im Urlaub in der Nähe von Florenz ein Auge auf einen Maserati Ghibli in schlechtem Zustand geworfen, aber der Wagen war zu teuer gewesen. Daraufhin hatte ihm der Verkäufer ein Mercedes-Coupé gezeigt. Riku hatte gewusst, dass es klüger war, sich nach Autos dieser Altersklasse in Deutschland statt in Italien umzusehen, deshalb hatte er seinen Freund Jone angerufen, der sich mit alten Autos auskannte. Dieser hatte ihm empfohlen, die Finger davon zu lassen, unabhängig vom Preis. Riku hatte trotzdem zugeschlagen und den Benz glücklich nach Finnland gebracht. Der Kindersitz für Leo hatte gerade so auf die enge Rückbank gepasst. Nachdem Jone das Auto gesehen hatte, war er bereit gewesen, es in Ordnung zu bringen, und als Gegenleistung durfte er damit so oft fahren, wie er wollte. Riku nahm dann den Fiat, den er als Winterfahrzeug benutzte.

Er schaltete den Motor aus, und die CD von Olavi Virta verstummte. Riku stieg aus und schloss ab.

»He«, rief ein Taxifahrer. »Du kannst deine Schrottlaube da nicht stehen lassen!«

Ohne der Beleidigung Beachtung zu schenken, ging Riku in die Abflughalle und fuhr die Rolltreppe zur Ankunftshalle hinunter. Dort ließ er den Blick über die ankommenden Passagiere schweifen und spürte, wie er immer gereizter wurde. Auf dem Monitor las er, dass die Maschine aus Paris planmäßig gelandet war. Im selben Moment erkannte er einen Mann in Sakko und teuren Jeans, der einen Aluminiumkoffer zog. Hinter ihm ging Katja, die Leo dabei half, den Rucksack umzuhängen.

»Leo«, rief Riku und streckte dem Jungen die Arme entgegen.

»Papa!«

»Was machst du denn hier?«, fuhr Katja Riku an. Wenn sie zornig war, klang ihr russischer Akzent noch stärker durch als sonst.

»Das könnte ich dich auch fragen. Ich komme Leo abholen.«

»Red keinen Blödsinn.«

»Ich habe das Recht, ihn jedes zweite Wochenende zu sehen. Und dieses Wochenende bin ich dran, das weißt du sehr gut.«

Katja schien nur mit Mühe ihre Wut beherrschen zu können. In ihrem eng anliegenden Kostüm und mit den gefährlich hohen Schuhen führte sie Riku lebhaft die Veränderung vor Augen, die sie im Lauf der Jahre vollzogen hatte. Von der Bescheidenheit der Studentin in T-Shirt und Jeans, in die er sich seinerzeit verliebt hatte, war nichts mehr übrig.

»Du warst es doch, der letztes Mal das Treffen abgesagt hat«, fauchte Katja.

»Da musste ich arbeiten.«

»Papa, Hans hat uns ins Disneyland eingeladen«, rief Leo mit vor Eifer roten Backen dazwischen.

Riku warf einen kurzen Blick auf Hans Nyman, den angeblichen Geschäftsmann aus Espoo, der sich die Sonnenbrille auf die Stirn geschoben hatte. Versuchte er wieder einmal, den Jungen für sich einzunehmen?

Riku ging neben Leo in die Hocke. »In den Herbstferien machen wir eine viel schönere Reise. Wir beide fahren zu Kalles Sommerhaus und gehen angeln und in die Sauna …«

Riku wurde von seinem klingelnden Handy unterbrochen. Er sah kurz aufs Display und meldete sich dann.

»Komm zum Karhupuisto, jetzt sofort. Die genaue Adresse lautet Agricolankatu 13 A«, sagte sein Vorgesetzter Markku Jalava.

»Ich habe keinen Dienst …«

»Mach dich auf den Weg, ich ruf dich gleich noch mal an.«

Riku nahm das Handy vom Ohr und rang seine Wut nieder, damit Leo sie nicht sah. Diese Runde war eindeutig verloren.

»Papa muss jetzt gehen. Nächstes Wochenende machen wir was Schönes.«

»Was denn?«

»Wir gehen zum Beispiel … klettern. Oder ins Kino.«

Als er sich umwandte, traf sein Blick Katjas.

»Nimmst du Leo nun doch nicht mit?«, fragte sie spitz.

Ohne zu antworten, ging Riku an den glotzenden Reisenden

vorbei zur Rolltreppe, fuhr in die Abflughalle hinauf und steuerte dem Ausgang zu.

Vom Auto aus rief er in Kannelmäki an, wo die Festnahme bei dem Drogenversteck problemlos verlaufen war. Seine Kollegen hatten viertausend Tabletten Subtex einkassiert, gut zwei Kilo Amphetamin und zwei estnische Männer, beides neue Gesichter. Bykows Gruppe drängte offenbar ernsthaft auf den finnischen Markt. Riku war zufrieden mit dem Tipp, den er von Sergej bekommen hatte, aber andererseits auch besorgt, weil er dem Mann wohl eine Gegenleistung würde anbieten müssen.

Noch vor einigen Jahren hätte Riku um keinen Preis darauf verzichtet, an so einer Festnahme teilzunehmen – denn eine Festnahme war stets ein spannender und unberechenbarer Moment. Inzwischen musste er jedoch sehr genau überlegen, wo und wem er sein Gesicht zeigen konnte, auch wenn er ohnehin nicht mehr verdeckt ermitteln durfte, seit er wegen eines Dienstvergehens vor Gericht gestanden hatte. Neben diesem Ereignis war der zweite Wendepunkt in seinem Leben Leos Geburt gewesen. Wenn man in vorderster Linie gegen die härteste Form der organisierten Kriminalität kämpfte, bedeutete das automatisch, dass man persönliche Risiken einging, was für den Vater eines kleinen Jungen eine schwerere Last war als für einen Junggesellen. Besonders vorsichtig musste man bei der Arbeit mit Informanten sein. Man bewegte sich dabei ständig in vermintem Gelände und einer höchst riskanten Grauzone.

Riku schärfte den Blick. Der Regen war stärker geworden, die Scheibenwischer schoben das Wasser von der Windschutzscheibe, und die Reifen des Mercedes ließen Fontänen auf die Bürgersteige sprühen.

Erneut rief Rikus Vorgesetzter ihn am Handy an. Kriminaloberkommissar Markku Jalava leitete das Drogen- und Gewaltdezernat der *Keskusrikospoliisi,* der zentralen finnischen Kriminalpolizei KRP, jenes Dezernat also, das gegen die schwerste Kriminalität im Land vorging.

Riku begann, von der erfolgreichen Festnahme in Kannelmäki zu berichten, aber sein Chef unterbrach ihn: *»Bist du schon in der Agricolankatu?«*

»Gleich. Was ist da passiert?«

Nachdem er die Antwort gehört hatte, erhöhte Riku verblüfft das Tempo, führte zwei weitere Telefonate und bog schließlich von der Flemingingkatu in die Agricolankatu ein. Im Fußraum vor dem Beifahrersitz rollten zwei Fußbälle hin und her. Riku spielte in einer Freizeitmannschaft, und auch Leo war ein begeisterter Kicker. Ihre Lieblingsmannschaft war der AC Milan, *»Il diavolo«*.

Auf dem großen Platz mit der Grünanlage, der Karhupuisto hieß, standen ein Streifenwagen und ein weißer ziviler VW-Bus der Polizei. Riku parkte halb auf dem Bürgersteig vor einem Waschsalon und eilte in dem Haus, dessen Adresse ihm sein Chef gegeben hatte, in den vierten Stock hinauf, um sich in der Wohnung ein Bild von der Lage zu machen.

In der Küche lag eine Frau auf dem Fußboden, ihre leblosen Augen starrten zur Decke. Zwei Beamte von der Spurensicherung hatten bereits ihre Arbeit aufgenommen. Im Flur stand der Polizeimeister, der als Erster mit seinem Streifenwagen eingetroffen war. Dennoch war es eigentümlich still in der Wohnung. Auf dem Herd stand ein Topf mit kalter Suppe.

Riku trat näher an das Opfer heran. Ja, das war die Journalistin Vera Dobrina, eine der bekanntesten Menschenrechtsaktivistinnen und Dissidentinnen Russlands. Jene Journalistin, die ihn vor zwei Tagen angerufen und sich mit ihm verabredet hatte.

Sie hatte ein Café vorgeschlagen, aber Riku hatte darauf bestanden, das Gespräch im Auto zu führen. Er redete nie in der Öffentlichkeit mit Journalisten, auch nicht mit finnischen. Eine knappe halbe Stunde lang hatten sie sich über die Aktivitäten russischer Drogenhändler unterhalten, in die auch Männer mit KGB/FSB-Hintergrund verwickelt waren. Vera Dobrina war sympathisch und geradeheraus gewesen und hatte sich auch genau nach Rikus Jahren in Moskau erkundigt.

Beim Anblick ihrer Leiche seufzte er tief. Man hatte eine Dissidentin vom Rang einer Anna Politkowskaja ermordet. Hier in Finnland. Kein Wunder, dass Jalava am Telefon so nervös geklungen hatte. Der Fall würde eine Sturmwelle der Spekulationen auslösen.

»Was ist passiert?«, fragte Riku leise den Streifenbeamten.

»Die Mieterin der Wohnung, Elina Aro, hat nebenan im Hochbett gelegen. Sie berichtet, dass ein Mann in die Wohnung eingedrungen sei und ihre Besucherin erschossen hätte. Dann hätte er deren Sachen mitgenommen und sei verschwunden. Frau Aro sitzt jetzt unten im Wagen.«

Riku hatte den Nachnamen schon an der Tür gelesen. Sie war es also wirklich.

Er blickte hinter sich. In dem Zimmer auf der anderen Seite des Ganges war ein Hochbett zu sehen. Er wandte sich an einen der Beamten von der Spurensicherung. »Wisst ihr schon etwas?«

»Ein Schuss in die Brust. Sie war sofort tot.«

Riku trat ins Wohnzimmer. Dort war der Tisch fürs Abendessen gedeckt. Er ließ den Blick über das vollgestopfte Bücherregal schweifen: *Studies in Russian History & Society, Inside the KGB, A Military History of Russia: From Ivan the Terrible to the War in Chechnya.* »Ich gehe runter und rede mit der Frau«, sagte er zu den Kollegen.

Wieder auf der Straße angekommen, stellte sich Riku dem Beamten im Streifenwagen und der Frau auf dem Beifahrersitz vor. Er erkannte sie sofort: Elina Aro, die Historikerin der neuen Generation, die mit unverblümten Äußerungen über die jüngere Geschichte Finnlands Aufmerksamkeit erregt hatte.

Der Polizeimeister stieg aus, und Riku nahm seinen Platz hinter dem Steuer ein. Der Regen trommelte aufs Dach.

Elina Aro stand unter Schock. Tastend erzählte sie, was geschehen war. Das Gesicht des Täters hatte sie nicht gesehen, zumindest erinnerte sie sich nicht daran. Riku wusste, dass die Erinnerung eventuell später kommen würde, wenn der Schock nachgelassen hätte.

Die Frau hatte wirres schwarzes Haar und trug ein eng anliegendes Kleid. Ihr Parfum war außergewöhnlich, es erinnerte an mediterrane Zitronenhaine.

Sie richtete den Blick auf Riku. »Der Mann muss davon ausgegangen sein, dass sonst niemand in der Wohnung war. Deshalb hat er nicht auf dem Hochbett nachgesehen.«

»Wieso ist er davon ausgegangen?«

»Eigentlich sollte ich in Turku sein. Ich habe die Reise erst heute Morgen storniert.«

»Woher wissen Sie, dass der Täter Sachen von Vera Dobrina mitgenommen hat?«

»Ich habe gehört, wie er ihre Taschen durchsucht hat. Der Laptop fehlt auf jeden Fall, vielleicht noch mehr. Ich weiß nicht, was Vera alles in ihrem Gepäck hatte.«

Elina Aros Make-up war um die Augen etwas verlaufen, dennoch sah sie mit ihren hohen Wangenknochen, den etwas schräg nach oben stehenden Augen und den Sommersprossen genauso hübsch aus wie auf den Pressefotos. Obendrein war sie zweifellos sehr intelligent, und in einem Interview hatte sie ihren Sinn für Selbstironie durch schlagfertige Antworten bewiesen. Und genau diese Eigenschaft war für Riku ein Zeichen von geistiger Reife und Intelligenz.

Er zögerte kurz, bevor er sagte: »Ich habe mich am Dienstag mit Vera Dobrina getroffen. Wir sprachen über den russischen Drogenhandel in Finnland und Russland.«

Die Frau sah ihn überrascht an. »Sie haben sich mit Vera getroffen? Kannten Sie Vera vorher?«

»Nein. Aber viele Journalisten wollen die Meinung der Polizei hören.«

»Ich wusste nicht, dass sie wieder an einer Geschichte über Drogenhandel arbeitete.«

»Können Sie mir sagen, mit welchem Thema sie sich aktuell beschäftigt hat? Abgesehen von dem Drogenhandel?«

»Ich weiß nicht, ob das für den Mord von Bedeutung ist.« Mit glasigen Augen starrte Elina Aro im halbdunklen Auto vor sich hin. »Vielleicht war es für jemanden schon zu viel, dass sie dem Kreml gegenüber kritisch war. Die Duma hat 2006 ein Gesetz verabschiedet, das es dem Präsidenten erlaubt, Staatsfeinde im Ausland eliminieren zu lassen.«

»In diesem Paragrafen wird, soweit ich weiß, auf Terroristen verwiesen. Ich glaube nicht, dass man allzu weitreichende Schlussfolgerungen ziehen sollte, bevor die Ermittlungen richtig in Gang gekommen sind.«

»Ermittlungen? Wenn das Innenministerium bei diesen Ermittlungen mitmischt, wird gar nichts herauskommen«, erwiderte Elina Aro aufgebracht. »Die Politik walzt über die Verbrechensaufklärung einfach hinweg. Wie damals, als die Sicherheitspolizei nach dem vermeintlichen Spionagefall Rusi von aller Schuld reingewaschen wurde.«

Riku schwieg.

»Aber um Ihre Frage zu beantworten«, fuhr Elina Aro fort und schaute ihm dabei fest in die Augen, »ich hatte den Eindruck, dass Vera in Helsinki gewisse Kreise untersuchte, die mit Energieerzeugung zu tun haben und dem Kreml nahestehen. Und heute, als wir über die Stasi und den KGB gesprochen haben, hat sie etwas gesagt, was für finnische Ohren sehr interessant klingt. Unter anderem meinte sie, dass die Rosenholz-Dateien der Schlüssel für zu viele Schlösser seien. Und sie hat gesagt, man müsse vielleicht gar nicht warten, bis die KGB-Archive geöffnet würden, weil man die Informationen auch anderswo in Moskau bekommen könne.«

Riku hörte verblüfft zu. Die Rosenholz-Dateien bestanden aus Karteikarten, die von der Stasi auf Mikrofilme fotografiert worden waren. Anhand der Dateien konnte man Personen, die unter Decknamen als Spitzel oder Spione für die DDR tätig gewesen waren, identifizieren. Nach dem Zusammenbruch der Stasi hatte die CIA das Material erhalten, und über Umwege war es dann auch in die Hände der finnischen Sicherheitspolizei gelangt.

Elina Aro senkte die Stimme. »Außerdem hat Vera behauptet, sie wüsste, wer aus dem Umfeld von Präsident Koivisto geheime Informationen an den Kreml verraten hat. Bei jedem anderen würde ich so eine Aussage anzweifeln, aber nicht bei Vera.«

Riku sah die Frau unverwandt an. Er wünschte, er hätte nicht gehört, was sie gerade gesagt hatte. Bei einer Mordermittlung war man nicht scharf auf diese Art von Hinweisen.

In dem Moment parkte der Audi von Markku Jalava vor dem Streifenwagen ein.

»Wir reden morgen weiter«, sagte Riku. »Man wird Sie für diese Nacht an einen sicheren Ort bringen.«

»Ich möchte zu meinem Vater nach Espoo.«

»Dann müssen wir eine Bewachung organisieren. Lebt er in einem Einfamilienhaus?«

»Aber der Mörder weiß doch nicht, dass ich in der Wohnung war, sonst hätte er mich doch auch erschossen.«

»Trotzdem. Es wird auf jeden Fall ein Wagen mit einem Kollegen vor dem Haus stehen.«

Riku verabschiedete sich, überließ den Platz hinter dem Steuer wieder dem Streifenbeamten und wechselte in den Audi seines Vorgesetzten.

Der grauhaarige Mann im Leinenjackett hatte seinen SUV am Rand des Platzes geparkt. Er hörte dem Trommeln des Regens auf dem Wagendach zu und rieb gedankenlos den Ring an seinem Finger. Durch die leicht beschlagenen Scheiben blickte er auf das Polizeiauto, in das Elina Aro gebracht worden war. Vor

Kurzem war ein jüngerer, kräftig gebauter Mann mit kurzen Haaren eingetroffen. Er war zuerst in die Wohnung hinaufgegangen und hatte sich dann zu Elina Aro in den Streifenwagen gesetzt.

Jetzt stieg er wieder aus und ging zu dem davor geparkten Audi. Ein Polizist nahm seinen Platz ein, und kurz darauf fuhr der Wagen los.

Der grauhaarige Mann startete den sanft schnurrenden Motor und folgte dem Polizeiauto, in dem Elina Aro saß.

4

»Wir haben es hier doch mit einem unbekannten Täter zu tun?«, fragte Kriminaloberkommissar Markku Jalava, während er seinen mit Lederpolstern ausgestatteten Audi lenkte. Jalava trug einen Anzug und eine weinrote Krawatte.

»Na klar«, antwortete Riku. »Leider kann sich Elina Aro nicht an das Gesicht des Mannes erinnern, obwohl sie es ganz kurz gesehen hat. Schockreaktion. Kann sein, dass es ihr später einfällt.«

»Dann ist der Täter längst über alle Berge beziehungsweise in den Steppen des Ostens. Dies ist nur einer von vielen Journalistenmorden«, sagte Jalava. »Aber warum musste er ausgerechnet in Finnland geschehen?«

Riku versuchte seine Gedanken zu ordnen. Hektisch schoben die Scheibenwischer das Wasser von der Windschutzscheibe. Ein gewaltiger Regenschauer hämmerte aufs Autodach.

»Möglichkeiten gibt es viele«, meinte Riku, »zu viele, in diesem Stadium. Ist der Täter ein Russe oder ein beauftragter Finne? Letzteres scheint mir ziemlich unwahrscheinlich zu sein. Auf jeden Fall ist Vera Dobrina sehr vielen Leuten auf die Füße getreten. Auch den Oligarchen. Vor einigen Monaten hat sie einen Artikel über die Drogenmafia von Sankt Petersburg veröffentlicht, in der ehemalige KGB-Leute aktiv sind. Darüber habe ich am Dienstag mit ihr gesprochen.«

»Es wundert mich, dass du mit einer russischen Dissidentin redest.«

Riku hielt es nicht für nötig, auf eine so überflüssige Bemerkung zu reagieren. »Mich interessiert besonders die Tatsache, dass der Täter ihren Computer mitgenommen hat«, sagte er stattdessen. In dem Moment meldete sein Handy den Eingang einer SMS. Riku angelte das Gerät aus der Tasche und las:

Wir müssen reden. Bald.

Unverzüglich löschte er die Mitteilung, die Mira ihm geschickt hatte.

»Elina Aro hat gesagt, Frau Dobrina habe behauptet, sie wisse, wer aus dem Umfeld von Expräsident Koivisto damals geheime Informationen an Vertreter eines fremden Staates weitergeben hat«, sagte er.

Jalava sah ihn überrascht an. »Willst du damit andeuten, dass du diesem Aspekt im Rahmen der Ermittlungen Bedeutung beimessen wirst?«

»Ich habe nur wiedergegeben, was sie gesagt hat.«

»Unfug. Ich hatte eigentlich vor, dich für die Ermittlungskommission zu benennen, aber nun muss ich an deinem Urteilsvermögen zweifeln. Das Urteilsvermögen von Frau Aro kennt man ja.«

Riku wusste, worauf sein Chef anspielte. Elina Aro hatte in Oxford studiert, und ihre Ansichten widersprachen bei vielen Themen dem finnischen Konsens. Durch das Vermögen ihres Vaters, der seine Anteile an einer großen Baufirma verkauft hatte, war sie unabhängig und musste sich nicht anpassen, um Forschungsstipendien zu erhalten.

»Ich würde mich sehr gern aus diesem Fall raushalten«, erklärte Riku. »Wir haben in Kannelmäki Fortschritte gemacht, wir sind dem Durchbruch einen Schritt näher gekommen.«

»Das hier ist jetzt wichtiger«, erwiderte Jalava. »In letzter Zeit hat es zwischen Finnland und Russland schon oft genug Auseinandersetzungen gegeben, wegen finnisch-russischer Ehen, in denen es zum Sorgerechtsstreit gekommen ist. Sie haben sogar einen kinderlieben KGB-Offizier hergeschickt, um zu erklären, wie man sich um kleine Kinder kümmert. Was wird dann erst nach einem Fall wie diesem hier passieren? Wir wissen nicht, wo das alles hinführt und für welche Zwecke man den Mord an Vera Dobrina benutzen wird. In der Ermittlungskommission brauchen wir einen Polizisten, der Russland kennt, die Sprache spricht und eine persönliche Beziehung zu dem Land hat. Über kurz oder lang wird die SiPo mit ihren Russlandexperten ebenfalls ihre Nase in die Angelegenheit stecken, weshalb wir rechtzeitig das Revier in den Griff bekommen müssen.«

Jalavas Handy klingelte. »Der Polizeipräsident«, stellte er beim Blick auf das Display fest. »Das wird ein Riesending.«

Der Elektriker Didier Khouar steckte den Tastkopf des Testgeräts in den Anschluss. Er lag auf dem Rücken unter dem Steuerpult in der Schaltzentrale des Atomkraftwerks Olkiluoto 3.

»*Two-four-two point seven-five*«, sagte er zu seinem litauischen Kollegen, der die Daten in seinen stoßsicheren Laptop eingab.

Didiers Muttersprache war Französisch, und keiner der beiden Männer sprach besonders gut Englisch, aber bei Zahlen hatten sie keine Verständigungsprobleme. Deshalb befolgten sie auch schon lange nicht mehr die Regel, wonach derjenige, der die Werte einspeicherte, die Zahlen laut wiederholen sollte. Der vorgesehene Zeitrahmen für die Testphase war inzwischen so knapp bemessen, dass jede Sekunde zählte. Die Einweihung sollte in wenigen Tagen stattfinden und nach all den vielen Verzögerungen um keinen Tag mehr verschoben werden, so hieß es. Daher wurde jetzt rund um die Uhr in drei Schichten gearbeitet.

Didier ging alle Anschlüsse durch und las monoton die Ziffernfolgen ab, bis der portugiesische Vorarbeiter kam und sie zu einem neuen Einsatzort scheuchte.

Mit widersprüchlichen Gefühlen kalibrierte Didier seinen Tester. Ihm kam der Traum von letzter Nacht in den Sinn. Aus der Mitte eines roten Sandsturms tauchten zwei Gestalten auf: ein Mann und ein beladenes Kamel. Der Mann trat vor ihn hin, und Didier erkannte das Gesicht seines Vaters.

Was hatte dieser Traum zu bedeuten? Hoffentlich nicht das Schlimmste.

»Konzentrier dich, Didier!«, herrschte jemand hinter ihm.

Ein weiterer Kollege war aufgetaucht, der Pole Henryk.

»Was hast du heute Abend vor?«, fragte Didier. »Wieder zu Saara?«

»Was denn sonst.«

»In letzter Zeit sind wir wenig zum Spielen gekommen.«

Die Männer gehörten demselben multinationalen Elektrikerteam an und wohnten alle in einer Baracke. Abend für Abend hatten sie alle zusammen Karten gespielt, bis Henryk eine finnische Freundin fand. Seitdem hatten sie ihn abends kaum noch in der Baracke zu Gesicht bekommen. Trotzdem hatten die Männer ein enges Verhältnis und vertrauten einander. Henryk erzählte zum Teil sehr persönliche Dinge über sich und Saara. Didier hörte meist nur zu.

»Ich komme jeden Abend zum Spielen«, erwiderte Henryk und zwinkerte.

»Ist sie bereit, mit dir nach Polen zu gehen?«

Henryk verzog den Mund. »Finninnen sind anspruchsvoll. Sie findet Gdynia deprimierend.«

»So sind die Frauen. Geben sich nicht leicht zufrieden.«

»Vielleicht findest du auch eine, wenn du nach Frankreich zurückkehrst.«

»Vielleicht«, sagte Didier, bemüht, nicht verkrampft zu klingen.

Unzählige Male hatte Henryk versucht, ihn nach Rauma mitzunehmen, damit er in den Lokalen der Stadt einheimische Frauen kennenlernte. Henryk war sicher, dass der exotische schwarze Franzose gute Chancen hätte, aber Didier hatte stets abgelehnt.

Er hatte eine wichtigere Aufgabe zu erledigen. Frauen stellten dabei ein zu großes Risiko dar.

Didier hatte nicht einmal Henryk anvertraut, dass Frankreich nicht seine eigentliche Heimat war, obwohl er Französisch sprach. Manchmal war es schwer, seine wahre Herkunft immer geheim zu halten, aber es ging nicht anders. Daher verbrachte er seine Freizeit am liebsten mit Leuten, die keine Franzosen waren. Bei fünftausend Arbeitskräften, die aus ganz Europa an die finnische Westküste gekommen waren, bestand reichlich Auswahl. Allerdings waren die Bauleute mittlerweile weg, und ihre Baracken wurden abgebaut. Didier und Henryk gehörten zu den Mitarbeitern für die abschließende Testphase.

Nach dem Ende seiner Schicht fuhr Henryk nach Eurajoki, wo Saara wohnte. Didier spazierte an den Rand des Barackenareals und holte sein Handy aus der Tasche. Die warme Spätsommerbrise, die vom dunklen Meer herwehte, umspielte ihn angenehm.

Der Anruf kam auf die Sekunde genau, wie immer.

Der Deutsche gab Anweisungen. Sie waren sehr einfach. Didier hörte ruhig zu, es würde kein Problem sein, sie zu befolgen.

Nach wenigen Minuten steckte er das Handy wieder ein. Vor ihm ragte hell erleuchtet der neue Gebäudekomplex auf. Beton, Stahl, Spitzentechnologie. Besonders beeindruckte Didier die enorme Sorgfalt, die man an den Tag legte, um die künftigen Mitarbeiter der Anlage vor den Gefahren radioaktiver Strahlung zu schützen. Hier wurde alles technisch Mögliche getan, um für die Sicherheit der Menschen zu sorgen.

In seiner Heimat Arlit im Niger war das anders. Dort baute derselbe französische Konzern, der das Kernkraftwerk Olkiluoto in Finnland errichtete, Uran ab, und zwar auf Kosten der Gesundheit der örtlichen Bevölkerung.

Didier spürte, wie erneut Bitterkeit in ihm aufstieg. Aber die durfte er niemandem zeigen. Das würde alles gefährden.

5

Im Lichtkegel der Autoscheinwerfer tauchte ein weiß geklinkertes Einfamilienhaus im Regen auf. Rechts und links von der Eingangstür standen Blumentöpfe, hinter dem Haus waren Granitfels und Nadelwald zu erkennen.

Als Elina Aro aus dem Zivilfahrzeug der Polizei stieg, ging die Haustür auf, und ein etwa sechzigjähriger Mann mit Brille trat in aufrechter Haltung heraus. Mit einem Regenschirm in der Hand eilte er zu dem Wagen auf der asphaltierten Einfahrt.

»Elina, geht es dir gut?«, fragte der Mann besorgt und umarmte seine Tochter.

»Papa«, sagte Elina und drückte das Gesicht an die Brust ihres Vaters.

Sobald der Polizist wieder in den Wagen gestiegen war, führte Risto Aro seine Tochter ins Haus, den Arm beschützend um ihre Schultern gelegt.

Von einem vierhundert Meter entfernt stehenden weinroten Volvo-SUV aus beobachtete ein grauhaariger Mann, wie das Zivilfahrzeug der Polizei rückwärts aus der Ausfahrt rollte und dann am Straßenrand parkte.

Nur das Prasseln des Regens auf das Wagenblech störte die Stille in der Wohnsiedlung.

Der Mann nahm sein Telefon zur Hand und gab die Adresse sowie die Information über den Polizisten in Zivil an Nowikow durch. Dann ließ er den Motor an und fuhr davon.

Riku ging im Gebäude der Zentralkripo KRP den Gang entlang und sah, wie Mira Jalava, die in Kannelmäki die Beschlagnahmung der Drogen und die Festnahme der Kuriere durchgeführt hatte, mit einem Kaffeebecher in der Hand in ihr Büro ging. Mira war eine faszinierende und außergewöhnliche Frau, entschlossen, selbstständig und in Topform. Obwohl sie erst dreißig Jahre alt war, ging sie bei Einsätzen bewundernswert professionell vor. Riku folgte ihr ins Büro, ließ aber die Tür hinter sich offen stehen. Mira war lässig gekleidet, sie trug Jeans und Stiefeletten und ein schwarzes Shirt, vor dessen tiefem Ausschnitt die Personalkarte der KRP an einer Kette hing.

»Mit dem Fall Dobrina wird es Komplikationen geben«, sagte Riku. »Nicht zuletzt wegen Elina Aro. Sobald sie sich von ihrem Schock erholt hat, wird sie Schwung in die Angelegenheit bringen. Sie glaubt, die Kniffe der Russen zu kennen.«

»Hat sie so großen Eindruck auf dich gemacht?«, fragte Mira mit ihrer tiefen, leicht heiseren Stimme, die auch zu einer Rocksängerin gepasst hätte. »Vom Schreibtisch aus ist es leicht, die Russen zu kennen. Vor allem ist es sicher.«

»Eine Archivmaus muss sich eben auf ihre Intelligenz verlassen.« Sofort bereute Riku seine unsachliche Bemerkung. »Glaubst du, wir bekommen aus den Typen, die wir in Kannelmäki geschnappt haben, etwas heraus?«

»Vielleicht. Schwer zu sagen.«

Miras gedämpfter Ton beunruhigte Riku etwas. Der Sankt Petersburger Drogenbaron Bykow war als unberechenbarer und ehrgeiziger Mann bekannt, der seine Untergebenen mit Drohungen einschüchterte, damit sie in Verhören den Mund hielten.

»Gerade habe ich gehört, dass unser Kollege Reini irgendwas im Hafen von Kotka macht«, erklärte Mira und sah Riku dabei aufmerksam an.

»Und was macht er?«, fragte Riku und konnte nur mit Müh

und Not seinen Schrecken verbergen. Das Verhältnis zwischen ihm und Aleksi Reini, dem Vizechef des Drogendezernats bei der Zentralkripo, war nachhaltig gestört, seitdem sie beide vor Gericht gestanden hatten, der eine wegen eines Dienstvergehens angeklagt, der andere als Zeuge der Anklage. Begonnen hatte es mit Informationen, die an die Öffentlichkeit durchgesickert waren, denen zufolge Drogenpolizisten der Helsinkier Polizei und der Zentralkripo verdächtigt wurden, immer wieder Scheinkäufe zu tätigen, regelmäßig die Vorermittlungen zu vernachlässigen und Drogenkriminelle obendrein zu warnen. Bei der Zentralkripo stand praktisch nur Riku in Verdacht, weil er eng mit der Helsinkier Drogenpolizei zusammengearbeitet hatte.

Damals waren sie einem der größten Drogenringe in der finnischen Kriminalgeschichte auf der Spur gewesen und hatten gerade vierundzwanzig Kilo Amphetamin beschlagnahmt. Dann wurden im Namen der »Rechtsaufsicht« alte, bereits zu den Akten gelegte Vorwürfe erneut ausgegraben und zerpflückt. Damit erlahmte die Arbeit der Drogenpolizei. Riku war überzeugt, dass dies die Absicht gewesen war.

»In welchem Fall soll Reini denn in Kotka ermitteln?«, fragte er.

»Keine Ahnung.«

Die Sache beunruhigte Riku. Sein wichtigster und geheimster Informant wohnte in Kotka. Hoffentlich war Sergej jetzt gerade nicht an etwas Besonderem dran.

Mira war die Einzige, die etwas von Rikus Informationsquelle wusste. Sie war Sergej zufällig im Zusammenhang mit einer anderen Drogenermittlung auf die Spur gekommen, hatte jedoch nie herausgefunden, wie er hieß oder wo genau er sich aufhielt. Es hatte Riku viel Mühe gekostet, Mira davon zu überzeugen, dass seine Informationsquelle bei der Gerichtsverhandlung nicht preisgegeben werden durfte. Immerhin hatte er von ihr verlangt, sich des gleichen Dienstvergehens schuldig zu machen, dessen er angeklagt war. Aber schlussendlich hatte Mira nichts verraten, und Riku war um eine Verurteilung herumgekommen.

»Ich habe Reini letzte Woche bei der Finesto-Sitzung gesehen, und da hat er nichts von Kotka gesagt«, murmelte Riku. Finesto war der Name des finnisch-estnischen Polizeikoordinationsteams, dem Reini und Riku angehörten.

»Wir haben ihm auch nichts von Kannelmäki erzählt.«

Riku schwieg und überlegte, ob er Sergej warnen sollte. Mithilfe der Tipps, die er von dem Russen erhalten hatte, war es ihm gelungen, mehrere Festnahmen durchzuführen, zuletzt eben in Kannelmäki. Und jetzt war womöglich ein konkurrierender Drogenpolizist an Sergej dran. Riku wusste nur zu gut, wie brisant Informantenbeziehungen auch innerhalb der eigenen Behörde sein konnten. Er hatte die Kontaktdaten seines Informanten daher auch nicht zur Aufbewahrung in den Tresor der KRP gegeben, weil der jederzeit vom Staatsanwalt durchsucht werden konnte.

Plötzlich stand Markku Jalava in der Tür. »Ist in Kannelmäki alles problemlos verlaufen?«, fragte er seine Frau.

»Wir hatten den Überraschungsvorteil auf unserer Seite.«

»Wegen dem Fall Dobrina wird es heute spät werden. Die Pressekonferenz findet schon am Abend statt.«

Jalava ging und hinterließ den Duft seines teuren Rasierwassers.

Mira sah Riku ernst an, sagte jedoch kein Wort. Riku schloss die Tür.

»Was hatte deine SMS zu bedeuten?«, flüsterte er. »Glaubst du, Markku ahnt etwas?«

»Ja … Er ist plötzlich so wahnsinnig misstrauisch …«

Riku war auf einmal unbehaglich zumute, er spürte, wie er nervös wurde.

Innenministerin Sirkka Timonen spähte angespannt durch den Türspalt ins Auditorium, wo sich zahlreiche Journalisten versammelt hatten, obwohl die Pressekonferenz ganz kurzfristig anberaumt worden war. Der Mord an einer der bekanntesten russischen Dissidentinnen in einer Wohnung in Helsinki würde weltweit zur Hauptnachricht avancieren.

Polizeipräsident Heikki Mäenpää und der Dezernatsleiter der KRP, Oberkommissar Markku Jalava, unterhielten sich einige Meter entfernt leise miteinander, bis der Polizeipräsident an die Ministerin herantrat und flüsterte: »Laut einer Zeugin hat die Dobrina am Mordabend gesagt, sie verfüge über brisante Informationen, die mit Finnland zu tun hätten. Unter anderem hat sie behauptet zu wissen, wer aus Koivistos Umfeld Informationen an Moskau verraten hat.«

Ministerin Timonen sah den Polizeipräsidenten argwöhnisch an. »Und das soll etwas mit dem Mord zu tun haben?«

»Natürlich nicht, aber wenn diese Information an die Öffentlichkeit kommt, kann sie haarsträubende Spekulationen auslösen.«

»Hoffentlich weiß diese Zeugin den Mund zu halten.«

»Von Elina Aro wird ein Buch über die Zeit der Finnlandisierung erscheinen. Laut Vorabinformationen des Verlags enthält es neue Enthüllungen und wird viel Aufsehen erregen.«

»Keine Sorge, ich komme schon klar«, sagte Elina am Telefon zu ihrem deutschen Freund. Es war kurz vor Mitternacht.

»Ich nehme die Morgenmaschine«, erklärte Sebastian in Berlin.

»Nein, glaub mir ...«

»Das Ticket habe ich schon. Ich wollte sowieso kommen.«

Elina lächelte erstaunt. »Wieso denn das? Warum hast du mir nichts davon gesagt?«

»Es sollte eine Überraschung sein. Air Berlin, Ankunft 11.55 Uhr. Aber erzähl mir genauer, was ...«

»Wir reden morgen weiter, ich hab jetzt nicht die Kraft dazu. Ich bin bei meinem Vater, und alles ist gut, vor allem jetzt, da ich weiß, dass du herkommst. Tschüss, mein Schatz.«

Elina atmete tief durch, schloss die Augen und spürte im selben Moment, wie ihr die Tränen über die Wangen rannen. Vor ihrem inneren Auge erschien Veras vor Energie und guter Laune sprühendes Lachen ... Abrupt riss sie die Augen auf und versuchte verzweifelt, das zweite Bild, das sich ihr ins Bewusstsein geschoben hatte, zu tilgen: Vera, die blutüberströmt auf dem Fußboden lag ...

Da fiel ihr ein, was sie von Riku Tanner gehört hatte. Sie fragte sich, warum Vera ihr nichts von dem Gespräch mit dem Russlandkenner der KRP erzählt hatte. Wen hatte sie sonst noch in Helsinki getroffen?

Elina wischte sich die Tränen ab und kehrte in die Küche zurück.

»Versuch etwas zu essen, wenigstens ein bisschen«, bat sie ihr Vater, der am Küchentisch saß.

»Ich hab keinen Appetit.« Sie griff nach der Kakaotasse. Das Brot auf dem Teller vor ihr konnte sie nicht essen, obwohl ihr Vater es mit ihren Lieblingszutaten belegt hatte, mit Mozzarella, Tomaten und Basilikum.

»Sebastian kommt morgen.«

Der Vater schwieg eine Weile, dann brummte er: »Es ist besser, sich von Schwierigkeiten fernzuhalten.«

»Was meinst du damit?«

»Du weißt doch, wie es Journalisten ergangen ist, die es gewagt haben, die russische Führung zu kritisieren.«

Elina schüttelte den Kopf. »Du findest also, dass man die Gesellschaft von Leuten meiden soll, die mutig die Wahrheit sagen?«

»Vielleicht solltest du diese Dinge aus der Vergangenheit einfach ruhen lassen. Es wäre sicher besser, wenn dein Buch nicht erschiene.«

»Ich kann nicht glauben, dass du so etwas sagst! Ausgerechnet du!«

»Du bist schon immer eigensinnig gewesen. Aber muss man sich denn mit Gewalt Ärger einhandeln?«

Elina seufzte schwer. »Ich glaube, ich lege mich jetzt schlafen.« Sie stand auf und ging zu ihrem Zimmer.

»Elina ...«

»Lass gut sein.«

Sie schloss die Tür hinter sich und setzte sich aufs Bett. Auf dem großen Kissen lag eine Stoffkatze mit flauschigem weißem Fell. Auch sonst sah das Zimmer aus wie damals, als sie noch zu Hause wohnte. An der Wand hing ein vergrößertes gerahmtes Schwarz-Weiß-Foto vom Saana-Fjäll, das sie selbst gemacht hatte. Lappland war ihre Leidenschaft – das hatte sie von ihrem Vater geerbt. Sie besaßen ein bescheidenes Sommerhäuschen in Kilpisjärvi, und vor allem während der Zeit, die sie zum Studieren in England verbracht hatte, war es ihr luxuriös vorgekommen, sich mit einem guten Buch in die Ruhe der Wildnis zurückzuziehen. Von klein auf war sie lange Strecken gewandert und daran gewöhnt, sich alleine zurechtzufinden.

Für einen Moment umhüllte sie das aus der Kindheit vertraute Gefühl der Sicherheit, aber dann löste sich die Illusion gleich wieder in Luft auf.

Es war vollkommen unmöglich, nicht an Vera zu denken, an den Mörder, der sich über sie beugte ...

Elina starrte auf ihr Handy und überlegte, ob sie noch einmal Sebastian anrufen sollte.

Sie hatte den Berliner Fotografen im Mai kennengelernt, am romantischsten Ort der Welt: im Archiv der Stasi-Unterlagenbehörde. Sebastian war aus beruflichen Gründen dort gewesen, und Elina hatte nach Informationen über die Beziehungen von Mitarbeitern der DDR-Vertretung in Helsinki zu finnischen Staatsbürgern gesucht.

Elina war mit einem unfreundlichen Archivbeamten in Streit über die Kopien von Karten aus der zentralen Vorgangsdatei F-22 geraten, und Sebastian hatte sich eingemischt. Nach dem Zwischenfall waren sie zum Mittagessen in ein nahe gelegenes Restaurant gegangen. Elina hatte geglaubt, bereits alles über Registernummern und Decknamen zu wissen und über SIRA, das Recherchesystem des DDR-Nachrichtendienstes »Hauptverwaltung Aufklärung«, kurz HVA, aber Sebastian war weitaus besser im Bilde gewesen. Er hatte nicht verraten, wo er seine praktischen Archivkenntnisse herhatte, aber Elina vermutete, dass er die Stasi-Verbindungen einiger Personen untersucht hatte.

Zwei Wochen später hatte Sebastian ihr im selben Archiv eine bekannte russische Journalistin vorgestellt. Elina hatte Vera Dobrinas bissige, auf gründlichen Recherchen basierende Artikel gelesen und war begeistert gewesen, die Frau persönlich kennenzulernen.

In einem Restaurant am Savignyplatz hatten sie sich später lebhaft über Russland unterhalten und festgestellt, dass sie in vielerlei Hinsicht auf einer Wellenlänge lagen. Elina konnte die mutige Person nur bewundern, die es wagte, an ihren Ansichten festzuhalten und sie öffentlich zu machen. Als Vera vor zwei Wochen angekündigt hatte, nach Helsinki zu kommen, hatte sich Elina gefreut und ihr angeboten, anstatt im Hotel bei ihr zu wohnen.

Elina legte sich hin, obwohl sie sicher war, keine Sekunde schlafen zu können.

Die Worte ihres Vaters kreisten hartnäckig in ihrem Kopf. War vielleicht doch etwas daran? Sollte sie nachgeben?

Nein. Sie war schon immer hartnäckig gewesen. Nachdem sie in Oxford über die Aktivitäten des KGB im Finnland der Siebziger- und Achtzigerjahre promoviert hatte, wurde ihre Dissertation, abgesehen von einigen kritischen, abweisenden Besprechungen, in Finnland totgeschwiegen. Gerade so, als wäre eine im Ausland vorgelegte Doktorarbeit über die politische Geschichte Finnlands weniger wert.

Als sie sich auf die Seite drehte, meinte sie, draußen ein Knacken zu hören. Sie musste jetzt ihre Fantasie im Zaum halten.

Vor ihm im Regen tauchte ein weiß verklinkertes Einfamilienhaus auf. Andrej Nowikow hielt am Straßenrand an, als er das Fahrzeug sah, das davor geparkt war.

Er sah zum Haus hinüber. In dieser Gegend wohnten gut situierte Leute, das wusste er, denn er hatte mehrere Jahre in Helsinki gelebt. In einem Fenster brannte noch Licht. Er würde so lange warten, bis es erlosch.

In der Wohnung am Karhupuisto war er unvorsichtig gewesen und hatte sich deswegen einiges anhören dürfen. Entgegen seiner Information war die Mieterin doch zu Hause gewesen. Er hätte die gesamte Wohnung gründlich überprüfen müssen.

Allerdings war seine letzte Aktion dieser Art eben auch schon eine Weile her.

Er öffnete das Handschuhfach und nahm eine Pistole mit Schalldämpfer heraus. Diesmal würde er alles richtig machen.

6

»Es kann auch sein, dass ein Einbrecher in die Wohnung eingedrungen ist, der von der anwesenden Vera Dobrina überrascht wurde und sie daraufhin getötet hat.«

Ministerin Sirkka Timonen schaute in ungläubige, geradezu bestürzte Gesichter, ließ sich davon aber nicht irritieren. »Die Ermittlungen kommen zügig voran, und ich bin zuversichtlich, dass der Fall rasch aufgeklärt sein wird.«

Sie verlas die Pressemeldung auch auf Englisch, warf einen Blick auf Polizeipräsident Mäenpää und Dezernatsleiter Jalava, die neben ihr am Tisch saßen, und sagte dann ins Mikrofon: »Fragen? *Questions?*«

Der ganze Saal hob die Hand. Der erste Journalist, der das Wort erhielt, sprach laut und deutlich.

»Oscar Mårtens, TT. Ist es nicht wahrscheinlicher, dass es sich um einen politischen Mord handelt anstatt um einen Einbruch?«

»Aus der Wohnung wurde einige Gegenstände entwendet. Hätte man Frau Dobrina gezielt ermorden wollen, hätte man das auch woanders tun können als in einer Privatwohnung in Helsinki.«

»Bei einigen früheren Morden an russischen Dissidenten und Journalisten haben die Spuren zu staatlichen Institutionen geführt. Wäre es nicht auch jetzt möglich, dass der Kreml hinter dem Mord an Frau Dobrina steckt?«

»Selbstverständlich werde ich über solche Fragen keine Vermutungen anstellen.«

»Falls die russische Führung dahintersteckt – welche Ziele verfolgt sie, wenn sie eine bekannte Dissidentin ausgerechnet in Finnland ermorden lässt?«

»Solche Spekulationen sind sinnlos«, erklärte Timonen knapp und erteilte schnell dem nächsten Journalisten das Wort.

»Leo Pesonen, *Ilta-Sanomat*. Laut den Informationen, die wir erhalten haben, wurde der Mord in einer Wohnung im Helsinkier Stadtteil Kallio begangen. Wo hielt sich die Eigentümerin beziehungsweise die Mieterin der Wohnung zur Tatzeit auf?«

Timonen warf dem Polizeipräsidenten einen kurzen Blick zu, doch der schien in bewundernswerter Weise seine im Lauf der Jahre erworbene Gelassenheit zu wahren. Hatte ein Polizist bereits etwas an die Presse durchsickern lassen?

»Das werden wir aus ermittlungstaktischen Gründen nicht kommentieren«, antwortete Mäenpää.

»Es heißt, die Mieterin sei eine junge finnische Historikerin, die in der Öffentlichkeit ziemlich scharfe Behauptungen über Russland aufgestellt hat. Trifft diese Information zu?«

»Kein Kommentar.«

Sirkka Timonen schwitzte, und allmählich bekam sie Kopfschmerzen. Das Ganze entwickelte sich in eine äußerst unangenehme Richtung. Sie verspürte eine unwiderstehliche Lust, nach der vor ihr stehenden Karaffe zu greifen und sich kaltes Wasser über den Kopf zu gießen.

Riku benutzte keine Taschenlampe, obwohl es in dem feuchten Wald stockfinster war. Der Schein der Straßenbeleuchtung in der Ferne spendete gerade noch so viel Licht, dass er wusste, wohin er gehen musste.

Zornig und auch etwas gespannt, fingerte er eine Xylitol-Kaugummidose aus einer Wurzelhöhle, entnahm ihr eine Prepaid-SIM-Karte und setzte sie in sein Handy ein.

Die Arbeit gegen einen schwergewichtigen Feind erforderte

von der Polizei entsprechend schwere Geschütze. Für Riku war das Fakt. Jeder Vater, jede Mutter, deren Kind davor bewahrt wurde, Drogen zu nehmen, würde ihm da mit Sicherheit zustimmen. Für Riku war es außerdem Fakt, dass das Polizeigesetz viel zu streng war und die Kriminellen begünstigte. Schlecht verfasste Gesetztе blieben bloß Worte auf Papier. Im richtigen Leben waren andere Maßnahmen nötig. Man musste schlicht und einfach vom Wort zur Tat übergehen.

Er schrieb auf Russisch eine kurze SMS an Sergej in Kotka: HALTE DICH BEDECKT.

Es ärgerte ihn, dass Mira von seinem Kontakt wusste. Bei einem Seminar in Hyvinkää hatte sie mit ihm darüber reden wollen, und sie waren in sein Hotelzimmer gegangen, um sicherzustellen, dass keiner der Polizeikollegen sie hörte. Als sie nebeneinander auf dem Bettrand saßen, wurde Riku plötzlich die Situation bewusst. Was, wenn jemand gesehen hatte, wie sie zusammen in sein Zimmer gegangen waren? Das Risiko eines Missverständnisses war zu hoch. Mira war Rikus Meinung gewesen und hatte auf der Stelle sein Zimmer verlassen.

Dabei war es nur verständlich, dass sie mit ihm über ihre Lage hatte sprechen wollen: Immerhin musste sie das brisante Wissen um Rikus Informanten vor ihrem eigenen Ehemann, dem Dezernatsleiter, verheimlichen. Würde Markku Jalava davon erfahren oder das Ganze gar an die Öffentlichkeit gelangen, käme es zu einem Eklat.

Aber Mira war ihm gegenüber nicht nur loyal, sie schien auch ein gewisses Interesse an ihm gefunden zu haben. Dies schloss er aus vielen Kleinigkeiten: etwa aus der Art, wie sie ihn bei Gesprächen am Kaffeetisch beobachtete, aus ihrem Tonfall ihm gegenüber und wie sie sich nach seinen Wochenendaktivitäten und seiner Freizeit erkundigte. Aber bisher war Riku nicht fähig gewesen, sich über seine möglichen Gefühle für Mira klar zu werden, denn die Trennung von Katja und die

Sorge um Leo beanspruchten ihn so sehr, dass für andere Gedanken wenig Raum blieb.

Er legte die SIM-Karte ins Versteck zurück und machte sich auf den Weg zu seinem Wagen.

Früher hatte er geglaubt, zu allem fähig zu sein, bis er sich bei der Gerichtsverhandlung die Finger verbrannt hatte. Seitdem war er vorsichtiger und misstrauischer. Es gab bei der Polizei jemanden, der ein schmutziges Spiel mit ihm trieb, aber er wusste nicht, wer oder warum.

Überall waren die Lichter erloschen, die Einfamilienhaussiedlung lag nun in nächtlicher Stille da. Andrej Nowikow sah, wie an dem Auto, das vor dem Haus der Aros geparkt war, die Tür geöffnet wurde und ein Polizist in Jeans ausstieg.

Das war der Augenblick, auf den Nowikow gewartet hatte. Rasch veließ er ebenfalls den Wagen und schloss lautlos die Fahrertür.

Auf dem großen Fernsehbildschirm lief ein internationaler Nachrichtensender.

»Die bekannte russische Journalistin und Dissidentin Vera Dobrina ist in Finnland ermordet worden …«

Die Nachricht weckte kein besonderes Interesse im Barackendorf der Baustelle Olkiluoto, wo in den Freizeiträumen Arbeiter aus einem Dutzend Länder in Trainingshosen beisammensaßen. Sie alle gehörten der bis zuletzt in Finnland verbleibenden Testgruppe an. Lautstarke Kommentare und Ausrufe in unterschiedlichen Sprachen hallten von einem Raum zum anderen, auf den Tischen standen Bierdosen, einige Männer spielten Karten, manche lasen.

Didier Khouar drehte den Computerbildschirm so, dass man vom Billardtisch aus nicht daraufschauen konnte. Dann schrieb er auf Französisch eine Mail in den Niger: »Wie geht es meinem Vater?«

Unruhig wartete er auf die Antwort.

Die Zeit verging. Der Lärm aus dem Fernsehraum zerrte an seinen Nerven.

Schließlich kam die Antwort.

Es tut mir leid, aber dein Vater ist letzte Nacht gestorben.

Didier starrte stumm auf die Worte, aber die Nachricht überraschte ihn nicht. Sein Vater war seit Monaten in schlechter Verfassung gewesen und während der letzten zwei Wochen deutlich schwächer geworden.

Didier holte tief Luft und schloss die Augen. Es tröstete ihn immerhin zu wissen, dass sein Vater in den letzten Tagen von Jean Bizard, einem Arzt, der zur Organisation »Sherpa« gehörte, gut versorgt worden war. Von dem Mann, der jetzt auch am anderen Ende der Internetverbindung saß, in einer Bergbaustadt mitten in der Sahara.

Wieder kam Didier der Traum von letzter Nacht in den Sinn. Der rote Staub hatte seinen Vater mitgenommen, so wie viele andere in Arlit im Niger vor ihm.

Allerdings hatte der ruhige Ausdruck auf dem Gesicht des Vaters auch etwas Tröstliches gehabt. Er hatte sich von seinem Sohn verabschiedet und auf die letzte Reise sein mit Salz und Datteln beladenes Kamel mitgenommen.

Aber Didier hätte noch viele Jahre zusammen mit seinem Vater auf dieser Welt verbringen können, hätte es nicht diesen französischen Konzern gegeben, der im Niger Uran abbaute und in Finnland ein Atomkraftwerk errichtete.

Sein Vater hatte in der Mine von Arlit gearbeitet, wo das Uran vom Gesteinsmaterial getrennt wurde. Jeden Abend, wenn er nach Hause kam, war sein Overall voller Staub. Erst später, als die ersten Minenarbeiter starben, verstand man, dass der Staub etwas Geheimnisvolles und Böses an sich hatte.

Didier fing an, in derselben Brechanlage zu arbeiten, aber sein Vater wollte, dass es sein Sohn im Leben zu mehr bringe.

Er sprach mit dem Chef, und schließlich gehörte Didier zu den Glücklichen, die für die Berufsschule des Konzerns ausgewählt worden waren, und er absolvierte eine Lehre zum Elektriker. Wahrscheinlich hätte er sein ganzes Leben in der Urangrube und in der um sie herum errichteten Wüstenstadt Arlit verbracht, wäre er nicht Vertretern der Umweltorganisation Sherpa begegnet.

Ein französischer Arzt hatte darum gebeten, Didiers Vater wegen dessen Husten untersuchen zu dürfen. Seine Diagnose war dann eine gänzlich andere als die des Betriebsarztes. Der erklärte stets, wenn ein Grubenarbeiter bei ihm über seine Symptome klagte, es handle sich um Aids. Keiner litt an von radioaktiver Strahlung verursachten Krankheiten. Daher zahlte der Konzern auch keine Entschädigungen.

Als Didier begriffen hatte, wie skrupellos der französische Konzern in Arlit vorging, führte er Vertreter von Sherpa heimlich zu verschiedenen Stellen des Grubenareals, damit sie Strahlenmessungen vornehmen konnten. Ihm war klar geworden, welchen Einflüssen sein Vater, er selbst und seine ganze Familie ausgesetzt waren. Der rote Staub, der sich überall niederließ, war radioaktiv und tödlich. Die Grube von Arlit wurde auf Kosten der Gesundheit der Einheimischen betrieben, wobei sie Energierohstoff für die Völker im Norden produzierte. Es hatte Didier schon immer rasend gemacht, dass der Niger eines der ärmsten Länder der Welt blieb, während die multinationalen Energiekonzerne mit den Bodenschätzen des Landes reich wurden.

»Sagt meiner Mutter, dass ich so schnell wie möglich zur Beerdigung aus Lyon zurückkomme.«

Didier wollte nicht das geringste Risiko hinsichtlich seiner Aufgabe in Olkiluoto eingehen. Deshalb hatte er auch die Sherpa-Mitarbeiter angelogen, indem er ihnen sagte, er sei in Lyon bei einem Fortbildungslehrgang der Strom- und Elektronikbranche.

Er biss sich auf die Lippe und kämpfte gegen die Tränen an. Sollte er irgendwann zögerlich gewesen sein, so war er es jetzt nicht mehr.

Er war bereit.

7

Andrej Nowikow zog die Hintertür des weißen Backsteinhauses so lautlos wie möglich hinter sich zu. Die alte Tür war nicht einmal abgeschlossen gewesen und die Falle nicht mit einem Sperrblech gesichert, sodass es keine Schwierigkeiten bereitet hatte, sie mit der Plastikkarte zu öffnen.

In fast vollkommener Dunkelheit zog Nowikow die Pistole. Er erreichte das Ende des Flurs und sah in die Küche. Der Kühlschrank brummte, und das Signallämpchen sorgte für einen schwachen, grünlichen Lichtschein.

Das Wohnzimmer befand sich auf der rechten Seite.

Plötzlich war etwas im ersten Stock zu hören.

Schritte.

Jemand kam die Treppe herunter.

Nowikow huschte um die Ecke des Flurs und drückte sich an die Wand.

Risto Aro ging im Morgenmantel durch das Wohnzimmer in die Küche und knipste das Licht an der Dunstabzugshaube an. Er öffnete den Kühlschrank und griff nach einer Packung Orangensaft.

Als er Saft in ein Glas goss, spürte er die Anwesenheit eines anderen Menschen.

Er blickte auf und erschrak.

Elina stand im Nachthemd in der Küchentür.

»Ich dachte, du schläfst«, sagte ihr Vater.

»Ich hatte einen Albtraum.« Sie öffnete den Hängeschrank,

um sich ein Glas zu nehmen. »Und dann bin ich aufgewacht, und mir wurde klar, dass das gar kein Traum war.«

Sie nahm die Saftpackung von der Spüle und goss sich ebenfalls ein Glas ein.

»Elina ... Ich möchte mich entschuldigen für das, was ich vorhin gesagt habe. Ich will einfach nicht, dass du in deinem Leben solch schrecklichen Dingen ausgesetzt bist.«

Elina strich ihrem Vater mit der Hand über die Schulter. »Ich weiß.«

Eine Weile standen sie sich schweigend gegenüber.

»Du könntest auch länger hier wohnen«, meinte Risto dann.

»Mal sehen. Danke für das Angebot. Zumindest könnte ich ein paar Tage mit Sebastian hierbleiben.«

Die Erwähnung von Sebastian ließ eine dunkle Wolke in Risto aufsteigen. Wahrscheinlich war der Mann ein akzeptabler Fotograf, aber Elina hätte etwas Außergewöhnlicheres verdient. Außerdem hatte dieser Sebastian eine Härte an sich, die Risto nicht gefiel. Andererseits machte der Deutsche den Eindruck, als würde er die Dinge anpacken, und diese Eigenschaft schätzte Risto an anderen Menschen. Elinas Finanzen waren zwar gesichert, und sie konnte sich ganz auf die Wissenschaft konzentrieren, aber es war gut, wenn der potenzielle Schwiegersohn in der Lage war, zumindest sich selbst zu ernähren.

Risto trank sein Glas aus und sagte: »Lass uns versuchen zu schlafen. Oder möchtest du noch reden?«

»Nein, gehen wir schlafen.« Elina verließ die Küche.

Risto stellte den Orangensaft in den Kühlschrank und löschte das Licht. Auf dem Weg ins Wohnzimmer spürte er einen schwachen Luftzug und schaute in den Gang, der zur Hintertür führte. Die Tür schien einen Spaltbreit offen zu stehen. Wie war das möglich?

Sein Blick blieb an feuchten Spuren auf dem Fußboden hängen.

Es war jemand hereingekommen.

Schnell drehte Risto sich um und ging auf Elinas Zimmer zu.

»Elina«, drang es durch die Tür.

»Ja?«, antwortete Elina in ihrem Bett und wunderte sich über den Tonfall ihres Vaters.

»Komm raus!«

»Was …«

»Sofort.«

Unverzüglich stand sie auf und öffnete die Tür.

»Ist etwas …«

Sie brach den Satz ab, als sie das erschrockene, todernste Gesicht ihres Vaters sah. Er nahm sie an der Hand und drehte sich um.

In diesem Augenblick sah Elina, wie eine Gestalt aus dem dunklen Wohnzimmer trat, eine Gestalt mit menschlichen Umrissen, sie hob die Hand und …

Mit einem Satz sprang Risto vor seine Tochter und kippte im gleichen Moment nach hinten, als ihn die Kugel traf, er stürzte auf die Kellertreppe und rollte über die Stufen nach unten.

Elina rannte die Treppe hinunter und beugte sich über ihren Vater. Er hatte eine Schusswunde in der Seite, das Blut färbte den weißen Bademantel rot.

Von oben näherten sich entschlossene Schritte. Panisch packte Elina ihren Vater unter den Armen und zog ihn in den Keller. Die dunkle Gestalt erschien am Treppenabsatz und hob die Waffe. Das Gesicht konnte Elina nicht erkennen, aber an der Haltung erkannte sie ihn sofort: Es war derselbe Mann, der in ihrer Wohnung gewesen war und Vera umgebracht hatte.

Elina drückte die Kellertür zu, und unmittelbar darauf schlug eine Kugel ein.

Im Keller war es vollkommen finster. Elina hörte Schritte auf der Treppe und tastete hektisch an der Türkante entlang, bis ihre Hände das Schloss fanden. Im letzten Moment konnte sie den Schlüssel umdrehen.

Draußen wurde an der Tür gerüttelt, doch sie ging nicht auf.

Elina drückte sich an die Wand und drehte den Lichtschalter. Um sie herum erschienen die mit Holz verkleideten Wände des Umkleidezimmers mit dem offenen Kamin. Ihr Vater lag bleich auf dem Fußboden, der Blutfleck auf dem Morgenmantel breitete sich weiter aus.

Nun wurde noch heftiger an der Tür gerüttelt.

Verzweifelt kämpfte Elina gegen die Panik an und blickte sich rasch um. An Wandhaken hingen Handtücher. Darunter standen eine Holzbank und zwei Korbstühle. Über der Kommode hing ein Bild, das ihr Vater gemalt hatte, eine Ansicht des Fjällpanoramas, das man von ihrem Sommerhäuschen aus sah. Neben dem Bild war Angelzubehör an der Wand befestigt: Ruten, Blinker, Fliegen, ein Kescher. Vom Umkleideraum führte eine Tür zum Duschraum und zur Sauna. Im selben Moment, in dem Elina begriff, dass sie in der Falle saß, spürte sie, wie in ihrer Kehle gewaltsam ein Schrei aufstieg.

Sie befanden sich im fensterlosen Teil des Kellers. Hinter den Holzpaneelen waren dicke Betonwände. Einen Fluchtweg gab es nicht.

Von der Tür war ein Schlag zu hören, dann ein Klirren. Der Killer versuchte offenbar, das Schloss kaputt zu schießen.

Elinas Blick fuhr durch den Raum.

Denk nach, befahl sie sich, denk nach! Rasch griff sie nach der Holzbank, stemmte sie hoch und klemmte sie unter die Türklinke.

Wieder wurde an der Tür gerüttelt, aber das Schloss hatte dem Schuss standgehalten.

Dann war es plötzlich still. Nur Elinas Herzschlag dröhnte ihr laut in den Ohren.

War ihr Vater tot? Sie suchte Halt an der Wand und keuchte. War das möglich?

In dem Moment krachte es an der Tür.

Elina kreischte auf.

Das Krachen ertönte erneut.

Der Mörder versuchte mit der Axt einzudringen! Die Panik raubte Elina die Luft. Es war nur eine Frage der Zeit, bis der Mann hereinkäme.

Sie stürzte ins Bad mit den zwei Duschen. Die Shampooflaschen standen ordentlich in einem kleinen Plastikkorb, der Abzieher lehnte an der Wand. Elina griff danach, warf ihn aber sofort wieder weg. Er war viel zu leicht.

Sie riss die Glastür zur Sauna auf. Im Schein der zahlreichen kleinen Leuchten, die in die Decke eingelassen waren, konnte sie den Ofen und daneben ein Gestell mit Holzscheiten sehen.

Wieder krachte es an der Eingangstür.

Verzweifelt ließ sich Elina auf die unterste Pritsche sinken. Hier würde sie also sterben. Ihr Blick fiel auf die Zeitung und die Streichholzschachtel, die auf den Holzscheiten lagen. Hastig sprang sie auf, schnappte sich die Zündhölzer und stapelte sich Holzscheite auf den Arm. Schließlich griff sie noch nach der Zeitung.

In Windeseile rannte sie zur Tür und kippte die Scheite davor auf den Boden. Dann schichtete sie das Holz auf, wie ihr Vater es ihr beigebracht hatte. Die stabile Tür erbebte erneut unter den Axthieben. Mit zitternden Händen zerfetzte Elina die Zeitung und stopfte das Papier zwischen die Holzscheite. Sie riss das erste Zündholz an, aber es brach ab. Das zweite entflammte. Sie hielt es an den Rand einer zerknitterten Zeitungsseite. Kurz darauf leckten die Flammen am trockenen Holz und wurden immer größer, während weiterhin die Axthiebe ertönten.

Elina packte ihren Vater und zog ihn hinter sich her in den Duschraum. Er atmete, er lebte. Elina nahm die Handtücher von den Haken an der Wand und warf sie ins lodernde Feuer. Die Flammen breiteten sich weiter aus.

Dann durchschlug die Klinge der Axt die brennende Tür. Im selben Moment brausten die Flammen durch die Kraft des hereinziehenden Sauerstoffs auf.

Elina raste ins Bad zurück und zog ihren Vater unter die Dusche. Sie versuchte, seinen Puls zu ertasten, aber ihre Finger zitterten zu sehr, um etwas fühlen zu können. Sie hechtete in die Sauna, nahm den großen Plastikeimer von der Pritsche und stellte ihn unter die Dusche. Dann drehte sie die Hähne beider Duschen so weit es ging auf. Erschöpft hockte sie sich neben ihren Vater und reckte ihr Gesicht nach oben, zu der kleinen Belüftungsöffnung, und versuchte möglichst ruhig zu atmen.

Die Flammen schlugen durch das Loch in der Tür und ließen Nowikow zurückfahren.

Was, zum Teufel, hatte die Verrückte vor?

Da begann der Brandmelder ohrenbetäubend zu heulen. Nowikow drehte sich um. Er ortete das Gerät an der Decke, streckte sich danach, reichte aber nicht ganz heran. Mit der Axt schlug er die Plastikkapsel schließlich herunter.

Unmittelbar darauf ertönte ein zweiter Brandmelder irgendwo in der Eingangshalle oder im Wohnzimmer.

Fluchend rannte Nowikow die Treppe hinauf, entdeckte den Brandmelder im Flur, zerstörte ihn und stürzte wieder nach unten.

Von der Tür aus hatte sich das Feuer ausgebreitet und bereits die Vorhänge erfasst. Schwarze, dicke Rauchschwaden ballten sich unter der Decke.

Nowikow versuchte, in den Umkleideraum einzudringen, aber das war unmöglich. Er begriff, dass er nichts mehr tun konnte. Bald würde das ganze Haus in Flammen stehen.

Und mit ihm die Frau.

Als er hereingekommen war, hatte er festgestellt, dass man aus den Kellerräumen nicht entkommen konnte. Im Grunde war es sogar besser, wenn die Frau in den Flammen umkam anstatt durch eine Kugel.

Elina hielt die Augen geschlossen. Sie atmete langsam ein und aus, obwohl es von Sekunde zu Sekunde stärker nach Rauch roch. Ihr war bewusst, dass sie die Augen öffnen musste, auch wenn sie am liebsten einfach nur dasitzen würde und fühlen, wie das Wasser aus der Dusche über sie rann. Einfach nur die Luft atmen, die aus dem Belüftungsventil strömte, und sich vorstellen, ganz woanders zu sein.

Sie warf einen kurzen Blick auf die Tür des Duschraums und sah, dass der Türstock allmählich schwarz wurde.

Der Eimer war voll. Sie griff danach und schüttete Wasser gegen die Tür. Die Flammen, die an der Oberkante eindringen wollten, erloschen.

Erneut füllte sie den Eimer, hielt das Gesicht direkt vor die Belüftungsöffnung und sog gierig die Luft ein. Den Duschstrahl richtete sie auf ihren Vater, der nach wie vor auf den Bodenfliesen lag. Sie wollte nicht darüber nachdenken, ob er noch lebte. Das Wasser vermischte sich mit dem Blut und färbte den Boden rot.

Das Feuer musste sich bereits im Haus ausgebreitet haben. Die Vorstellung, dass über ihrem Kopf das ganze Gebäude in Flammen stand, jagte Elina derartige Angst ein, dass sie sich fast übergeben musste. Sie wurde von dem Wunsch überwältigt, nach draußen zu stürzen und zu versuchen, durch die Flammen in die Freiheit zu gelangen. Aber das würde nur den sicheren Tod bedeuten. Sie musste durchhalten und hoffen, dass sie mit ihrem verzweifelten Plan Erfolg hatte.

Plötzlich versiegte der Duschstrahl über ihr. Auch die Dusche nebenan tröpfelte nur noch. Elina drehte an den Hähnen, aber nichts geschah. Offenbar hatte die Hitze die Rohre oder die Pumpe beschädigt.

Elina hörte sich selbst vor Entsetzen schreien. Sie schnappte den Abzieher und steckte ihn durch das Gitter der Belüftungsöffnung.

»Hilfe! HILFE!«

Die Hitze im Duschraum wurde allmählich übermächtig, und der Rauch senkte sich immer tiefer. Elina ließ sich neben ihrem Vater auf dem Fußboden nieder und schützte das Gesicht mit den Händen. Zwischen den Fingern hindurch sah sie, dass der Eimer noch voller Wasser war. Sie zog ihn näher heran und spritzte zuerst sich und dann ihrem Vater etwas Wasser ins Gesicht. Das Atmen wurde immer schwerer, und sie begriff, dass sie kurz davor war, bewusstlos zu werden. Mittlerweile stand die Tür in Flammen, und das Feuer leckte an den Deckenpaneelen des Duschraums. Vom Umkleideraum her hörte sie ein lautes Krachen. Stürzte dort die Decke bereits ein?

Es krachte erneut, dann durchschlug eine Axt die Tür.

8

Wieder einmal war es ein langer Arbeitstag gewesen, und als Riku den Wagen auf das heimische Grundstück im Helsinkier Stadteil Toukola rollen ließ, war es bereits Nacht. Das kleine, in den Zwanzigerjahren als Arbeiterunterkunft gebaute Haus stand unter üppigen Birken im Schein der Straßenlaternen still da. Riku sah auf das leuchtende Zifferblatt seiner Armbanduhr. Ihm blieben gerade mal fünf Stunden Schlaf. Aber das war immerhin mehr, als den Kollegen von der Spurensicherung vergönnt war, die im Fall Dobrina die ganze Nacht hindurch arbeiten mussten.

Seit im Frühling jemand am helllichten Tag in sein Haus eingedrungen war, war Riku auf der Hut. Der Einbrecher hatte nichts mitgenommen, und genau das beunruhigte ihn. Lieber ein gewöhnlicher Dieb als ein Krimineller, der in sein Privatleben eindrang. Offensichtlich hatte der Betreffende etwas gesucht, denn das ganze Haus war durchwühlt worden. Jedes Mal, wenn Riku auf das Grundstück fuhr, kam ihm der Vorfall unangenehm in den Sinn.

Er stieg aus und pflückte eine reife, saftige Pflaume vom Baum. Nach dem Regen war es warm und feucht. Das Haus hätte eine Renovierung nötig, aber Riku steckte sein Geld lieber in den Garten. Jeder Quadratzentimeter wurde genutzt: Kräuter, Blumen, Obstbäume, Strauchheidelbeeren und Rosenbüsche wuchsen in verschiedenen Gruppen und Ansammlungen.

Riku spuckte den Pflaumenkern aus, ging ins Haus und blieb

an der Tür zu Leos Zimmer stehen. Die Monsterfiguren aus Plastik warteten in Reih und Glied im Regal auf den Jungen. Jede hatte ihren eigenen Klan aus der Welt des Feuers, des Waldes, des Himmels, des Wassers und der Berge. Leo glaubte, seine Sammlung wäre bereits vollständig, aber Riku wusste, dass ständig neue Figuren produziert wurden. Katja tolerierte die furchterregenden Gestalten nicht, aber bei Riku wurden damit die unterschiedlichsten Fantasiewelten und wilde Kampfszenen entwickelt.

Unten im Regal blitzte ein Geschenk von Katjas Bruder Slava, einem Biochemiker, hervor: ein programmierbares Roboterauto. Als unverheirateter junger Mann hatte Slava keine Ahnung, für welches Alter so ein Spielzeug gedacht war, weshalb es nun noch eine Weile im Regal warten musste.

Das leere Zimmer zu betrachten machte Riku wehmütig. Besonders wegen Leo war die Scheidung hart gewesen. Riku wollte nicht, dass sein Sohn ohne Vater aufwuchs, so wie er selbst seit seinem dreizehnten Lebensjahr. Vielleicht kamen ihm deshalb auch kurze Trennungen von Leo so schmerzhaft vor.

Er ging ins Arbeitszimmer, wo im Alkoven noch das Gästebett seines Moskauer Freundes aufgeschlagen war, der einige Tage zu Besuch gewesen war. Maxim, Leos Patenonkel, war ausgebildeter Schauspieler, fuhr aber auch Taxi, erledigte kleine Reparaturarbeiten und half in Lokalen aus, um seine Familie zu ernähren. Meist sprühte er vor Energie, doch in letzter Zeit war er besorgniserregend oft sehr niedergeschlagen.

Rikus Blick fiel auf ein Foto an der Wand. Es zeigte ihn und seinen Vater vor einem primitiven ostdeutschen Robotron-Computer. Der Vater hatte die Ärmel seines weißen Hemdes aufgekrempelt, seine Brille war ein großformatiges Achtzigerjahremodell, die schon etwas lichten Haare hatte er mithilfe von Haarwasser nach hinten gekämmt.

Ralf Tanner war 1989 in Moskau, wo er lange gearbeitet

hatte, spurlos verschwunden. Als Ingenieur war er in der Wirtschaft tätig gewesen und auf dem damals sensiblen Terrain des Ost-West-Handels auch einigermaßen erfolgreich. Das Terrain war so sensibel gewesen, dass der Verdacht bestand, Ralf Tanner sei im Zusammenhang mit einem dubiosen Geschäft ermordet worden. In den Zeiten des von Reagan verhängten Exportverbots gab es mehr als genug Geschäfte dieser Art, bei denen heimlich Technologieprodukte in die Sowjetunion geschleust wurden. Ralf Tanners Leiche wurde jedoch nie gefunden, und Riku hatte lange in der Hoffnung gelebt, sein Vater hätte die Sowjetunion bloß für immer verlassen müssen. Da man jedoch nie wieder etwas von ihm hörte, wurde er schließlich für tot erklärt.

Riku warf einen Blick auf den Karton, in dem er Papiere und einige persönliche Gegenstände seines Vaters aufbewahrte. Der Einbrecher hatte im Frühling auch diese Sachen durchwühlt, und das ärgerte Riku über alle Maßen.

Er ging in die Küche, an deren Einrichtung er nach Katjas Auszug nichts verändert hatte: ein Tisch vom Recycling-Zentrum, Flickenteppiche und orange Plastikstühle aus den Siebzigerjahren. Katja hatte alles Gemütliche und Praktische gemocht. Riku musste oft an ihre erste Begegnung denken, als er die junge Frau mit einer Broschüre in der Hand in der Eremitage gesehen hatte. Wegen ihrer Gesichtszüge, der Form der Augenbrauen und den streng nach hinten gekämmten dunklen Haaren hatte er die schöne Frau erst für eine Italienierin gehalten, aber als er sich vor den Sonnenblumen von Matisse neben sie schlich und scheinbar beiläufig ein Gespräch begann, erfuhr er, dass sie aus Moskau kam, wohin ihre Eltern einst aus einem Ort bei Odessa gezogen waren. Aus dieser Begegnung wurde eine Beziehung und schließlich eine Ehe – welche sich allerdings als Fehler erwiesen hatte.

Jetzt wohnte Katja in einem modernen Haus in Espoo, wo alles »neu und funktionell« war. Wie konnte ein Mensch sich nur so vollkommen verändern? Im Nachhinein betrachtet, hätte er allerdings schon kurz nach der Heirat erste Anzeichen erkennen können. Ständig hatte sie Riku gebeten, in einen lukrativeren Beruf zu wechseln oder sich wenigstens um eine Beförderung zu bemühen – als wäre das auch in Finnland einfach so möglich. Wasser auf ihre Mühlen war die Behauptung von Rikus Mutter, mit seinem Abitur hätte er überall arbeiten können, er aber hatte sich zur Überraschung seiner Mutter und manch anderer für die Polizeischule entschieden. Riku begriff bald, dass er sich bei Katja in die Vorstellung von einer Frau verliebt hatte, die nicht der Wirklichkeit entsprach.

Am schlimmsten waren jedoch Katjas zunehmender Alkoholkonsum gewesen und ihr Verhalten als Mutter. Riku konnte die Kopfnüsse und die Schläge auf die Finger, die sie Leo verpasste, ebenso wenig ertragen wie ihre vielen anderen unschönen Erziehungsmethoden.

Als Katja dann im Helsinkier Nachtleben Hans Nyman kennenlernte, war ihre Ehe längst unerträglich geworden. Bei der Scheidung hatte Riku das alleinige Sorgerecht für Leo verlangt, denn er hielt den Gedanken an einen Stiefvater nicht aus und wollte nicht, dass der Junge ständig der harten Erziehung seiner Mutter ausgesetzt wurde. Katja hingegen hatte ihre in Moskau lebende Mutter zu sich geholt, und Tamara – die ehemals so warmherzige und großzügige Universitätslektorin für Englisch – hatte damit gedroht, den russischen Kinderbeauftragten einzuschalten, wenn Riku seine Sorgerechtsforderung nicht aufgeben würde.

Riku wollte nicht mehr an die Scheidung und all die Umstände, die damit zusammenhingen, denken. Sie hatten keinen Ehevertrag gehabt, und Katja hatte wie ihre Mutter den Verkauf des Hauses für eine Selbstverständlichkeit gehalten. Riku dagegen hatte daran nicht einmal denken wollen, seinen Garten hätte er nur mit den Füßen voraus verlassen. Nach ihrer Hochzeit hatten sie das Haus mithilfe der Erbschaft, die Katja von ihrem Onkel erhalten hatte, kaufen können. Und nun war es für Riku eine große Herausforderung, Katja auszubezahlen, aber er hatte beschlossen, das Haus zu behalten, nicht zuletzt, um seine Schwiegermutter zu ärgern.

Er öffnete den Kühlschrank und holte eine Plastikdose mit Steinpilzrisotto vom Vortag heraus. Einige italienische Gerichte konnte er gut zubereiten und kochte sie immer wieder, ohne genug davon zu bekommen. Kamen Freunde zu Besuch, servierte er ihnen seine Spezialität: in Kräutern marinierte Rouladen mit Polenta und als Nachspeise Panna cotta.

Er wärmte den Risotto in der Mikrowelle auf, nahm sich ein Bier aus dem Kühlschrank, ging auf die von Clematis umrankte Terrasse und setzte sich in den Duft der Apfelbäume. Er hatte kaum zu Ende gegessen, als das Display seines Handys auf dem Gartentisch zu blinken begann.

»*Was war das für eine Bewachung, die du für unsere wichtigste Zeugin organisiert hast?*«, fragte Jalavas zornige Stimme am anderen Ende der Leitung, als Riku sich meldete.

9

Im Hafen von Kotka brach ein leicht bewölkter Spätsommermorgen an. Die Luft war vom nächtlichen Regen etwas abgekühlt, die Möwen kreisten kreischend am Himmel. Ein leichter Seewind trieb die Wolken langsam nach Norden.

Aikos Marmadikos, der griechische Kapitän der unter liberischer Flagge segelnden *Freedom Voyager*, eines Öltankers der Panamax-Klasse, stand regungslos da und beobachtete einen Labrador mit schwarz glänzendem Fell und zwei finnische Polizisten auf der Kommandobrücke. Von hier oben aus bot sich ihm ein großartiger Blick auf das Meer, das beleuchtete Hafengelände und auf das fast zweihundert Meter lange, dunkelrot gestrichene Deck des Schiffes.

Marmadikos richtete den Blick wieder auf den Drogenhund, der gerade am Steuerpult schnupperte. Er wusste, dass zur gleichen Zeit ein zweiter Hund mit seinen Führern im Maschinenraum und in den Kajüten der Besatzung nach möglichen Drogenverstecken suchte.

Die Patrouillen auf dem Schiff machten ihn nervös, auch wenn er sicher war, dass die Hunde nichts finden würden.

Auf dem Monitor sah man die einsatzbereite, hellgrün gestrichene Druckpumpe, mit deren Hilfe die achtzigtausend Tonnen Fracht aus dem Schiff über das Röhrenlabyrinth am Hafen in die riesigen weißen Behälter gepumpt werden würden. Mit dem Tanker wurden raffinierte Ölprodukte transportiert, im Gegensatz zu Rohöl eine saubere Last, weshalb die Behälter auf dem Schiff rot gestrichen waren.

Der Leiter der Polizei- und Zollgruppe öffnete die Tür zur Brücke. Mit strenger Miene trat der Finne vor den Kapitän.

»Die Kontrolle ist abgeschlossen«, teilte der Polizist mit.

Stumm verfolgte der Kapitän, wie die Männer mit ihren Hunden das Schiff verließen und auf dem Kai in ihre Fahrzeuge stiegen. Dann nahm er das Mikrofon in die Hand. »Startet die Pumpe.«

Auf dem Monitor sah er, wie die Druckpumpe angefahren wurde, langsam, um sicherzugehen, dass die Apparatur, die Rohre und die Schlauchanschlüsse intakt waren. Der Umgang mit mehreren tausend Tonnen Benzin war gefährlich und verlangte Präzision und Sorgfalt.

Als die Ladung gelöscht war und der Südwind vom Finnischen Meerbusen auch den letzten Benzindampf vom Deck geweht hatte, wurde tief im Inneren des Schiffs knirschend eine Mutter gelöst, und mehrere tätowierte, starke Hände griffen nach einem schweren Stahldeckel, den sie gleich darauf vorsichtig auf den Boden legten. Ein kleiner philippinischer Seemann namens Maikido schaute in das dunkle Rohr. Offiziell gehörte es zu den Laderöhren des Tankers, aber in Wirklichkeit war es an keiner Stelle mit ihnen verbunden.

Der Kapitän nickte dem Philippiner zu, der sich ein Seil um den Leib schlang und in das Rohr hineinkroch.

»Vorsichtig«, mahnte Marmadikos und sah auf die Uhr. Er wusste, dass Maikido zuerst zehn Meter geradeaus kriechen, dann eine Biegung nehmen und einen wegen der Drogenhunde eingebauten Wasserverschluss öffnen musste.

Nach einigen Minuten kehrte Maikido zurück und zog das straff gespannte Seil hinter sich her. Er sprang aus der Rohröffnung, die Männer zogen am Seil, und wenig später tauchte ein mit Plastikplanen geschützter Kasten auf, der fast die gesamte Rohröffnung ausfüllte.

Die Hände ergriffen den Kasten und stellten ihn vorsichtig

auf den Boden. Still und ernst blickten die Männer auf die Kiste.

»Was ist da drin?«, fragte ein bulgarischer Seemann.

»Schnauze!«, fuhr ihn der Kapitän an, obwohl er Verständnis für die Neugier seiner Leute hatte. Bisher waren die versteckten Ladungen immer wesentlich kleiner gewesen.

Zwei Männer verstauten den Kasten in einem großen Sack voller Wäsche. Der Sack wurde die Treppe hinaufgetragen und in die Wäschekammer gebracht, wo er zu anderen Säcken gestellt und schließlich zusammen mit diesen in den Lkw einer finnischen Frachtfirma geladen wurde.

Der Kapitän ging auf die Kommandobrücke hinauf, setzte sich an den Computer und verschickte über einen anonymen Server die Bestätigung, dass die Fracht geliefert worden war.

Elina lag im Krankenhausbett und starrte an die Decke. Als die Axt die Tür durchschlagen hatte und unmittelbar darauf der Feuerwehrmann hereingekommen war, hatte sie eine große Erleichterung erfasst. Die war nun allerdings vollkommen verflogen.

Sie lag allein in einem Dreibettzimmer. Vor ihrer Tür auf dem Gang saß ein Polizist in Zivil. Es war ein anderer als derjenige, der vor ihrem Haus im Auto gesessen hatte. Diesen hatte man bewusstlos geschlagen am Waldrand gefunden, den Mund zugeklebt, mit gefesselten Händen und Füßen. Jetzt lag er im selben Krankenhaus auf einer anderen Station.

Die Kugel, die fast ihren Vater getötet hätte, war für sie bestimmt gewesen. Warum?

Diese Frage plagte Elina unablässig. Was hatte das alles zu bedeuten? Ging es um das Briefkuvert, das Vera ihr gegeben hatte, damit sie es an einem sicheren Ort aufbewahrte?

Es klopfte an der Tür.

Elina fuhr zusammen. Sofort hatte sie die Angst wieder im Griff. Aber sie wusste, dass sie dagegen ankämpfen musste, sonst wäre sie verloren. Als ihre Freundin Heidi ihr früh am Morgen etwas zum Anziehen gebracht hatte, hatte sie mit ihrem überschäumenden Aktionismus alle Besorgnis beiseitegefegt. Aber eben nur für eine Weile.

Eine Krankenschwester kam ins Zimmer. »Sie haben sicher schon gehört, dass die Operation Ihres Vaters gut verlaufen ist. Er wird heute von der Intensivstation auf Station zwölf verlegt. Am Nachmittag können Sie ihn sehen.«

»Könnte ich bis dahin nach Hause gehen?«

»Erst nach der Arztvisite.« Die Schwester nickte einmal bekräftigend und verließ dann das Zimmer.

Die Ereignisse der Nacht erschienen so unwirklich und rumorten chaotisch in Elinas Kopf. Durch die eigenen Schrecken war die Trauer um Vera in den Hintergrund geraten.

Elinas Handy auf dem Nachttisch blinkte. Sie hatte es auf lautlos gestellt und Fragen von Freunden und Verwandten mit ausweichenden SMS beantwortet. Aber jetzt war es Sebastian. Er rief vom Flughafen Berlin-Tegel aus an, und sie verabredeten sich in der Klinik. Elina konnte es kaum erwarten, ihn zu sehen. Sie kannten sich erst seit drei Monaten, fühlten sich aber sehr vertraut. Im Winter würde sie wegen ihrer Forschungsarbeit über die Stasi für einige Zeit nach Berlin ziehen.

Wieder klopfte es an der Tür.

Riku betrat das Krankenzimmer und ging zu dem Bett am Fenster, in dem Elina Aro lag.

»Guten Morgen«, grüßte er und setzte sich auf einen Stuhl neben dem Bett. Die Frau in dem Krankenhausnachthemd erwiderte den Gruß mit etwas heiserer Stimme.

»Was Sie heute Nacht getan haben, war einzigartig«, erklärte Riku.

Elina Aro schwieg.

»Können Sie mir sagen, was passiert ist?«

»Hat der Polizist, der vor dem Haus war, das Gesicht des Angreifers gesehen?«

»Nein. Er wurde überrascht. Und es war dunkel.«

Elina Aro erzählte, teils etwas wirr, teils bewegt, was im Haus passiert war. Ihr Bericht bestätigte das Bild, das Riku sich bereits gemacht hatte. Sie war Augenzeugin des Mordes an Vera Dobrina gewesen, und das war dem Täter offenbar klar.

Als sie geendet hatte, überlegte Riku kurz, bevor er sagte: »Ich habe über Ihre Bemerkung nachgedacht, dass Frau Dobrina über brisante Informationen zur jüngsten finnischen Geschichte verfügt haben will. Wo könnte sie diese Informationen herhaben?«

»Das hat sie nicht gesagt.« Elina Aro seufzte. »Sie kam nicht mehr dazu.«

Sie sah Riku ernst an, schaute dann aber an ihm vorbei und schien einen Gedanken zu verfolgen.

»Ich habe mich gefragt«, hob sie schließlich an, »warum auch ich umgebracht werden sollte. Falls es nicht nur darum ging, eine Zeugin auszuschalten.«

»Was könnte sonst der Grund sein?«

»Ich weiß es nicht. Aber ich habe bei meiner Forschungsarbeit in allen Einzelheiten den Einfluss Russlands auf Finnland untersucht.«

»Ich glaube nicht, dass dies hier von Bedeutung ist. Wie weit sind Sie mit Ihrer Arbeit?«

»Beim Verlag liegt bereits ein Exemplar des Manuskripts, aber ich werde es noch ergänzen. Das Buch kommt im November heraus.«

»Hat Ihnen Frau Dobrina etwas über den KGB oder die Stasi erzählt, das Sie in Ihr Buch aufnehmen wollen?«

»Nein. Aber je länger ich über das, was Vera erzählt hat, nachdenke, desto mehr habe ich das Gefühl, dass der Schlüssel zu allem in den Rosenholz-Dateien zu finden ist. Sie könnten etwas wesentlich Brisanteres enthalten als das, was man bis jetzt aus ihnen entnommen hat. Oder entnehmen wollte … Irgendwie scheint es mir näherliegend, an eine politische Tat zu glauben.«

»In der Kriminalermittlung muss man Fakten und Spekulationen auseinanderhalten«, erwiderte Riku. »Überlassen wir das Politisieren den Politikern.«

10

Andrej Nowikow saß in seinem angemieteten Apartment im Helsinkier Stadtteil Mellunkylä auf der Couch und starrte auf den Laptop. Der Brand hatte schweren Sachschaden angerichtet, aber von Opfern war in den Meldungen bislang nicht die Rede. Vielleicht waren die Aufräumarbeiten noch nicht so weit fortgeschritten und die Leichen im Keller noch nicht gefunden. Oder aber die Polizei verschwieg die Opfer, weil ein Zusammenhang mit dem Mord an der Dobrina bestand.

Es klingelte.

Nowikow ging an die Tür, drückte die Waffe dagegen und sah durch den Spion.

Feliks.

Er ließ den sorgfältig gekleideten, etwa sechzigjährigen drahtigen Mann mit den stahlgrauen Haaren und der teuren Hornbrille in die Wohnung. Feliks Grischanow war nicht sein richtiger Name, aber Nowikow war es gewohnt, ihn so zu nennen.

»Der Fall ist erledigt«, sagte Nowikow.

»Ach ja?«

Der ironische Unterton des Besuchers ließ Nowikow unruhig werden. Er sah zu, wie Feliks zu seinem Computer ging, ein E-Mail-Programm öffnete und sich einloggte. Grischanows Hände waren gebräunt, die Nägel gepflegt, und den Mittelfinger zierte ein außergewöhnlicher Ring.

»Die Lieferung ist in Kotka«, erklärte Feliks zufrieden und leitete die entsprechende Nachricht an jemanden weiter. Nowikow hätte gern gewusst, an wen, aber für derartige Informationen war er ein viel zu kleiner Fisch.

Sobald Feliks den Laptop zugeklappt hatte, verschwand das zufriedene Lächeln von seinem Gesicht. »Leider täuschst du dich«, sagte er mit einer Stimme, von der Nowikow eine Gänsehaut bekam. »Du hast den Fall nicht erledigt. Der Vater liegt auf der Intensivstation, die Tochter ist unbeschadet davongekommen.«

»Woher weißt du das?«

»Du hast zweimal versagt, Andrej.«

Nowikow spürte, wie seine Kehle trocken wurde. »Es ist lange her, dass ich …«

»Seinerzeit hatte ich dir vertraut«, unterbrach ihn Feliks. »Deshalb habe ich es auch jetzt getan. Zum Glück hast du wenigstens den Trottel von der Polizei, der den Aufpasser spielen sollte, am Leben gelassen. Eine Hetzjagd wegen eines Polizistenmordes hätte uns gerade noch gefehlt.«

»Du kannst dich immer noch auf mich verlassen.«

»Verstehst du nicht, wie ernst diese Angelegenheit ist? Die Frau ist im Krankenhaus Jorvi. Das ist deine letzte Chance. Fahr sofort hin, aber gib mir vorher den Computer von der Dobrina.«

Riku war auf dem Weg zum Außenministerium im Stadtteil Katajanokka, um dort mit Vertretern der Sicherheitspolizei und des Ministeriums über den Ermittlungsbericht im Fall Dobrina zu sprechen, der den russischen Behörden geschickt werden sollte. Unterwegs telefonierte er mit Antti Paasio, dem Verleger von Elina Aro.

»Hat das irgendetwas mit dem Mord an Vera Dobrina zu tun?«, fragte Paasio.

»Wir ermitteln lediglich in jede denkbare Richtung«, erwiderte Riku ausweichend. »Das Buchmanuskript ist also bei Ihnen?«

»Die aktuelle Version liegt bei mir im Tresor. Frau Aro hat natürlich eine noch aktuellere. Es handelt sich um die gründlichste Analyse, die je über die Zeit der Finnlandisierung vorgenommen worden ist.«

»Sind Sie in ein, zwei Stunden in Ihrem Büro? Dann würde ich kurz vorbeikommen.«

»Ja, ich bin hier. Aber ohne die Erlaubnis der Autorin kann ich Ihnen das Manuskript natürlich nicht zeigen ...«

»Ich will nur mit Ihnen reden.«

Nach dem Mordversuch an Elina Aro mussten sie nun alle Möglichkeiten in Betracht ziehen. Riku hatte seine Kontaktleute bei der russischen Kriminalpolizei angerufen und genau das erfahren, was er schon wusste: Frau Dobrina hatte in ihren Artikeln die miteinander verschlungenen Tentakel des organisierten Verbrechens und der Politik analysiert. Es gab viele Motive, um sie zum Schweigen zu bringen. Aber das wäre in Moskau doch viel leichter zu bewerkstelligen gewesen. Warum nur hatte der Mörder ausgerechnet in Finnland zugeschlagen?

Durch die großen Fenster fiel das gleichmäßige Licht des bewölkten Morgens in die Eingangshalle. Andrej Nowikow hielt die Hand unter einen Desinfektionsmittelspender, verrieb die ölige Flüssigkeit sorgfältig und drückte mit dem Ellenbogen auf den Knopf, der die elektrische Tür zur Krankenstation öffnete.

Er betrat einen Gang, auf dem einige Patienten und Schwestern in weißen Kitteln herumliefen. Eine Frau mit einer Infusion wurde gerade in eines der Zimmer geschoben.

Nowikow ging weiter und passierte den Empfangsschalter des Stationszimmers. Es war leer. Neben der Tür von Zimmer 12 saß ein Mann in Windjacke. Nowikow ging nicht an dem Zivilpolizisten vorbei, sondern bog vorher in den Aufenthaltsraum ab, wo einige Patienten Zeitung lasen oder fernsahen. Feliks hatte ihm von der Bewachung erzählt.

Nowikow setzte sich und nahm eine Zeitung in die Hand. Im Frühstücksfernsehen wurde über den Mord an Vera Dobrina in einer Wohnung in Helsinki berichtet. Man zeigte einen Ausschnitt von der Pressekonferenz. Aus ermittlungstechnischen Gründen schwieg die Polizei über die Einzelheiten des Falls.

»*Vera Dobrina ist als Journalistin für ihre heftige Kritik an der russischen Regierung bekannt geworden. Die Polizei lässt sich vorerst aber nicht auf Spekulationen darüber ein, ob der Mord politisch motiviert gewesen sein könnte. Bei uns im Studio ist jetzt der Russlandexperte Heikki Mattila vom Aleksander-Institut zu Gast. Herr Mattila, was hat es zu bedeuten, wenn eine russische Dissidentin in Finnland ermordet wird?*«

In dem Moment erstarrte Nowikow. Elina Aro kam in normaler Straßenkleidung den Gang entlang, gefolgt von dem Zivilpolizisten.

Nowikow tat so, als konzentrierte er sich auf die Zeitung. Elina Aro und der Polizist gingen am Aufenthaltsraum vorbei und öffneten die Stationstür. Nowikow faltete die Zeitung zusammen, stand auf und folgte ihnen.

11

Elina schaute ihren Vater an und glaubte, ein Lächeln auf seinen blassen Lippen zu erkennen. Er war an Kontrollgeräte angeschlossen, die neben ihm auf einem Gestell standen. Sein Bett war mit einem weißen Vorhang abgeschirmt.

Elina hätte gern seine Hand genommen, traute sich aber wegen der Kanüle im Handrücken nicht. Das Wichtigste war, dass sie sich gesehen hatten. Zärtlich streichelte sie ihrem Vater die Wange, dann kehrte sie auf den Gang zurück, wo der Polizist auf sie wartete. Zusammen gingen sie zu dem Besuchszimmer, in dem sie mit Sebastian verabredet war. An der Tür hüpfte Elinas Herz vor Freude, es kam ihr vor, als hätte sie seit Jahren nicht mehr so hemmungslos gestrahlt.

Sebastian stand aufrecht und ernst am Fenster. Die Bartstoppeln in seinem gebräunten Gesicht waren länger als sonst.

»Was geht hier eigentlich vor?«, fragte er auf Deutsch und schlang die Arme um Elina.

»Würden Sie uns bitte alleine lassen?«, bat Elina den Polizisten, der nach kurzem Zögern auf den Gang hinausging. Dann erzählte sie von den Ereignissen des Vorabends und der Nacht. Sebastians Gesichtsausdruck wechselte rasch von Ungläubigkeit zu Wut und von Wut zu tiefer Sorge.

»Glaubst du, es könnte sich um einen Auftrag des Kreml gehandelt haben?«, fragte er mit nachdenklichem und zugleich aufmerksamem Blick.

»Ich weiß es nicht. Aber als Vera nach Finnland kam, hatte sie einen großen Briefumschlag bei sich«, flüsterte Elina. »Sie bat mich, ihn während ihres Besuchs an einem sicheren Ort aufzubewahren. Ich habe ihn in den Tresor meines Verlegers gebracht, wo auch mein eigenes Manuskript liegt. Vielleicht enthält das Kuvert enthüllendes Material.«

»Davon hast du doch nichts der Polizei erzählt?«

»Nein. Die Polizei soll nicht als Erste das persönliche Material von Vera lesen. Erst will ich es durchsehen und mir ein Bild davon machen.«

Sebastian nickte. »Am besten überprüfst du das so schnell wie möglich. Sollte das Material für die polizeilichen Ermittlungen von Bedeutung sein, musst du es unverzüglich weitergeben.«

»Ich werde zu meiner Sicherheit bewacht. Die Polizei folgt mir auf Schritt und Tritt.«

Sebastian deutete auf die Tür am anderen Ende des Raumes. »Weißt du, wo die hinführt?«

Elina blickte sich um. »Wahrscheinlich auf einen anderen Gang.«

»Mein Mietwagen steht auf dem Parkplatz«, sagte Sebastian. »Wir holen das Material und kommen dann wieder hierher.«

Elina zögerte. Sebastians Vorschlag kam überraschend, klang aber sinnvoll und tatkräftig. Es war gerade Sebastians Selbstsicherheit, die Elina anzog. Er verband deutsche Gründlichkeit und amerikanische Zielstrebigkeit – seine Mutter war als amerikanische NATO-Mitarbeiterin in Deutschland stationiert gewesen, und Sebastian hatte in Rochester im Bundesstaat New York studiert und sich beruflich in Afghanistan, im Irak und im Nahen Osten aufgehalten. In solchen Krisenregionen, wo das Überleben oft von Kleinigkeiten abhing, konnte man nicht lange überlegen, sondern musste nach kurzer Einschätzung der Situation schnell und effektiv handeln.

Dennoch hatte Elina Bedenken, einfach so abzuhauen, nachdem sie dem Mörder schon zweimal begegnet war. Aber sie wollte schließlich, dass der Mann geschnappt wurde, so schnell wie möglich. Und sie wollte unter keinen Umständen, dass irgendwelche Polizisten Veras persönliches Material unter die Lupe nahmen, bevor sie es selbst gesehen hätte. Außerdem war ja nun Sebastian bei ihr.

Andrej Nowikow stand in der Eingangshalle und wartete, dass Elina Aro von ihrem Vater zurückkäme. Durch die Fenster schaute er ziellos auf den Parkplatz hinaus. Plötzlich schärfte Nowikow den Blick. Dort draußen eilten ein Mann und eine Frau im Laufschritt davon. Die Frau erkannte er sofort. Es war Elina Aro.

Sie verließ das Krankenhaus … War der Mann, der sie begleitete, ein anderer Polizist? Warum stand der Beamte, der ihr Zimmer bewacht hatte, noch immer auf dem Gang?

Nowikow rannte zum Treppenhaus und zog gleichzeitig das Handy aus der Hosentasche.

»Sie ist auf dem Parkplatz«, rief er ins Telefon, während er die Treppe hinunterhastete.

12

Riku fuhr in die Innenstadt, um Kari Vatanen, den Russlandexperten der Sicherheitspolizei, der ebenfalls an der Besprechung im Außenministerium teilgenommen hatte, zu dessen Büro zu bringen. Danach sollte er bei Elina Aros Verleger vorbeischauen. Vatanen sah aus wie ein typischer Beamter. Auf dem vierzig Jahre alten Ledersitz im Mercedes-Coupé schien er sich nicht recht wohlzufühlen.

»Mir geht die Bemerkung von Elina Aro nicht aus dem Kopf, dass Vera Dobrina angeblich brisante Dinge über finnische Politiker wusste. Wo hätte sie solche Informationen herhaben sollen? Jedenfalls nicht direkt aus den Archiven des KGB. Vielleicht auf einem Umweg über den Westen«, sagte Riku, als er vor dem Gebäude der Sicherheitspolizei anhielt. »Ich weiß nicht, ob es etwas mit dem Fall zu tun hat, aber Frau Dobrina war vor zwei Wochen in London.«

»Tatsächlich?«, fragte Vatanen interessiert. »Könntet ihr herausfinden, wen sie in London getroffen hat? Sie hatte stets direkten Kontakt zu einer Reihe von Dissidenten, die Russland verlassen haben, und zum britischen Nachrichtendienst, der mit diesen Leuten zusammenarbeitet.«

»Wenn der britische Nachrichtendienst wüsste, dass ein Politiker, der nach wie vor in der finnischen Politik aktiv ist, für die Russen spioniert hat, dann würden euch die Briten doch einen Tipp geben?«, mutmaßte Riku. »Oder legt ihr solche Tipps grundsätzlich in den Tresor, wenn sie bestimmte Politiker betreffen?«

Vatanen erwiderte nichts, sondern bückte sich nur nach seiner Aktentasche.

»Vera Dobrina hat mit Elina Aro über die Rosenholz-Dateien gesprochen und sie als sehr wichtig bezeichnet«, fuhr Riku fort. »Ich will mir die Dateien ansehen.«

Vatanen lachte kurz und trocken auf. »Es kann nicht dein Ernst sein, diese Ermittlungslinie auch nur in Betracht zu ziehen. Außerdem: Falls in diese Richtung ermittelt würde, wäre das unser Bier.«

»Es geht um eine Mordermittlung. Wir brauchen jedes Material, das uns helfen kann.«

»Selbstverständlich. Aber wir haben die Rosenholz-Dateien gar nicht ...«

»Hör auf! Ihr habt nicht die Rosenholz-Dateien, sondern nur deren ›wesentlichen Informationsgehalt‹, oder wie die dämliche Formulierung lautet.«

»Das nennt man Doppelsicherung«, erklärte Vatanen lächelnd. »Erstens haben wir die Rosenholz-Dateien tatsächlich nicht, und zweitens bleiben sie in unserem Tresor.«

»Wir können also nicht ohne Weiteres die Theorie ausschließen, dass Moskau Frau Dobrina zum Schweigen gebracht hat, weil sie Erkenntnisse über einen Finnen hatte, der für Moskau spioniert?«

»Ich würde das für eine extrem unwahrscheinliche Variante halten«, sagte Vatanen trocken, die Hand am Türgriff. »Aber es wäre natürlich in jedem Fall interessant zu wissen, womit sich Frau Aro in ihrem Buch beschäftigt. Könntest du uns das Manuskript zukommen lassen, wenn du es dir beschafft hast?«

Riku ärgerte sich über den Tonfall, der nicht nach einer Bitte, sondern nach einem Befehl klang. Holt es euch doch selbst, wenn es euch interessiert, dachte er und sah seinem Besuch bei dem Verleger mit noch größerem Interesse entgegen.

»Der Wagen scheint sich prima für einen Polizisten zu eignen, der nicht auffallen will«, scherzte Vatanen beim Aussteigen.

Riku winkte einem kleinen Jungen zu, der interessiert das Coupé betrachtete. Er mochte gar nicht erst darüber nachdenken, was das für eine Gesellschaft war, für die er sich in seiner Arbeit einsetzte. Auf der einen Seite versuchte man, Drogenpolizisten, die Erfolge vorzuweisen hatten, auszubremsen, und auf der anderen Seite schützte man Landesverräter, die hohe Ämter innehatten, mit allen Mitteln.

Sie näherten sich dem Verlag, der seinen Sitz in der Kalevankatu hatte. Sebastian saß am Steuer des Golfs, den er am Flughafen gemietet hatte, Elina auf dem Beifahrersitz. Sie hatte den Verleger angerufen, um sich zu versichern, dass er im Haus war.

Während der Fahrt hatte Sebastian sie bis in die kleinsten Details über die Ereignisse ausgefragt. Elina fühlte sich am Schicksal ihres Vaters schuldig, obwohl Sebastian sie vom Gegenteil zu überzeugen versuchte Es sei doch ihr Verdienst gewesen, dass ihr Vater auf beinahe wundersame Weise gerettet worden sei. Sebastian hatte seine Mutter bei einem Autounfall verloren, als er neun Jahre alt gewesen war, das hatte er Elina schon bei ihrer ersten Verabredung anvertraut. Sebastian redete noch immer nicht oft darüber, auch nicht mit Elina, obwohl sie ungefähr im gleichen Alter gewesen war, als sie ihre Mutter bei einem Verkehrsunfall, verursacht durch einen betrunkenen Autofahrer, verloren hatte.

Elina deutete nach rechts vor sich. »Das alte Haus dort. Halt irgendwo an, ich geh schnell rein.«

In der schmalen Straße mit den kleinen Boutiquen, Bars und Einrichtungsläden gab es nur wenige Parkplätze. Sebastian hielt vor einer Einfahrt, und Elina sprang aus dem Wagen. Sie trat durch die massive Eingangstür ins Treppenhaus und eilte in den ersten Stock hinauf, wo die Verlagsgesellschaft Dynamo ihren Sitz hatte.

Als sie im Büro ihres Verlegers stand, vergeudete sie keine

Zeit. »Ich brauche den Umschlag, den ich dir zur Aufbewahrung im Tresor gegeben habe«, erklärte sie knapp.

»Elina, wir müssen reden …«

»Nicht jetzt. Wärst du so freundlich und würdest mir den Umschlag geben?«

Der Mann mit der schwarzen Retro-Brille ging zum Tresor, öffnete die schwere Tür und nahm ein braunes Kuvert heraus.

»Was ist los? Du siehst erschöpft aus. Ist etwas passiert? Ein Polizist hat sich nach dir und deinem Buch erkundigt.«

»Wer?«

»Ich glaube, sein Name war Tanner. Er hat gesagt, er käme vielleicht heute noch vorbei.«

Ohne etwas zu erwidern, schob Elina das Kuvert in eine Plastiktüte, dann verließ sie das Büro, lief die Treppe hinunter und eilte zu dem Golf am Straßenrand.

»Und jetzt zurück zum Krankenhaus«, sagte sie, als sie wieder neben Sebastian saß. »Der Polizist kriegt Zustände, wenn er merkt, dass ich weg bin.«

Sebastian schwieg.

Elina sah ihn erstaunt an. Sein Gesicht war bleich, seine Miene wie versteinert.

Im selben Moment registrierte Elina etwas auf der Rückbank, sie spürte es mehr, als dass sie es sah oder hörte. Rasch drehte sie sich um und erblickte einen geduckt dasitzenden Mann mit einer Waffe in der Hand.

»Ruhig bleiben!«, befahl der Mann auf Finnisch mit deutlichem russischem Akzent.

Elina stockte der Atem. Der Mann kam ihr bekannt vor. Es war Veras Mörder.

»Gib mir die Tüte«, sagte er.

Elina saß wie erstarrt da.

»Gib sie her!«, herrschte er sie an und streckte sich nach der Plastiktüte auf Elinas Schoß.

13

Riku suchte in der Kalevankatu, wo sich Elina Aros Verlag befand, nach einem Parkplatz. Das Gespräch mit Vatanen hatte sein Interesse für das Manuskript noch mehr gesteigert.

Vor ihm standen zwei Autos nebeneinander. Aus dem VW Golf, der am Straßenrand geparkt war, wurde eine Plastiktüte in den weinroten Volvo gereicht, der in zweiter Reihe stand.

Eine Frau versuchte, aus dem Golf auszusteigen, aber sie wurde wieder in den Wagen gezogen, und die Tür schloss sich.

Riku konnte kaum glauben, was er da sah. War das Elina Aro? Sie sollte doch in der Klinik sein!

Der Volvo fuhr an und wendete um hundertachtzig Grad. Riku versuchte, das Nummernschild zu erkennen, aber es gelang ihm nicht. Er hielt an und wählte die Nummer des Polizisten, der im Krankenhaus auf Elina Aro aufpassen sollte.

Auch der Golf fuhr jetzt los. Während Riku ihn ruckartig im Verkehr verschwinden sah, fragte er den Polizisten: »Ist Frau Aro in ihrem Zimmer?«

»Nein, sie unterhält sich mit ihrem Freund …«

Riku überlegte nicht lange, sondern ließ den Motor aufheulen und brauste los, wodurch er einige Vollbremsungen sowie eine Kakophonie zorniger Autohupen provozierte. Er bog in die Albertinkatu ab, wie es auch der Golf getan hatte, und konnte gerade noch einem Lieferwagen ausweichen, der auf der Fahrbahn stand. Mit pochendem Herzen blickte Riku die belebte Straße hinunter. Wohin war der Golf verschwunden? Er trat aufs Gas und konnte gerade noch sehen, wie der Golf in die Uudenmaankatu einbog. Immer wieder musste Riku abbremsen, um einen Zusammenstoß zu verhindern und Fußgänger nicht zu gefährden.

Am Ende der Uudenmaankatu war der Golf erneut aus seinem Blickfeld verschwunden, aber im letzten Moment konnte Riku ihn auf die Esplanade einbiegen sehen. Er wollte Verstärkung rufen und tastete nach seinem Handy. Der Golf fuhr am Markt und am Präsidentenpalais vorbei über Pohjoisranta auf die Sörnäisten rantatie. Dort ging es geradeaus weiter. Riku warf einen kurzen Blick auf den Beifahrersitz, aber das Handy war weg. Wahrscheinlich war es in einer scharfen Kurve zu Boden gefallen. Auf dem Ostzubringer war der Verkehr lebhaft. Trotzdem konnte sich Riku zurückfallen lassen, dabei die Ausfahrten im Blick behalten und gleichzeitig weiter nach seinem Handy suchen. Von der Leistung her war der Mercedes gut für Verfolgungen geeignet, aber für unauffälliges Beschatten war das alte Coupé eine geradezu lächerliche Wahl. Oder vielleicht eine besonders gute, denn kein Profi würde glauben, dass ein anderer Profi versuchte, ausgerechnet mit so einem seltenen Fahrzeug in der Masse unterzutauchen. Kurz vor der U-Bahn-Station Siilitie nahm der Golf die Ausfahrt, bog ins Gewerbegebiet mit den vielen Autohändlern ab und hielt sich nach dem ersten Kreisel links.

Irgendwo unter dem Beifahrersitz klingelte es jetzt. Riku versuchte, an das Handy heranzukommen, hätte dabei aber fast die Kontrolle über den Wagen und überdies den Golf aus dem Blickfeld verloren, der bei einem Transformator links und gleich danach noch einmal links abbog, ins Gewerbegebiet Roihupelto. Noch einmal tastete Riku fluchend nach seinem Telefon und musste dabei kurz nach unten schauen. Als er wieder durch die Windschutzscheibe sah, war der Golf verschwunden.

Riku fuhr langsam weiter und ließ den Blick über die trostlosen Hallen schweifen.

Kurz nach einem alten Fabrikgelände, das leer und verlassen wirkte, bremste er plötzlich ab. Er fuhr ein Stück zurück, bis er vor der Zufahrt stand, zögerte kurz und fuhr dann langsam aufs Gelände. Hohes trockenes Gras wuchs vor den Wänden des Fabrikgebäudes, dessen Fenster mit Spanplatten vernagelt waren, auf denen bunte Graffiti prangten.

Im Innenhof sah Riku genau das, was er befürchtet hatte: den roten Golf, leer.

Er stieß wieder etwas zurück und stellte hinter einer Ecke des Gebäudes den Motor ab. Dann holte er rasch sein Handy unter dem Sitz hervor, rief in der Polizeizentrale an und bat um Verstärkung.

Nach einer kurzen Einschätzung der Lage lief er die Laderampe im Innenhof hinauf, blieb an der offenen Tür stehen und lauschte. Irgendwo in der Ferne hallten Schritte. Sie waren schwer zu lokalisieren. Er betrat die leere Fabrikhalle und bewegte sich darin so schnell und lautlos wie möglich vorwärts, bis er an eine Treppe kam. Nun waren die Geräusche deutlicher zu hören. Er rannte auf die nächste Tür zu.

Die Geräusche wurden lauter. Vorsichtig spähte Riku in die sich anschließende Halle und sah am anderen Ende einen Mann und eine Frau, Elina Aro. Sie standen vor einer Metalltür, die in die Betonwand eingelassen war, und Riku konnte erkennen, dass sie Angst hatten. Ein Mann mit kurzen Haaren und dunkler Jacke richtete eine Waffe auf die beiden.

Riku begriff, dass es um Sekunden ging.

»Polizei, legen Sie die Waffe auf den Boden!«, rief er und zielte mit seiner Dienst-Glock auf den Mann, der zu ihm herumfuhr.

Ohne auch nur einen Moment zu zögern, gab der Mann einen Schuss in Rikus Richtung ab. Riku warf sich zur Seite und schoss ebenfalls. Die Kugel schlug unmittelbar neben ihm in der Wand ein. Der Putz rieselte, und er konnte gerade noch sehen, wie der Schütze hinter einen alten Druckkessel stolperte.

Elina Aro und ihr Begleiter nutzten die Gelegenheit und schlüpften durch die Metalltür.

»Die Polizei umstellt das Gebäude«, rief Riku. »Geben Sie auf!«

Für einen Moment war es still. Dann tauchte der Mann hinter dem Druckkessel auf. Er zog ein Bein nach und kam wild feuernd auf Riku zu. Der stürzte sich zwischen den Fabrikschrott im fensterlosen Teil der Halle und kroch mit der Waffe in der Hand weiter, während um ihn herum die Kugeln einschlugen. Scharfe Metallteile und Glassplitter schürften ihm Arme und Beine auf.

Als er an der Hallenwand angekommen war, drehte er sich blitzschnell auf den Rücken, hob die Waffe und sah den Schützen näher kommen. Der Mann blieb stehen und streckte zitternd die Hand mit der Waffe aus. Deckung gab es keine mehr. Die Frage war, wer zuerst schoss.

Riku drückte ab.

Er hörte einen schweren Aufprall, rappelte sich auf und näherte sich mit vorgehaltener Waffe vorsichtig dem Mann, der auf dem Boden lag und röchelte. Riku kniete sich neben ihm hin und sah in ein schmerzverzerrtes Gesicht. Die Kugel war mitten in die Brust eingedrungen. Der erste Schuss hatte den Oberschenkel getroffen.

Riku zog sein Handy aus der Tasche. »Ich rufe einen Krankenwagen …«

»Zu spät«, keuchte der Mann. »Tanner, hör mir zu …«

Riku erschrak und beugte sich näher zu ihm herunter. Der Mann kannte ihn. Wie war das möglich? Er sah ihn genau an, aber das Gesicht war ihm fremd. Er tippte die Notrufnummer.

»Bykow weiß, dass du mit einem seiner Männer dein Spiel spielst«, stammelte der Russe.

Riku bekam eine Gänsehaut und lauschte atemlos den Worten, die der Verletzte mühsam hervorbrachte.

»Bykow weiß nicht, wer dein Kontaktmann ist, deshalb können sie ihn nicht töten … Aber dich kennen sie. Dich können sie töten … und deinen Sohn …«

Die Worte trafen Riku wie ein Stromschlag. Er hielt sein Ohr unmittelbar an den Mund des Russen. »Meinen Sohn? Was zum Teufel meinst du damit?« Der Schock raubte ihm fast die Stimme. »Hat Bykow vor, meinem Jungen etwas anzutun?«

Der Russe schloss die Augen. Riku legte ihm einen Finger auf die Halsschlagader, dann meldete sich endlich die Notrufzentrale. Riku schilderte die Situation und gab die Adresse an, obwohl er wusste, dass es zu spät war.

Inzwischen waren bewaffnete Polizisten eingetroffen und kamen nun in der halbdunklen Halle näher, die Waffen im Anschlag.

»Riku Tanner, RKP«, sagte er laut und stand auf. Sein Mund war so trocken, dass er Schwierigkeiten hatte zu sprechen. »Der Gesuchte ist tot.«

Der Leiter der Einsatzgruppe sah Riku ernst an.

»In der Situation hieß es: entweder er oder ich«, erklärte Riku heiser. »Die beiden Zivilisten befinden sich in der angrenzenden Halle.«

Langsam ging er auf den Ausgang zu. Immer mehr Polizisten tauchten in der Halle auf, monotone Befehle ertönten aus Funkgeräten, doch in Rikus Ohren klangen die Worte des Sterbenden nach: *Dich können sie töten … und deinen Sohn …*

»Tanner«, rief jemand hinter ihm. »Wo willst du hin?«

»Ich brauche ein bisschen Luft.«

»Geh nicht zu weit. Wir müssen ein paar Sachen klären.«

»Ich weiß«, antwortete Riku matt. Natürlich wusste er, dass ihm wegen der Schießerei eine gründliche Untersuchung bevorstand. Aber noch passte kein klarer Gedanke in seinen Kopf.

Er verließ die Halle. Die Stimmen vom Tatort blieben zurück und wurden zu einem unwirklichen, seltsamen Gemurmel.

Vom Tatort.

Er oder ich, sagte Riku sich immer wieder vor. Es war eine Notwehrsituation gewesen. Er hatte instinktiv gehandelt, gar keine Zeit gehabt, zu überlegen, wohin er zielen sollte.

Draußen war Wind aufgekommen. Riku versuchte vernünftig zu denken. Er musste Leo in Sicherheit bringen, unverzüglich. Das würde ihm aber nicht gelingen, wenn er hierbliebe, um die Todesumstände des Russen zu klären. Außerdem konnte er seinen Kollegen unter keinen Umständen verraten, was der Sterbende gesagt hatte, denn dann würde er seine Informationsquelle preisgeben müssen, und die war nicht ganz astrein. Er musste jetzt Prioritäten setzen. Kaum hatte er das gedacht, beschleunigte er seine Schritte auf dem Gelände, das inzwischen voller Polizeiautos stand.

Wie ein Unbeteiligter eilte er zwischen den Fahrzeugen hindurch, wie ein Zivilist, der sich bloß verirrt hatte, bis er schließlich vor seinem Wagen stand. Kurz starrte er auf die Hand, die sich nach dem Türgriff streckte und einer anderen Person zu gehören schien. Als er am Steuer saß, ließ er rasch den Motor an und fuhr vom Gelände.

Immer wieder rollten die Bilder vom Schusswechsel und von den Momenten danach in seinem Kopf an, wie ein gnadenloser Film. Er versuchte, tief durchzuatmen, aber die Luft kam einfach nicht in seiner Lunge an.

Beim Anblick des friedlich dahinfließenden Verkehrs überkam ihn Neid auf alle, die nicht in seiner Haut steckten. Die nicht gezwungen gewesen waren, einem anderen Menschen das Leben zu nehmen. Die nicht hatten hören müssen, dass ihr Leben und das Leben ihres Kindes bedroht war.

Riku zwang sich zur Konzentration, er musste jetzt effektiv und entschlossen vorgehen. Er war ausgebildet, Scheinkäufe zu tätigen, verdeckt zu operieren und kriminelle Vereinigungen zu unterwandern, er war Risiken eingegangen, um seine Informanten zu schützen und Resultate zu erzielen. Streng genommen hatte er oft gegen das Polizeigesetz verstoßen, so wie viele seiner Kollegen auch. Und jetzt rächte sich das auf die denkbar schlimmste Weise.

Die Schlüsselfrage lautete, woher der Russe seinen Namen kannte – und woher er wusste, dass Riku einen Informanten in Bykows Truppe hatte. Sergejs Namen schien Bykow immerhin nicht zu kennen. Zumindest noch nicht.

Es gab nur eine Antwort auf diese Frage: Es gab eine undichte Stelle bei der Polizei. Wegen der er und Leo jetzt in Lebensgefahr waren.

Vor Wut und Angst umklammerte Riku das Lenkrad noch fester.

War Elina Aro zum Ziel eines Mordversuchs geworden, weil jemand von der Polizei dem Killer verraten hatte, dass sie Augenzeugin des Mordes an Vera Dobrina gewesen war? Hatte der Mord an Vera Dobrina doch mit ihren Recherchen im Drogenmilieu zu tun?

14

Bestürzt starrte Didier auf den Computerbildschirm. Auf der Kraftwerksbaustelle Olkiluoto war gerade Mittagspause, und er war in die Wohnbaracke gegangen, um nachzuschauen, ob eine Nachricht von den Sherpa-Leuten aus Arlit gekommen war. Der Tod seines Vaters hatte ihn noch mehr in der Ansicht bestärkt, dass es wichtig war, den Sherpa-Leuten zu helfen.

Tatsächlich hatten die Franzosen eine Mail geschrieben. Sie begann mit den Worten:

Salou hat uns ausgezeichnet geführt. In der Nacht konnten wir in die Mine eindringen. Wir haben Rekordwerte an Strahlung gemessen. Der rote Staub, der in die Stadt geweht wird, ist sehr schädlich. Boden und Wasser sind verseucht. Der Uranabbau muss dringend gestoppt werden!

Didier war empört. Die Skrupellosigkeit des französischen Atomkonzerns kannte keine Grenzen. Didier musste an die Fernsehbilder von der Pressekonferenz im Pariser Firmensitz denken, als der Geschäftsführer mit aufrichtiger Miene erklärte, Markt und Moral seien keine Widersprüche, sondern könnten in harmonischer Weise zusammenspielen, sodass alle Menschen davon profitierten.

Der Mann sprach vom Nutzen für die Allgemeinheit und von Verantwortung. Wie konnte er das tun, wenn sein Unternehmen Millionen Tonnen radioaktiven Müll, verseuchtes Wasser und schwere Krankheiten verursachte?

Didier war nun vollkommen sicher, dass sein Auftrag in Olkiluoto gerechtfertigt war.

Unfairerweise gingen die Gelder, die von der Uranfirma an den Staat Niger gezahlt wurden, obendrein an den Stamm der Hausa, der die Regierung stellte. Die Hauptstadt des Landes lag im Süden, wo die Hausa in der Mehrheit waren. Im Norden, wo sich die Mine von Arlit befand, gehörte die Mehrheit der Bevölkerung dem Stamm der Tuareg an, so wie Didier. Das Geld, das der Staat für den Uranabbau erhielt, wurde für Waffen und Soldaten verwendet, mit denen wiederum aufständische Tuareg bekämpft wurden, die eine gerechte Beteiligung des Nordens an den Uranerträgen forderten. Der Konzern ging in der gleichen Weise vor wie die Kolonialmacht Frankreich, die den Niger bis 1960 beherrscht hatte. Nur war die Ausbeutung heute noch skrupelloser.

Didier schrieb: »Das Unternehmen wusste also von den neuen Strahlenwerten? Und was ist mit euch? Du schreibst etwas von Verrat. Wer war das?«

Er konnte kaum glauben, dass Salou der Verräter sein sollte. Schon als Kind war er mit ihm befreundet gewesen, und sie hatten zusammen in der Mine gearbeitet. Salou hatte allerdings keine Ausbildung erhalten und verrichtete weiterhin dieselbe unmenschliche Sklavenarbeit. Didier hatte ihm erzählt, wie gefährlich der rote Staub war, und ihn dazu überredet, die Sherpa-Leute heimlich in die Mine und ins Werk zu führen, damit sie dort Messungen vornehmen konnten.

Die Antwort ließ nicht lange auf sich warten: *In der Nacht ist in unser Quartier eingebrochen worden. Die Diebe haben Geld mitgenommen, aber das kann ein Vorwand gewesen sein. Jemand hat die Unterlagen mit unseren Ergebnissen durchwühlt. Danach ist noch etwas Seltsames passiert: Salou ist verschwunden.*

Didier erschrak. Er musste so schnell wie möglich nach Arlit.

Wir haben Gerüchte gehört, nach denen wir in einen Hinterhalt geraten würden, wenn wir Arlit verließen. Wir vermuten, dass jemand den Straßenräubern einen Tipp gegeben hat. Die sind bereit, uns als Geiseln an al-Qaida zu verkaufen. Wir können uns auf niemanden in der Stadt verlassen, und wir kommen hier nicht weg, denn wir haben kein Vertrauen in unsere bewaffneten Bewacher.

Besorgt las Didier die Botschaft. Der Weg durch die Wüste nach Arlit war wegen der Straßenräuber gefährlich. Daher war eine bewaffnete Eskorte unumgänglich. Im Grunde war es dreist, ausgerechnet den Bewachern Verrat zu unterstellen, bei genauerer Überlegung jedoch absolut denkbar.

Wir sitzen in der Falle. Wir können weder dem Konzern noch den Bewachern noch den Einheimischen trauen. Im Grunde denken wir nur noch über eine Alternative nach: die Wüste auf eigene Faust zu durchqueren, ohne jemanden darüber zu informieren.

Das mochte das Klügste sein. Allerdings war es gefährlich, allein durch die Wüste zu fahren, aber in der momentanen Situation war es vielleicht doch die beste Variante. Didier wusste, dass die Franzosen über zwei Geländewagen verfügten, die relativ gut in Schuss und leistungsstark waren.

Er sah auf die Uhr und schrieb: »Ich muss zurück an die Arbeit. Tut, was ihr für richtig haltet. Ich versuche, so schnell wie möglich zu kommen. Ich kann euch über die Aïr-Berge hinausführen, aber wenn ihr nicht warten könnt, verstehe ich das und wünsche euch eine gute Fahrt.«

Didier schloss die Internetverbindung und löschte den Verlauf. Er war voller Hass auf die Franzosen und auf den skrupellosen Atomkonzern, der die Rolle der Kolonialherren übernommen hatte. Der grauenhafteste Moment für ihn war derjenige gewesen, als man fünfhundert Uranbrennstäbe – Schätze, die auf Kosten der Gesundheit seines Vaters und anderer bei der Mine lebender Menschen abgebaut worden waren – ins Herz des neuen Reaktors in Olkiluoto gebracht hatte.

Didier ging zu dem kolossalen Meiler zurück und kam sich vor wie ein einsamer Tuareg-Krieger, der mitten aus dem

Sandsturm auftauchte und unter dem verdunkelten Himmel den mächtigen Feind angriff.

Im Gehen rief er Richter an. Der Deutsche hatte ihm eingeschärft, die Nummer nur im absoluten Notfall zu benutzen, aber der lag wohl vor.

»Ich will sofort nach Hause fahren«, sagte er leise auf Englisch und blieb neben dem Eingang zur Meerwasseranlage stehen, wo ihn niemand hören konnte.

»Du weißt, dass das nicht geht.«

»Willst du damit sagen, dass ich nicht zur Beerdigung meines Vaters reisen kann?«

»Du kannst naturgemäß nirgendwohin«, erwiderte der Deutsche strikt.

»Das Begräbnis ist in unserer Kultur enorm wichtig. Unvorstellbar, dass ein Sohn nicht dabei ist, wenn sein Vater begraben wird.«

»Das verstehe ich, aber du bist mit deiner Arbeit noch nicht fertig. Denk daran, weshalb dein Vater gestorben ist. Denk daran, wer und was ihn umgebracht hat. Willst du den Tod deines Vaters nicht vergelten?«

Didier hielt seinen Zorn und seine Verzweiflung zurück. Wäre sein Vater erst in ein paar Tagen oder Wochen gestorben, wäre er frei gewesen hinzufliegen. Aber das Schicksal hatte anders entschieden.

»Hast du dich zu dieser Aufgabe verpflichtet, oder nicht?«

Didier wusste, dass er keine Wahl hatte. »Natürlich habe ich das.«

»Dann machen wir also planmäßig weiter. Wir melden uns wegen des nächsten Treffens.«

Die Verbindung wurde beendet. Didier eilte in die Meerwasseranlage, wo die letzten Tests am automatischen Steuerungssystem durchgeführt wurden, und versuchte sich zu beruhigen. Die anderen Mitglieder der Testgruppe waren bereits anwesend.

»Didier«, hallte es durch den riesigen Raum.

Didier blickte nach oben und sah den behelmten Kopf des Vorarbeiters über das Geländer schauen.

»Komm hoch, damit wir anfangen können!«

Zornig stieg Didier die Wendeltreppe zur Testebene hinauf. Das Verschwinden von Salou, das Begräbnis seines Vaters, an dem er nicht teilnehmen würde, das Vorgehen der Franzosen, das noch rücksichtsloser war, als er geglaubt hatte – all das wirbelte ihm durch den Kopf und legte sich beklemmend auf seine Brust.

Plötzlich spürte er, dass seine Beine nachgaben: ein Fehltritt. Er taumelte nach hinten, fiel mit einem Schrei rücklings die Treppe hinunter. Während das Hallendach und die gelben Helme über dem Geländer vor seinen Augen rotierten, schoss ihm der Gedanke durch den Kopf, dass er unter dem Treppengeländer durchrutschen könnte. Dann würde er mehr als zehn Meter in die Tiefe fallen.

Es gelang ihm, sich im Rutschen mit einer Hand am Geländer festzuhalten.

Die Arbeiter, die unten in der Halle standen, waren erstarrt und verfolgten erschrocken seinen Sturz.

Didier versuchte, auch mit der anderen Hand das Geländer zu packen, aber die Hand gehorchte ihm nicht. Er spürte eine intensive Schmerzwelle im Arm und verlor kurz das Bewusstsein.

Der braun gebrannte dreißigjährige Franzose klappte den Laptop, der mit einer Satellitenverbindung ausgestattet war, zu und legte sich auf dem Felsvorsprung auf den Rücken. Didiers Ratschläge sollte man ernst nehmen. Mit dem Fernglas beobachtete er den riesigen Tagebaubetrieb, wo Bagger und Raupen arbeiteten und dabei unablässig roten Staub aufwirbelten. Riesige gelbe Lastwagen krochen dröhnend den Weg vom Grund der Grube nach oben. Sie hatten Steinblöcke geladen, die zur

Mine gebracht wurden. Dort wurden sie zu Steinmehl verarbeitet, aus dem wiederum mithilfe von Wasser und Säure das Uran herausgelöst wurde. Die so gewonnene gelbe Masse wurde in Fässer gefüllt, die zweitausendfünfhundert Kilometer weit nach Benin reisten. Von dort wurden sie mit dem Schiff nach Marseille gebracht.

Hinter dem Tagebaubetrieb ragte ein gewaltiger Berg auf, der aus fünfunddreißig Millionen Tonnen Abraum bestand, der bislang in der Mine angefallen war. Und hinter dem Berg zeichnete sich die unter rotem Staub begrabene Geisterstadt Arlit ab, wo achtzigtausend Menschen in Lehmhütten hockten und versuchten, dem radioaktiven Müll, dem verseuchten Wasser, den Krankheiten und dem Tod zu trotzen.

15

Riku hielt vor seinem Haus im Helsinkier Stadtteil Toukola an. Er wollte nur so schnell wie möglich die nötigsten Sachen packen. Rasch stieg er aus dem Wagen und lief auf das Gartentor zu. Ein warmer Wind ließ die Blätter rascheln. Die Straße mit ihren Holzhäusern und den Laternenpfählen zwischen üppig grünen Laubbäumen wirkte menschenleer. Auch in den geparkten Autos war niemand zu sehen.

Wieder musste Riku an den mysteriösen Einbruch im Frühling denken. Hatte er womöglich auch mit der undichten Stelle bei der Polizei zu tun? Mit dem Verrat interner Geheimnisse? Was hatte der Einbrecher gesucht?

Als er das Gartentor öffnen wollte, hielt er plötzlich inne. Der Riegel des Tors stand anders als sonst. Reflexartig ließ Riku den Blick über die dunklen Fenster des Hauses schweifen, über die Obstbäume und die Laube dahinter. Da nahm er im Augenwinkel eine Bewegung jenseits des hintersten Johannisbeerstrauchs wahr.

Er fuhr herum. Im selben Moment hörte er ein gedämpftes zischendes Geräusch. Eine Kugel flog wenige Millimeter an seinem Kopf vorbei und schlug gegen den nächsten Laternenpfahl.

Riku stürzte zu seinem Wagen, warf sich auf den Fahrersitz und startete den Motor. Blitzschnell legte er den Gang ein und raste los. Das Herz schlug ihm bis zum Hals.

Während er fuhr, wurde ihm die Bedeutung der Ereignisse allmählich in ihrem ganzen Umfang klar, und er begann am ganzen Körper zu zittern. So schnell es ging, fuhr er zu Leos

Kindergarten.Dabei jagten die Gedanken durch seinen Kopf. Vermutlich hingen der Geheimnisverrat und der Prozess, der gegen ihn angestrengt worden war, zusammen. Manninen, der in der finnisch-estnischen Finesto-Gruppe gearbeitet hatte, und Reini, der stellvertretende Dezernatsleiter, hatten behauptet, ihr Kollege Koivula habe ihnen gegenüber zugegeben, dass die Helsinkier Drogenpolizei in einer Zwangslage ihren Informanten geschützt und gewarnt habe.

Vor Gericht hatte Koivula allerdings bestritten, je ein solches Gespräch mit den beiden geführt zu haben. Und er hatte angemerkt, dass Reini sich damals um dieselbe Stelle beworben habe wie er, sie aber nicht bekommen hätte. Reini wiederum hatte die Ansicht vertreten, das egoistische Vorgehen der Helsinkier Drogenfahnder und das Zurückhalten von Informationen gefährde die Sicherheit der KRP-Mitarbeiter in der Finesto-Gruppe und ihrer V-Männer. Die Angelegenheit spitzte sich derart zu, dass schließlich sogar die Staatsanwältin, die mit dem Fall befasst war, behauptete, die Polizei übe Druck auf sie aus, und sie werde sogar bedroht. Sie fürchtete um ihre Sicherheit und wurde auf ihre eigene Bitte hin mit anderen Aufgaben betraut.

Riku erinnerte sich mit quälender Genauigkeit an die Pressekonferenz, die Koivula während des Prozesses abgehalten hatte. Dabei hatte er behauptet, bestimmte Kräfte versuchten eine Abteilung der Drogenpolizei, die herausragende Ergebnisse erzielt hatte, lahmzulegen. Gekränkt und erregt hatte er sogar angedeutet, es gäbe innerhalb der Polizei auf höherer Ebene Verbindungen zum organisierten Verbrechen.

Mit vor Angst glasigem Blick starrte Riku durch die Windschutzscheibe auf die Straße. Koivula hatte recht gehabt …

Riku hielt vor dem Kindergarten an und sah sich nach allen Seiten um. Beim Öffnen des Tors hastete sein Blick über die Kinder auf den Schaukeln und der Rutschbahn, und seine Panik nahm zu, bis er endlich Leo weit hinten mit ein paar anderen

Jungen spielen sah. Eine Welle der Erleichterung durchfuhr ihn.

»Ich hole Leo heute etwas früher als vereinbart ab, und dann wird er ein paar Tage nicht kommen«, sagte Riku zu den beiden Kindergärtnerinnen, die ihn etwas irritiert ansahen. Er gab sich Mühe, möglichst entspannt zu klingen. »Ich habe Urlaub, und wir werden eine kleine Reise machen.«

Die Frauen schauten einander erstaunt an. »Entschuldigung, aber Sie sind …?«

»Ich bin Leos Vater. Und ich bin auch schon hier gewesen.« Er spürte, dass ihn die Demütigung verletzte, aber die Angst um Leo war stärker.

Die eine der Frauen fragte mit einem kurzen Blick auf ihre Kollegin: »Und wer ist der Mann, der Leo sonst abholt?«

»Der Freund seiner Mutter«, antwortete Riku gequält.

Die beiden Frauen wirkten ratlos. »Wir können das Kind keinem Unbekannten übergeben.«

»Das ist vollkommen richtig. Ich kann mich ausweisen.« Riku holte seinen Führerschein hervor.

»Ich rufe besser Leos Mutter an«, erklärte eine der Frauen und zog das Handy aus der Tasche.

Riku ging zu seinem Sohn. »Leo, komm, wir gehen.«

»Ich will aber noch spielen.«

»Dafür haben wir jetzt keine Zeit«, sagte Riku und nahm den Jungen auf den Arm. »Wir machen eine Reise.«

Leo strampelte und versuchte sich loszureißen. »Noch nicht, ich will spielen!«

»Leo, es ist jetzt wichtig, dass du tust, was der Papa sagt«, flüsterte Riku beschwichtigend, aber das konnte den Jungen, der aus seinem Spiel herausgerissen worden war, nicht beruhigen.

Mit dem strampelnden Kind auf dem Arm ging Riku zu den Kindergärtnerinnen, die ihn missbilligend und besorgt ansahen.

»Ihre Frau will mit Ihnen sprechen«, sagte die eine und hielt Riku das Telefon hin.

»*Was hat das zu bedeuten?*«, fragte Katja zornig.

»Leo wird für ein paar Tage mit mir verreisen«, erwiderte Riku und wandte sich ab, damit die Frauen nicht hörten, was er sagte.

»*Was soll das? Wohin überhaupt? Ist es jetzt so weit gekommen?*« Ihre Stimme brach. »*Willst du Leo entführen?*«

»Red keinen Unsinn. Ich will nur Zeit mit ihm verbringen. Zeit, die du mir schuldest. Wir sind bloß ein paar Tage weg.«

Es wurde still am anderen Ende der Leitung, bis Katjas Stimme wieder zu hören war: »*Ist etwas passiert?*«

Riku wusste, dass zum Scheitern seiner Ehe auch Dinge beigetragen hatten, die mit seiner Arbeit zu tun hatten: seine ständige Abwesenheit und das bei Katja aufgekommene Gefühl der Schutzlosigkeit. Sie hatte Angst gehabt, ihre Familie könnte wegen Rikus Arbeit in Gefahr geraten, und fast einen Nervenzusammenbruch erlitten, als sie hörte, dass jemand bei einem Kollegen von Riku eine Handgranate in den Vorgarten geworfen hatte.

Jetzt war ihr Albtraum Wirklichkeit geworden. Man hatte Riku eine Bombe vor die Füße geworfen, die nicht nur ihn, sondern seine ganze Familie bedrohte. Er konnte nicht leugnen, dass er sich deswegen maßlos schuldig fühlte.

»Die Tour ist eine Überraschung für Leo. Wir besuchen einen finnischen Vergnügungspark. Du hast ihn ja auch mit ins Ausland genommen, ohne mir Bescheid zu sagen.«

»*Du bist nur neidisch, weil Hans sich so gut mit Leo versteht. Er kümmert sich besser um ihn, als du es je getan hast. Du nimmst den Jungen nicht mit, oder ich rufe die Polizei …*«

Riku drückte das Gespräch weg und gab der Kindergärtnerin das Handy zurück. Trotz des rasenden Zorns, der in ihm aufgestiegen war, hatte er seine Gesichtzüge unter Kontrolle.

»Das geht in Ordnung«, erklärte er, zwang sich zu einem

Lächeln und eilte mit Leo auf dem Arm durchs Tor, wobei er sich unablässig nach allen Seiten umsah.

Er registrierte, dass die Türen eines ein paar Häuser weiter am Straßenrand geparkten SUV geöffnet wurden. Zwei Männer stiegen aus.

»Ich will noch nicht weg«, motzte Leo. »Wo gehen wir hin?«

»Das erzähle ich dir gleich«, sagte Riku, während er an den dicht an dicht geparkten Autos entlanglief.

Als sie das Mercedes-Coupé erreicht hatten, blickte er sich noch einmal um. Die Männer schienen näher zu kommen. Er öffnete so schnell wie möglich die Tür, klappte den Sitz nach vorn und setzte Leo auf die enge Rückbank. Die Männer beschleunigten ihre Schritte.

Riku klappte den Fahrersitz wieder zurück, hechtete hinters Lenkrad und sah im Rückspiegel, dass die Männer in vollem Tempo zurück zu ihrem Wagen rannten.

Beim Ausparken streifte Riku die Stoßstange des vor ihm parkenden Autos, aber er ließ sich davon nicht beirren und beschleunigte, sobald er die Parklücke verlassen hatte.

»Papa, wir sind gegen das Auto da gestoßen ...«

»Schnall dich an!«, befahl Riku. Im Rückspiegel sah er den SUV aus der Parkreihe stoßen, dann folgte der Wagen ihnen. An der nächsten Kreuzung bog Riku rechts ab und gab noch mehr Gas, wobei er routiniert die kriechenden Fahrzeuge überholte.

»Das macht Spaß!«, juchzte Leo auf der Rückbank. »Ich hab nicht gewusst, dass Autorennen die Überraschung ist.«

»Schnall dich endlich an!«

Hinter ihnen überholte auch der SUV andere Autos und kam unaufhaltsam näher. Riku bog bei der nächsten Gelegenheit abrupt links ab, und wieder tauchten wenig später die Verfolger hinter ihnen auf. Riku begriff, dass sein alter Mercedes vermutlich nicht schnell genug war, schon gar nicht auf dem langen, geraden Boulevard, der vor ihnen lag. Rechts und links parkte ein Auto nach dem anderen, nur hin und wieder gab es eine schmale Lücke.

»Ist der Gurt zu?«

»Ja«, rief Leo erwartungsvoll.

»Halt dich gut fest!« Riku bremste und lenkte jäh nach rechts. Der Mercedes schoss zwischen den geparkten Autos hindurch, man hörte das kreischende Geräusch von geschrammtem Blech. Das Auto sprang über den Gehweg, brach durch eine Hecke und fällte dabei einen Abfalleimer, dessen Inhalt in alle Richtungen flog. Riku umklammerte das Lenkrad. Sie fuhren auf zwei Betonpfosten zu, und er hoffte inständig, sich nicht verschätzt zu haben. Eine falsche Lenkbewegung, und die Fahrt wäre zu Ende.

Funken sprühten, als sich der Mercedes zwischen den Betonpfosten hindurchzwängte. Vor ihnen lag jetzt ein grüner Park mit Teich. Die wenigen Spaziergänger starrten ängstlich auf den heranbretternden Wagen. Im Rückspiegel sah Riku Leos erstarrten, ungläubigen Gesichtsausdruck.

»Papa, ich glaub, jetzt haben wir viele Dellen …«

Der breite SUV der Verfolger war vor den Betonabsperrungen stehen geblieben. Riku fuhr auf den Radweg, der tief in den Park hineinführte, und versuchte, wieder ruhiger zu atmen.

Sie hatten versucht, ihn an der schwächsten Stelle zu treffen: bei Leo. Dieser Gedanke half ihm, Wut anstelle von Angst zu empfinden. Er holte tief Luft und konzentrierte sich auf den nächsten Schachzug.

16

Elina saß zur Vernehmung in einem engen Büro. Sie hatte den Mann erkannt, der sie und Sebastian im Auto und in der Fabrikhalle in Roihupelto bedroht hatte. Es war derselbe Mann, der Vera ermordet hatte.

Das hatte sie ausgesagt, und jetzt kam es ihr so vor, als wäre sie unvermittelt in das Leben eines fremden Menschen hineingeworfen worden. Denn was hatte sie mit Morden, Mordanschlägen, Waffen und Bränden zu tun?

Sebastian war anderswo hingebracht worden, sie hatte ihn seit den Vorfällen in der Fabrikhalle nicht gesehen. Offenbar sollten sie getrennt voneinander vernommen werden. Wollte man prüfen, ob ihre Schilderungen übereinstimmten?

Aber eine andere Frage wurde immer drängender, auf die sie bisher keine Antwort erhalten hatte. »Ist der Mörder gefasst worden?«, fragte sie nun mit bebender Stimme den Polizisten auf der anderen Seite des Tisches.

Der glatzköpfige Mann mit dem Ziegenbart schien kurz zu überlegen. Er hatte sich als Timo Manninen vorgestellt.

»Der Mann wird Ihnen keinen Ärger mehr machen.«

Elina sank vor Erleichterung in sich zusammen. Endlich war der Albtraum vorbei.

»Kommen wir noch einmal darauf zurück, was vor dem Zwischenfall in Roihupelto passiert ist. Warum sind Sie aus dem Krankenhaus geflüchtet?«

»Geflüchtet? Ich wollte nur etwas holen, was im Tresor meines Verlegers lag.«

»Warum gerade zu diesem Zeitpunkt?«

»Weil …« Sie überlegte. Sie müsste unbedingt von dem Material erzählen, das sie von Vera zur Aufbewahrung bekommen hatte. Lieber hätte sie darüber mit Riku Tanner gesprochen, aber den hatte sie im Präsidium noch nicht zu Gesicht bekommen.

Sie entschloss sich, dem Beamten alles zu erzählen, auch dass das Material auf der Straße vor dem Verlagsgebäude in falsche Hände geraten war.

Manninen strich sich über den Bart und stand auf. »Warum sagen Sie das erst jetzt?«

»Lohnt es sich, darüber zu diskutieren? Sollte man nicht lieber versuchen herauszufinden …«

»War das Material im Tresor so wichtig, dass es eine Flucht aus dem Krankenhaus rechtfertigte?«

»Warum wiederholen Sie ständig diesen Unsinn? Ich bin nicht geflohen! Ich wollte nur schnell das Material holen und dann sofort zurückkehren. Ich weiß, das war dumm von mir. Aber ich wollte das Material sehen, bevor ich es anderen zeige.«

»Warum?«

»Das habe ich doch gerade gesagt! Ich wollte Veras persönliche Unterlagen zuerst selbst lesen. Immerhin war sie meine Freundin und … Könnte ich vielleicht mit Tanner reden? Er kennt den Fall. Und er kennt sich mit Russland aus.«

»Später.«

Manninen ging zur Tür und sagte zu jemandem auf dem Gang: »Jere, würdest du mal herkommen.«

Ein blasser Mann mit hängenden Schultern kam herein und stellte sich als Jere Saari vor.

»Warum ist Tanner nicht hier?«, wollte Elina wissen. »Ich möchte …«

»Später«, unterbrach sie Manninen unfreundlich.

Elina spürte, wie ein seltsam ätzendes Gefühl in ihr immer stärker wurde.

»Könnte ich jetzt gehen?«

»Bald.«

Feliks Grischanow quälte den gemieteten Volvo geradezu, als er zur Krisensitzung in Kotka-Huutoniemi fuhr. Im Licht der fahlen Xenon-Scheinwerfer spritzte das Wasser aus den Pfützen auf, und Farnzweige streiften auf dem schmalen Geländeweg die Seiten des Fahrzeugs. Wegen der Wolkendecke über dem Meer schien der Nachmittag bereits in die Abenddämmerung überzugehen.

»Ich komme nach Hause, sobald ich kann«, sagte er zu seiner dreißigjährigen slowenischen Frau in London. Der Altersunterschied zwischen ihnen betrug fast dreißig Jahre, aber Feliks wusste, dass Dina ihn aufrichtig liebte.

»Morgen oder in einer Woche?«, fragte die zarte Stimme.

»Das weiß ich noch nicht.« Er zwang sich, möglichst freundlich zu klingen. »Flieg inzwischen nach New York, ziehe die Reise einfach vor. Oder überlege es dir wenigstens. Ich muss jetzt wirklich Schluss machen, ich rufe dich später noch einmal an.«

Nach dem Telefonat fluchte Feliks inbrünstig. Nowikows Tod war ein übler Rückschlag, aber die jüngste Information aus Olkiluoto glich einer Katastrophe. Dass sich ein Elektriker verletzte, war überraschend, aber doch kein ganz unerwartetes Ereignis, weshalb man für solche Fälle immer einen Plan B parat haben musste. Aber warum gerade jetzt, in einer so kritischen Phase?

Er hielt vor einem Metalltor an. Auf einem Schild stand: PRIVATGELÄNDE. ZUTRITT VERBOTEN.

Rechts und links erstreckte sich eine alte Mauer tief in den Wald hinein. Feliks öffnete das Tor und fuhr hindurch.

Eine gute Nachricht war immerhin, dass sie endlich Dobrinas Material aus dem Tresor des Verlags in die Hände bekommen hatten und dass es darin lediglich um die Besitzverhältnisse der Machthaber im Kreml ging und nicht um Meteor. Die zweite gute Nachricht war die Antwort, die von ihrem Computerspezialisten aus London gekommen war: Im Computer der Dobrina fand sich kein Hinweis darauf, dass sie konkrete Informationen über Meteor besessen hatte. Sie hatten den Rechner per DHL zur Analyse schicken müssen, weil sein Betriebssystem mit einem Passwort geschützt war. Dobrinas Wohnung in Moskau hatten sie schon vorher durchsucht.

Eine unschöne Möglichkeit existierte jedoch weiterhin – nämlich die, dass die Frau auch anderswo Material aufbewahrt hatte. Allein der Gedanke daran ließ Feliks' Anspannung Spitzenwerte erreichen, während er im Schatten hoher Eichen auf das verwilderte Grundstück fuhr. Hinter den Bäumen war das graue Meer zu erkennen, neben dem Anleger ragte ein roter Bootsschuppen auf. Rechts stand eine weiße Villa, umgeben von wuchernden Büschen.

Seiner Meinung nach hatte Feliks seine Nerven gut im Griff, denn er verfügte über jahrzehntelange Erfahrung. Hinter ihm lag eine lange Karriere beim Stab S der KGB-Auslandsaufklärung, die sich auf Sonderoperationen in den westlichen Ländern konzentrierte.

Im Jahr 1979 wurde Feliks von seinem ersten Einsatzort Kopenhagen nach Helsinki versetzt. Finnland war für den KGB in vieler Hinsicht ein spezielles Land, eine Art Hilfsstützpunkt, wo man wesentlich leichter operieren konnte als in anderen westlichen Ländern. Abgesehen von einigen Ausnahmen schlossen die Finnen die Augen vor dem Tun der Aufklärungsoffiziere. Helsinki wurde als Transitkorridor benutzt, wenn Illegale aus aller Welt zu Besuch in die Heimat kamen, und in Helsinki wurden brisante Treffen organisiert, denn Finnland wagte es nicht, einem Russen ein Visum zu verweigern, ganz gleich, um wen es sich handelte. Und vor allem konnte der KGB, wie auch der Militärgeheimdienst GRU, in Finnland ohne zu zögern Offiziere stationieren, die in anderen Ländern sofort aufgeflogen wären.

Feliks hielt neben den Granitstufen, die zum Eingang der Villa führten, an. Der Sockel des im frühen 20. Jahrhundert errichteten Gebäudes bestand aus riesigen Natursteinen. Über der Terrasse befand sich ein Balkon, dessen verzierte Stützsäulen von Pflanzen umrankt waren.

Feliks stieg die Treppe zur Haustür hinauf. Er musste sich zurückhalten, um nicht mehrere Stufen auf einmal zu nehmen.

Noch bevor er anklopfen konnte, öffnete ihm Peter Richter die Tür. Der sechzigjährige Deutsche mit dem dunklen Schnurrbart war leger gekleidet: Flanellhemd, Jeans und Trekking-Schuhe.

»Was ist mit Nowikow?«, fragte er ohne ein Wort der Begrüßung, als sie die Treppe zum Garten hinuntergingen.

»Er ist durch eine Polizeikugel gestorben.« Sie gingen auf ein geräumiges Nebengebäude hinter dem Haus zu, das als Garage diente. »Tanner hat ihn erschossen und ist jetzt verschwunden. Aber Nowikow ist unser geringstes Problem«, fuhr Feliks fort.

Richter bewahrte wie immer die Ruhe. Der Mann war Ingenieur und ging mit allem seltsam analytisch und in gewisser Weise auch mechanisch um. Seit er in den Achtzigerjahren längere Zeit in der DDR-Vertretung in Helsinki für den Wissenschafts- und Techniksektor der Stasi-Aufklärung gearbeitet hatte, konnte er leidlich Finnisch.

Auch Feliks zwang sich zur Gelassenheit. »Ist der Ersatzmann in Olkiluoto aktiviert worden?«

»Das läuft gerade.«

Für Feliks war es wie ein überraschendes Geschenk des Himmels gewesen, als er feststellte, wie schwach die Sicherheitsmaßnahmen in Olkiluoto waren. Das war merkwürdig, denn sogar ein Beamter der für die Reaktorsicherheit zuständigen finnischen Behörde hatte in einer öffentlichen Dokumentation geschrieben, dass die wahrscheinlichste Gefahrensituation in einem Atomkraftwerk durch einen »*Insider incident*« verursacht würde, also durch das Personal. Auch deshalb hatten Feliks und Peter Richter nicht glauben wollen, wie großzügig auf die Zuverlässigkeit der Bauarbeiter in Olkiluoto gesetzt wurde.

Es sagte auch viel über die Einstellung der Finnen aus, dass Demonstranten, die auf das Kraftwerksgelände vorgedrungen waren, fast eine Stunde Zeit hatten, ihre Transparente zu entrollen und zu zeigen. In Deutschland hingegen gab es zum Beispiel Rauchgranatensysteme, die innerhalb von vierzig Sekunden ein Atomkraftwerk verhüllen konnten, um es vor Terroristen zu schützen, die sich der Anlage per Flugzeug näherten.

Feliks betrat hinter Richter den Schuppen, wo Juri und Anton warteten. Mitten im Raum stand ein mit Plastik umwickelter Metallkasten. Er stammte von dem Tanker *Free Voyager*, der im Hafen von Kotka lag.

Richter trat an den Kasten, löste mit einem Messer die Plastikfolie und drehte am Zahlenschloss. Es schnappte auf, und Richter öffnete den Deckel.

Zum Vorschein kamen weiße Päckchen, die von Juri und Anton in Taschen gepackt wurden.

»Zweiunddreißig«, sagte Juri dann. »Alle da.«

Richter beugte sich über den leeren Kasten und nahm den Zwischenboden heraus. Darunter lag ein länglicher Behälter aus Metall.

Als Feliks ihn sah, strafften sich seine Gesichtszüge. »Fahr so bald wie möglich mit Anton nach Olkiluoto und sieh zu, dass es dort vorangeht«, sagte er zu Richter. Er überlegte noch, ob er Kirill in London über den Einsatz des Ersatzmannes informieren sollte, beschloss aber, es bleiben zu lassen. Seine Befugnisse reichten aus, um den Plan B eigenständig in Gang zu setzen. Kirill wusste auch vieles andere nicht, zum Beispiel dass Feliks ein Netz von Tankschiffen für den Drogenhandel benutzte. Es genügte Kirill, wenn er erfuhr, dass die Lieferung sicher in Finnland eingetroffen war.

Unter grauen Wolken schlängelte sich die Themse durch den Süden von London. Inmitten des Verkehrs, der die Wandsworth Bridge überquerte, kroch ein langer, dunkelbrauner Maybach voran, der nach Norden in die York Road einbog, die dem Fluss folgte. Auf dem Rücksitz des gepanzerten Wagens las Kirill Rischnikow hinter verdunkelten Scheiben den Brief des Rektors und ärgerte sich.

»… weshalb wir Ihrer Tochter einen schriftlichen Verweis erteilen müssen.«

Kirill zerknüllte den Brief und konnte es sich nur mit Mühe verkneifen, Anna auf der Stelle anzurufen. Nein, er musste sich zuerst beruhigen und sich eine behutsame Methode einfallen lassen … Wenn man es mit einem Teenager zu tun hatte, nutzten weder eine Karriere beim KGB noch das Agieren in beinharten Geschäftskreisen.

Als Anna geboren wurde, war er schon im reiferen Alter, und er räumte seine pädagogischen Mängel freimütig ein. Aber irgendwie musste er der Sechzehnjährigen dennoch beibringen, dass man Klassenkameradinnen nicht beliebig piesacken konnte.

Es hatte Kirill einiges gekostet, für Anna einen Platz in der Londoner Privatschule zu bekommen. Ihm war aufgefallen, dass der Tennisplatz der Schule erneuert werden musste, aber der Rektor ging auf sein Angebot, einen neuen Platz zu finanzieren, absolut nicht ein. Daraus schloss Kirill, dass der Mann die Offerte für zu gering befand, weshalb er anbot, zusätzlich eine neue Turnhalle zu finanzieren. Erst dieser Vorschlag hatte Anna den Weg geebnet – der jetzt wegen ihrer eigenen Idiotie ein jähes Ende zu nehmen drohte.

Der Chauffeur hielt auf dem Parkplatz des Hubschrauberlandeplatzes Battersea an. Kirill stieg aus und begrüßte den

Piloten des Sikorsky S-76, der auch gebraucht noch 4,6 Millionen gekostet hatte. Dann kletterte er in die Passagierkabine. Die Fahrt von der Stadtwohnung in Mayfair zum Haus in St. George's Hill in Surrey dauerte mit dem Auto eine Stunde, mit dem Helikopter brauchte er gerade mal zwanzig Minuten.

Nach der Landung auf dem Rasen des Gutshauses eilte Kirill in sein Arbeitszimmer und rief Feliks in Finnland an.

»*Alles läuft planmäßig*«, versicherte dieser.

Kirill meinte, eine gewisse Anspannung in Feliks' Stimme herauszuhören. Oder bildete er sich das nur ein?

Früher hatte er mit Feliks zusammen für den KGB gearbeitet. Als er dann in die freie Wirtschaft ging, engagierte er den ehemaligen Kollegen als Sicherheitschef von TerraEnergo.

»Gut«, erwiderte Kirill. »Das wollte ich hören.«

»*Und bei dir?*«

»Anna hat schon wieder einen Verweis von der Schule bekommen. Sag mir, was ich mit ihr machen soll.«

17

Riku stellte seinen Fiat am Bahnhof Tikkurila auf dem Parkplatz ab und warf einen nervösen Blick auf die Taxis. Die Polizei stützte sich oft auf die Hilfe von Taxifahrern, das war eine schnelle und effektive Methode, überall in der Stadt die Augen und Ohren offen zu halten.

Nachdem er Bykows Handlanger mit Müh und Not in der Nähe des Kindergartens abgeschüttelt hatte, war er zu Jone gefahren, um den Mercedes, trotz Leos lautstarkem Protest, gegen den Fiat zu tauschen. Das schnelle und brutale Vorgehen der Russen machte den Ernst der Lage unmissverständlich deutlich. Am schlimmsten fand Riku jedoch, dass ihm inzwischen bestimmt auch die eigenen Kollegen auf den Fersen waren.

Der Fiat war langsamer als der Mercedes, aber Vatanen von der Sicherheitspolizei hatte recht gehabt mit seinem Hinweis, das alte Coupé bliebe viel zu gut im Gedächtnis, vor allem in rundum verbeultem Zustand. Jone, mit dem er sich schon angefreundet hatte, als er mit dreizehn Jahren von Moskau nach Helsinki-Myyrmäki gekommen war, betrieb bei sich zu Hause eine Autowerkstatt. Riku hatte zunächst sogar an ihn gedacht, als er überlegte, wo er Leo in Sicherheit bringen sollte. Jone kam auch gut mit Leo aus, aber ihm fehlten die Ecken und Kanten, um eine solche Verantwortung zu übernehmen. Roope hätte sie, aber der war gerade mit seiner Freundin für einen Monat in Laos unterwegs. Einige andere schieden aus, weil Riku nicht glaubte, dass Leo sich mit ihnen verstehen würde.

Schließlich war ihm die einzige Person eingefallen, die infrage kam.

Er drehte sich zum Rücksitz um: »Komm, wir schauen uns die Züge an.«

»Fahren wir mit dem Zug?«

Riku half Leo vom Rücksitz und nahm ihn an der Hand. Der Himmel war bewölkt, und es wehte ein warmer Wind. Riku versuchte sich zu beruhigen, doch immer wieder sah er Nowikow vor sich liegen, ein ums andere Mal hörte er dessen Unheil verkündende Worte, die zwei Dinge unwiderruflich klarstellten: dass er und Leo sich in unmittelbarer Lebensgefahr befanden und dass es in der Zentralkripo eine undichte Stelle gab. Es musste sie geben, denn ohne einen Geheimnisverräter bei der Polizei hätte Nowikow nicht all das wissen können, was er wusste.

Riku vertraute Mira zu hundert Prozent, manch anderen Kollegen jedoch kein bisschen.

Leo drückte seine Hand. »Wo gehen wir hin?«

»Ich muss nur eine Kleinigkeit erledigen, dann fahren wir weiter.«

Ein Mann, der über den Bahnsteig ging, ließ Riku zusammenzucken: Der Mann sah aus wie sein Vater in jungen Jahren. Er zog einen Pilotenkoffer auf Rollen hinter sich her, seine Haltung und seine Kleidung hatten irgendwie etwas Internationales an sich, einen Hauch von großer weiter Welt. Doch als Riku genauer hinschaute, stellte er fest, dass ihm das Gesicht natürlich vollkommen fremd war.

Ähnliches war ihm schon früher passiert. Hoffnung war das falsche Wort, um seine Empfindung zu beschreiben, denn wenn sein Vater trotz allem noch am Leben wäre, hieße das auch, dass er sein einziges Kind nicht sehen wollte. Und das war in gewisser Weise noch deprimierender als ein toter Vater.

Die Vorstellung, sein Vater könnte noch am Leben sein, war irrational, aber andererseits kannte Riku Fälle, in denen Verschollene nach Jahrzehnten wieder aufgetaucht waren. Früher hatte er wahre Geschichten über verschwundene Personen verschlungen und sich mit den Angehörigen und ihrer Not identifiziert. Obwohl es schmerzhaft war, hatte er die Berichte immer wieder gelesen, auf der Suche nach etwas Trost im Schicksal anderer Menschen, die das Gleiche wie er erlebt hatten.

Jetzt fuhr der Pendolino nach Tampere in den Bahnhof ein. Mit Leo an der Hand stieg Riku in den Zug, setzte sich rasch auf einen freien Platz und nahm das Handy aus der Tasche. Er hatte darin keinerlei Informationen gespeichert, nicht einmal die empfangenen Anrufe oder die gewählten Nummern, von Textnachrichten ganz zu schweigen. Möglichst unauffällig versteckte er das Telefon zwischen den zwei Sitzen.

»Warum …«, wollte Leo schon fragen, aber Riku legte ihm den Finger auf die Lippen, stand auf und verließ mit dem verdutzten Jungen an der Hand wieder den Zug.

»Das ist ein kleiner Trick, den wir niemandem verraten dürfen«, sagte er auf dem Weg zum Kiosk. Er hörte, wie angespannt seine Stimme klang, und warf einen prüfenden Blick auf Leo, aber dessen Augen leuchteten bereits vor Begeisterung.

»Ein guter Trick«, stellte Leo so sachlich fest, dass Riku kurz glaubte, der Junge würde tatsächlich verstehen, was sein Vater gerade getan hatte.

»Jetzt kaufen wir eine neues Handy-Karte«, erklärte Riku und öffnete die Tür zum Kiosk. Er hatte ein Ersatzhandy im Auto, aber keine Prepaid-Karte mehr.

»Und Proviant«, mahnte Leo und wollte sofort auf das Regal mit den Süßigkeiten zulaufen.

»Nicht alleine losrennen!«, rief Riku und nahm seinen Sohn fest an der Hand.

18

Mira Jalava verzog keine Miene, während sie die SMS las. Sie kam gerade aus einer Besprechung, bei der sie von den seltsamen Verdächtigungen gegen Riku erfahren hatte. Er habe den Mörder von Vera Dobrina erschossen und sei dann verschwunden. Warum?

»Derselbe Ort wie bei Kaskis Observation, in einer halben Stunde«, lautete die SMS.

Mira spürte, wie sich ihr Magen verkrampfte. Riku meinte Mellunkylä, wo sie neulich einen estnischen Verdächtigen beschattet hatten. Am Ende des Ganges blieb sie neben der Sitzgruppe mit den Grünpflanzen stehen und antwortete: *»Ich kann frühestens in zwei Stunden.«*

Sie fuhr zusammen, als sie eine Stimme hinter sich hörte: »Mira, würdest du kurz in mein Büro kommen, ich brauche deine Meinung zu ein paar Berichten.«

Sie sah Jere Saari an. »Gleich«, antwortete sie und zwang sich zu einem möglichst natürlichen Lächeln. »In fünf Minuten.«

Der Atem des blassen, schlaff wirkenden Saari roch wieder einmal nach starken Pastillen, aber dahinter wehte die Alkoholfahne. Mira löschte die Nachricht, die sie verschickt hatte, sofort und ging in ihr Büro. Sie zog die Tür zu, lehnte sich dagegen und schloss die Augen.

Was war passiert? Riku hatte garantiert einen guten Grund gehabt, von dem Fabrikgelände in Roihupelto zu verschwinden. Für alles würde es eine Erklärung geben. Sie vertraute Riku, auch wenn ihn seine Methoden – so effektiv sie auch sein mochten – als knallharten Polizisten, der die Gesetzesparagrafen dehnte, wie es ihm gerade passte, erscheinen ließen. Die Informationsbeschaffung in kriminellen Kreisen war riskant, aber unumgänglich, die Grenze zwischen Weiß und Schwarz dabei bisweilen schwer zu ziehen.

Mira seufzte tief und ging dann widerwillig in Saaris Büro hinüber. Lieber hätte sie etwas Konkretes unternommen, um Antworten auf die Fragen zu erhalten, die sie bedrückten. Das war jetzt aber nicht möglich, sie musste bei der Kontaktaufnahme mit Riku noch vorsichtiger sein als sonst.

Elina stand vor der Tür ihrer Mietswohnung am Karhupuisto und drehte den Schlüssel.

»Bist du dir sicher?«, flüsterte Sebastian.

Ohne zu antworten, stieß Elina die Tür auf. Vom Flur aus fiel ihr Blick in eine Wohnung, deren Möbel ordentlich an ihrem Platz standen. Die Wohnung wirkte unberührt, als wäre nie etwas Unschönes darin vorgefallen.

Elina zwang sich, in die Küche zu schauen. Man hatte den Boden gewischt, es waren keine Spuren der Tragödie mehr zu erkennen. Aber würde sie je wieder hier wohnen können? Sie durfte nicht ständig an Vera denken. Jetzt war nicht die Zeit für Gefühle, jetzt galt es, einen klaren Kopf zu bewahren und stark und zielstrebig zu sein. So wie Vera es gewesen war.

Sie trat ins Wohnzimmer. Alle Dinge, auch die Ziergegenstände, schienen sich auf ihrem Platz zu befinden: der Globus aus dem 19. Jahrhundert auf dem schwarz gestrichenen alten Holztisch, die aus den Vereinigten Staaten mitgebrachte Bogenhülle der nordamerikanischen Mohawk-Indianer an der Wand. Auch die Bücher und Unterlagen waren dort, wo sie hingehörten.

Elina blickte hinter sich. Sie hatte Sebastian vollkommen vergessen, und jetzt war er verschwunden. Sie sah im kleineren Schlafzimmer nach, und dort stand er, nachdenklich vor sich hinstarrend. Als sie in der Tür erschien, kam er zu sich und fragte: »Hat Vera hier ihre Sachen aufbewahrt?«

Elina nickte.

»Hat die Polizei alles mitgenommen?«

»Ich denke schon. Warum?«

»Ich habe mich nur gefragt, woher die Polizei weiß, was dir gehört und was Vera.«

»Worauf willst du hinaus?«

»Vergiss es, ich hab nur nachgedacht …«

Elina kehrte ins Wohnzimmer zurück und wunderte sich über Sebastians Fragen. Sie kannte ihn inzwischen gut genug, um zu wissen, dass es sinnlos war, jetzt nachzuhaken. Was er dachte, würde er ihr erzählen, wann er es für richtig hielt. In Gedanken versunken fiel ihr Blick auf den verzierten Teller auf dem Tisch, auf dem sie unter anderem die Schlüssel für den Dachboden, fürs Fahrrad und für den Koffer aufbewahrte. Sie war bereits daran vorbeigegangen, als sie begriff, dass etwas nicht stimmte, und kehrte zum Tisch zurück.

»Hier liegt ein Schlüssel zu viel«, sagte sie.

Sebastian trat neben sie und nahm den überzähligen Schlüssel in die Hand. Es war eine Nummer eingestanzt.

»Sieht nach einem Schließfachschlüssel aus … Gehörte der Vera?«

Elina nickte langsam. »Und ich weiß auch, wo er hineinpasst.«

Innenministerin Sirkka Timonen war angespannt, versuchte es aber, so gut es ging, zu verbergen und trank einen Schluck Mineralwasser. Sie saß im Konferenzraum ihres Ministeriums in der Kirkkokatu, wo die oberste Polizeiführung zu einer kurzfristigen Beratung gebeten hatte.

»Der in Roihupelto ums Leben gekommene Mörder von Vera Dobrina ist identifiziert«, sagte Polizeipräsident Mäenpää.

Es wurde still im Raum.

»Er hieß Andrej Nowikow. In den Achtzigerjahren war er in der sowjetischen Botschaft in Helsinki tätig. Die Sicherheitspolizei hat uns das bestätigt.«

Ministerin Timonen starrte Heikki Mäenpää unverwandt an, als könnte sie nicht glauben, was sie gerade gehört hatte.

»Was hat das jetzt zu bedeuten?«, fragte sie schließlich vorsichtig.

Der Polizeipräsident blickte kurz auf die anderen Polizeichefs im Raum und sagte dann: »Das ist noch nicht alles. Ich übergebe Kommissar Auer von der KRP das Wort.«

»Wir wissen über den Mann noch ein bisschen mehr«, begann Auer. »Nach den Jahren in der Botschaft verschwand er, tauchte zuletzt aber in einem anderen Zusammenhang wieder auf. Er war in den Drogenhandel verwickelt.«

Ministerin Timonen wurde sogleich hellhörig. Alles, was auf andere als politische Motive hindeutete, war willkommen.

»Wie wir wissen, haben während der Umstrukturierungen und Kürzungen in der Ära Jelzin viele Leute den KGB verlassen und versucht, in der organisierten Kriminalität Fuß zu fassen. Unsere Beobachtungen lassen die Vermutung zu, dass Nowikow an den Aktivitäten eines estnisch-russischen Drogenrings beteiligt war. Wir waren der Gruppe bereits auf der Spur, aber die Operation gegen sie scheiterte. Wahrscheinlich wurden die Leute von jemandem gewarnt.«

Frau Timonen seufzte schwer. Was Auer sagte, kam ihr unangenehm bekannt vor. Am liebsten hätte sie den Skandal um die Drogenfahnder, unter dem das Image der Polizei schwer gelitten hatte, vergessen. Aber sie wusste, dass man bloß den Kopf in den Sand steckte, wenn man so etwas verdrängte. Polizisten, die gegen das organisierte Verbrechen vorgingen, waren extrem harte Typen, die fähig waren, ein skrupelloses Spiel zu spielen, und zwar nicht nur gegen die Kriminellen, sondern wenn nötig auch gegeneinander.

»Also wieder ein Geheimnisverrat?«, fragte die Ministerin, obwohl sie die Antwort eigentlich gar nicht hören wollte.

»Vor einigen Monaten scheiterte eine zweite Operation gegen den estnisch-russischen Drogenhandel. Mit andern Worten: Ja, wir haben den Verdacht, dass jemand innerhalb der Polizeiorganisation Informationen an die Verbrecher weitergibt.«

»Ich habe bereits damals die Anweisung gegeben, Ermittlungen einzuleiten«, schob Mäenpää ein.

Die Ministerin sah den Polizeipräsidenten eisig an. »Warum ist mir das nicht mitgeteilt worden?«

»Ich musste mich erst vergewissern, ob der Verdacht zutrifft.«

Die Ministerin hielt ihren Zorn im Zaum und bat Auer, fortzufahren.

»Wir vermuteten, dass der Verräter jemand sein muss, der bei seiner Arbeit mit der Unterwelt in Russland zu tun hat, denn von den Vorbereitungen der Operation hatten nur wenige Polizisten aus dem inneren Zirkel etwas gewusst. Wir haben sämtliche Computer untersucht und dabei Unklarheiten im Logbuch unseres Systems entdeckt. Im Laufe der Ermittlungen richtete sich der Verdacht immer stärker auf eine Person, aber einen echten Beweis gegen ihn haben wir nicht gefunden.«

Auer verstummte, und es wurde wieder still im Raum.

»Bis jetzt«, sagte der Polizeipräsident schließlich widerstrebend, wobei er nicht triumphierend, sondern fast beschämt klang.

»Was versuchen Sie mir da eigentlich mitzuteilen?«, fragte die Ministerin ungeduldig.

»Der Verdächtige ist verschwunden«, murmelte Auer.

»Natürlich … Und wer ist es?«

»Der Mann, der in der alten Fabrikhalle Nowikow erschossen hat. Riku Tanner.«

Verdutzt lehnte sich die Ministerin auf ihrem Stuhl zurück. Sie konnte sich von dem Drogenfahnderprozess her noch gut an Tanners Namen erinnern. Damals war behauptet worden, Tanner habe seinen Informanten gewarnt, als dieser im Hafen von Kotka eine große Drogenlieferung entgegennehmen sollte. Es hatten sich jedoch nicht ausreichend Beweise gefunden. Stattdessen hatte das Gericht die Ansicht vertreten, Tanner habe die Vorermittlungen bei einem Drogendelikt zu früh ergebnislos abgebrochen. Deshalb wurde er wegen fahrlässiger Verletzung der Dienstpflicht gerügt, aber eine Strafe wurde nicht verhängt. Der Polizeipräsident dagegen hatte Tanner im Zuge des Prozesses gelobt und als Drogenfahnder der Spitzenklasse bezeichnet, der sich vollkommen seiner Arbeit widme. Genau solche Männer brauche man im Kampf gegen die immer geschickter, immer skrupelloser und härter agierende Unterwelt. Tanners Resultate sprächen für sich. Die finnische Polizei könne es sich nicht leisten, einen Mann wie Tanner zu verlieren, hatte Mäenpää damals gesagt.

»Tanner könnte Nowikow aus Notwehr erschossen haben«, fuhr Auer fort. »Aber er könnte ihn auch erschossen haben, um nicht aufzufliegen. Wahrscheinlich weiß er bereits, dass wir ihm auf die Spur gekommen sind, und ist deshalb untergetaucht. Vermutlich ins Ausland, denn er hat seinen Sohn mitgenommen. Höchstwahrscheinlich muss er auch die Rache des Drogenkartells fürchten.«

Ministerin Timonen sah den Polizeipräsidenten mit festem Blick an. »Damals, bei dem Prozess um das Dienstvergehen, hatten Sie eine völlig andere Auffassung von Tanner.«

Mäenpää wirkte peinlich berührt. »Ich habe gesagt, er sei kompetent. Verdammt kompetent.«

»Offensichtlich handelte er auf eigene Faust«, sagte Auer. »Er hat seine Kontakte in Estland und Finnland gewarnt, weshalb sich der Hinweis auf Hunderte Kilo Amphetamin und Heroin, den wir über Finesto von der estnischen Polizei erhalten haben, als fehlerhaft erwies, und die Operation im Westhafen verlief im Sand.«

»Ein korrupter finnischer Polizist … Ein ziemlicher Skandal, falls sich das bewahrheiten sollte.«

»Wir werden Tanners Aktivitäten gründlich unter die Lupe nehmen«, fuhr Auer fort. »Sein Informant muss ausfindig gemacht werden. Und aus dem müssen wir dann so viel wie möglich herauskriegen. Darüber darf dann allerdings nichts nach außen sickern, und es muss auch innerhalb der Polizei möglichst geheim gehalten werden. Wir gehen damit erst an die Öffentlichkeit, wenn Tanner gefasst ist und die Ermittlungen die Vorwürfe gegen ihn bestätigt haben.«

19

Der Pendolino von Helsinki nach Tampere bremste und hielt kurz darauf am Bahnhof Hämeenlinna. Die aussteigenden Reisenden versuchten die Türen zu öffnen, aber die blieben versperrt. Sogleich wurde lautstark über die ständig streikende Technik in den Zügen lamentiert.

Auf dem Bahnsteig warteten zwei Polizeipatrouillen, eine davon mit Hund. Die Schaffner ließen die Hundepatrouille durch die vorderste Zugtür einsteigen und die andere Patrouille durch die hinterste. Die Polizisten gingen von einem Waggon zum nächsten und sahen dabei jedem Reisenden ins Gesicht.

In der Mitte des Zuges trafen sie sich verdutzt: von Riku Tanner keine Spur, obwohl sein Handy in dem Zug geortet worden war.

Riku parkte den Wagen am Seeufer und stieg aus. Er hatte sich mehrmals versichert, dass ihm niemand von Tikkurila nach Askola gefolgt war. Mira hatte sich nicht mit ihm treffen können, und vielleicht war das auch besser so. Er wusste, dass sie ihm vertraute, aber er wusste auch, dass sie viele negative und zweifelhafte Dinge über ihn hören würde, von Leuten, die nur auf eine Gelegenheit gewartet hatten, ihn anzuschwärzen. Und dass er in einer Notwehrsituation gezwungen gewesen war, Nowikow zu erschießen, hatte alles nur noch schlimmer gemacht.

Leo sprang aus dem Wagen und rannte auf den alten Mann zu, der ihnen auf dem Pfad entgegenkam.

Riku streckte sich, der Druck ließ keine Sekunde nach. Um ihn herum flimmerte die lautlose Stille des Waldes. Unablässig behielt er seine Umgebung im Blick. Neben dem Steg schaukelte ein altes, gut gepflegtes Ruderboot. Aus dem Schornstein der Blockhütte, die sich hinter den Bäumen abzeichnete, stieg träge Rauch in die windstille Luft auf. Einen Augenblick lang wünschte Riku sich, er könnte alles vergessen und mit Leo ein paar friedliche Tage in dieser Idylle verbringen.

Der bärtige, groß gewachsene Kalle begrüßte Leo fröhlich und verwuschelte ihm die Haare. Er lächelte über das ganze zerfurchte Gesicht.

»Gehen wir gleich angeln?«, fragte Leo begeistert, ohne die Begrüßung zu erwidern.

Kalle lachte. »Na, dann hol mal auf der Stelle die Angel, und ein paar Würmer werden wir schon finden, wenn wir tief genug graben«, antwortete er und warf dabei einen forschenden Blick auf Riku.

»Gut, dass du kommen konntest«, sagte Riku leise zum Onkel seiner Mutter. Kalle war trotz seines Alters gut in Form, und Riku vertraute dem ehemaligen Tiefbaumaschinenunternehmer völlig.

Oft hatte Leo gefragt, ob Onkel Kalle sein Großvater sei. In gewisser Weise schon, hatte Riku geantwortet. Es war sein Wunsch, dass Kalle für Leo wie ein Opa war, der sich mit dem Kind verstand und ihm Sicherheit gab. Kalle ging in dieser Rolle perfekt auf. Leos Frage, was denn mit seinem richtigen Großvater passiert sei, hatte Riku nur schwer beantworten können und vage erklärt, der Großvater sei in einem weit entfernten Land gestorben. Diese Antwort genügte Leo vorläufig, aber sicherlich nicht mehr lange.

»Ich bin gleich nach deinem Anruf losgefahren.«

»Die Russen sind hinter Leo und mir her«, erklärte Riku noch leiser als zuvor. »Geh nicht ans Telefon, außer wenn ich anrufe! Vertraue niemandem außer mir, auch nicht der Polizei!

Und wenn ich dich anrufe und dich mit ›Onkel Kalle‹ anrede, dann bedeutet das, dass ich gezwungen werde, etwas gegen meinen Willen zu sagen.«

Riku wandte den Blick nicht von Kalles erstaunten Augen ab und flüsterte weiterhin, damit Leo, der an der Hütte die Angelschnur um die Rute wickelte, auf keinen Fall etwas hörte: »In dem Fall stecke ich in ernsthaften Schwierigkeiten. Dann musst du so schnell wie möglich von hier verschwinden und Leo woanders verstecken, mit allen Mitteln. Überlege dir jetzt schon das nächste Versteck, aber verrate es niemandem – nicht einmal mir.«

Kalle war bestürzt. Aber er war auch ein Mann, der schnell die Fassung wiederfand. »Mach dir keine Sorgen«, sagte er heiser. »Der Junge ist bei mir in Sicherheit.«

Riku machte eine Kopfbewegung zum Wald hin. »Ich werde ein paar Sachen erledigen. Geht ihr nur angeln.«

Dann winkte er seinem Sohn zu und rief: »Leo, hör auf Kalle … Du bist ein großer Junge, du wirst schon klarkommen …« Seine Stimme war nahe daran zu versagen, und er hustete, um seine Gefühlsregung zu verbergen. »Papa ist stolz auf dich.«

Kalle nickte Riku zu und machte sich dann auf den Weg zur Hütte, mit einem Ausdruck kühler Ruhe im Gesicht.

Riku sah ihm kurz hinterher, als wollte er noch etwas sagen, aber dann drehte er sich abrupt um und ging in den Wald hinein. Er machte große Schritte über Farne und Heidelbeersträucher und blieb schließlich vor einer abgestorbenen Kiefer stehen. Neben dem Stamm lag ein bemooster Steinbrocken, den er zur Seite rollte. Darunter kam eine Plastiktüte zum Vorschein, der er einen Gefrierbeutel entnahm.

Der Pass war noch da. Er enthielt Rikus Foto, aber einen anderen Namen. Riku hatte ihn sich für eine Einschleusungsoperation in Sankt Petersburg machen lassen und ihn anschließend für Notfälle versteckt. Nie hatte er ernsthaft geglaubt, dass ein derartiger Notfall einmal eintreten würde. Aber jetzt war es so weit.

Ein zweiter Gefrierbeutel enthielt Bargeld – hauptsächlich Euro, aber auch Rubel sowie die globalste aller Währungen: Dollar. In diesem Versteck waren gut viertausend Euro übrig, zu Hause im Garten noch einmal fast genauso viel. In den Verstecken war das Geld vor Dieben sicher, aber auch vor den Behörden.

ZWEITER TEIL

20

Sebastian sah gespannt zu, wie Elina den Schlüssel ins Schloss eines Schließfachs in der Finnischen Nationalbibliothek schob. Es war still in dem Raum, der neben der Eingangshalle mit dem Pförtner lag. Elina hatte Vera ihren ruhigen Arbeitsplatz in dieser Bibliothek gezeigt, mitten in der Stadt, gleich neben der Universität, wo es sogar eine schnelle Internetverbindung gab. Allerdings hatte sie nicht gewusst, dass Vera sich hier ein Schließfach reserviert hatte.

Die schmale Tür öffnete sich. Sebastian ließ Elina das Fach durchsuchen, auch wenn er es gern selbst getan hätte. Sie nahm ein blaues Heft heraus und sah es sich an.

Sofort streckte Sebastian, der seine Ungeduld nur mit Müh und Not unterdrückte, die Hand aus und bekam das Heft auch prompt. Er blätterte es durch, doch die mit Kugelschreiber vorgenommenen Einträge in kyrillischer Schrift konnte er nicht lesen. Allerdings waren an den Rand auch Namen in römischen Buchstaben geschrieben worden: Pjotr Kowalski, Olga Rybkina, Kirsti Laaksonen, Ralf Tanner …

Elina schnappte sich das Heft wieder und flüsterte: »Lass uns in die Cafeteria gehen.«

Sie gingen die Treppe hinunter in das enge Café mit der niedrigen Decke, holten sich an der Theke Tee und belegte Brötchen und setzten sich neben einer Säule an einen Tisch. Elina blätterte weiter in dem Heft, und Sebastian blieb nichts anderes übrig, als zu warten.

»Hier stehen Angaben aus dem Handelsregister. Ich habe

ihr bei der Suche danach geholfen. Deswegen ist sie nach Finnland gekommen. Daher stammt zumindest der Name Pjotr Kowalski, er arbeitet in einer Ölhandelsfirma. Olga Rybkina sagt mir nichts … Aber was ist das denn? Wieso steht hier Kirsti Laaksonen?«

Sebastian hätte das Heft am liebsten wieder an sich gerissen, beherrschte sich aber, während Elina weitersprach.

»Die Laaksonen ist eine Parlamentsabgeordnete, die seit zig Jahren eng mit dem KGB und dem FSB zusammenarbeitet. Alle wissen das, trotzdem traut sich nicht mal die Sicherheitspolizei an sie heran. Im Gegenteil, sie sitzt sogar im Verteidigungsausschuss des Parlaments, der auch durchaus brisantes Material in die Hände bekommt.«

Sebastian erwog seine Möglichkeiten und beschloss, es mit Herunterspielen zu versuchen. »Alle Namen haben offensichtlich nur etwas mit Artikeln zu tun, an denen Vera schrieb.«

»Was heißt hier *nur?* Die Artikel könnten das Motiv sein für das, was geschehen ist. Ich werde das Heft sofort zur Polizei bringen.«

Sebastian wollte sogleich heftig widersprechen, aber dann wäre es ihm unmöglich gewesen, Elina mit glaubwürdigen Argumenten von ihrem Vorhaben abzubringen. Er musste sich etwas anderes ausdenken.

»Und Veras Material im Tresor des Verlags?«, fragte er. »Wie konnten die Russen davon wissen?«

»Sie konnten es gar nicht wissen. Niemand wusste davon. Ich werde das Tanner bringen, er ist der Einzige bei der Polizei, der das richtig einordnen kann …«

In dem Moment klingelte ihr Handy. Sie schob das Heft in ihre Handtasche, die sie über die Rückenlehne des Stuhls gehängt hatte. Gleichzeitig nahm sie das Handy heraus.

»Das Krankenhaus«, sagte sie besorgt.

Eine lautstark diskutierende Gruppe von Studenten drängte an ihnen vorbei zur Treppe. Elina musste sich zur Seite drehen und sich das Ohr zuhalten. Sebastian nutzte die Gelegenheit, schob schnell und unbemerkt die Hand in ihre Tasche und nahm das Heft und ihr Portemonnaie heraus. Zumindest den Namen Ralf Tanner hatte Elina noch nicht entdeckt.

Elina war erleichtert, als sie die Stimme ihres Vaters hörte. Er klang etwas rauer als sonst, aber ansonsten machte er einen munteren Eindruck. Sie wechselten ein paar Worte, bevor Elina das Gespräch beendete.

»Vater geht es besser«, sagte sie lächelnd zu Sebastian und steckte das Telefon in die Handtasche zurück.

Plötzlich änderte sich ihr Gesichtsausdruck. »Mein Portemonnaie ...« Hastig grub sie in der Tasche. »Jemand hat mein Portemonnaie gestohlen!«

»Bist du dir ganz sicher?«

»Und das Heft. Es ist auch verschwunden!«

Sebastian blickte sich um und stand auf. »Das muss einer von den Studenten gewesen sein.«

»Das darf nicht wahr sein! Wo sind die hin?« Elina rannte bereits zur Tür.

»Ich habe nicht so genau hingesehen«, antwortete Sebastian, während er hinter Elina die Treppe hinaufeilte.

Oben angekommen riss Elina die Eingangstür auf, aber auf der Straße waren die Studenten nicht zu sehen.

»Warum, um Himmels willen, stiehlt jemand das Heft aus meiner Tasche?«, rief Elina Sebastian zu, der ihr nachgekommen war.

»Ich weiß es nicht. Aber ich hätte es merken müssen. Es tut mir leid ...«

»Es ist nicht deine Schuld, natürlich nicht. Wir Finnen sind bloß so dämlich vertrauensselig in solchen Dingen. Ich hätte selbst besser auf meine Tasche aufpassen müssen«, sagte Elina verärgert. Sie nahm ihr Handy und fing an, Tanners Nummer zu wählen.

»Wen rufst du an?«

»Ich melde den Verlust meiner Kreditkarte. Bargeld war nicht viel im Portemonnaie. Aber vorher erzähle ich der Polizei von den Notizen.«

»Das dürfte ziemlich sinnlos sein. Ich glaube nicht, dass Veras Notizen irgendetwas mit dem Mord an ihr zu tun haben.«

»Das ist mir egal. Wichtig ist es, jede Kleinigkeit in Betracht zu ziehen. Und die Polizei muss unbedingt wissen, dass die Laaksonen in Veras Notizheft erwähnt wird. Wer wohl diese Olga Rybkina ist?«

»Keine Ahnung. Und ich glaube nicht, dass die Polizei daran interessiert ist, noch weitere Kräfte in den Fall zu investieren, da sie Veras Mörder ja kennt.«

Elina ließ es lange läuten.

»Tanner meldet sich nicht. Ich versuche es über die Zentrale.«

Sie rief die Auskunft an und fragte nach der Nummer der KRP-Zentrale.

»Könntest du vom Auto aus anrufen?«, fragte Sebastian plötzlich etwas ungeduldig.

»Wieso haben wir es denn so eilig?«

»Ich schlage vor, dass wir nach Berlin fliegen. Wir müssten nur zuerst deine Sachen holen.«

»Was redest du da? Heute?« Elina lachte. Die Idee kam überraschend, war aber nicht unangenehm. Läge ihr Vater nicht im Krankenhaus, wäre sie vielleicht geflogen.

Sebastian wartete nicht länger ab, sondern verließ das Bibliotheksgebäude. Wieder einmal wunderte sich Elina über ihn. Aber das gestohlene Portemonnaie und das Heft beschäftigten sie mehr, weshalb sie Sebastian ohne weitere Fragen folgte, während sie bei der Zentralkripo anrief. Sie trug dem Diensthabenden in der Zentrale ihr Anliegen vor und wurde daraufhin mit Tanners Vorgesetztem Markku Jalava verbunden.

Jalava hörte sich die Geschichte von Veras Schließfach, von dem Notizheft darin, von den Namen und vom Diebstahl des Portemonnaies und des Heftes an.

»Mich interessiert besonders, warum der Name der Abgeordneten Laaksonen in Veras Notizheft auftaucht«, sagte Elina. »Ich wüsste jedenfalls nicht, dass sie sich kannten. Könnte Frau Laaksonen etwas wissen? Wahrscheinlich sollte man sie …«

»Danke, wir kümmern uns selbst um die Ermittlungen.«

»Ich möchte gern mit Riku Tanner sprechen.«

»Er ist gerade mit einem anderen Fall beschäftigt. Aber ich richte ihm Grüße aus und bitte ihn zurückzurufen, sobald er Zeit hat.«

21

Didier saß mit eingegipstem Arm in dem alten, schäbigen Wohnwagen, der am Rand der Innenstadt von Eurajoki im Hinterhof eines flachen Mietshauses stand. Nach dem Unfall auf der Wendeltreppe war er im Rettungswagen ins Krankenhaus von Rauma gebracht worden, wo man festgestellt hatte, dass der Unterarm gebrochen war. Didier wurde bis zum Ende seines Arbeitsvertrags krankgeschrieben und würde seinen Auftrag nicht zu Ende führen können.

»Hast du den BMW da gesehen?«, fragte er und machte eine Kopfbewegung zum Fenster hin.

Sein polnischer Kollege Henryk Dombrowski schaute in die entsprechende Richtung. Er hatte sich den Wohnwagen ein Jahr zuvor angeschafft und vor dem Haus abgestellt, in dem seine finnische Freundin wohnte.

»Würde Saara so einer nicht gefallen?«

Henryk schmunzelte.

»Ich habe mir daheim in Frankreich einen Dreiundneunziger Ferrari reservieren lassen«, log Didier gelassen.

Henryk sah ihn verblüfft an.

»Das sind die Summen, um die es hier geht. Wir spielen nicht um Kleingeld.«

»Wie ist das möglich?«, wunderte sich Henryk. »Bei so einem kleinen Job?«

»Für uns ist das ein kleiner Job. Aber überleg mal, was für Summen im Spiel sind, wenn ein Atomkraftwerk gebaut wird. Ein Unternehmen wie Areva hat einen Umsatz von zwanzig

Milliarden Euro. Und die Konkurrenten wollen alles über die Technologie ihrer Mitbewerber wissen.«

Henryk nickte nachdenklich. Er war wesentlich empfänglicher, als Didier vermutet hatte.

»Zu den wichtigsten Trümpfen eines Atomkonzerns gehören die Sicherheitsmaßnahmen. Das digitale Sicherungssystem, das Areva in Olkiluoto anwendet, ist eines ihrer wichtigsten Betriebsgeheimnisse. Erfährt ein Konkurrent, wie es funktioniert, kann das für ihn Millionen wert sein.«

Didier hatte mit Henryk unter vier Augen und vertraulich reden wollen. Der Wohnwagen war der richtige Ort, um ihm den Vorschlag zu machen. Richter hatte seinen Plan akzeptiert. Natürlich bestand das Risiko, dass Henryk ablehnte, aber Didier hielt es für relativ gering.

»Du musst lediglich zwei drahtlose Registriergeräte in die Halle mitnehmen, und anschließend ändert sich dein ganzes Leben, Henryk. Dann bekommst du das Haus, das Auto und die Frau deiner Träume.«

Henryk nickte noch immer, und kurz blitzte es in seinen Augen auf. »Industriespionage ist ein Verbrechen. Dafür kann man ins Gefängnis kommen.«

»Aber nur, wenn man erwischt wird. Und das wird nicht passieren.«

Henryk seufzte. »Und das Geld würde ich in bar bekommen?«

»Die erste Rate hier und jetzt. Fünfundzwanzigtausend Euro in Fünfhunderteuroscheinen.«

Auf Henryks Gesicht machte sich ein verdutztes Lächeln breit.

Als Didier den Umschlag mit dem Geld aus der Innentasche seiner Jacke zog, berührte er den mit Klebestreifen an der Brust befestigten Sender. Er wünschte, Richter könnte auch das begeisterte Gesicht des Polen sehen und nicht nur dessen Stimme hören.

Nicht weit entfernt saß Peter Richter auf dem Parkplatz eines Supermarktes im Auto und blätterte im Boulevardblatt *Ilta-Sanomat.* Dabei hörte er dem Gespräch zu, das per Kopfhörer übertragen wurde, und strich sich zufrieden über den Schnurrbart.

Didier hatte bei der Rekrutierung alle Anweisungen befolgt, dennoch war er nun erleichtert, dass es funktioniert hatte. Menschen waren Individuen, es gab keine Gewissheit darüber, wie ein solcher Vorschlag aufgenommen wurde.

Richter hatte in seinen Stasi-Jahren selbst Dutzende von Anwerbungen vorgenommen, und nirgendwo war das so reibungslos vonstattengegangen wie in Helsinki. Die finnischen Politiker hatten sich ihm geradezu aufgedrängt. Zwar hatte sich der KGB um die wichtigeren Politiker und Beamten gekümmert, aber für die HVA der Stasi waren noch genügend junge, aufstrebende Talente übrig geblieben, die mit allem Eifer Informationen weitergaben.

»Die genauen Anweisungen teilen wir dir später mit«, sagte Didiers Stimme im Kopfhörer.

»Wer bezahlt das eigentlich? Die Chinesen?«, fragte der Pole.

»Das weiß ich nicht. Um die konkrete Abwicklung kümmert sich ein Deutscher. Das sind Dinge für große Jungs. Uns soll das Geld genügen. Hauptsache, du behältst alles für dich. Und kaufst nicht gleich etwas Teures, sondern gibst das Geld nach und nach aus.«

Richter hörte, dass Didier offenbar aufgestanden war und sich anschickte, den Wohnwagen zu verlassen. Er faltete die Zeitung zusammen.

Die Abgeordnete Kirsti Laaksonen verließ den Anbau des Parlamentsgebäudes und ging zum Taxistand. Sie bereitete sich nach dem Sommerurlaub auf die Sitzungsperiode vor und hatte die Aktentasche voller Unterlagen zur Energiepolitik der EU. Eigentlich hätte sie die nicht aus dem Gebäude mitnehmen dürfen, aber es war nicht das erste Mal, dass sie das tat.

Als das Taxi auf der Mannerheimintie die Oper erreicht hatte, klingelte ihr Handy.

Kaum hatte sich der Anrufer als Oberkommissar Jalava von der KRP vorgestellt, beschleunigte sich Kirsti Laaksonens Puls. Aber nur ein bisschen. Bei wem wäre das nicht der Fall, wenn überraschend die Polizei anruft?

»Wäre es Ihnen möglich, direkt hierher nach Tikkurila zu kommen? Oder sollen wir uns woanders treffen?«

»Worum geht es?«

»Darüber reden wir, wenn wir uns sehen.«

Laaksonen blickte auf die Uhr. »Ich könnte sofort kommen, falls Ihnen das recht ist.«

»Ich bin noch eine Stunde hier. Herzlich willkommen.«

Sie rief ihren Sohn Johannes an, der an diesem Tag einunddreißig Jahre alt wurde. Er gehörte der Fraktion der Grünen im Helsinkier Stadtrat an und war unter anderem Mitglied des Umweltausschusses.

»Ich komme etwas später«, sagte sie. »Geh schon mal die Sachen kaufen, ich gebe dir das Geld dann zurück.«

Johannes wollte zusammen mit Freunden verschiedene Requisiten für die Demonstration zur Einweihung des Atomkraftwerks Olkiluoto 3 herstellen. Kirsti war stolz auf ihr einziges Kind, das sie über den Puls der Zeit auf dem Laufenden hielt und verhinderte, dass sie zu schnell tantenhaft wurde.

22

Es war bekannt, dass sich Tanner auf gefährlichem Terrain bewegte, trotzdem war Kriminalhauptmeister Tero Kivelä überrascht, als er die E-Mail erhielt. Er kannte Riku nicht gut, hatte ihn aber für einen Profi der Top-Kategorie gehalten, auch wenn dessen Ansehen etwas gelitten hatte.

Mit gemischten Gefühlen starrte Kivelä auf die Nachricht. Er gehörte dem Team an, das nach Tanner suchte, daher überlegte er nun, ob er seinem Vorgesetzten Jalava etwas von der E-Mail sagen sollte. Darin stand nämlich, Tanner habe bei dem Seminar in Hyvinkää den Abend mit einer finnischen Kollegin verbracht. Anschließend seien beide in Tanners Zimmer verschwunden. Bei der Kollegin hättte es sich um Mira Jalava gehandelt, Markku Jalavas Frau.

Kivelä kannte Mira nur vom Sehen. Sie war als junge Frau von der Helsinkier Polizei zur KRP-Abteilung für Wirtschaftskriminalität gekommen, und sobald sich zwischen ihr und dem neun Jahre älteren Jalava eine Beziehung anbahnte, hatte Jalava dafür gesorgt, dass sie von seinem Dezernat zur Abteilung Rauschgift versetzt wurde. Als er dann später selbst zum Leiter des Drogendezernats ernannt wurde, waren sie bereits seit Jahren verheiratet.

Kivelä rieb sich die Schläfen. Was sollte er tun? Jalava hatte dem Team eine strenge Ansprache gehalten und gesagt, dass sie alles untersuchen müssten, was mit Tanner zu tun hatte. Aber wollte Jalava, dass seine Mitarbeiter etwas von der Untreue seiner Ehefrau wussten?

Kivelä trat auf den Gang und schlug den Weg zum Büro seines Vorgesetzten ein, wo die Tür offen stand. Einer der Polizisten, die in Hämeenlinna den Zug kontrolliert hatten, unterhielt sich mit dem Chef, aber es sah so aus, als wolle er gerade aufbrechen.

In diesem Moment näherte sich Mira Jalava auf dem Gang. Kivelä zuckte zusammen.

Mira ging auf das Büro ihres Mannes zu. Vor der Tür stand Kivelä.

»Neuigkeiten?«, fragte sie ihn.

»Über was?«

»Über was auch immer. Zum Beispiel über Tanner.«

»Nichts Großartiges.«

Kivelä wirkte verkniffen, fand Mira. Das war kein Wunder. Im ganzen Haus herrschte eine ähnliche Anspannung wie zur Zeit des Dienstvergehensprozesses. Die Gerüchte über neu entbrannte Vorwürfe gegen Riku klangen seltsam, aber noch seltsamer war Rikus Verschwinden. Das war nicht seine Art, und deshalb beunruhigte es Mira. Und sicherlich auch andere Kollegen.

Ein Polizist, den sie nicht kannte, verließ Markkus Büro, und Kivelä bedeutete ihr, als Erste einzutreten.

»Du warst vor mir da«, sagte Mira.

»Nein, geh nur, ich erledige noch schnell einen Anruf.« Dann machte er sich fast im Laufschritt aus dem Staub.

Mira sah ihm kurz verwundert hinterher, bevor sie den Raum betrat. Markku gab konzentriert etwas in seinen Computer ein.

Noch bevor Mira etwas gesagt hatte, fiel ihr Blick auf den Schreibtisch ihres Mannes, und sie erschrak. Dort lag ein Nokia-Handy, dessen Akku mit Klebeband befestigt war. Rikus Handy.

Wie kam es auf Markkus Tisch?

Mira kamen die Situationen in den Sinn, in denen sie Riku angerufen oder ihm eine SMS geschickt hatte. Hatte er alles gelöscht? Natürlich, Riku war in solchen Dingen pedantisch. Aber konnten die Experten von der Technik die gelöschten Daten womöglich wiederherstellen?

Miras Herz hämmerte, und ihre Handflächen wurden feucht. Sie erinnerte sich an die letzte Mitteilung, die sie Riku geschickt hatte.

Wir müssen reden. Bald.

Sie bemühte sich, die Fassung wiederzugewinnen, und spielte bereits mit dem Gedanken, unter einem Vorwand zu verschwinden, denn sie brauchte Zeit zum Nachdenken. Ihr war klar, wie so eine Nachricht für fremde Augen aussehen würde. Sie kannte außerdem Markkus Eifersucht und seine entsetzlichen Wutanfälle. Und in einer Situation, in der Riku als Verräter verdächtigt wurde, konnte sie nicht die Wahrheit sagen, denn damit würde sie ihn nur zusätzlich belasten. Sie befand sich in einer Zwickmühle, sie musste sich zwischen Markku und Riku entscheiden.

»Mira«, sagte Markku, hörbar gestresst, aber ohne negativen oder bedrohlichen Unterton. »Was machst du denn hier?«

Bevor sie antworten konnte, klingelte Markkus Handy.

Das Gespräch war kurz und einsilbig, am Ende sagte Markku zu dem Anrufer: »Verdammt. Ich schicke jemand hin, der mit ihr reden soll.«

Schließlich wandte er sich ihr wieder zu. »Tanners Exfrau hat mitgeteilt, dass der Kerl seinen Jungen halb mit Gewalt aus dem Kindergarten geholt hat. Das hätte ich nie von Riku geglaubt, obwohl es Anzeichen gab. Er meint es ernst. Er will uns austricksen. Das hier hat er im Zug nach Tampere deponiert«, sagte Markku und deutete mit einer Kopfbewegung auf Rikus Handy.

»Gibt es etwas her?«

»Er hat alle Daten gelöscht. Aber die Jungs von der Technik werden zumindest einige davon wiederherstellen können.«

»Gut«, sagte Mira so unbefangen wie möglich.

Jetzt läutete Markkus interner Anschluss.

»Die Abgeordnete Laaksonen ist hier an der Pforte«, tönte es aus dem Lautsprecher.

»Sie soll einen Moment warten, ich komme runter.«

»Was will die denn hier?«, fragte Mira.

»Rede du mit der Exfrau von Tanner über die Entführung des Jungen. Sie ist angeblich in Espoo reich verheiratet.«

»Ich sollte eigentlich nach Vuosaari zum Hafen fahren …«

»Das andere hat jetzt Priorität. Du fährst sofort nach Espoo, Manninen gibt dir die Adresse.«

»Na gut«, erwiderte Mira und wandte sich zum Gehen. Da fing ihr Handy an zu klingeln.

»Mira«, sagte Markku in ihrem Rücken.

Sie blieb stehen, drehte sich aber nicht um.

»Riku hat uns alle betrogen. Absolut alle.«

»Ich weiß«, antwortete Mira und verließ das Büro. Auf dem Gang nahm sie endlich den Anruf der unbekannten Nummer entgegen.

»Kannst du reden?«, fragte Riku mit gehetzt klingender Stimme.

»In fünf Minuten.«

Mira beendete die Verbindung und bemerkte im selben Moment, dass Kivelä unmittelbar vor ihr auf dem Gang stand. Er versuchte gar nicht erst zu verbergen, dass er sie anstarrte.

Rasch wandte sie den Blick ab. Sie hatte keine Lust, darüber nachzudenken, warum Kivelä so ein komisches Gesicht machte.

23

Riku sah auf die Uhr. Drei Minuten waren vergangen. Er fuhr im Auto in Richtung Helsinki und fragte sich, wie intensiv man nach ihm fahndete. Er hätte Mira nicht anrufen sollen, es war ein zu großes Risiko gewesen.

Er erreichte den Autobahnring 3. Es machte ihn nervös, nach Helsinki zurückzukehren, aber es gab keine andere Möglichkeit. Leo war bei Kalle in Sicherheit, das erleichterte es Riku ein wenig. Sein wichtigstes Ziel war es jetzt, am Leben zu bleiben. An zweiter Stelle kam das Aufspüren des wirklichen Verräters bei der Polizei. Wer kam da infrage? Nur jemand, der genug über die Ermittlungen gegen Bykow wusste – also musste es einer von Rikus engsten Mitarbeitern sein.

Er wusste, dass sich viele Kollegen ebenfalls ziemlich geradliniger Methoden bedienten, speziell Timo Manninen, sein Erzfeind. Der Glatzkopf mit dem Ziegenbart kam mit der Harley-Davidson zur Arbeit, reiste viel und war mit einer jungen Thailänderin verheiratet, die so gut wie niemand je zu Gesicht bekommen hatte. Früher war Manninen der effektivste Mann im Dezernat gewesen, dann hatte Riku ihm mit seinen Resultaten die Starrolle streitig gemacht. Manninens Verbitterung hatte allerdings schon eingesetzt, als ein Polizist der KRP für einen Kurs beim FBI in den Vereinigten Staaten bestimmt werden sollte und die Wahl nicht ihn traf, sondern Riku. Daher war es für Riku auch keine Überraschung gewesen, dass Manninen neben Reini als Zeuge gegen ihn und einige andere Drogenfahnder aufgetreten war.

Auch der wortkarge Jere Saari kam Riku in den Sinn. Der war in letzter Zeit als Kollege immer schwieriger geworden. Riku hatte gedacht, es hätte mit den schlimmen Rückenschmerzen zu tun, die Saari plagten und gegen die er starke Mittel einnahm, was erst herauskam, als er unter Medikamenteneinfluss einen Unfall baute. Zusätzlich hatte er einen schwierigen Scheidungsprozess am Hals und trank reichlich Alkohol. Etwas an seiner Art und an seinem Blick war in letzter Zeit noch sonderbarer geworden. Womöglich nahm er mittlerweile noch stärkere Medikamente. Gab es für Verbrecher ein besseres Erpressungsopfer als einen drogenabhängigen Polizisten?

Riku zwang sich, seine Fantasie im Zaum zu halten und nach banaleren Varianten zu suchen. Konnte die undichte Stelle in der Finesto-Gruppe zu finden sein? Bei den Befragungen im Zusammenhang mit dem Prozess hatte er notgedrungen über seine Ermittlungen zu Bykows Bande reden müssen. Das Verhörprotokoll wurde zwar für geheim erklärt, doch einige Vertreter der Helsinkier Polizei und der KRP hatten es zu Gesicht bekommen. Es hatte ihm den Posten gerettet, aber hatte er damit dem Verräter zugleich wichtige Informationen geliefert? War es ein Köder gewesen? Womöglich war der gesamte Prozess bloß ein Täuschungsmanöver gewesen, um Erkenntnisse über die außergewöhnlich erfolgreichen Ermittlungen der KRP im Bereich Ostkriminalität zu gewinnen.

Riku blickte auf den Tacho und stellte fest, dass er mit deutlich überhöhter Geschwindigkeit fuhr. Er versuchte sich zu beruhigen und klar zu denken.

Die zentrale Figur in diesem Fall war Igor Bykow, der Kopf des Drogenrings. Nowikow wäre ein Weg gewesen, um Bykow auf die Spur zu kommen, aber Nowikow lag im Kühlraum der Gerichtsmedizin. Um an Bykow heranzukommen, blieb also nur Rikus Informant in Kotka: Sergej. Dies war der gefährlichste Weg, aber Riku blieb keine Wahl.

Er prüfte den Verkehr vor und hinter sich, dann nahm er das Telefon und rief noch einmal Mira an. »Kannst du jetzt reden?«, fragte er, so ruhig er konnte.

»Was ist eigentlich los, verdammt noch mal?« Miras Stimme klang schroff.

»Das erkläre ich dir später. Hat sich die Identität von Vera Dobrinas Mörder bestätigt? War es Nowikow?«

Am anderen Ende der Leitung blieb es einen Moment still.

»Es ist eine Großfahndung nach dir eingeleitet worden. Alle möglichen Gerüchte sind in Umlauf …«

»Mira … ich kann dir jetzt nicht alles erklären. Du musst dich auf deine Intuition verlassen, und ich hoffe, sie wird dir sagen, dass du mir vertrauen kannst. Glaub nichts, was du über mich hörst! Ganz gleich, wer dir etwas sagt. Und sei vorsichtig. Irgendwer im Präsidium gibt tatsächlich Informationen weiter, und diese Person muss ausfindig gemacht werden, bevor alles endgültig den Bach hinuntergeht. Ich habe Nowikow aus Notwehr erschossen, sonst hätte er mich getötet. Hat Elina Aro ihn als Mörder von Vera Dobrina identifiziert?«

»Ja. Aber auch sie kennt seinen Namen nicht. Und sie weiß nicht, dass Nowikow früher KGB-Mann in der russischen Botschaft war.«

Diese Nachricht verblüffte Riku. Er war in einen tieferen Sumpf geraten, als er vermutet hatte.

»Nowikow ist dann irgendwann in den Drogenhandel eingestiegen. Und Vera Dobrina hat anscheinend die Verbindungen von Bykows Drogenring zu Polizeikreisen in Sankt Petersburg recherchiert. Du hingegen stehst unter dem Verdacht, polizeiliche Ermittlungsergebnisse an Bykow zu verraten.«

Mira klang wütend und enttäuscht. Riku konnte sie gut verstehen. Er wusste, wie sich die Lage in ihren Augen darstellte: Es war durchaus möglich, dass die Anschuldigungen gegen ihn gerechtfertigt waren. Und wenn er noch nicht gefasst worden war, dann nur wegen ihrer Gutgläubigkeit. Er musste Miras

Vertrauen mit allen Mitteln aufrechterhalten, denn er brauchte wenigstens eine Verbündete.

»Die Wahrheit ist, dass mein V-Mann in Kotka, von dem ich dir erzählt habe, einer von Bykows Leuten ist«, sagte Riku. »Und Bykow weiß davon.«

»Verdammt. Je nachdem, wie sich die Situation ändert, rückst du mit deinen Wahrheiten heraus. Du bist in deine eigene Falle gegangen.«

»Ich bin nicht sicher, ob wir auch nur annähernd alles über die aktuelle Situation wissen.«

»Ich bin gerade auf dem Weg zu deiner Exfrau. Sie spielt mit dem Gedanken, Anzeige zu erstatten, wegen der Entführung ihres Sohnes. Das werde ich ihr nur schwer ausreden können. Die Lage belastet mich wirklich, du hast alles durcheinandergebracht. Markku hat dein Handy. Ist es garantiert sauber?«

»Ja. Ich rufe dich später wieder an.«

»Gib mir eine Nummer, unter der ich dich erreichen kann!«

Riku überlegte eine Sekunde, dann nannte er die Nummer, die er auswendig gelernt hatte. Er musste Mira vertrauen. Alleine würde er aus der Sache nicht herauskommen.

Nach dem Gespräch rief er die Auskunft an und bat darum, mit Elina Aro verbunden zu werden. Der Autobahnring 3 lag hinter ihm, Helsinki rückte immer näher.

Elina Aro schien überrascht von seinem Anruf.

»Gut, dass Sie sich melden, ich habe Sie auf dem Polizeirevier nicht gesehen …«

»Können wir uns kurz treffen? Unter vier Augen, absolut vertraulich, ohne dass jemand etwas davon erfährt?«

»Kannten Sie Vera Dobrina?«, wollte Jalava von der Abgeordneten Kirsti Laaksonen wissen, die ihm gegenübersaß.

Die Politikerin hatte ihre Miene vollkommen unter Kontrolle, oder aber sie sagte die Wahrheit, als sie gelassen antwortete: »Nein. Warum, in aller Welt, werde ich so etwas gefragt?«

»Sie sind sich nie begegnet?«

»Nein.«

Jalava hatte ein Blatt Papier vor sich liegen, auf das er die Namen aus dem Notizbuch von Vera Dobrina geschrieben hatte, so wie Elina Aro sie ihm genannt hatte.

»Aber sie hat mich vor einigen Tagen angerufen«, erklärte Kirsti Laaksonen.

Jalava musterte sie. Die Abgeordnete wirkte völlig entspannt. »Warum hat sie sich gemeldet?«

»Um ein Treffen zu vereinbaren. Ich habe sie gefragt, warum, aber sie hat es mir nicht verraten. Ich war nicht sehr begierig darauf, mich mit ihr zu treffen, also habe ich ihr gesagt, ich hätte zu viel zu tun. Sie hat meiner Meinung nach viel Mist geschrieben und den Demokratisierungsprozess in Russland schwer unterschätzt. Aber sie war hartnäckig. Also vereinbarten wir ein kurzes Treffen im Café Strindberg ... aber dazu kam es ja nun nicht mehr.«

Jalava zog ein Foto von Vera Dobrinas Mörder, Andrej Nowikow, aus einem Kuvert und reichte es der Abgeordneten. »Kennen Sie diesen Mann?«

Im Blick von Kirsti Laaksonen blitzte Überraschung auf. »Ich bin ihm schon einmal begegnet, aber ich kann nicht sagen, dass ich ihn kenne.«

Die Frau war intelligent – sie stritt nichts ab, für das es Beweise geben konnte.

»Erzählen Sie mir alles, was Sie über ihn wissen.«

»Nowikow ... so hieß er doch?«

Jalava reagierte nicht, sondern wartete ab, dass sie weiterredete.

»Nowikow arbeitete in den Achtzigerjahren in der russischen Botschaft. Ich habe ihn ein paarmal in Begleitung seines Vorgesetzten gesehen.«

»Wann sind Sie sich zum letzten Mal begegnet?«

»Irgendwann Ende der Achtzigerjahre.«

»Trotzdem haben Sie ihn auf dem Foto sofort erkannt.«

»Es scheint keine besonders neue Aufnahme zu sein.«

»Haben Sie noch immer keine Idee, warum sich Vera Dobrina mit Ihnen treffen wollte?«

»Nicht die geringste Ahnung. Leider.«

»Danke für Ihren Besuch. Wir melden uns, wenn sich etwas Neues ergibt.«

Frau Laaksonen stand auf. »Ich werde Ihnen helfen, so gut ich kann.«

Sie war bereits an der Tür, als Jalava noch fragte: »Sagt Ihnen der Name Olga Rybkina etwas?«

»Ich kann mich nicht erinnern, den Namen schon einmal gehört zu haben.«

Nachdem sie gegangen war, rief Jalava bei der Sicherheitspolizei an und berichtete vom Verlauf des Gesprächs.

24

Der Elektriker Henryk Dombrowski betrachtete voller Berufsstolz die neuen hohen Silos von Olkiluoto 3. Er war beim Bau des ersten EPR-Reaktors der Welt dabei gewesen!

Kein Wunder, dass das Kraftwerk ein erstklassiges Objekt für Industriespionage war. Die zahlenden Instanzen hinter Didier – wer immer sie auch waren – agierten mit hohen Summen und gingen hohe Risiken ein, weshalb Henryk beschlossen hatte, für seine Dienste etwas mehr als ursprünglich vereinbart zu verlangen. Das war nur recht und billig. Immerhin konnte er sich auf dem Kraftwerksgelände beinahe überall frei bewegen, ohne dass ihm jemand Fragen stellte.

Solange er auf der Baustelle gearbeitet hatte, waren überhaupt nur sehr wenige Fragen gestellt worden. Manche Subunternehmer hatten Leute auf ihrer Gehaltsliste stehen, die Henryk nicht einmal engagiert hätte, um sich eine Garage bauen zu lassen. Es war unfassbar, mit welch geringer Arbeitsmoral und Fachkompetenz man eine so gefährliche Anlage bauen ließ.

Henryk stammte aus Gdynia. Er hatte an vielen Stellen Europas alle Arten von Baustellen gesehen, aber keine war mit Olkiluoto in Finnland vergleichbar. Der Bau des Kraftwerks war von permanenten Problemen bei den Arbeitsabläufen und beim Informationsfluss geprägt gewesen, von der Vorgehensweise dubioser Firmen, die Kosten einsparen sollten, um die Verluste zu minimieren, von Missverständnissen und totaler Unerfahrenheit im Kraftwerksbau, von Vertragskonflikten der Subunternehmer, von Kompetenzgerangel und Sicherheitsmängeln. Sogar die Schweißnähte des Hauptkühlrohrs hatten nachgebessert werden müssen.

Henryk hätte unter keinen Umständen in der Nähe des Kraftwerks wohnen wollen, denn er hielt es für eine tickende Zeitbombe. Genau das hatte er Saara gesagt, als er sie zu überreden versuchte, mit ihm nach Polen zu kommen.

Hinter sich hörte er Rufe und Baulärm und blickte sich um. Auf der anderen Seite des Maschendrahtzauns schwenkten Angehörige des slowakischen Bautrupps die Arme und gaben dem Kranführer lautstarke Anweisungen, der eine Baracke abbauen sollte, aber kein Wort ihrer Sprache verstand.

»Hurry up!«, rief ein Mann mit gelbem Helm Henryk zu und deutete auf seine Armbanduhr. Es war der portugiesische Vorarbeiter, von dessen Gesicht Henryk ein für alle Mal die Nase voll hatte.

Er hängte sich die große Tasche mit den Testwerkzeugen und Messgeräten um und ging auf das Herz des Kraftwerks zu, auf das Reaktorgebäude, in dem die letzten Kontrollen des Automationssystems vorgenommen wurden. Es war nicht überraschend, dass dieses System, das die gesamte Funktion des Atomkraftwerks steuerte, und zwar im normalen Einsatz wie bei einem Störfall, schon einmal als fehlerhaft erkannt wurde und ersetzt werden musste, so wie viele andere Komponenten auch.

Plötzlich klingelte Henryks Handy. Didier.

»Henryk«, sagte die vertraute Stimme. *»Kannst du nach deiner Schicht zu der Stelle kommen, wo wir im Juni beim Fischen waren?«*

Henryk war erleichtert, dass es voranging. Er wollte die angebotenen fünzigtausend Euro wirklich haben. Und vielleicht noch ein bisschen mehr.

Elina stand an einer Ecke des Senats-Platzes und wartete auf Tanner.

»Ich glaube nicht, dass es vernünftig ist, wenn du mitkommst«, sagte sie erneut zu Sebastian. Diese Ansicht hatte sie ihm zuvor bereits mit deutlichen Worten klargemacht.

»Du brauchst das nicht ständig zu wiederholen. Ich lasse dich nicht allein zu ihm in den Wagen steigen«, erwiderte Sebastian und lächelte ein störrisches Lächeln, das keinen Widerspruch duldete.

Tanners Verhalten war seltsam. Warum wollte der Polizist sie heimlich treffen? Glaubte Tanner, sie würde noch immer beschattet?

Dass sich Sebastian überhaupt nicht um Tanners Anweisung scherte, schmeichelte Elina aber auch – es bedeutete, dass er sich um sie sorgte. Ihr Gepäck für Berlin wartete bereits im Auto, das Sebastian am Rand des Platzes geparkt hatte. Elina hatte schließlich nicht länger darüber nachdenken müssen, ob sie fahren sollte, denn ihr Vater hatte ihr beim Besuch in der Klinik versichert, sie dürfe nicht nur fliegen, sie *müsse* es sogar. Jetzt sei genau der richtige Moment, um für ein paar Tage Abstand zu gewinnen.

Auf der Mariankatu näherte sich ein Fiat, der unmittelbar vor ihnen anhielt.

Elina öffnete die Beifahrertür, kam aber nicht dazu einzusteigen, weil Tanner, der am Steuer saß und eine Sonnenbrille trug, mit eisiger Stimme sagte: »Bleib, wo du bist! Wer ist er?«

»Mein Freund, Sebastian Keller.«

»Ich habe ausdrücklich gesagt …«

»Ich verstehe kein Wort Finnisch«, unterbrach Sebastian auf Englisch mit festem, aber höflichem Ton, während er hinten einstieg. »Sie begreifen sicher, dass ich nach allem, was passiert ist, meine Freundin nicht allein zu einem fremden Mann ins Auto steigen lasse. Verschwenden Sie also keine Zeit, wir müssen gleich zum Flughafen.«

Elina setzte sich auf den Beifahrersitz, und Tanner fuhr los, sobald sie die Tür zugezogen hatte.

»Warum dieses Treffen?«, fragte Elina. »Wer verfolgt mich?«

Tanner blickte in den Spiegel. »Ihnen folgt niemand, aber es kann sein, dass mir jemand folgt. Erzählen Sie mir ein bisschen was über ihn.«

Elina merkte, dass Tanner eine misstrauische Kopfbewegung nach hinten machte.

»Er ist freier Fotograf. Amerikanische Mutter und deutscher Vater, hat lange in beiden Ländern gelebt.«

Tanner bog in nördlicher Richtung in die Unioninkatu ein. »Wie lange kennen Sie ihn schon?«

»Mehrere Monate. Fast ein halbes Jahr«, übertrieb Elina, verärgert über Tanners Argwohn.

»Ich spreche jetzt äußerst vertraulich zu Ihnen. Sie dürfen davon nicht einmal der Person auf dem Rücksitz etwas erzählen. Der Mörder von Vera Dobrina heißt Andrej Nowikow. Vor seiner kriminellen Laufbahn hat er in der russischen Botschaft gearbeitet.«

Diese Information war für Elina wie ein Schlag ins Gesicht. Ihr Herz fing an zu pochen.

»Ich kenne Nowikow«, erwiderte sie mit leicht zitternder Stimme. »Er wird am Rande in meinem Buch erwähnt.«

Nervös zupfte sie am Sicherheitsgurt. Konnte das Zufall sein? Natürlich, in ihrem Buch wurden zahlreiche Russen namentlich genannt. »Es kann also doch ein politischer Mord gewesen sein«, sagte sie.

»Frau Dobrina hatte Feinde auf vielen Seiten. Mich würde interessieren, wem Sie, außer mir, von dem Material im Safe des Verlegers erzählt haben.«

»Dem Polizisten, der mich befragt hat.«

»Wie hieß er?«

»Das weiß ich nicht mehr. Glatze, braun gebrannt, Ziegenbart …«

»Manninen. Was wissen Sie noch über Nowikow?«, fragte

Tanner, während sie in die Rauhankatu einbogen. Er schien ziellos durch die Gegend zu fahren.

»Sein Amt als dritter Sekretär der sowjetischen Botschaft war die übliche Tarnung für einen KGB-Offizier. Er lebte mehrere Jahre in Helsinki und lernte wahrscheinlich auch die Sprache. Aber eine bedeutende Person war er nicht. Was halten Sie übrigens davon, dass die Abgeordnete Laaksonen und weitere Namen in Veras Notizbuch stehen? Durch Nowikow rücken sie doch irgendwie in ein anderes Licht.«

»Welche Namen?«

»Hat Ihnen Jalava nichts davon gesagt?«

»Noch nicht. Aber wir haben heute noch eine Teambesprechung. Worum handelt es sich?«

Elina erzählte vom Inhalt des Hefts, soweit sie es bis zum Diebstahl hatte lesen können.

Tanner hörte schweigend zu und fragte dann: »War Nowikow der Privat-Russe von Frau Laaksonen?«

»Soweit ich weiß, nicht.«

»Und die anderen Personen, die in den Notizen auftauchen? Olga Rybkina, Pjotr Kowalski …«

»Kowalski arbeitet für eine Ölhandelsfirma. Von Olga Rybkina weiß ich nichts. Aber die KRP hat ja jetzt die Namen und kann nachforschen.«

Tanner blickte in den Spiegel und wechselte die Spur. »Einige wesentliche Aspekte hat man Ihnen nicht erzählt. Ich musste auf Nowikow schießen, weil er Sie, Ihren Freund und mich umbringen wollte, als er in der Falle saß. Er ist tot.«

Elina war bestürzt, zugleich fühlte sie sich jedoch auch erleichtert. »Warum hat man mir nichts davon gesagt? Gibt es da einen Zusammenhang mit Ihrer Geheimnistuerei …?«

»Von der KRP sickern Informationen an Verbrecher im Osten durch, und es wird behauptet, ich wäre die undichte Stelle. Einige meiner verdeckten Ermittlungsmaßnahmen mögen diese Auffassung stützen, so falsch sie auch ist. Wenn mich die Polizei findet, werde ich verhaftet.«

Elina schaute ihn an und traute ihren Ohren nicht.

»Was immer sie über die Namensliste herausfinden, es wird alles von der Gegenseite registriert werden«, erklärte Tanner. »Oder aber sie vergessen die Liste mit den Namen. Der Mörder ist tot, das Interesse der Polizei richtet sich auf seine möglichen Komplizen sowie auf den Mann, den sie für den Verräter halten. Also auf mich.«

»Was wollen Sie jetzt tun?«

»Am Leben bleiben. Meinen Ruf retten. Den wahren Verräter bei der Polizei finden.«

Elina sah ihm an, dass er es ernst meinte. Die Situation dagegen war verwirrend, sie wusste nicht, was sie denken sollte.

»Entschuldigung«, mischte sich Sebastian auf Englisch ein. »Elina hat mir erzählt, dass Sie als Kind in Moskau gelebt haben. Waren Sie lange dort?«

Elina sah, wie Tanners Gesicht einen reservierten Ausdruck annahm. »Was spielt das für eine Rolle?«

Die schroffe Antwort schien Sebastian in keiner Weise zu entmutigen.

»Haben Sie dort die internationale Schule besucht? Ein guter Freund von mir war dort. Tom Ellis. Ist jetzt dreißig. Kommt Ihnen nicht zufällig bekannt vor?«

»Nein. Ich war in einer russischen Schule.«

»Cool. Ich dachte, die Kinder von Leuten aus dem Westen gehen alle in die internationale Schule.«

Tanner bog in die Mariankatu ein und fuhr zum Senats-Platz zurück. Elina sah, dass er nicht auf Sebastians unbeholfenen Small Talk eingehen wollte.

»Halten Sie mich auf dem Laufenden«, sagte sie. »Ich bin jetzt einige Tage in Berlin, je nachdem, wie sich der Zustand meines Vaters entwickelt. Würden Sie mir Ihre Nummer geben, falls mir noch etwas einfällt?«

Tanner diktierte ihr die Nummer. »Ich benutze allerdings zwei SIM-Karten, wundern Sie sich also nicht, wenn ich mich nicht gleich melde.«

25

Markku Jalava, der Leiter des Drogen- und Gewaltdezernats der Zentralen Finnischen Kriminalpolizei KRP sah zu, wie Timo Koivula, der Chef des Rauschgiftdezernats der Helsinkier Polizei, den schallisolierten Konferenzraum betrat, die Tür hinter sich schloss und sich dann dem Tisch zuwandte.

Das Verhältnis der beiden Männer war angespannt, seit Verdachtsmomente wegen diverser Dienstvergehen gegen die Drogenfahnder aufgetaucht waren. Sie redeten kaum miteinander. Markku kamen wieder Erinnerungsbilder vom Prozess in den Sinn: Koivula, Tanner und fünf weitere Ermittler von der KRP und der Helsinkier Polizei hatten auf der Anklagebank gesessen. Damit waren Koivulas Chancen, eine führende Position bei der KRP zu bekommen, zunichtegemacht gewesen.

»Wir sind unter uns«, stellte Jalava fest. »Niemand wird etwas über den Inhalt unseres Gesprächs erfahren. Aber du musst mir jetzt die Wahrheit sagen.«

»Die Wahrheit worüber?«

»Über Tanner.«

»Ein Profi, dessen Erfolge für sich sprechen.«

»Es geht hier jetzt um größere Dinge als um den gekränkten Berufsstolz der Helsinkier Drogenpolizei.«

Jalava begenete Koivulas kaltem Blick, sein Hass schien noch immer nicht verflogen zu sein. Also beschloss er, direkt zu fragen: »Glaubst du nach wie vor, ich hätte etwas mit eurer Denunziation zu tun gehabt?«

»Ich glaube gar nichts«, antwortete Koivula. »Ich stelle nur dasselbe fest wie damals: Dieses ganze Theater war bloß eine Rauchbombe, die von etwas Größerem ablenken sollte. Und dieses Größere gärt noch immer.«

»Wie es aussieht, haben wir es gefunden. Es trägt den Namen Riku Tanner.«

Koivula schaute ihn ungläubig an.

»Tanner gibt Informationen nach Estland und Russland weiter«, fuhr Jalava fort. »Wir hätten das längst kapieren sollen. Er muss so schnell wie möglich gefasst werden, und deshalb brauchen wir Angaben über seine Kontaktpersonen in der Grauzone. Ich schwöre dir, dass dieses Gespräch vertraulich bleibt. Und du wirst bei künftigen Beförderungen meine volle Unterstützung haben.«

In Koivulas Augen blitzte kurz Überraschung auf, aber er fand schnell wieder seine neutrale Miene.

»Ich weiß, was Tanner für einer ist«, fuhr Jalava fort. »Ein einsamer Wolf, der sich auf seinen Instinkt verlässt. Er ist geschickt im Beschaffen von Informationen, er hat die besten Informanten im ganzen Land. Aber von denen gibt es nichts gratis. Und wie sich herausgestellt hat, ist Tanner irgendwann von der Grauzone auf die dunkle Seite gewechselt. Dort ist er nun schon wer weiß wie lange aktiv und hat womöglich unermesslichen Schaden angerichtet. Kommt offenbar nach dem Vater. Wusstest du das? Ralf Tanner war ein ganz großer Gauner, umging seinerzeit das Handelsembargo für Spitzentechnologie und verschwand im November 1989 unter mysteriösen Umständen in Moskau.«

»Was hat das mit mir zu tun?«, fragte Koivula. »Er ist dein Mitarbeiter, du trägst für ihn die Verantwortung.«

»Du kennst mindestens einen seiner Informanten. Denjenigen, den ihr im Westhafen schützen wolltet. Wer ist es?«

Koivula sah Jalava scharf an. Er schien abzuwägen.

Riku hielt vor einem kastenförmigen, mit Eternitplatten verkleideten Gebäude an, wenige hundert Meter vom Hafengelände in Kotka entfernt.

Gierig atmete er die Meerluft ein, während er auf den Eingang der Spedition EastEx zuging. Unter anderen Umständen wäre er angespannt gewesen, hätte vielleicht sogar Angst gehabt, aber seit es nur noch eine Alternative für ihn gab, war alles einfacher.

Es war 16.05 Uhr. Riku hätte sich lieber an einem ruhigeren Ort mit Sergej Zwerewin getroffen, aber er hatte sein Kommen nicht vorher ankündigen wollen. Lieber ging er das Risiko ein, dass noch jemand anwesend war.

»Guten Tag«, grüßte er auf Russisch, sobald er das Büro betrat. Im Gesicht des vierzigjährigen sehnigen und durchtrainierten Mannes schien Überraschung auf. Er war allein.

»Was führt dich hierher? Die Dummheit oder der pure Wahnsinn?« Der Mann wirkte schwer verärgert.

»Ich dachte, ich schaue mal, wie es dir so geht.«

»Bist du durchgeknallt, oder was?«, fauchte der Russe und versuchte erst gar nicht, seinen Zorn zu unterdrücken. Er stand auf, ging zur Tür und schloss ab.

Sergejs Besorgnis war verständlich. Und unter normalen Umständen wäre Riku auch nie zu ihm gefahren. Bis zum Schluss hatte er Sergej bei dem Prozess gedeckt, denn seinen Tipps hatten sie mehrere spektakuläre Festnahmen zu verdanken.

»Keine Sorge. Niemand weiß, dass ich hier bin.«

Der Russe schien jedoch immer wütender zu werden. »Vielleicht weiß es bei der Polizei niemand, aber was ist mit Bykow? Begreifst du nicht, dass dein Auftauchen hier mein Todesurteil sein kann?«

Widerwillig kehrte Sergej hinter seinen Schreibtisch zurück und ließ sich in dem schwarzen Ledersessel mit der hohen Rückenlehne nieder. An der Wand hinter ihm hing eine Weltkarte mit dem Logo der Spedition. Auf seinem Gesicht wechselte der Ausdruck zwischen Nervosität und Unmut.

»Was willst du?«, fragte er.

Riku setzte sich auf einen Stuhl und legte gelassen die Hände auf die Armlehnen. »Was hast du mit den Informationen gemacht, die ich dir privat habe zukommen lassen?«

»Hab ich dir doch gesagt. Ich brauchte sie zur Tarnung.«

»Ich habe den bösen Verdacht, dass sie weitergegeben wurden.«

»Nein. Die werden nicht weitergegeben.«

»Wenn diese Informationen in die falschen Hände geraten, stehe ich in den Augen meiner Kollegen sehr schlecht da. Einer von ihnen gibt derzeit mehr Details weiter, als für Beschlagnahmungen nötig wären.«

»Ich verstehe nicht, wovon du sprichst.«

Über den Raum legte sich eine angespannte Stille.

»Der Mörder von Vera Dobrina ist Andrej Nowikow«, sagte Riku schließlich. »Ich war gezwungen, bei der Festnahme auf ihn zu schießen. Bevor er starb, hat er mir etwas Interessantes gesagt.«

Sergej beugte sich vor, weil Riku die Stimme senkte.

»Ich will wissen, wo ich Bykow finde«, forderte er.

Sergej lachte heiser. »Warum das denn?«

»Er weiß, wer der wahre Verräter bei der Polizei ist.«

»Und das erzählt er dir?«

Riku sah dem Russen in die Augen. »Wo wohnt er?«

»Du weißt, dass ich dir so etwas nicht sagen kann.«

Riku schob die Hand in die Jacke, zog ein Foto heraus und legte es auf den Tisch. Es zeigte zwei Männer in einem Wald. Der eine war Sergej.

»Ihr seid leicht zu erkennen, du und Sokolow. Das Gleiche gilt für das Erdversteck, in dem mehr als drei Kilo Amphetamin gefunden wurden. Nur Sokolow wurde erwischt. Bei der KRP wären manche sehr an diesem Foto interessiert.«

»Willst du mich erpressen?«

Riku stand auf, Sergej ebenso.

»Die Mühe muss ich mir gar nicht machen«, erklärte Riku. »Ich muss nur in Umlauf bringen, dass du ein V-Mann bist. Das genügt, und bevor du dich versiehst, hast du eine Kugel im Kopf.«

Sergej versuchte mit einem verzweifelten Sprung, an das Foto heranzukommen, aber Riku zog die Hand weg. Daraufhin schlug Sergej mit der Faust nach Rikus Gesicht, doch Riku wich aus und versetzte dem Russen einen Magenschwinger. Um Atem ringend sank Sergej zu Boden.

»Wolltest du das Foto hier haben?«, fragte Riku und hielt es Sergej vor die Nase. »Du hättest nur schön darum bitten müssen.«

Er ließ das Bild neben dem Russen auf den Boden fallen.

»Das Original ist sicher aufbewahrt. Und innerhalb von fünf Minuten bei der Polizei, wenn du mir nicht Bykows Adresse gibst.«

»Er wohnt in Sankt Petersburg.«

Die Antwort war unangenehmer, als Riku erwartet hatte. Er war davon ausgegangen, dass sich Bykow in Finnland oder Estland aufhielt.

»Du lügst«, sagte er zu Sergej.

»Warum sollte ich lügen?«

Riku fluchte innerlich. Er nahm Stift und Papier. »Die Telefonnummer und die genaue Anschrift!«

26

Mit widersprüchlichen Gefühlen fuhr Mira Jalava auf das Grundstück des großen, modernen Hauses in Espoo. Sie gab sich Mühe, ihre Nervosität unter Kontrolle zu halten, stellte den Motor ab, blieb aber im Wagen sitzen.

Was wusste sie letzten Endes von Riku? Und was hatte sie ihm nicht alles erzählt … War vielleicht doch er die undichte Stelle, die Ermittlungsergebnisse an Kriminelle durchsickern ließ?

Mira musste an ihre erste Begegnung außerhalb der Arbeitszeit denken. Sie hatte auf Rikus Fragen hin offen von den Fortschritten ihres Teams erzählt. Hatte er sie ausgehorcht?

Ein kalter Schauer lief ihr über den Rücken. Spielte Riku sein eigenes Spiel, zu dem es auch gehörte, dass er Mira eigene Erkenntnisse »enthüllte«, um im Gegenzug echte Informationen von ihr zu erhalten? War sie ihm an den Haken gegangen?

Mira schüttelte den Gedanken ab. So etwas wollte sie nicht glauben, jedenfalls noch nicht in diesem Stadium. Riku war ein ausgezeichneter Polizist, der sich nun gefährlich im Netzwerk seiner Informanten verstrickt hatte. Sie empfand eine starke Zuneigung für ihn, wollte nur Gutes von ihm denken – und sie wollte ihm helfen.

Aber wenn sie dadurch einen Lügner und Verbrecher schützte?

Ihr Magen krampfte sich zusammen, als sie an Rikus Handy auf Markkus Tisch dachte. Zumindest theoretisch war es möglich, dass die Experten von der Technik noch Daten würden rekonstruieren können. Mira wagte es nicht, sich Markkus Reaktion vorzustellen, wenn ans Tageslicht käme, wie viele SMS und Telefonate es zwischen ihr und Riku gegeben hatte … Markku würde daraus seine eigenen, voreiligen Schlussfolgerungen ziehen.

Der Mann hatte eine starke und beängstigend dunkle Seite. Und er war maßlos misstrauisch. Mit der Zeit hatte Mira gemerkt, dass er an ihrer Handtasche gewesen war, dann an ihren Manteltaschen und ihrem Handy. Schließlich hatte er ihr aufgelauert und hatte sie mit Verdächtigungen und Unterstellungen konfrontiert. Es folgten endlose nächtliche Verhöre und unkontrollierte Wutausbrüche. Mira hatte in der Tat Angst vor Markku. Aber bis jetzt hatte sie mit niemandem über seine krankhafte Eifersucht reden können. Sie riss sich aus ihren Gedanken und öffnete die Wagentür. Nachdem sie ausgestiegen war, sah sie, dass sie bereits von einer attraktiven Frau an der Haustür erwartet wurde.

Die Frau stellte sich als Katja Nyman vor und bat Mira herein. Mira konnte einen leichten russischen Akzent heraushören. In dem schlicht und elegant eingerichteten Wohnzimmer bot sie Mira einen Platz auf der Couch an.

Katja Nyman sah angespannt aus, und ihre Augen waren rot, als hätte sie geweint. Neugierig musterte Mira Rikus Exfrau. Vor Jahren hatte er sich also in diese leicht südländisch aussehende Frau verliebt.

»Frau Nyman, können Sie sich vorstellen, warum Ihr Exmann Ihren Sohn aus dem Kindergarten mitgenommen hat?«

»Ich begreife das nicht. Er hat sich in letzter Zeit so seltsam benommen. Ist am Flughafen aufgetaucht und hat einen Aufstand gemacht, als wir von einem verlängerten Wochenende zurückkamen.«

»Haben Sie mit Riku Tanner wegen des Besuchsrechts und des Sorgerechts Probleme gehabt? Glauben Sie, sein Verhalten hat damit zu tun?«

»Das ist eine Kindesentführung. Und jetzt wird ihm das Sorgerecht für Leo ganz entzogen, nicht wahr? Wie kann er nur so dumm sein?«

»Würden Sie mir ein Foto Ihres Sohnes zeigen?«

Katja reichte Mira ein Bild. Der Junge sah Riku sehr ähnlich.

»Wie gut kennen Sie meinen Exmann?«, wollte Katja Nyman auf einmal wissen.

Nur mit Mühe konnte Mira ihren Schreck verbergen.

»Hat er gerade einen stressigen Fall?«, fragte die Frau weiter.

»Das kann ich nicht sagen …«

»Am Flughafen hat er etwas von einer Ausnahmesituation geredet. Was hat er damit gemeint?«

»Sie verstehen sicher, dass ich solche Dinge nicht kommentieren kann.«

»Ich frage mich nur, ob das alles irgendwie mit seiner Arbeit zu tun haben könnte. Ich habe Zeit gehabt, nachzudenken und mich vielleicht auch ein bisschen zu beruhigen …«

»Sie meinen, er könnte befürchten, dass sich irgendjemand an ihm rächen will und daher dem Jungen schaden könnte?«

»So ist das doch im Leben eines Polizisten, der gegen das organisierte Verbrechen ermittelt. Ständige Bedrohung. Einem Kollegen von Riku wurde eine Handgranate in den Vorgarten geworfen, die explodiert wäre, hätte der Mann nicht geistesgegenwärtig gehandelt. Und bei uns – beziehungsweise bei Riku – gab es im Frühling einen seltsamen Einbruch. Es wurde nichts gestohlen, aber alles war durchwühlt. Für ein Kind kann es doch nicht gut sein, in einem solchen Umfeld zu leben?«

»Hat Riku je von Drohungen gesprochen?«

»Nein. Er wollte uns vor der finsteren Welt beschützen. Außerdem ist er durch und durch Profi, und so einer spricht nicht mit Unbeteiligten über seine Arbeit. Auch nicht mit seiner Frau.«

»Wenn wir mal davon ausgehen, dass Riku versucht, Leo vor Kriminellen zu beschützen, wo bringt er ihn dann hin?«

»Das kann ich Ihnen nicht sagen. Wahrscheinlich zu einem Freund. Ich habe einige angerufen, aber sie behaupten, sie wüssten von nichts. Das gilt auch für Leena, Rikus Mutter.«

Mira stand auf und gab Katja Nyman ihre Visitenkarte. »Rufen Sie mich an, wenn Sie etwas hören. Oder wenn Ihnen etwas einfällt, egal was.«

Über dem Südhafen von Helsinki schrien die Möwen. Riku stand mit anderen Passagieren in der Warteschlange. Er hatte die Situation mehrmals überdacht und war zu dem Schluss gekommen, dass es nur eine Möglichkeit gab: Die Angelegenheit musste mit Bykows Hilfe geklärt werden.

Er sah auf die Uhr. 18.45. Das Schiff der St Peters Line würde am nächsten Morgen in Sankt Petersburg ankommen. Riku zog seinen Pass hervor. Unter seinem Foto war als Name Sami Hokkanen eingetragen.

Kurz vor der Kontrolle spürte Riku, wie seine Anspannung zunahm. Er hielt den Kopf gesenkt, tat so, als wäre er mit seinem Handy beschäftigt. Im Hafen waren stets aus verschiedenen Gründen Polizisten, und er durfte keinesfalls erkannt werden. Aber auch hier hatte er keine Wahl, die visumfreie Schifffahrt war der einzige Weg, um rasch nach Sankt Petersburg zu kommen, denn für ein gefälschtes Visum fehlte ihm die Zeit.

Er hätte gern Mira angerufen und sie gefragt, was bei der KRP geredet und unternommen wurde, aber er wollte ihr das Leben nicht noch schwerer machen. Sie würde sich bei ihm melden, wenn sie es für nötig hielt.

An Bord brachte Riku die Tasche, die er sich auf die Schnelle unterwegs gekauft hatte, als er von Kotka nach Helsinki gekommen war, in seine Kabine. Anschließend ging er aufs Außendeck und versuchte, seine Gedanken zu ordnen.

Das Schiff glitt an der Festungsinsel Suomenlinna vorbei aufs offene Meer hinaus, die Möwen kreischten, die Kameras der Touristen, die sich gegenseitig fotografierten, blitzten auf.

Und wenn Sergej von Kotka aus Bykow angerufen und gewarnt hatte? Nein, das war nicht möglich. Dann hätte Sergej verraten, dass er Riku kannte, und sein eigenes Todesurteil unterschrieben.

Plötzlich verspürte Riku unermessliche Sehnsucht nach Leo. Er entfernte sich von den lärmenden Touristen und rief Kalle an. Leo war den ganzen Tag draußen gewesen und schlief schon, und Riku wollte nicht, dass Kalle den Jungen weckte, obwohl er gern seine Stimme gehört hätte. Katja hatte bei Kalle angerufen und nach Riku gefragt, aber Kalle hatte sich an die Anweisungen gehalten und ihr nichts gesagt.

Nach dem Anruf war Riku niedergeschlagen. Bestimmt quälte Katja die Sorge um Leo, und es gefiel Riku überhaupt nicht, seiner Exfrau einen solchen Schmerz zuzufügen. Er überlegte, ob er ihr eine SMS schicken und ihr mitteilen sollte, dass der Junge in Sicherheit war, gab den Gedanken aber auf, denn die Nummer würde sichtbar bleiben und könnte zurückverfolgt werden. Er versuchte sich mit dem Gedanken zu trösten, dass Katja tief im Inneren wusste, worum es ging: um das Wichtigste überhaupt, um Leos Sicherheit.

27

Es war bereits dunkel geworden, aber im Hauptquartier der Zentralen Kriminalpolizei in Tikkurila herrschte noch reger Betrieb.

»Wir haben die Anrufe rekonstruiert, die von Tanners Handy aus getätigt wurden und dort eingingen«, erklärte ein Ermittler des Kriminallabors. »Hier ist die Liste.«

Markku Jalava nahm den Ausdruck entgegen und überflog die Nummern. Er erkannte seine eigene und mehrere andere Polizeinummern.

Plötzlich hielt er inne. *Miras Nummer.* Ein Anruf mitten in der Nacht.

Warum? Welche beruflichen Angelegenheiten hatte Mira mitten in der Nacht mit Tanner zu besprechen gehabt?

Markku bemühte sich, seine Miene unter Kontrolle zu halten. Seine Zweifel waren also nicht unbegründet gewesen. Den Beweis dafür hielt er in der Hand. Und das Schlimmste war, dass Mira ihn öffentlich blamierte.

Er nahm das zweite Blatt und sah es sich noch genauer an.

Wieder Miras Nummer. Das dritte Blatt. Zwei Anrufe von Mira.

Markku spürte, wie sich sein Puls beschleunigte.

»Wir haben auch einige Textmitteilungen retten können«, sagte der Mann von der Spurensicherung und reichte Markku ein weiteres Blatt Papier.

Markku nahm es und starrte auf die zuletzt eingegangene SMS.

Wir müssen reden. Bald.

Mira hatte sie geschickt.

Rings um Markku schien die Welt stehen zu bleiben.

»Können wir die Liste gleich herumgehen lassen?«, bat Manninen. »Gut möglich, dass wir sofort einige Nummern identifizieren können.«

Markku blickte auf und in die erwartungsvollen Gesichter der anderen Männer am Tisch.

Im Rückspiegel sah der Elektriker Henryk Dombrowski die Lichter des näher kommenden Lieferwagens. Henryk hatte an der kleinen Bucht geparkt, wo er im Juli mit Didier angeln gewesen war.

Wegen des Tests des Automationssystems hatte er in den letzten Wochen jeden Tag Überstunden machen müssen, und auch jetzt – kurz vor der Inbetriebnahme des neuen Blocks – hatte der Vorarbeiter erwartet, dass er den ganzen Abend bliebe, aber Henryk hatte sich einen Vorwand ausgedacht, der mit seiner Freundin zu tun hatte.

Er war nervöser, als je zuvor in seinem Leben. Vielleicht wäre es klüger gewesen, Didier zu bitten mitzukommen. Andererseits wollte er dem Kollegen keinen Anlass bieten, seinen Anteil in die Höhe zu schrauben, denn Henryk brauchte selbst jeden Euro.

Der Renault hielt unmittelbar vor ihm. Henryk wusste, dass es jetzt kein Zurück mehr gab. Entschlossen stieg er aus dem Wagen und ging bedächtig auf den Lieferwagen zu.

Die Türen des Renault wurden geöffnet, und zwei Männer stiegen aus. Der Fahrer, in Lederjacke und Jeans, hatte einen abweisenden Blick, ein zerfurchtes Gesicht und nach hinten gekämmte, halblange Haare. Der andere Mann war älter, er trug schwarzes kurzes Haar, einen gepflegten Schnurrbart und einen schwarzen Rollkragenpullover unter dem Parka. Beide machten einen misstrauischen Eindruck.

»Peter Richter«, sagte der mit dem Schnurrbart und gab Henryk die Hand. »Didier hat wahrscheinlich schon alles über mich erzählt.« Ein eisiges Lächeln zuckte in seinen Mundwinkeln auf. »Ist er schon weg?«

»Heute Morgen.« Zu seinem Verdruss musste Henryk feststellen, dass er nicht besonders selbstsicher klang.

Der Deutsche zog einen dicken Briefumschlag aus der Innentasche des Parkas, in dem sauber gebündelte Fünfhunderteuroscheine lagen.

»Die zweite Rate«, sagte der Mann.

Henryk nahm den Umschlag.

»Vertrauen ist gut, Kontrolle ist besser«, meinte er, nun schon etwas selbstsicherer, und zählte das Geld. Er musste den Männern von Anfang an klarmachen, dass er kein Duckmäuser wie Didier war.

Nachdem Henryk die Scheine gezählt hatte, öffnete Richter die Kiste, die der Fahrer aus dem Renault genommen hatte.

»Da drin ist ein Gerät, mit dem das Automationssystem und dessen Funktionsweise im Störfall per Funk registriert werden.«

Richter zog einen kleinen, kegelförmigen Gegenstand aus der Tasche.

»Die Störsignale dieses Senders lösen das Fehler-Alarmsystem aus. Das Ganze dauert etwa eine Stunde. In der Zeit haben die Impulsgeber dieses Kastens hier die verschiedenen Phasen des Prozesses registriert.«

Henryk nickte. Er wusste, wie zentral das Automationssystem für das Kraftwerk war, und er war sich über dessen finanziellen Wert im Klaren.

Der Mann mit der Lederjacke lud den Kasten in den Kofferraum von Henryks Wagen, wo bereits die Tasche mit dem Werkzeug für den Test stand. Dabei erklärte er ihm die Einzelheiten.

Beim Losfahren dachte Henryk an das Haus am Rand von Gdynia, das er Saara auf der Homepage eines Immobilienmaklers gezeigt hatte. Zuerst war sie skeptisch gewesen, aber schließlich hatte sie eingewilligt, mit nach Polen zu kommen, wenn Henryk es ernst meinte und in der Lage sein würde, seine Versprechen einzulösen.

Nach einigen Kilometern konnte er bereits die Lichter des Atomkraftwerks Olkiluoto erkennen. Die Aufgabe, die ihm am nächsten Tag bevorstehen würde, beunruhigte Henryk weniger, als er befürchtet hatte.

28

In Sebastians Altbauwohnung in Berlin-Charlottenburg öffnete Elina das hohe schmale Fenster zum Hinterhof hinaus, in dem zwei Linden standen. Darüber hing der graue Morgenhimmel, der ihrer Meinung nach gut zu dieser Millionenstadt passte, die von Erinnerungen an das Kaiserreich, an die Nazizeit und an den Kalten Krieg geprägt war. Elina war als Gymnasiastin einmal auf einer Interrailtour in Berlin gewesen, und schon damals hatte sie die einzigartige Atmosphäre der Stadt beeindruckt.

Sebastian hatte gesagt, er müsse kurz ins Büro und würde auf dem Rückweg im Laden an der Ecke etwas fürs Frühstück besorgen. Seine Wohnung war hervorragend gelegen, in unmittelbarer Nähe zum Savignyplatz, aber als besonders hell konnte man sie nicht bezeichnen. Sie bestand aus einem geräumigen Schlafzimmer, einem noch geräumigeren Wohnzimmer, einem Arbeitszimmer und einer nahezu antik wirkenden Küche. In den wenigen Monaten ihrer Beziehung war Elina bereits zweimal hier gewesen.

Gleich nach dem Aufwachen hatte sie ihren Vater in der Klinik angerufen. Er hatte munter geklungen, und sie war gleich guter Laune gewesen. Summend ging sie in Sebastians Arbeitszimmer, wo neben der Tür ein neues Fahrrad lehnte. An den Wänden hingen Fotos von unterschiedlichen Gegenden der Welt, auf dem Tisch standen zwei Computer, und in den Regalfächern lagen Kameras, Objektive, zwei Stative und sonstiges Fotozubehör. Der Kamerarucksack war so abgenutzt, dass er jeden Moment auseinanderzufallen drohte. In letzter Zeit hatte Sebastian ihn jedoch nicht gebraucht, denn er hatte bei der amerikanischen Bildagentur, bei der er angestellt gewesen war, gekündigt und arbeitete nun frei für einige wenige Stammkunden. Das erklärte auch, warum Elina im Internet kaum einen Hinweis auf Sebastian entdeckt hatte, obwohl bei Fotos üblicherweise der Name des Fotografen genannt wurde.

Ein Foto auf dem Arbeitstisch fesselte Elinas Aufmerksamkeit. Es zeigte eine attraktive, eigenwillig gekleidete, lächelnde Frau, und der Anblick versetzte Elina einen Stich der Eifersucht. Wer war das? Letztendlich wusste Elina noch nicht viel über Sebastian, und sie hatte immer mehr das Gefühl, dass der Mann ihr etwas verheimlichte.

Zögerlich öffnete sie die oberste Schreibtischschublade und warf einen schnellen Blick auf die Rechnungen und Quittungen, die darin lagen. Die Kontoauszüge sah sie sich nicht an, so tief wollte sie denn doch nicht sinken. Aber plötzlich fiel ihr Blick auf eine ausgedruckte E-Mail, auf der ein Name stand, den sie kannte: Vera Dobrina.

Überrascht nahm Elina das Blatt in die Hand. Vera hatte an Sebastian geschrieben: *Danke für Deine Nachricht. Ja, ich bin ein Stück vorangekommen. Wir reden darüber, wenn Du kommst. Meine Telefonnummer in Helsinki steht unten.*

Elina erkannte die Nummer. Nach ihrer Ankunft in Helsinki hatte sich Vera eine finnische SIM-Karte besorgt, um Telefonkosten zu sparen.

Elina blickte auf das Datum. Die Mail war am Abend vor dem Mord geschrieben worden.

Schockiert legte sie den Ausdruck in die Schublade zurück. Aus Veras Formulierung ging hervor, dass Sebastian nach Helsinki kommen wollte … Warum hatten die beiden ihr den Mailkontakt verschwiegen?

Sie ging nun dazu über, auch die anderen Schubladen systematisch zu durchforsten, aber die enthielten nichts Interessantes. Als sie gerade die Papiere, die sie der untersten Schublade entnommen hatte, wieder verstauen wollte, wurde sie auf einen dicken braunen Umschlag ohne Beschriftung aufmerksam.

Sie nahm ihn vorsichtig in die Hand und zog ein blaues Notizheft heraus: Veras Notizheft.

Elina wurde schwindlig. Die Angst packte sie. Was trieb Sebastian da? Wer war er wirklich?

Mit zitternden Händen blätterte sie in dem Heft, von dem sie im Café nur einige Seiten hatte überfliegen können. Stichworte über Ölhandel, die E-Mail-Adresse des Handelsregisters, dann eine horizontale Linie und darunter der Name Olga Rybkina und eine Adresse in Sankt Petersburg.

Auf der nächsten Seite stand der Name Kirsti Laaksonen, dahinter ein Fragezeichen. Und darunter ein weiterer Name: Ralf Tanner.

War das ein Verwandter von Riku Tanner?

Riku stand auf dem Deck der *MS Princess* und sah zu, wie das Schiff im Hafen von Sankt Petersburg festmachte. Mild und dunstig brach der Morgen an. Riku war schon früh in seiner Kabine aufgewacht und hatte keinen Schlaf mehr gefunden. Die Fahrt nach Sankt Petersburg würde sich womöglich als gewaltiger Fehler erweisen, aber es gab sonst keinen Korridor, auf dem er vorwärtskam. Er musste Beweise gegen Igor Bykow beschaffen, den Mann nach Finnland locken und ihn dort vor Gericht bringen. Selbst wenn es ihm nicht gelänge, Bykow Drogenkriminalität nachzuweisen, könnte der Russe in Finnland immer noch wegen Bestechung der Polizei belangt werden, vorausgesetzt, der Verräter innerhalb der Behörde würde enttarnt.

Tief atmete Riku die feuchte Luft ein. Trotz des Schlafmangels musste er in Topform sein. Er verließ mit den anderen Reisenden das Schiff, wobei er aufmerksam die Umgebung im Auge behielt. Leute, die in Häfen, auf Bahnhöfen und in Flughafenterminals herumstanden, ließen Riku stets auf der Hut sein, erst recht in Sankt Petersburg. Er ging auf die weißen Touristenbusse mit den zwei grünen Streifen zu. Sobald alle Passagiere eingestiegen wären, würden sie zu den Sehenswürdigkeiten der Stadt aufbrechen.

Riku stieg nicht ein, sondern ging an den Bussen vorbei. Er passierte die Masten mit den Fahnen der Russischen Föderation und die Taxis und steuerte den Parkplatz an. Die Teilnahme an der Stadtrundfahrt war eine Voraussetzung für die Visumfreiheit, er hatte sie vorab bezahlt, würde aber nicht mitfahren. Viele andere, die sich in der Stadt auskannten, machten es ebenso.

Russischen Boden zu betreten war wie eine Rückkehr in die zweite Heimat. Die Farbtöne der Fassaden, der Fettgeruch, die Kleidung der Leute und ihre lebendig sprudelnde Sprache versetzten ihn in die vertraute Umgebung seiner Kindheit zurück. Die Jahre in Moskau waren voller Menschen, voller Leben gewesen. Es war auch eng gewesen, aber Riku dachte trotzdem mit Wehmut daran zurück: an den gemeinsamen Alltag der Familie, an die Theaterbesuche mit seiner Mutter und ihren Freundinnen, an die Winterabende, wenn es schneite und sie draußen spielten, an die Besuche bei seinen Freunden …

In dem Moment sah er neben einem kleinen Hyundai einen militärisch aufrecht stehenden Mann mit schwarzen Locken, der ihm winkte. Es war Pavel, sein Schulkamerad aus Moskau. Auch nachdem Riku nach Finnland und Pavel nach Sankt Petersburg gezogen war, hatten sie Kontakt gehalten. Schon während der Schulzeit war Pavel Ringer gewesen und zum Judo-Training gegangen, später hatte er seinen Unterhalt als Nahkampfausbilder bestritten. Mithilfe von Rikus Beziehungen hatte er auch die Möglichkeit erhalten, finnische Polizisten auszubilden, vor allem Männer vom SEK Bär, und dadurch viele von Rikus Kollegen kennengelernt. Als Riku mit Katja zusammen war, hatte er sie Pavel und dessen Frau vorgestellt, und selbst nach der Scheidung war die Verbindung zwischen den beiden Frauen nicht abgerissen.

Diesmal hatte Riku darum gebeten, seinen Besuch in Sankt Petersburg geheim zu halten. Er hatte Pavel erzählt, dass er beruflich in Schwierigkeiten war. In Russland vertraute man seinen Freunden, nicht den Behörden, und jetzt brauchte er die Hilfe eines Freundes.

»Wie geht es Anastasia?«, fragte Riku nach einer kameradschaftlichen Umarmung, als sie bereits im Wagen saßen.

Pavel zuckte mit den Schultern. »So la la.«

Riku kannte Pavels Problem: Sein Freund war spielsüchtig. Er hatte viel Geld verloren, was die Geduld seiner Frau auf eine harte Probe stellte. Die Ehe bröckelte schon lange.

»Wo fahren wir hin?«, fragte Pavel, als sie das Hafenareal hinter sich ließen.

»Zu einem Baumarkt.«

Pavel fragte nicht weiter, sondern steuerte den Bolschoi-Prospekt an. Sie unterhielten sich über Pavels Pläne, nach Amerika auszuwandern. Riku ahnte, dass sein Freund vorhatte, alleine dorthin zu gehen.

Vertraute Orte huschten vorbei. Hier hatte Riku Katja kennengelernt. Hand in Hand waren sie den Uferboulevard entlangspaziert. Allerdings versanken die Erinnerungen hinter den Worten Nowikows, die in Rikus Ohren widerhallten: *Bykow weiß, dass du mit einem seiner Männer dein Spiel spielst … Bykow weiß nicht, wer dein Kontaktmann ist … Aber dich kennen sie. Dich können sie töten … und deinen Sohn …*

Das Auto bog in eine Seitenstraße mit kleinen Läden und Restaurants ein. Pavel hielt an.

»Und jetzt?«, fragte Riku.

»Ich gehe nur schnell Zigaretten holen«, antwortete Pavel und deutete mit einer Kopfbewegung auf einen Kiosk in einem alten Mietshaus.

Ohne Riku einen Blick zu schenken, stieg Pavel aus.

Riku sah zu, wie sein Freund zu dem Kiosk eilte. Plötzlich kam ihm Pavels Verhalten seltsam und nervös vor. Er sah in den Rückspiegel. Hinter ihm hielt ein dunkles Fahrzeug an, beide Vordertüren gingen auf, zwei Männer stiegen gleichzeitig aus und kamen näher.

Sofort spürte Riku eine eisige Verkrampfung im Magen, und er warf einen raschen Blick auf den Kiosk, in dem Pavel verschwunden war. *Wie viel haben sie dir bezahlt? Was bin ich wert? Fünftausend oder fünfzigtausend?*

Riku stieß die Tür auf und rannte los. Die Männer folgten ihm. Er bog um die Ecke und rannte noch schneller. Vor ihm lag eine breite Esplanade, bis zur nächsten Hausecke war es zu weit. Er gab eine bewegte Zielscheibe ab.

Warum schossen sie nicht?

Sofort fiel ihm die Antwort ein: Sie wollten ihn lebend haben. Sie wollten alle notwendigen Informationen aus ihm herausquetschen, zum Beispiel die, wer sein V-Mann in Bykows Bande war. Erst dann würden sie ihn umbringen.

Vor ihm flog ein Taubenschwarm auf. Die Männer würden ihn irgendwann einholen, auch wenn er noch so schnell rannte, und die Passanten würden wegschauen, denn niemand wollte Schwierigkeiten haben. Er hastete an einem großen Denkmal vorbei und sah auf der anderen Seite der Esplanade eine Gruppe Menschen zusammenstehen. Mit einem Satz sprang er über eine Hecke hinweg und rannte über den Rasen auf die Ansammlung zu. Er schob sich durch die Menge, ohne zu wissen, wo seine Verfolger waren.

Durch sein Drängeln verursachte er Unruhe und Protest in der Menschenansammlung, und schließlich merkte er, dass er sich inmitten einer Demonstration befand. Angehörige der Jugendorganisation Naschi trugen Transparente und schrien Parolen. Riku lief einfach inmitten der Marschierer mit. Er erkannte, dass Angehörige der Miliz ihn als Störer ins Auge gefasst hatten und auf ihn zukamen. Hastig sah Riku sich um.

Zwischen den Gebäuden in der Nähe entdeckte er eine enge Gasse.

Im Schutz der Menschenmenge löste er sich aus den Reihen der Marschierer und verschwand zwischen den Neugierigen am Straßenrand, drängte sich zwischen ihnen hindurch und bog in die Gasse ab. Kaum hatte er sie erreicht, rannte er wieder los. Seine Schritte hallten unnatürlich laut von den Häuserwänden wider.

Als das Stimmengewirr verklang, blickte er sich um. Es war niemand hinter ihm in der Gasse zu sehen, aber er rannte trotzdem weiter. In der Ferne blitzten der Fluss und der Uferboulevard auf.

29

Als Sebastian zurückkam, musterte Elina ihn aufmerksam. Er wirkte jetzt wie ein fremder Mensch, und sie war auf der Hut.

Die beiden Linden im Innenhof sorgten für schattiges, grünliches Licht in der Küche. Elina stellte Teller und Tassen auf den Tisch.

Sie hatte überlegt, ob sie auf der Stelle verschwinden sollte. Aber dann hatte sie beschlossen, herauszufinden, was da vor sich ging. Sie glaubte nicht, dass Sebastian eine körperliche Gefahr für sie darstellte, so weit vertraute sie ihrer Menschenkenntnis.

»Wann hast du eigentlich deinen Flug nach Helsinki gebucht?«, fragte sie. Dabei sah sie Sebastian in die Augen und stellte fest, dass sich sein Gesichtsausdruck nicht veränderte.

»Warum fragst du?«

»Ich dachte nur, dass er wahnsinnig teuer gewesen sein muss, weil du ihn so kurzfristig buchen musstest.«

Sebastian setzte sich an den kleinen Tisch am Fenster. »Ich muss dir etwas sagen.«

Elinas Herz schlug noch heftiger. Sie wusste nicht, was sie zu hören befürchtete oder was sie hören wollte, sie wusste nur, dass sie zerbrechen würde, wenn sich Sebastian nach all den Ereignissen der letzten Zeit als Schwindler entpuppen würde – oder als jemand noch Schlimmerer.

»Ich wollte in jedem Fall nach Helsinki kommen. Um dich zu sehen, aber auch, um Vera zu treffen.«

Elina hielt den Blick fest auf Sebastians Gesicht gerichtet. Sie konzentrierte sich auf seine Augen, um ihre Angst unter Kontrolle zu halten. Die Augen sahen sie ernst und aufrichtig an.

»Als wir uns im Stasi-Archiv trafen, war ich nicht nur zum Fotografieren dort. Ich hatte mir ein paar Dinge angesehen, die mit der Familie meines Vaters zu tun haben.«

»Was für Dinge?«

»Was versucht man normalerweise in Stasi-Akten zu finden?«

»Hat jemand …«

»Die Einzelheiten erzähle ich dir später, jetzt ist das Wichtigste, dass du die Hauptfakten kennst. Bei meinen Nachforschungen tauchte auch ein russischer Name auf: Rybkina. Als ich Vera traf, kam ich auf die Idee, dass sie als investigative Journalistin etwas über diese Frau Rybkina herausbekommen könnte. Aber da es sich um eine sehr persönliche Angelegenheit handelte, wollte ich niemand sonst mit hineinziehen. Auch dich nicht.«

Elina wusste nicht, was sie davon halten sollte. »Du hast in der Cafeteria der Bibliothek das Heft aus meiner Handtasche gestohlen. Warum hast du mir stattdessen nicht einfach offen gesagt, was los ist?«

»Was hast du sonst noch beim Wühlen in meinen Sachen gefunden?«

»Du kannst es dir nicht leisten, den Beleidigten zu spielen. Jetzt ist deine letzte Gelegenheit, mir genau zu sagen, was du eigentlich treibst. Wenn du es nicht tust, verlasse ich sofort die Wohnung.«

»Elina, es tut mir leid … Wie gesagt, alles hat mit meinem Vater zu tun. Auch die Verbindung nach Russland. Ich erzähle dir mehr davon, sobald ich etwas Sicheres weiß.«

»Vertraust du mir nicht?«

»Darum geht es nicht. Das Ganze hat nichts mit dem Mord an Vera zu tun, auch nicht mit der Bedrohung, der du ausgesetzt warst.«

»Welche Rolle spielt Ralf Tanner dabei? Ist er mit Riku Tanner verwandt?«

»Soweit ich weiß, sind sie Vater und Sohn. Aber mehr ist mir nicht bekannt, du brauchst also nicht weiter danach zu fragen. Ich werde jetzt meinen Vater besuchen.«

»Ich komme mit.«

Auf Sebastians Lippen bildete sich ein gequältes Lächeln. »Wir werden irgendwann zu einem besseren Zeitpunkt zusammen hingehen. Ich schaue nur rasch bei ihm vorbei.«

Elina überlegte kurz, dann gab sie widerwillig nach.

»Mach dich darauf gefasst, dass du mir anschließend alles ehrlich erzählen wirst! In gehe inzwischen in die Karl-Liebknecht-Straße«, sagte sie und meinte damit das BstU-Archiv, wo die Stasi-Akten aufbewahrt wurden. »Ich muss noch ein bisschen an meinem Buch feilen.«

Sie zog schweigend die Schuhe an. Auch Sebastian sagte nichts mehr. Dann gingen sie zusammen auf die Straße hinunter.

»Mein Wagen steht einen Block weiter«, erklärte Sebastian. »Ich fahre nach Westen. Nach Mitte nimmst du besser die S-Bahn.«

»Das hatte ich auch vor. Wann kommst du zurück?«

»Gegen Mittag.«

Sobald Sebastian den Weg zu seinem Auto einschlug, rannte Elina zum Savignyplatz los. Dort standen drei Taxis am Stand. Der erste Fahrer war zum Glück ein junger Türke, der einen flinken, tüchtigen Eindruck machte. Elina gab ihm klare Anweisungen.

Das Fernglas erfasste den alten Toyota Corolla von Henryk Dombrowski vor der Zufahrt zum Kraftwerksgelände Olkiluoto. Der Sicherheitsmann nahm aus dem Seitenfenster des Fahrzeugs etwas entgegen, sah es sich eine Weile an und gab es dann zurück.

Der Toyota fuhr los, dem riesigen Gebäudekomplex entgegen, an dessen Rand der neue Reaktorblock aufragte.

»Er ist drin«, stellte der ehemalige KGB-Agent Anton fest und setzte das Fernglas ab.

»Gut«, erwiderte Peter Richter erleichtert vom Beifahrersitz des Lieferwagens.

Er hatte einen Laptop auf dem Schoß, dessen Bildschirm einen Plan des Reaktorgeländes zeigte. Auf der Höhe der Zufahrt blinkte ein Kreuzchen. Mithilfe des Peilsenders konnten sie verfolgen, ob der Pole die Komponenten an die richtige Stelle brachte.

30

Riku zahlte seine wenigen Einkäufe im Baumarkt in der Divenskaja Ulitsa und sah sich intuitiv nach allen Seiten um. Die Lage war schlimmer als befürchtet. Er hätte unbedingt eine Schusswaffe gebraucht, aber es war schlicht und einfach zu riskant, sich auf dem Schwarzmarkt in Sankt Petersburg eine zu besorgen.

Er verließ das Geschäft und behielt weiterhin die Umgebung im Auge. Am liebsten hätte er Kalle angerufen und ihn gemahnt, besonders vorsichtig zu sein, aber er wollte ihn nicht noch mehr beunruhigen.

Nachdem er ein Taxi gefunden hatte, bat er den Fahrer, ihn zu einer Straße zu bringen, die nicht weit von Bykows Haus lag. Er durfte der Angst keinen Raum geben, er musste handeln, schon Leo zuliebe.

Auf dem Rücksitz des Taxis dachte er an Pavel. Nie hätte er geglaubt, dass sein Freund seit Kindertagen ihn verraten könnte, aber offenbar musste man auf alles gefasst sein. Auf absolut alles. Oder war Pavel erpresst worden? Hatte man Anastasia oder einen anderen Menschen aus seinem Umfeld bedroht, damit er sich zur Kooperation bereit erklärte?

Als Schuljunge war Riku oft bei Pavel zu Besuch gewesen. Wie viele andere aus seiner Klasse hatte auch er in einer Kommunalka gewohnt, in einer Gemeinschaftswohnung; seiner vierköpfigen Familie hatten ein Zimmer und ein Küchenanteil zur Verfügung gestanden. Die papierdünnen Wände, die streitenden Nachbarn und die morgendlichen Warteschlangen vor der Toilette hatten vielen die Nerven geraubt. Andererseits waren die Bewohner einer Kommunalka manchmal wie eine einzige große Familie, so etwas war durchaus nicht unüblich.

Nun, da Leo allmählich ins Schulalter kam, musste Riku oft an seine eigene Schulzeit zurückdenken. Die Schule Nummer 972 hatten fast zweitausend Schüler besucht. Wegen des Platzmangels ging man in zwei, bisweilen sogar in drei Schichten zur Schule. Durch das Fenster konnte man die militärische Schulung der höheren Klassen auf dem Sportplatz hören und sehen, und hin und wieder zogen nachmittags Kinder der Pionierorganisation vorbei, die rote Tücher trugen und Marschlieder sangen.

Im Vergleich zu Moskau hatte Helsinki sauber und leer gewirkt, leblos, und nach dem Umzug neue Freunde zu finden war nicht leicht gewesen. Riku hatte seinen Vater in Moskau besucht und seine alten Freunde getroffen, bis der Vater verschwand und die Mutter nicht mehr nach Russland fahren wollte. Als Fünfzehnjähriger hatte Riku im Fernsehen den Putschversuch im August 1991 und den Zerfall der Sowjetunion verfolgt. Drei Jahre später hatte er dann endlich seine alten Freunde wiedergesehen, auch Pavel, im Sommer nach der elften Klasse, als er alleine nach Moskau gefahren war.

Das Taxi schlängelte sich langsam durch den dichten Verkehr. Riku sah auf die Uhr und überlegte, wie Bykows Tagesprogramm aussehen mochte. Dass die Entwicklung der Ereignisse an diesen Punkt geraten war, war in vielerlei Hinsicht schrecklich, vor allem deshalb, weil Riku selbst schuld daran war. Er hatte jetzt nur ein einziges klares Ziel im Sinn: den möglichst effektiven Kampf gegen das Verbrechen. Bei der Suche nach Informationen hatte er auf Polizeidaten zurückggreifen müssen, zu denen er keine Zugangsberechtigung hatte. Er war der einsame Wolf gewesen, der für die Gesellschaft Verantwortung für die Frage übernommen hatte, wo die wirkliche

Grenze zwischen Gut und Böse gezogen wurde. Und jetzt begriff er, dass er mit seinen eigenen Grenzziehungen in Konflikt geriet.

Das Taxi näherte sich der Gegend, in der Bykow wohnte. Riku holte tief Luft. Jetzt ging es los.

Elina saß im Taxi und sah verblüfft zu, wie Sebastian das Gefängnis in Moabit betrat.

Der junge Türke, der Sebastians Wagen geschickt gefolgt war, warf ihr einen interessierten und gewissermaßen teilnahmsvollen Blick zu. Er hatte am Rand des Parkplatzes vor dem eingezäunten Gebäudekomplex aus rotem Backstein angehalten. Sebastians alter grauer Landrover stand in einer Parkbucht mit dem Schild »Besucher«.

Elina bezahlte die Fahrt und stieg zögernd aus. Wen besuchte Sebastian und warum? Saß sein Vater etwa im Gefängnis?

Sie wusste noch weniger von Sebastian, als sie gedacht hatte. Abgesehen von Vera hatte sie keinen einzigen von seinen Verwandten und Freunden kennengelernt. Hatte er eine Absicht damit verfolgt, dass er sie mit Vera bekannt gemacht hatte? Waren sie und Vera Bestandteil eines Plans, den Sebastian und irgendwelche dubiosen Hintermänner hegten? War Sebastian am Ende doch gefährlich?

Elina dachte an die Anfangszeit und ihre ersten Gespräche zurück. Im Nachhinein kam es ihr nun so vor, als hätte sich Sebastian vorab über sie informiert. Kalte Schauer liefen ihr über den Rücken. Ihr Vertrauen war schon zu oft missbraucht worden.

31

Ohne eine Miene zu verziehen, fuhr der Wärter mit dem Metalldetektor über Sebastians Körper und befahl ihm dann weiterzugehen. Sebastian betrat einen großen Raum, dessen hinterer Bereich durch eine Glaswand abgetrennt war. Vor der Scheibe standen Stühle, durch Kabinenwände abgeschirmt. Sebastian nahm auf einem davon Platz. Hinter der Scheibe saß ein Mann, der das Gesicht seines Vaters hatte, an dem ihm aber sonst nichts bekannt vorkam.

Die Kontaktaufnahme seines Vaters vor fünf Monaten hatte widersprüchliche Gefühle in Sebastian ausgelöst. Als Kind hatte er allein mit seiner Mutter in Ramstein gelebt und seinen Vater zumeist nur am Wochenende gesehen. Und nachdem seine Mutter gestorben und er im Alter von neun Jahren zu Verwandten in die Vereinigten Staaten gezogen war, hatte er seinen Vater überhaupt nicht mehr getroffen.

Bis dieser ihn im April plötzlich zu sich ins Gefängnis Moabit gebeten hatte. Zuerst hatte Sebastian ablehnen wollen, aber schließlich doch beschlossen, aus purer Neugier hinzugehen. Er wollte wissen, warum sein Vater so gehandelt hatte, wie er es getan hatte – und aus welchem Grund er ins Gefängnis gekommen war.

Bei dem ersten Besuch hatte er seinen Vater lange angestarrt und versucht, vertraute Züge in dessen Gesicht zu entdecken. Das Gefühl, als Kind verlassen worden zu sein, hatte ihn so stark überwältigt, dass er fast auf der Stelle wieder gegangen wäre. Etwas hatte ihn dennoch zurückgehalten. Vielleicht war er fähig zu verzeihen. Vielleicht war er nur neugierig. Vielleicht wollte er den Vater verurteilen. Auf jeden Fall war er widerwillig sitzen geblieben und hatte sich den erschütternden Bericht des Vaters angehört.

Jetzt saß Claus Berger wieder hinter der Glasscheibe und sah ihn erwartungsvoll an: ihn, seinen Sohn. Schon von Helsinki aus hatte Sebastian seinen Besuch angekündigt, ohne jedoch den Grund zu nennen. Erneut wühlten Kummer und Neugier in ihm.

»Der Mörder von Vera Dobrina war ein ehemaliger KGB-Offizier namens Andrej Nowikow«, erklärte Sebastian leise. »Sagt dir der Name etwas?«

Der Vater zuckte bei der Neuigkeit zusammen, schüttelte aber den Kopf. Er wurde blass und sah aus, als hätte er unvermutet etwas Entsetzliches erkannt.

»Alles hängt mit Viktors Besuch bei mir zusammen«, erwiderte er fast flüsternd.

Viktor. Der Name, der für Sebastian zu einer Zwangsvorstellung geworden war. Der Mann, mit dem sein Vater zuletzt vor zwanzig Jahren als Stasi-Offizier zu tun gehabt hatte, war vor fünf Monaten überraschend aufgetaucht und hatte den Vater im Gefängnis besucht. Im April war das gewesen, und dieses Ereignis hatte den Anstoß dafür gegeben, dass Claus Berger Kontakt zu seinem Sohn aufgenommen hatte.

Plötzlich sah Claus den jungen Mann sehr ernst an, resigniert und entschlossen zugleich. »Wenn mir etwas zustößt, dann ist Viktor Kovalenko der Schuldige.«

Sebastian war überrascht von der dramatischen Reaktion seines Vaters. »Was sollte dir im Schutz dieser Mauern zustoßen?«

Claus starrte ihn an, ohne eine Miene zu verziehen. »Hör auf, nach Kovalenko zu suchen. Deine Mutter erwacht nicht wieder zum Leben, auch wenn du ihren Mörder findest. Ich hätte dir keinen einzigen Namen nennen sollen.«

Sebastian machte sich nicht die Mühe zu antworten. Sein Vater musste verstehen, dass ihn nichts mehr hindern konnte. Das Spiel hatte begonnen, und er hatte nicht die geringste Absicht aufzugeben.

Der Vater hatte Sebastian die Wahrheit über sich erzählt, aber er kannte nicht die Wahrheit über seinen Sohn. Im Grunde waren sie sich viel ähnlicher, als der Vater ahnte.

»Vergiss das alles«, sprach Claus weiter, und nun klang es nach einer inständigen Bitte. »Halte dich aus der Sache heraus, mir zuliebe, aber vor allem dir zuliebe.«

»Du hast mir noch immer nicht alles erzählt.«

Claus schwieg. Die Sekunden verstrichen.

»Du verstehst doch, dass ich jetzt nicht vorhabe, einen Rückzieher zu machen«, fuhr Sebastian fort. »Es gibt keinen Weg zurück. Wenn du mir etwas verheimlichst, gefährdest du mich und dich selbst.«

Für einen Moment wirkte Claus beinahe verzweifelt. Er öffnete den Mund und wollte widersprechen, bekam aber dann doch kein Wort heraus. Er versank kurz in Gedanken und murmelte schließlich mehr zu sich selbst als zu Sebastian: »Es gibt da einen Mann namens Richter. Peter Richter. Und einen, von dem ich nur den Decknamen aus Stasi-Zeiten kenne. Martin.«

»Warum hast du mir die nicht früher genannt?«

»Richter ist Ingenieur. Ein Mann aus der Abteilung Wissenschaft und Technik. Ingenieuroberst. Ich glaube nicht, dass er über wesentliche Informationen verfügt. Nicht mehr als ich auch. ›Martin‹ war Sonderoffizier.«

Elina lehnte sich am Rand des Gefängnisparkplatzes an den Zaun und blickte nervös auf die Uhr. Es war schwül, die Kleider klebten ihr an der Haut. Sie hatte Durst, und in den Schläfen meldeten sich erste Anzeichen von Kopfschmerzen. Ab und zu wehte ein leichter Wind den Lärm der vierspurigen Straße herüber. Die spätsommerliche Hitzewelle hatte fast ganz Europa erfasst.

Was sollte sie tun, wenn Sebastian wieder aus dem Gefängnistor trat? Sie wollte klare Antworten. Wenn sie die nicht bekäme, würde sie nach Finnland zurückfliegen.

Sie rieb sich leicht die Schläfen und schloss die Augen. Sebastians Erklärung für den Diebstahl des Heftes war an sich glaubwürdig, denn wenn die Stasi-Vergangenheit eines Familienangehörigen aufgedeckt wurde, war das in Deutschland keine Kleinigkeit. Man ging davon aus, dass die damalige Entscheidung dieser Menschen, den Unterdrückungsapparat zu unterstützen, auch etwas über ihre heutigen moralischen Fähigkeiten aussagte.

Elina zuckte zusammen, als ihr Handy klingelte. Unbekannte Nummer.

Noch bevor sie die Stimme hörte, wusste sie intuitiv, wer der Anrufer war.

»*Sie haben versucht, mich zu erreichen*«, sagte Riku Tanner.

»Wo sind Sie?«

»*Fragen Sie nicht, kommen Sie zur Sache. Es kann sein, dass ich das Gespräch jeden Moment abbrechen muss.*«

»Hat es mit Ihrem Vater zu tun, dass Sie von den Ermittlungen im Mord an Vera abgezogen wurden?«

»*Mit meinem Vater? Was meinen Sie damit?*«

Riku drückte das Handy fest ans Ohr. Auf der anderen Straßenseite verlief eine hohe Mauer, hinter der er das Ziegeldach von Bykows Villa erkennen konnte.

»*In Veras Notizheft stand der Name Ralf Tanner*«, erklärte Elina Aros Stimme etwas undeutlich.

Die Behauptung war so unfassbar, dass es Riku schwerfiel, sie zu glauben. »Tut mir leid, aber ich begreife nicht …«

»*Sie haben als Kind in Moskau gelebt. Was hat Ihr Vater dort getan?*«

Wild rotierten die Gedanken in Rikus Kopf, er hatte das Gefühl, sie nirgendwo fassen zu können. »Geschäfte. Osthandel. Ich verstehe absolut nicht, warum Vera Dinge untersucht haben sollte, die mit meinem Vater zu tun haben.«

»Alles scheint irgendwie mit Sebastians Vater zusammenzuhängen, der offenbar eine Stasi-Vergangenheit hat … Bald werde ich mehr wissen. Allerdings bin ich mir nicht mehr sicher, ob ich Sebastian vertrauen kann oder ob er geradezu … gefährlich ist. Wo sind Sie?«

»Sind Sie … ganz sicher, dass in Veras Notizen der Name Ralf Tanner stand?«

»Ja. Mehr weiß ich bis jetzt nicht, aber ich werde mich wieder melden. Und seien Sie vorsichtig, was immer Sie auch tun! Besser ist es wahrscheinlich, wenn Sie gar nichts tun, sondern abwarten, bis ich wieder anrufe.«

Riku nahm das Handy vom Ohr und starrte vor sich hin, ohne etwas wahrzunehmen. Sein Vater … Stasi-Kontakte … der Mord an Vera Dobrina … Nein, es ergab keinen Sinn, diese Dinge miteinander in Verbindung zu bringen. Er zwang sich, alle Konzentration auf Bykow zu richten, und schaute zu dessen Haus auf der anderen Straßenseite hinüber. In der Gegend waren viele Gebäude aus der Zeit vor der Revolution von 1917 renoviert und zu repräsentativen, wertvollen Immobilien ausgebaut worden. Dazwischen standen einige neue Häuser, alle sicher eingezäunt. Riku hatte lange in seinem Versteck gewartet, bis Bykow durch sein Tor gefahren war. Jetzt wartete er, dass Bykow wieder davonfuhr.

Nach kurzem Überlegen wählte er die Nummer seiner Mutter. Er glaubte nicht, dass sie ihm etwas über seinen Vater verschwieg, er wollte nur die bestürzende neue Erkenntnis mit ihr teilen.

»Ach deswegen«, sagte sie irritiert, als Riku ihr alles erzählt hatte.

»Wieso deswegen? Was meinst du damit?«

»Ein Polizist hat angerufen und gesagt, er käme vorbei.«

»Wer war das?«

»Hauptkommissar Markku Jalava.«

Warum nur?, fragte sich Riku. Anscheinend nahm man die Angelegenheit bei der Zentralkripo sehr ernst, wenn Jalava persönlich mit der Mutter des gesuchten Kollegen sprechen wollte.

»Gibt es etwas über Vater, das ich nicht weiß?«, fragte Riku.

»Nein. Ich glaube, all das hat wieder mit dem Verkauf von Produkten zu tun, die damals dem Handelsembargo unterlagen.«

32

Leena Tanner hörte ein tiefes Motorengeräusch und das Knirschen von Kies unter Autoreifen. Sie trat ans Fenster und sah einen großen Mann im gepflegten Anzug aus einem kompakten, glänzenden BMW steigen, den er vor den Rosenhecken geparkt hatte.

Das musste der Polizist sein, der sein Kommen telefonisch angekündigt hatte. Zuerst hatte ihr der Anruf Angst gemacht, denn sie hatte geglaubt, Riku wäre etwas zugestoßen. Aber es ging um Ralf, was ihr höchst merkwürdig erschien.

Auch der sonderbare Anruf von Katja ging Leena im Kopf herum. Sie hatte sich erkundigt, ob Leena wisse, wo Riku und Leo waren. Als Leena versuchte, Fragen zu stellen, hätte Katja das Telefonat beinahe beendet. Es war elend, mitverfolgen zu müssen, wie unschön sich der Konflikt zwischen Riku und Katja entwickelte. Katja riss Leo immer mehr an sich und entfremdete den Jungen von seinem Vater. Leena brach es schier das Herz, wenn sie daran dachte, wie sehr sich Riku um seinen Sohn sorgte.

Sie ließ den Besucher an der Tür klingeln und betrachtete ihn dabei in aller Ruhe durch den Spion. Seinen Namen hatte sie sofort im Internet überprüft: Markku Jalava, Leiter des Gewalt- und Drogendezernats bei der KRP. Rikus Vorgesetzter. Das hatte sie erst recht irritiert. Warum war Jalava an einem zwanzig Jahre alten Vermisstenfall interessiert? Und warum hatte Riku kein Wort darüber verlauten lassen?

Besorgt öffnete sie die Tür. Der Mann stellte sich vor und

setzte dabei sein antrainiertes Dienstlächeln auf. Leena bemerkte zuerst die teure Krawattennadel und dann den protzigen Ring.

»Kommen Sie herein. Mein Mann ist auf Dienstreise.«

Jalava trat in den Flur und warf einen Blick zur Seite in das kleine Zimmer, dessen Wände komplett von Bücherregalen eingenommen wurden.

»Mein Arbeitszimmer«, erklärte Leena. »Ich übersetze ein bisschen russische Literatur.«

Jalava machte eine Kopfbewegung zu der Landkarte, die im Flur an der Wand hing. Sie zeigte Finnland in den Vorkriegsgrenzen.

»Antrea«, las er laut den Namen des mit Bleistift markierten Gebietes in der Nähe von Vyborg vor.

»Mein Vater stammte aus dem Teil Kareliens, der nach dem Krieg an die Sowjetunion abgetreten werden musste, und hatte nie so recht Verständnis für mein Russischstudium. Im Alter habe ich dann angefangen, nach meinen Wurzeln zu suchen, und gelernt, meine karelische Herkunft wertzuschätzen. Ich habe sogar damit begonnen, Ahnenforschung zu betreiben.«

Am liebsten hätte sie hinzugefügt, dass die karelische Mentalität auch ihre Lebhaftigkeit und gewisse Schwankungen im Gefühlsleben erklärte. Auch an Riku hatte sie amüsiert so manch karelischen Zug erkannt, und seine Leidenschaft für Italien war für sie kein Zufall, in der italienischen wie in der karelischen Mentalität lag die gleiche üppige, warmherzige Großzügigkeit, die bisweilen auch mal Verspätungen verursachte oder zum großen Pinsel greifen ließ, wo ein feiner besser gewesen wäre.

Leena führte Jalava ins Wohnzimmer, wo ein riesiges, von Leena selbst gemaltes Bild an der Wand hing.

»Sie wollten etwas über Ralf wissen.«

»Es geht um einen aktuellen Fall, in dem wir ermitteln. Dabei ist der Name Ralf Tanner aufgetaucht.«

»Wie denn das?«

»Aus ermittlungstaktischen Gründen kann ich Ihnen nicht mehr sagen. Uns interessiert Ralf Tanners geschäftliche Tätigkeit. Besitzen Sie dazu irgendwelche Dokumente? Buchhaltung, Korrespondenz oder dergleichen?«

»In der Garage stehen zwei Kartons mit Ordnern. Ich habe sie aufgehoben, weil Riku es verlangt hat. Alle anderen habe ich vernichtet.«

Jalava stand auf. »Ich würde sie gerne mitnehmen und einen Blick darauf werfen, falls Ihnen das recht ist.«

»Na ja …«, antwortete Leena unsicher.

Sie gingen nach draußen und in die Garage, wo fertige und halbfertige Ölgemälde von Leena an der Wand lehnten oder im Regal standen. Sie hatte die Angewohnheit, etwas Neues anzufangen, bevor das Alte fertig war.

In einem Regal stand auch ein primitiver grauer Computer aus den Achtzigerjahren, eine Erinnerung an die Vergangenheit, an die glücklichen Tage, als sie alle noch zusammen gewesen waren … Plötzlich traten Leena Tränen in die Augen. Alles war so gut gewesen. Bis die Spannungen zwischen ihr und Ralf zugenommen hatten, weil er trank und immer wieder aus undurchsichtigen Gründen fortblieb. Sie war mit Riku nach Helsinki gezogen, Ralf hatte ab und zu seinen Sohn besucht, aber eines Tages verschwand er spurlos. Das war ein schwerer Schlag, besonders für Riku, auch wenn er das Ganze äußerlich tapfer und ruhig hinzunehmen schien. Allerdings war er von da an nicht mehr bereit gewesen, über seinen Vater zu reden. Leena glaubte, dass Riku später unbewusst ständig nach seinem Vater gesucht hatte. Vielleicht hatte er zum Teil auch deswegen den Polizeiberuf gewählt, obwohl ihm seine Schulnoten eine akademische Ausbildung ermöglicht hätten.

Entschieden kehrte sie dem Regal den Rücken zu und ging zu den beiden aufeinanderstehenden Kartons. Jalava öffnete den oberen, nahm einen Ordner heraus und blätterte ihn rasch durch. Dann legte er ihn zurück, bückte sich und hob beide Kartons an.

»Ich möchte nicht, dass sie wegkommen. Sie sind für Riku wichtig …«

»Wir bringen sie natürlich zurück. Sie können uns helfen, das Schicksal Ihres Mannes aufzuklären.«

Leena löschte das Licht und folgte Jalava zu dessen Wagen.

»Jetzt ist es wichtig, dass Sie unser Gespräch niemandem gegenüber erwähnen«, erklärte Jalava mit betont gesenkter Stimme, wobei er Leena noch ernster als zuvor in die Augen sah. »Hat Riku sich bei Ihnen gemeldet?«

Sie nickte schwach.

»Was hat er gesagt?«

»Nur, dass er einen Auftrag hat, wegen dem er eine Zeit lang unterwegs sein muss.«

»Hat er gesagt, wo er ist? Oder hat er etwas von seinem Sohn erzählt?«

»Nein. Wieso von seinem Sohn? Was ist mit Leo?«

Leena wollte Katjas Anruf nicht erwähnen, aber Jalavas Fragen machten ihre Sorgen noch größer. Sollte sie ihm doch davon berichten?

»Sagen Sie mir Bescheid, wenn Sie etwas von Riku hören«, forderte Jalava sie auf, als er in den Wagen stieg. Leenas Fragen überging er einfach.

Dann brauste der BMW davon, und Leena starrte ihm hinterher, von immer unschöneren Vorahnungen ergriffen. Allmählich bekam sie es mit der Angst zu tun. Was ging hier eigentlich vor?

Sie versuchte Riku anzurufen, doch der meldete sich nicht.

33

Elina beobachtete, wie Sebastian ausdruckslos aus dem Besuchereingang des Gefängnisses trat und auf seinen alten, grauen Geländewagen zueilte.

Sie ging ihm entgegen und hatte den Landrover fast schon erreicht, als Sebastian sie bemerkte.

»Was machst du denn hier?«, fuhr er sie an. »Du bist mir gefolgt. Findest du das witzig?«

Er riss die Fahrertür auf und setzte sich mit grimmiger Miene ans Steuer. Elina kletterte auf den Beifahrersitz.

Sebastian startete den Wagen und stieß mit hohem Tempo zurück. Elinas Herz hämmerte, ihre Hände schwitzten, fast wünschte sie, nicht eingestiegen zu sein. Trotzdem konnte sie sich ihre Frage nicht verkneifen: »Dein Vater sitzt also im Gefängnis? Oder hast du jemand anderen besucht?«

Sebastian antwortete nicht, sondern fuhr mit einer jähen Lenkbewegung auf die Straße.

»Halt an«, forderte Elina.

»Was soll das jetzt …?«

»Ich steige hier aus. Buchstäblich und im übertragenen Sinn …« Entschlossen legte sie die Hand auf den Türgriff.

Sebastian bremste ab. Elina war bereits mit einem Bein aus dem Wagen, als sie Sebastians Stimme hinter sich sagen hörte: »Bitte geh nicht. Es tut mir leid. Das ist alles zu viel für mich. Ich habe mich dir gegenüber wirklich mies benommen. Deshalb verstehe ich, dass du gehen willst, aber ich wäre dir dankbar, wenn ich alles erklären dürfte …«

Während er sprach, hatte Elina innegehalten. Sie verließ sich normalerweise auf die Meinung, die sie sich von einem Menschen gebildet hatte, und gab nicht gern zu, dass sie bei Sebastian blauäugig gewesen war und sich total geirrt hatte. Sie seufzte und setzte sich zögernd wieder hin, ließ jedoch die Tür offen, für den Fall, dass sich die Situation doch negativ entwickeln sollte. Dann wandte sie sich Sebastian zu und versuchte, ihre Stimme fest klingen zu lassen.

»Also gut, ich höre zu. Aber dies ist deine letzte Chance. Wenn du jetzt lügst, gibt es nichts mehr zu reparieren.«

Sebastian sah Elina fast gequält an. Sie schwiegen, bis er mit matter Stimme anfing zu erzählen: »Mein Vater sitzt im Gefängnis, ja. Er war in Magdeburg, Dresden und Berlin in der Immobilienbranche tätig, was bis in die ersten Zweitausenderjahre auch gut lief. Aber dann ging es bergab, weil immer mehr Leute aus dem Osten wegzogen. Er machte sich des Konkursbetrugs und anderer Wirtschaftsdelikte schuldig. Die eigentlichen Probleme haben allerdings mit Dingen zu tun, die weiter zurückliegen …«

Elina hörte regungslos zu und sah Sebastian an. Seine Miene versteinerte auf sonderbare Weise.

»Meine Mutter arbeitete für die NATO. Sie hatte deutsche Wurzeln und sich daher beim Stützpunkt Ramstein in Westdeutschland beworben. Dort wurde ich geboren. Mein Vater wohnte achtzig Kilometer entfernt in Mannheim, wo er als Vertreter arbeitete. Wenn ich ihn besuchte, verwöhnte er mich mit Süßigkeiten und Spielzeug …«

Elina wusste nicht, was sie denken sollte. Vorsichtig schloss sie die Wagentür, sie wollte Vertrauen zeigen, um Sebastian zum Sprechen zu bringen. Er sah auf einmal blass und unsicher aus.

»Als ich neun war, starb meine Mutter bei einem Autounfall, wie ich dir schon erzählt habe. In meinem Schock und meiner Trauer ging ich natürlich davon aus, dass mein Vater mich zu sich nehmen würde. Entsprechend niederschmetternd war es zu erfahren, dass er mich gar nicht wollte. Es war fast so schlimm wie der Tod meiner Mutter. Ich wurde in die USA zur Schwester meiner Mutter geschickt. Mein Vater hielt per Post und Telefon Kontakt mit mir, bis er sich irgendwann gar nicht mehr meldete.«

Elina hörte bewegt zu. Sie empfand zwangsläufig Mitleid mit dem kleinen Jungen, der auf einen Schlag Vater und Mutter verloren hatte.

»In der Anfangszeit teilte mir mein Vater noch jedes Mal seine neue Adresse mit, aber sonst nichts. Nach der Wiedervereinigung zog er nach Dresden. Als ich später zum Studieren und Arbeiten nach Berlin kam, rief ich ihn an, doch er war an einem Treffen nicht interessiert. Bis er mich vor fünf Monaten plötzlich sehen wollte. Er sitzt im Gefängnis, wegen Konkursbetrugs ist er zu fünf Jahren Haft verurteilt worden. Warum er mich treffen wollte, das hatte allerdings mit meiner Mutter zu tun.«

Elina spürte, wie sich etwas in ihr regte. Allmählich verstand sie Sebastians Verhalten und sogar sein Verheimlichen bestimmter Dinge.

»Ein Unbekannter hatte sich bei meinem Vater gemeldet und behauptet, er sei ehemaliger Stasi-Agent. Er hat auch behauptet, der Tod meiner Mutter sei kein Unglück, sondern Mord gewesen. Es habe sich um eine Stasi-Operation gehandelt. Aus dubiosen Gründen sei meine Mutter durch einen inszenierten Autounfall getötet worden. Mein Vater hat mir einige Namen von Personen genannt, die irgendwie mit der Operation zu tun hatten. Diese Spuren habe ich in Deutschland verfolgt, und Vera bat ich, einem russischen Namen auf die Spur zu kommen.«

Es wurde still im Wagen. Elina hätte gern ihre Hand tröstend auf Sebastians Hand gelegt, doch sie ließ es bleiben.

»Gerade eben habe ich zwei neue Namen erfahren. Peter

Richter und den Decknamen Martin. Ich werde versuchen, die beiden zu finden.«

»Du hast also keine genaue Vorstellung davon, was hinter dem Mord an deiner Mutter steckt?« Elina flüsterte fast, als sie das fragte.

Sebastian schüttelte den Kopf. »Das versuche ich ja gerade herauszufinden. Ich will den Mörder meiner Mutter finden und ihn zur Rechenschaft ziehen.«

»Und Ralf Tanner hat mit alldem etwas zu tun?«

Sebastian nickte.

Elina sagte nachdenklich: »Riku Tanner scheint in einer ähnlichen Lage zu sein wie du. Ich habe vorhin mit ihm gesprochen, er war bestürzt, als er hörte, dass der Name seines Vaters in Veras Notizheft steht.«

»Was?« Sebastian drehte sich zu Elina um. In seinen Augen flackerte plötzliche Wut. »Hast du Tanner das alles erzählt?«

»Er ist Polizist, sein eigener Vater ...«

»Er ist ein Polizist, der wegen eines Dienstvergehens gesucht wird. Glaubst du, die Finnen jagen einen Unschuldigen?«

Elina schwieg.

»Er ist ein Mann«, fuhr Sebastian fort, »dessen Vater etwas über den Tod meiner Mutter wusste.«

34

Langsam öffnete sich das Tor vor Bykows Haus, und Riku sah einen schwarzen Audi Q7 herausrollen. Saß Bykow selbst am Steuer? Wegen der verdunkelten Scheiben konnte er es nicht erkennen.

Riku beschloss, etwas zu riskieren und sich dem Haus unverzüglich von der Rückseite her zu nähern. Den Weg hatte er bereits ausgekundschaftet. Die Informationen über seinen Vater hatten seine Neugier angestachelt und ihm neue Energie verliehen.

An einem Lichtmast waren zwei Überwachungskameras angebracht, aber er kümmerte sich nicht darum, sondern lehnte den Birkenast, den er zuvor in der Nähe gefunden hatte, an die Mauer und kletterte vorsichtig hinauf.

Oben blickte er sich aufmerksam um, dann sprang er und landete federnd auf dem Rasen des Grundstücks. Er erlaubte sich nicht, darüber nachzudenken, was er tat, um sich nicht noch den letzten Rest seiner Handlungsfähigkeit zu rauben. Im Schutz der Hecken bewegte er sich im Laufschritt auf das Haus zu. Es war eine zweistöckige Backsteinvilla, der Erker und hohe Fenster einen würdevollen Charakter verliehen. Sie stand an einem flachen Hang, weshalb ein Teil des untersten Geschosses unter der Erde lag. An den Rändern der Fensterscheiben verliefen die Sensoren der Alarmanlage.

Neben dem Haus wuchs eine riesige Eiche, von der ein Ast bis auf zwei Meter an die Dachkante reichte. Riku wog seine Chancen ab und beschloss, diesen Weg zu versuchen. Am unteren Teil des dicken Stammes gab es keine Äste, weshalb er seine Kräfte bis aufs Äußerste beanspruchen musste, um auf den ersten stabilen Ast zu gelangen. Von dort ging es leicht von Ast zu Ast aufwärts, bis er die Dachhöhe erreichte. Das dichte Laubwerk bot ihm dabei Sichtschutz.

Vorsichtig bewegte er sich auf dem gewählten Ast vorwärts. Der Ast bog sich bedrohlich, und Riku merkte, wie er unwillkürlich den Atem anhielt. Er wagte sich nicht mehr weiter. Über ihm reichte ein anderer Ast dichter an das Dach heran, aber er hing so weit oben, dass es nicht klug gewesen wäre, von dort aus aufs Dach zu springen. Riku richtete den Blick wieder nach vorn. Das war seine einzige Möglichkeit. Er musste eben hoffen, dass der Ast nicht brach.

Im selben Moment, als er das Krachen des brechenden Holzes hörte, stieß er sich ab und sprang. Er landete auf dem Dach, geriet aber zu seinem Entsetzen sogleich ins Rutschen. Verzweifelt versuchte er, an den Ziegeln Halt zu finden, doch es gelang ihm nicht. Schließlich stieß er mit dem Fuß schmerzhaft gegen die Regenrinne und konnte gleichzeitig den oberen Rand einer Gaube fassen. Innerlich fluchend wegen des verursachten Lärms, blieb er regungslos liegen. Nirgendwo war ein Geräusch zu hören.

Nach einer Weile ging er auf die Knie und kroch zum Dachfirst hinauf. Die Schornsteine ließen vermuten, dass es mehrere Öfen im Haus gab. Möglichst lautlos arbeitete er sich auf dem Trittsteg für den Kaminkehrer bis zu einem dreieckigen Dachfenster voran. Wie er gehofft hatte, war es nicht mit Alarmsensoren versehen. Er nahm das Klebeband, das er im Baumarkt gekauft hatte, riss ein Stück ab, faltete es doppelt, drückte es auf die Scheibe und schnitt mit dem Glasschneider vorsichtig ein rundes Loch hinein. Mit einem scharfen Knacken löste sich das Glasstück, Riku schob die Hand durch die Öffnung und tastete nach dem Fensterriegel.

Mit Mühe gelang es ihm, sich durch das enge Fenster zu

zwängen und auf den Boden des Speichers hinabzulassen. Sein Herz pochte heftig, und er hörte nur das Rauschen des Blutes in seinen Ohren. Ein schneller Blick in alle Richtungen sagte ihm, dass es keinen Bewegungsmelder auf dem Dachboden gab.

Riku schlich zur Tür und dann langsam und mit gespitzten Ohren die Treppe zum ersten Stock hinunter. Entweder es gab auch hier keinen Bewegungsmelder, oder die Alarmanlage war ausgeschaltet – oder es befand sich noch jemand im Haus. Die erste Möglichkeit konnte er ausschließen, als er in der Eingangshalle oben an der Wand ein rotes Licht blinken sah, als der faustgroße Melder Rikus Bewegungen registrierte.

Da keine Sirene heulte, gab es nun zwei Alternativen: Entweder war die Anlage ausgeschaltet – aus Faulheit oder weil sich Personen im Haus aufhielten –, oder irgendwo nahm jemand gerade eine SMS entgegen, die ihm das Auslösen des Alarms mitteilte.

Riku hatte also nichts zu verlieren, weshalb er die Treppe hinunterlief und sich darauf gefasst machte, jeden Moment jemandem zu begegnen. Es wunderte ihn, dass es anscheinend keine Kameraüberwachung im Haus gab.

Alle Räume waren leer, nirgendwo war ein Mensch zu sehen. Aber das Haus war üppig eingerichtet, und vieles zeugte davon, dass die Bewohner Wert auf Kultur legten: Es gab reichlich Bücher, Ölgemälde im klassischen Stil, einen Flügel und mehrere Skulpturen.

Igor Bykow saß auf dem ledernen Rücksitz des Audi und telefonierte mit seiner Freundin, die als Balletttänzerin am Mariinski-Theater arbeitete. Gerade eben hatte ihm ein gedämpftes Piepsen den Eingang einer SMS gemeldet.

»Ich habe einen Tisch im Palkin reserviert, wir sehen uns dort«, sagte Bykow und beendete das Gespräch. Er rief die eingegangenen Mitteilungen auf und fluchte, als er den Absender der jüngsten SMS sah.

»Der Bewegungsmelder«, sagte er zu seinem Chauffeur.
»Wieder eine Maus?«
»Wahrscheinlich.«
»Und wenn es diesmal kein falscher Alarm ist?«
Bykow bereute es, im Haus keine Kameras installiert zu haben. Kameras gegenüber war er schon immer skeptisch gewesen und besonders, seit die Überwachungskameras im Haus eines befreundeten Geschäftsmannes zu Spionagezwecken benutzt worden waren und man den Mann mit Bildmaterial aus seinen eigenen vier Wänden erpresst hatte.
»Es hilft nichts«, sagte Bykow genervt. »Kehr um.«

Rasch, aber sorgfältig durchsuchte Riku die Papiere in Bykows Arbeitszimmer. Ein Mann wie Bykow vermied es, Dinge aufzuschreiben, und bewahrte die wichtigsten Unterlagen im Tresor auf, der sicherlich irgendwo im Haus versteckt war. Aber alle Menschen machten Fehler, weshalb sich vielleicht doch etwas finden ließ. Kurz gab sich Riku der Überlegung hin, wie der Name seines Vaters im Notizheft von Vera Dobrina gelandet war – sollte es vom Mord an ihr über Nowikow eine Verbindung zu Bykow geben, war es zumindest theoretisch denkbar, dass Bykow oder einer seiner Kontakte auch Informationen über Ralf Tanner hatte.
Er blätterte in den Unterlagen: Kontoauszüge, Rechnungen, Quittungen. Als er eine zwei Wochen alte Quittung aus einem Restaurant in Helsinki entdeckte, hielt er inne. Chez Dominique, zwei Personen, zweihundertsechsundvierzig Euro. Auf einem anderen Stapel lagen Gewinn- und Verlustrechnungen und die Grundrisszeichnungen eines Architekten für ein Geschäftszentrum. Offenbar wollte Bykow seine Aktivitäten in legale Richtung erweitern, oder aber die Unterlagen hatten mit Unternehmen zu tun, von denen Schutzgeld erpresst werden sollte.
Die Schreibtischschublade war abgeschlossen, und sie ließ

sich nicht öffnen, so sehr Riku auch daran rüttelte. Er schob den Stuhl beiseite und versetzte der Schublade von unten einen kräftigen Tritt, sodass der Boden herausbrach. Im Schubladeninhalt auf dem Fußboden entdeckte Riku die Fotokopie einer Karte mit finnischen Ortsnamen. Munapirtti, Kiviniemi ... Es war die Gegend um Kotka. An der Küstenlinie, bei Huutoniemi, war ein Kreuz eingezeichnet.

Unter der Kartenkopie kam ein Blatt zum Vorschein, das ebenfalls bekannte Einzelheiten enthielt. Riku zuckte zusammen und spürte einen kalten Schauer über seinen Rücken laufen.

Was er in der Hand hielt, war eine Liste der Mitarbeiter des Drogendezernats bei der KRP: Timo Manninen, verheiratet; Tero Kivelä, verheiratet; Riku Tanner, geschieden, ein sechsjähriger Sohn ... Die Liste setzte sich fort. Bei allen Namen standen jeweils die Adresse, die Telefonnummer und die Personenkennziffer.

Die Informationen konnten nur aus dem Polizeigebäude selbst stammen. Riku faltete das Blatt zusammen und steckte es ein. Er hatte immerhin etwas gefunden, aber das reichte noch nicht. Er musste lückenlose Beweise gegen Bykow auftreiben und herausbekommen, wer der wahre Verräter bei der Polizei war.

Er ging in die große, mit Grünpflanzen geschmückte Aula im Untergeschoss. Dort roch es leicht nach Chlor. Hinter der ersten Tür befand sich offenbar die Filteranlage des Pools. Die zweite Tür führte in einen Lagerraum, in dem Riku das Licht einschaltete.

Als der Raum erhellt war, ließ ihn der Anblick zusammenfahren. Auf einer Matratze auf dem Fußboden lag gefesselt eine ältere Frau, deren Augen ihn in wilder Angst anstarrten. Ihr Mund war mit grauem Tape verklebt. Riku bückte sich und entfernte vorsichtig das Klebeband.

»Danke ... Ich hätte es keinen Moment länger ausgehalten ...«, japste die Frau.

»Wer sind Sie?«, fragte Riku, während er ihr mit dem Klappmesser aus dem Baumarkt die Kabelbinder an Händen und Füßen durchschnitt. »Wie sind Sie hier hergeraten?«

»Mein Name ist Olga Rybkina …«

»Rybkina?«, wiederholte Riku erschrocken. Dieser Name hatte in Vera Dobrinas Notizheft gestanden. »Kennen Sie … kannten Sie Vera Dobrina?«

Die alte Frau sah ihn verblüfft an. »Hat das alles hier mit ihr zu tun? Ich kenne sie nicht, aber sie hat vor einiger Zeit Kontakt mit mir aufgenommen.«

In dem Moment hörten sie beide aus dem Erdgeschoss ein Geräusch. Jemand betrat das Haus.

Riku legte den Finger auf die Lippen. »Ich muss sehen, ob man hier auf einem anderen Weg herauskommt«, flüsterte er. »Warten Sie, ich hole Sie gleich.«

Er klebte ihr das Tape wieder auf den Mund und legte ihr die Hände so auf den Rücken, dass es aussah, als wären sie noch immer gefesselt. »Haben Sie mich verstanden?«

Die Frau nickte ängstlich.

Bykow sah sofort, dass jemand in seinem Arbeitszimmer gewesen war. Schwer fluchend bückte er sich und schaute die Unterlagen auf dem Fußboden durch.

»Hier hat jemand herumgeschnüffelt«, sagte er zu seinem Gehilfen. »Sieh dich im Haus um.«

Der Mann zog die Waffe und ging los.

Bykow blätterte in den Papieren. Das Material, das mit Finnland zu tun hatte, fehlte. Zumindest die Liste mit den Polizisten und die Karte von Kotka.

Riku Tanner.

Vor Riku lag eine weitläufige Badelandschaft mit Pool. An einer Wand standen Liegestühle neben einer Kochnische. Er öffnete eine Tür und sah am Ende des sich anschließenden

Ganges eine Glastür, die in den Garten führte. Er rannte hin und rüttelte an der Klinke. Abgeschlossen.

Sofort machte er kehrt, doch als er gerade wieder zum Schwimmbad laufen wollte, hörte er schnelle Schritte die Treppe herunterkommen. Riku stürzte zur Zwischentür, um sie zu schließen, doch er kam zu spät. Im Türrahmen erschien ein Mann und richtete die Waffe auf ihn.

»Keine Bewegung!«

Riku erkannte ihn als einen der Männer, die ihn auf den Straßen von Sankt Petersburg verfolgt hatten.

»Ich habe die Maus gefunden«, rief der Mann nach oben.

Riku dachte fieberhaft über einen Ausweg nach, aber es gab keinen, jedenfalls noch nicht.

Nun erschien ein etwa vierzigjähriger, mittelgroßer Mann in der Tür, er hatte längere schwarze Haare, einen dünnen Bart und eine selbstbewusste Haltung.

Igor Bykows intensiver Blick strahlte Entschlossenheit aus. Er wusste, was er wollte, und war es gewohnt, das auch zu bekommen. Er verkörperte jene Selbstsicherheit, mit der man zum Anführer über andere aufstieg.

Seine Schritte hallten in dem Gang wider, als er langsam auf Riku zuging.

»Ist die Oma noch da?«, fragte Bykow.

»Sieht so aus«, antwortete der andere Mann.

Bykow blieb unmittelbar vor Riku stehen, den Blick fest auf ihn gerichtet. Riku zwang sich, tief und ruhig zu atmen, sich zu konzentrieren.

»Tanner«, sagte Bykow mit furchterregendem Lächeln. »Ich weiß das eine oder andere über dich. Aber ich weiß nicht, welchen meiner Mitarbeiter du über unsere Finnland-Operationen aushorchst.«

Riku sah Bykow direkt in die braunen Augen.

Die Sekunden verstrichen.

»Gut«, sagte Bykow. »Du hast uns viele Mühen erspart. Wir

hätten dich nämlich sowieso hierher geholt. Weißt du, warum?«

Er nickte dem anderen Mann zu, der daraufhin eine schnelle, effektive Leibesvisitation bei Riku vornahm.

»Weil wir davon ausgingen, dass du unsere Fragen nicht freiwillig beantworten würdest«, ergänzte Bykow.

Der Mann nahm Riku das Klappmesser ab, vergriff sich jedoch nicht an Portemonnaie, Handy und den anderen ungefährlichen Gegenständen.

Das war ein schlechtes Zeichen.

Riku wurde in einen rundum gekachelten Raum geführt, wo zwei Duschen aus rostfreiem Stahl schimmerten.

»Das hier ist insofern ein besonderes Bad, weil hier stets die Wahrheit herauskommt«, erklärte Bykow von der Tür her. Mit besorgniserregend zufriedenem Gesichtsausdruck musterte er Riku eine Weile, dann wandte er sich ab.

Riku blieb mit dem anderen Mann zurück, der vollkommen ausdruckslos die Waffe auf ihn richtete.

Kurz darauf kehrte Bykow mit einem Stuhl und einer breiten Rolle Plastikfolie zurück. Riku musste zur Seite treten, während Bykow die dicke Folie auf dem Boden ausbreitete und den verchromten Rohrstuhl mit Armlehnen daraufstellte. Rikus Puls beschleunigte sich, und er musste gegen die plötzlich aufkommende Übelkeit ankämpfen.

Bykow verließ den Raum erneut, kehrte jedoch gleich wieder zurück, diesmal mit gelben Gummihandschuhen. Er trug ein Gerät, bei dessen Anblick Riku der kalte Schweiß ausbrach. Es sah aus wie ein Ladegerät, und Bykow schloss es an der Steckdose neben dem Waschbecken an.

»Zieh deine Hose aus!«, befahl er.

»Was habt ihr vor, verdammt?«

»Ziehst du sie nun aus, oder sollen wir dir helfen?«

Riku öffnete den Gürtel und zog seine Jeans aus. Er zwang sich zu einem trotzigen Blick und ließ die beiden Russen nicht aus den Augen. Er wurde gezwungen, sich auf den Rohrstuhl zu setzen, dann wurden seine Hände mit breitem Klebeband hinter der Rückenlehne gefesselt und die Knöchel und Knie an die Stuhlbeine, sodass er mit gespreizten Beinen dasaß.

Bykow näherte sich ihm. In den Händen hielt er die Krokodilklemmen am Ende der beiden Kabel, die an dem elektrischen Apparat angeschlossen waren.

»Die Plastikfolie liegt auf dem Boden, damit es nachher leichter ist, sauber zu machen. Es kann nämlich sein, dass sich dein Darm entleert.«

Rikus Kopf enthielt keinen einzigen klaren Gedanken mehr. Die Panik hatte ihn vollständig erfasst.

»Zuerst werde ich dir eine einfache, schmerzlose Gelegenheit bieten. Nicht aus Mitleid, sondern weil der erste Schlag bereits tödlich sein kann. Wer ist deine Informationsquelle?«

»Rede du zuerst. Wer ist deine Quelle bei der KRP?«

Bykow lachte auf. »Du hast mich missverstanden. Ich stelle hier die Fragen.«

Er bückte sich, um die Krokodilklemmen zu befestigen.

35

In der englischen Provinz südöstlich von East Grinstead schlummerte das Dorf Colemans Hatch friedlich vor sich hin. An den Fenstern des viktorianischen Hauses, das inmitten eines gepflegten Gartens am Ortsrand stand, waren am helllichten Tag die Vorhänge zugezogen. Auf dem von einer Mauer eingefassten Grundstück lief ein ausgebildeter Wachhund umher, sonst wies äußerlich nichts darauf hin, dass es sich bei dem Gebäude um ein Sicherheitshaus des britischen Nachrichtendienstes SIS handelte.

Seit Jahrzehnten wurden hier übergelaufene Geheimdienstmitarbeiter aus Osteuropa untergebracht, und man ließ ihre Berichte von Experten aufnehmen. Außerdem verschaffte man ihnen hier ein neues Leben – einen neuen Arbeitsplatz, ein neues Aufenthaltsland, eine neue Identität.

In der Bibliothek des Hauses, die reich an russischer und deutscher Literatur war, saß Aleksej Tarasov, ehemaliger Offizier der russischen Auslandsaufklärung. Er machte einen gelassenen Eindruck, die knifflige Flucht aus Moskau mit der inszenierten Schießerei und der Blutpatrone war nur noch ein Albtraum aus der Vergangenheit. Nun hoffte er inständig darauf, bald seine Frau und die vierzehn- und sechzehnjährigen Töchter zu sehen. Gordiewski hatte jahrelang auf seine Familie warten müssen, bei ihm würde es hoffentlich nicht so lange dauern. Es stand ihnen eine Reise zu einem unbekannten Ort bevor, im Schutz neuer Identitäten. Die Briten wollten nicht, dass sich das Schicksal Litwinenkos wiederholte.

»Hat mein Freund in Finnland schon erfahren, dass ich hier bin?«, fragte Tarasov.

»Es war noch nicht nötig, ihn zu informieren«, erwiderte die SIS-Beamtin freundlich.

Wer übergelaufen war, war immer erst eine Weile auf der Hut, momentan aber besonders, denn abtrünnigen Agenten gegenüber fuhr Russland mittlerweile wieder einen ebenso harten Kurs wie in Zeiten des Kalten Krieges.

Riku erwachte aus der Bewusstlosigkeit. Er wusste nicht, wie lange er ohnmächtig gewesen war, wahrscheinlich nur wenige Minuten.

In seinen Ohren hallten Bykows Worte wider, wie aus einer fernen Vergangenheit. *Du weißt ja, was das für ein gefährliches Spiel ist, es kann jederzeit zu Herzversagen führen …*

Riku versuchte, die Hände zu bewegen, aber sie waren noch immer fest mit Isolierband gefesselt. In seinem Kopf dröhnte ein Schmerz, wie er ihn noch nie erlebt hatte, der Mund war völlig trocken.

Der stellt sich nur bewusstlos … oder er ist doch ohnmächtig geworden … Ich rufe Feliks an, er soll sagen, was wir mit dem Scheißkerl anfangen sollen … Sieh dich gründlich im Haus um, du musst herausfinden, wie er hereingekommen ist …

Schritte näherten sich. Kamen die beiden zurück? Riku saß mit dem Rücken zur Tür und konnte nicht sehen, wer hereinkam. Aber er wusste, dass er eine neue Runde nicht durchstehen würde. Immer verzweifelter versuchte er, die Hände freizubekommen.

»Warte«, flüsterte eine Stimme hinter ihm. Es war die Stimme einer Frau.

Neben Riku erschien Olga Rybkina mit einem Messer in der Hand.

»Schnell«, flüsterte er fast schluchzend. Das Messer stammte vermutlich aus der Kochnische im Schwimmbad.

Die Frau schnitt die Fesseln durch.

»Danke …« Riku stützte sich an den Armlehnen ab, stand taumelnd auf und zog zitternd seine Hose an. Der Fußboden schien zu schwanken, weshalb er erneut am Stuhl Halt suchen musste. Einige Sekunden lang hielt er die Augen geschlossen und kämpfte gegen die Übelkeit an, dann nahm er das Messer und verließ hinter Olga Rybkina das Bad.

Im selben Moment hörten sie Schritte auf der Treppe. Riku packte Olga Rybkina am Ellbogen und schob sie schnell am Swimmingpool vorbei neben die Tür, die zur Aula führte.

Als Bykow durch die Tür trat, umklammerte ihn Riku blitzschnell von hinten, drückte ihm das Messer an den Hals und befahl ihm, ja keinen Mucks zu machen. Sie lauschten. Aber niemand kam Bykow hinterher. Riku warf den Russen brutal auf den Fliesenboden, drückte ihm die Messerklinge auf die Kehle und sah nach, ob er eine Waffe bei sich trug. Leider nicht, aber Riku fand einen Schlüsselbund.

»Jetzt stelle ich die Fragen«, zischte Riku dem unter ihm liegenden Russen ins Ohr. »Wer bei der finnischen Polizei gibt Informationen an euch weiter?«

Bykow kniff die Augen zusammen und schluckte. Dabei stieß sein Adamsapfel gegen die Messerklinge, und ein Blutstropfen drang aus der Haut.

»*Wer?*«, fragte Riku erneut und umklammerte zitternd vor Wut den Messergriff. Dieser Mann hatte seine Handlanger auf ihn und Leo in Helsinki gehetzt, und Riku wusste, dass seine Probleme auf einen Schlag weniger werden würden, wenn er Bykow jetzt umbringen würde. Aber damit würde er sich auf das Niveau der Verbrecher begeben.

Bykow reagierte nicht, sondern wirkte plötzlich ganz schlaff.

»Rede!«, fauchte Riku ihn an und glaubte zunächst, der Russe würde sich ohnmächtig stellen, bis er begriff, dass er in seiner Erregung Bykow den Hals zu fest zugedrückt hatte. Der Mann war tatsächlich bewusstlos.

Nun waren wieder Schritte auf der Treppe zu hören. Riku sprang so schnell auf, dass ihm schwarz vor Augen wurde. Er deutete auf die Tür gegenüber, und Olga Rybkina lief schwerfällig darauf zu. Riku war sofort neben ihr, schob sie in den kurzen Gang und schloss die Tür im letzten Moment, kurz bevor Bykows Handlanger den Raum betrat.

Vor der Tür am Ende des Ganges blieb Riku stehen und probierte mit zitternden Fingern die Schlüssel aus. Mit dem dritten ließ sich das Schloss öffnen.

Sebastian sah sich neugierig in der Berliner Mietwohnung um. Sie gehörte einem ehemaligen Stasi-Kollegen seines Vaters. Elina hatte Sebastian gesagt, er fahre ins Büro, schließlich konnte er ihr nicht verraten, dass er vorhatte, in die Wohnung eines fremden Mannes einzubrechen.

Hier sah es genauso aus, wie man sich das Zuhause eines Ingenieurs vorstellte. Die Wohnung war sauber, aufgeräumt, und alles schien seinen wohlüberlegten Platz zu haben. Die Möbel waren modern und zugleich praktisch. Nichts deutete darauf hin, dass sich Peter Richter nach den alten Zeiten zurücksehnte. An den Wänden hingen Poster und abstrakte Gemälde. Fotos entdeckte Sebastian keine. Vielleicht wollte der ehemalige Ingenieuroberst der Stasi die alten Zeiten ja eher vergessen. Oder aber er gab sich gar nicht erst die Mühe, seine Vergangenheit zu vertuschen, sondern lebte sein neues Leben, als hätte es die Stasi nie gegeben. Jedenfalls hatte Richter kein spezielles Sicherheitsschloss an der Tür, von einer Alarmanlage ganz zu schweigen. Innerhalb weniger Sekunden hatte Sebastian die Tür mit dem Dietrich geöffnet.

Er ging auf den großen Tisch in der Raummitte zu, auf dem neben einem Laserdrucker und einem Computer ordentlich geordnete Papierstapel lagen.

Die Papiere schienen alle mit technischen Entwürfen zu tun zu haben, stellte Sebastian beim Blättern fest: Schemata, Berechnungen, Angebote, nichts Interessantes. Aber dann wurde er auf ein offenes Kuvert aufmerksam, das Kopien von technischen Zeichnungen enthielt. Er wusste nicht, worauf sie sich bezogen, aber ihnen war ein Zettel mit dem Logo der Firma CMP Technik beigelegt, auf dem eine handgeschriebene Mitteilung stand: *Das ist das letzte Mal, ich will aufhören*. Eine Unterschrift fehlte.

Die Notiz klang nicht nach üblicher Geschäftskorrespondenz, was an sich nicht überraschend war, angesichts von Richters Vergangenheit in der Wissenschafts- und Technikspionage der Stasi. War der Mann weiterhin mit ähnlichen Dingen beschäftigt? Betrieb er inzwischen Industriespionage?

Sebastian sah die Unterlagen aus dem Kuvert genauer durch. Ein Blatt stammte von derselben Firma. Der Absender hieß Rainer Bauer, Konstrukteur, CMP Technik. Seine Mitteilung bestand aus nur einem Satz: *Hoffentlich waren Sie mit unserem Angebot zufrieden.*

Sebastian legte die Papiere auf den Schreibtisch. Er öffnete einige Schränke, aber sie enthielten lediglich Kleidung. Dann untersuchte er noch den Papierkorb unter dem Schreibtisch. Ein zusammengeknülltes Blatt Papier wirkte interessant. Darauf stand, ebenfalls von Hand geschrieben: *Hotel Raumanlinna, Rauma, 25. 8.–7. 9.* Dazu eine Telefonnummer mit der finnischen Landesvorwahl, wie Sebastian überrascht feststellte.

Hielt sich Richter gerade in Finnland auf?

Riku half Olga Rybkina ins Taxi und setzte sich dann außer Atem und schweißgebadet neben sie. Ohne sich um die wenigen neugierigen Passanten zu kümmern, hatte Riku sich die Frau kurzerhand über die Schulter gelegt, sobald sie Bykows Grundstück verlassen hatten, und bis in das nahe gelegene Wäldchen getragen. Erst als sie nach einem halben Kilometer in die Nähe von Geschäften gekommen waren, hatte er wieder Hoffnung geschöpft. Es gelang ihm, ein Taxi zu ergattern.

Nachdem der Wagen losgefahren war, notierte sich Riku sicherheitshalber den Namen, den Bykow genannt hatte: Feliks.

»Wir werden wohl mit der Miliz sprechen müssen, obwohl ich denen kein bisschen vertraue«, sagte Olga Rybkina.

»Das wird das Klügste sein. Aber zuerst bringe ich Sie bei zuverlässigen Bekannten von Ihnen in Sicherheit«, antwortete Riku, noch immer etwas außer Atem.

Die Russin überlegte kurz. »Vielleicht ist das am besten. Fahren wir zu Swetlana in der Nekrasova. Wir haben lange zusammengearbeitet. Sie ist auch Chemikerin.«

»Sie sind Chemikerin?«

Sie nickte.

Im Drogenhandel wurden Chemiker gebraucht. Sofort war die Frau in Rikus Augen keine unschuldige Oma mehr.

»Sie kennen Bykow also?«, fragte er reserviert.

»Ich weiß nicht einmal, von wem Sie sprechen. Hat der mich entführt? War das sein Haus?«

Riku überlegte, wie er am besten anfangen sollte. »Wann haben Sie Vera Dobrina kennengelernt?«

»Ich frage zuerst. Wer sind Sie? Sie kommen mir irgendwie bekannt vor. Sind wir uns schon einmal begegnet?«

Riku beschloss, etwas von sich zu erzählen, um die Frau zu beruhigen, zumal ein finnischer Polizist in Russland als vertrauenswürdig galt. Sicherheitshalber nannte er jedoch einen falschen Namen.

Sie schien mit der Antwort zufrieden zu sein, weshalb er seine Frage wiederholte.

»Vera Dobrina ist vor zwei Wochen bei mir gewesen«, erzählte Olga Rybkina.

»Was wollte sie von Ihnen wissen?«

»Das ist mir nicht ganz klar geworden. Sie hat nach meiner Arbeit gefragt, nach meinem Mann, nach alten Angelegenheiten.«

»Würden Sie mir auch etwas von Ihrer Arbeit erzählen?«

»Ich war für die Armee tätig. Zusammen mit meinem Mann habe ich in Arzamas-16 gearbeitet, der geheimen Rüstungsindustriestadt. Heute heißt sie Sarov. Ich bin Radiochemikerin. Wir haben Uranabfälle aufbereitet, damit sie waffenfähig wurden.«

Riku hörte erstaunt zu. »Haben Sie danach etwas mit synthetischen Drogen zu tun gehabt?«

»Mit Drogen? Was meinen Sie denn damit?«

»Ich bin Spezialist für Schwerstkriminalität, wozu auch der Drogenhandel gehört, und bin im Zusammenhang mit einer Drogenermittlung auf Ihren Namen gestoßen.«

Die Frau sah ihn ernsthaft gekränkt an. »Mit Drogen habe ich nichts zu tun. Und es lässt mir immer noch keine Ruhe, dass Sie mir so bekannt vorkommen. Nein, wir sind uns noch nicht begegnet … Aber könnte es sein, dass ich Ihren Vater kenne? Unser Institut hat im Westen Geräte eingekauft, die wir in Perm getestet haben. Die neueste Technologie wurde von einem finnischen Ingenieur präsentiert. Wenn ich es damals richtig verstanden habe, schmuggelte er sie am amerikanischen Handelsembargo vorbei. Ich weiß nicht mehr, wie er hieß, aber Sie sehen genau so aus wie er. Wie ist das möglich?«

36

Markku Jalava ging entschlossen auf das Besprechungszimmer im Gebäude der Sicherheitspolizei im Zentrum von Helsinki zu.

Es machte ihn rasend, dass sich die SiPo bei jedem Fall, für den sie sich zuständig fühlte, so aufspielte. Auch jetzt hatten sie verlangt, dass er, immerhin der Dezernatsleiter der Zentralkripo, bei *ihnen* antanzte.

Vor der Tür blieb er stehen und richtete routinemäßig seine Krawatte. Seiner Meinung nach gab es gute Gründe, endlich die übertrieben unterwürfige Haltung der Sicherheitspolizei gegenüber abzulegen und hier erst einmal kräftig aufzuräumen.

Im Raum saß hinter einem schweren Tisch aus dunklem Holz Kari Vatanen, der Russlandexperte der Sicherheitspolizei. Papier, Stifte und ein Aschenbecher aus dickem Glas lagen und standen fein säuberlich in Reih und Glied. Generell herrschten in den Räumen der SiPo Sauberkeit und Ordnung: gebohnerte Böden, glatte Läufer, Schrankkanten ohne jede Spur von Abnutzung, fleckenlose Glasvasen auf den Tischen.

Auf einem schwarzen Lederstuhl mit hoher Rückenlehne saß der SiPo-Abteilungsleiter Timo Pesola. Er begrüßte Jalava mit einer Handbewegung, die vertraulich und beiläufig anmutete. Aber die Lockerheit trog, das wusste Markku. Pesola war ein Mann der harten Linie, so etwas wie der Chefideologe der SiPo, dem es stets gelang, jeden auf seinen Kurs zu bringen, bis hin zur obersten Führungsspitze.

»Bist du diesen Sommer zum Segeln gekommen?«, fragte Pesola im Plauderton.

Jalava besaß ein recht großes Segelboot, auf dem er jede Minute seiner knappen Freizeit verbrachte. Er war ein erfahrener Segler, sein längster Törn hatte von Helsinki nach Le Havre geführt. Allerdings war sich Jalava nie ganz sicher, ob Pesolas Interesse für das Segeln echt war oder vorgetäuscht, und deshalb wusste er nicht, was er von der Frage halten sollte, die womöglich reine Frotzelei war.

»Ich habe Urlaub auf den Åland-Inseln gemacht, aber seit dem Spätsommer hatte ich zu viel Arbeit und entsprechend wenig Freizeit«, antwortete Jalava und nahm Vatanen gegenüber am Tisch Platz.

»Kaffee?«, fragte der.

»Nein, danke. Ihr wisst genau, wie die Lage bei uns ist, also lasst uns gleich zur Sache kommen.«

»Na gut«, sagte Vatanen und lehnte sich zurück. »Du hast Firmendokumente des in der Sowjetunion verschollenen Ralf Tanner in die Hände bekommen und möchtest wissen, welche Informationen wir über den Mann haben. Warum hast du uns nicht längst über diese Ermittlungsrichtung in Kenntnis gesetzt?«

»Es gibt keine derartige Ermittlungsrichtung, sondern nur eine Routineüberprüfung, zumindest bis jetzt. Wie gesagt, ist der Name Ralf Tanner in den Notizen von Vera Dobrina aufgetaucht.«

»Tanner stand Ende der Achtzigerjahre unter fester Beobachtung der SiPo, und du möchtest weitere Informationen darüber?«

»Kann sein, dass ihr hier bei der SiPo Zeit habt, um den heißen Brei herumzureden, aber ich hätte Besseres zu tun.«

Vatanen räusperte sich etwas verlegen und fragte: »Wie gut weißt du über das damalige Handelsembargo Bescheid?«

»Oberflächlich. Hat das Ganze damit etwas zu tun?«

»Reagan hatte über die Sowjetunion und die übrigen Ostblockländer eine Handelssperre für Hochtechnologie verhängt. Moskau versuchte daraufhin, über Indien und Südkorea an die notwendige Technologie heranzukommen, teils auch über die DDR, vor allem aber über Finnland. Besonders an Informationstechnologie waren die Russen interessiert. Hier bei der SiPo richteten wir unser Augenmerk damals unter anderem auf die Aktivitäten von Data-Saab, Valmet und Nokia.«

Vatanen warf einen etwas unsicheren Seitenblick auf seinen Vorgesetzten, der huldvoll nickte.

»Bei unseren Ermittlungen haben wir herausgefunden, dass Ralf Tanner im Westen hermetisch gesicherte Winchester-Festplattensysteme für Computer besorgte. Die Russen versuchten sie dann heimlich zu kopieren. Tanner wurde befragt, aber er stritt ab, die Winchestersysteme in die Sowjetunion gebracht zu haben, und die Buchhaltung seiner Firma hatte auch keinerlei Anhaltspunkte dafür. 1986 gab es dann erneut Hinweise darauf, dass er versucht hatte, die Handelssperre zu umgehen, und wir haben ihn wieder gewarnt. Im Geist der finnisch-sowjetischen Freundschaft wurde der Fall aber nicht besonders intensiv untersucht. Es kann sein, dass wir nur einen ganz kleinen Teil von Tanners geschäftlichen Aktivitäten kennen. Es gingen auch Hinweise ein, wonach er über erstklassige Beziehungen zu Vertretern des Ministeriums für elektrotechnische Industrie verfügte. Von den Mitarbeitern dieses Ministeriums waren viele in der Praxis nichts anderes als Technologiebeschaffer der Streitkräfte, des Militärgeheimdienstes und des KGB. Es ist möglich, dass die Sowjetunion Ralf Tanner für einen bedeutenden Vermittler von Hochtechnologie hielt. Sie hatte dringenden Bedarf an westlicher Technologie, das war eine Existenzfrage.«

»Wurde Ralf Tanner dann von den USA oder von der UdSSR zum Schweigen gebracht?«, fragte Jalava.

Vatanen überging die spitze Bemerkung ausdruckslos. Stattdessen wollte er wissen: »Wo hast du die Akten her?«

»Sie lagen bei seiner Exfrau in der Garage. Aber wie es aussieht, hat sie vom Treiben ihres Mannes in der Sowjetunion nichts gewusst.«

»Gibt es etwas Neues von seinem Sohn?«

»Vorläufig nicht.«

»Du hast im Fall Dobrina mit der Abgeordneten Laaksonen gesprochen?«, mischte sich Pesola ein, der schräg hinter Jalava im Sessel saß.

Markku drehte sich zu ihm um und merkte, dass er seinen wütenden Blick nicht unter Kontrolle hatte.

»Sie hat es selbst erzählt«, meinte Pesola, bevor Jalava fragen konnte, woher diese Information stammte.

»Ihr Name stand in Dobrinas Notizheft, wie auch der von Ralf Tanner«, erklärte Jalava. »Sie hat zugegeben, dass Vera Dobrina sie angerufen hatte, um ein Treffen zu vereinbaren. Allerdings hatte die Dobrina nicht verraten, um was es ging – jedenfalls behauptet Frau Laaksonen das. Unsere Abgeordnete kennt auch Andrej Nowikow aus seiner Zeit in der russischen Botschaft in den Achtzigerjahren. Sie scheint mir im Zusammenhang mit diesem Fall eine ziemlich interessante Figur zu sein.«

»Ich drücke mich nun möglichst deutlich aus«, sagte Pesola. »Überlass die Laaksonen uns. Wir kümmern uns um sie.«

Angespannte Stille machte sich breit.

Erst jetzt verstand Markku, dass Pesola nur wegen Frau Laaksonen an diesem Gespräch teilnahm. Die SiPo wollte die Abgeordnete mit all ihrer Autorität schützen. Also mischte sich die hohe Politik doch in die Verbrechensermittlung ein.

»Ich glaube, diese Besprechung ist hiermit zu Ende«, erklärte Markku und stand auf.

»Kannst du uns freundlicherweise die Ordner zukommen lassen?«, sagte Vatanen in seinem Rücken.

Markku erwiderte nichts, sondern marschierte zur Tür hinaus.

37

Sebastian betrat das spanische Restaurant in der Berliner Goethestraße. Die Tische waren mit rot-weiß karierten Tüchern gedeckt, an den grob verputzten Wänden hingen Knoblauchbündel. Zwei junge Männer in Jeans füllten sich am Mittagsbüffet die Teller.

Kurz zuvor war Sebastian am Arbeitsplatz von Rainer Bauer bei der Firma CMP Technik gewesen, wo ihm der Pförtner gesagt hatte, Bauer esse gerade in seinem Lieblingsrestaurant zu Mittag.

Sebastian ging durch den Raum und blickte sich um. Er hatte ein Foto von Bauer auf der Homepage der Firma gesehen und glaubte, den vierzigjährigen blonden Ingenieur wiederzuerkennen. Der Homepage zufolge entwickelte CMP verschiedene Automationssysteme für den industriellen Gebrauch.

An einem Tisch saßen vier Männer, die ihre Jacketts über die Stuhllehnen gehängt und die Hemdsärmel aufgekrempelt hatten, und lachten laut. Einer von ihnen sah aus wie der Mann, den Sebastian suchte. Sebastian ging zu dem Tisch hinüber.

»Sind Sie Rainer Bauer?«

Der Mann sah ihn überrascht an. »Ja«, antwortete er.

»Ich muss mit Ihnen reden.«

»Worum geht es?«, fragte Bauer unsicher.

»Ich möchte mich lieber unter vier Augen mit Ihnen unterhalten.«

Bauer musterte Sebastian kurz argwöhnisch, stand dann

aber dennoch auf und folgte dem Fremden in eine Ecke im vorderen Teil des Lokals.

»Sie kennen doch einen Mann namens Peter Richter?«

Bauers Miene verfinsterte sich. »Wer sind Sie eigentlich?«

»Richter ist ein ehemaliger Ingenieuroberst der Stasi. Ich möchte Informationen über ihn.«

»Ich habe Ihnen nichts zu berichten.« Bauer wandte sich ab.

»Sie beide haben hinter den Kulissen miteinander zu tun. Wollen Sie, dass Ihr Vorgesetzter davon erfährt?«

Bauer blieb stehen und drehte sich langsam wieder zu Sebastian um. »Ich kenne keinen, der so heißt. Ich habe mit Ihnen nichts zu bereden.«

Zornig marschierte er an seinen Tisch zurück.

Sebastian sah ihm nachdenklich hinterher.

Mira stand in der Kalevankatu vor dem Gebäude des Verlags Dynamo und versuchte sich ein Bild der Ereignisse zu machen. Elina Aro hatte bei der Vernehmung ausgesagt, der Entführer hätte das Material in ein anderes Auto weitergereicht. Daraufhin waren die Verkehrsüberwachungskameras an der Kreuzung zur Fredrikinkatu überprüft worden, aber ein geparkter Lieferwagen hatte die Sicht versperrt.

Mira ging die Straße entlang und dachte nach. Sie musste sich irgendwie selbst Gewissheit über Rikus Unschuld verschaffen. Es schien neue Erkenntnisse in dem Fall zu geben, das hatte sie im Büro gespürt – so wie sie gespürt hatte, dass man ihr nicht alles sagte. Nach außen hin benahm sich Markku scheinbar normal, aber er war eine Spur zu gelassen, um in Miras Augen glaubwürdig zu erscheinen.

Sie wollte Riku begreiflich machen, dass er es ernst nehmen musste, wenn Markku ihn verdächtigte, ein Verhältnis mit ihr zu haben.

Es schnürte ihr die Kehle zusammen, wenn sie an ihre Ehe

dachte. Sie mühte sich in der schwierigen, freudlosen Beziehung mit Markku ab und hatte dabei längst vergessen, was sie vom Leben und von einer Partnerschaft eigentlich erwartete. Schon der alltägliche Umgang mit Riku kam ihr so befreiend, so leicht, so richtig und einfach vor. Und jetzt hätte sie ihn gerne an ihrer Seite gehabt, um sich von seiner Aufrichtigkeit zu überzeugen und vor allem weil sie sich nach dem Gefühl der Sicherheit sehnte, das Riku ihr vermittelte.

Unweigerlich fragte sie sich, ob Markku bereits von Rikus Anrufen erfahren hatte. Und immer wieder, fast zwanghaft, stellte sie sich den Moment vor, in dem Markku sie nach Riku fragen würde. Warum hatte er das Thema nicht längst zur Sprache gebracht? Sein Schweigen war bedrohlich und beängstigend. Sollte sie doch von sich aus die Sache ansprechen? Eine glaubwürdige Erklärung für die SMS-Botschaften musste sie sich auf jeden Fall ausdenken. Aber was sollte sie sagen? *Zwischen mir und Riku ist nichts …* Das würde wie ein Geständnis klingen.

Sie drehte sich um und blickte zu dem Verlagsgebäude zurück und zu der Stelle, wo laut Elina Aro die Entführung stattgefunden hatte. Nach kurzem Überlegen machte sie kehrt und betrat das Schmuckgeschäft gegenüber dem Verlag.

Die Straßengeräusche wurden sofort gedämpft, als sich die Tür hinter ihr schloss. In dem hellen Laden herrschte eine gediegene Atmosphäre. Interessiert ließ Mira ihren Blick über die modernen Ausstellungsstücke schweifen. Es war ein Hobby von ihr, selbst Schmuck herzustellen, sie hatte sogar Kurse besucht und träumte davon, irgendwann einmal ihr Brot als Schmuckdesignerin verdienen zu können. Markku hatte für derartige Träume nur Verachtung übrig und hielt sie für Hirngespinste.

In Gedanken versunken strich Mira über einen fein geschmiedeten Silberring und warf dann einen Blick durchs Schaufenster auf die Straße. Der Eingang zum Verlag war von hier aus gut zu sehen. Sie blieb neben einem weißen Holzblock stehen, auf dem ein Glaskubus stand. Auf dem Samtkissen darin steckte ein schlichter Ring, dessen Edelsteine im Licht eines Spots funkelten.

»Kann ich Ihnen helfen? Interessieren Sie sich für den Diamantring?«, fragte eine perfekt gestylte Verkäuferin.

Mira schaute erneut auf den Ring und schmunzelte: »Der würde mich schon interessieren, aber ich komme in einer anderen Angelegenheit.«

Sie zeigte ihre Dienstmarke und stellte sich vor. »Ich möchte etwas über die Positionen Ihrer Sicherheitskameras wissen.«

Feliks Grischanow ärgerte sich über das unbeherrschte Benehmen der Abgeordneten Laaksonen auf der Rückbank seines Wagens. Zum Glück hatte sein Telefon geklingelt und ihm einen Vorwand geboten auszusteigen.

Mit dem Handy am Ohr stand er am Rand einer unasphaltierten Straße auf der Insel Mustikkamaa im Osten von Helsinki. Einige Meter weiter parkte der Range Rover, durch dessen verdunkelte Scheiben man nicht einmal die Umrisse von Kirsti Laaksonen erkennen konnte. Bevor er die nervöse Frau beruhigen würde, musste Feliks noch ein paar dringendere Dinge erledigen.

»In Sankt Petersburg wohnen fünf Millionen Leute«, sagte Bykow am anderen Ende der Leitung gereizt, um sich zu verteidigen.

»Mich interessieren nicht die fünf Millionen, mich interessieren Olga Rybkina und Riku Tanner«, erwiderte Feliks mit tiefer Stimme.

»Das brauchst du nicht ständig zu wiederholen …«

»Das tue ich auch nicht, Igor Iwanowitsch. An deiner Stelle würde ich meine Geduld nicht länger auf die Probe stellen. Mach Rybkinas Freunde und Verwandte ausfindig, suche so lange, bis du die Frau gefunden hast. Tanner wird wahrscheinlich nach Finnland zurückkommen, dann wird er mir schon in die Arme laufen.«

Bykow suchte nach Vorwänden, um sich der Verantwortung zu entziehen, aber Feliks kannte keine Gnade. Er kochte vor Wut und Frustration. Dieses Problem konnte potenziell die ganze Operation gefährden.

Er ging zum Wagen zurück. Von der nahe gelegenen Bootswerft drangen Geräusche herüber, ansonsten war alles friedlich – es war der abgelegenste Ort in der Nähe der Innenstadt, weshalb er ihn schon benutzt hatte, als er noch beim KGB beschäftigt gewesen war. Wegen der nahen Brücke zum östlichen Stadtteil Kulosaari war es leicht sicherzustellen, dass man von niemandem beschattet wurde. Seinerzeit hatten auch die in Kulosaari stationierten Stasi-Beamten der DDR-Vertretung den Ort genutzt.

Vielleicht hatte Kirsti Laaksonen deshalb nicht hierher gewollt. Feliks setzte sich nicht auf die Rückbank, sondern ans Steuer, denn er hatte weder Zeit noch Lust, länger mit einer Frau zu reden, die jede Beherrschung verloren hatte.

»Entschuldige die Unterbrechung, Kirsti«, sagte er auf Finnisch. »Ich mache derzeit Urlaub hier in Finnland, und meine Vertretung in London hat angerufen. Einer der Tanker von TerraEnergo befindet sich vor der Küste Somalias, und der Kapitän befürchtet, dass Piraten dem Schiff folgen.«

»Hast du etwas mit Nowikow zu tun gehabt? Weißt du etwas über den Mord an der Dobrina?« Laaksonen war eindeutig nur an ihren eigenen Angelegenheiten interessiert.

»Diese Frage ist geradezu eine Beleidigung …«

»Du kanntest Nowikow.«

»Ich kenne viele Menschen. Auch dich. Es ist zu deinem eigenen Vorteil, wenn du nur im Notfall Kontakt zu mir aufnimmst. So wie früher.«

Feliks kannte Laaksonen seit Anfang der Achtzigerjahre, als sie Kontaktperson der Stasi gewesen war. Sie hatte die Stasi-

Beziehungen im Rahmen ihrer zahlreichen Besuche an der Jugendhochschule »Wilhelm Pieck« aufgenommen. Die FDJ-Lehranstalt war ein klassischer Rekrutierungsort gewesen, wo man sich die Beziehungen zwischen den jungen Leuten in vollem Umfang zunutze gemacht hatte. Nach der Anwerbung der Laaksonen machte die Stasi wie üblich Meldung an den KGB, und die junge, vielversprechende Politikerin mit Gewerkschaftsvergangenheit wurde zu einer der Kontaktpersonen von Feliks. Zeitweise wurde sie beim KGB sogar mit Namen wie Arne Treholt oder Stig Bergling verglichen, allerdings bekam man von ihr nie vergleichbar hochwertiges Material.

Der zweite wichtige Kontakt von Feliks war Ralf Tanner gewesen. Der KGB betrachtete sowohl Laaksonen als auch Tanner als vollständig rekrutierte Agenten, denn für das Resultat spielte es keine Rolle, wie die Betroffenen selbst oder die Finnen im Allgemeinen das Verhältnis sahen. Und Feliks kümmerte sich um angeheuerte Finnen, die für die Sowjetunion spionierten. Mit ihrer Hilfe konnte sich Moskau geheimdienstrelevante technisch-wissenschaftliche, militärische und politische Informationen von höchstem Niveau beschaffen, anstatt bloßer Gerüchte, die beim Mittagessen ausgetauscht wurden. Im Nachhinein waren die Kontakte dann trotzdem leicht als reiner gesellschaftlicher Umgang und alltägliches Zusammentreffen mit KGB-Vertretern abzutun gewesen, obwohl es sich zum Teil um klassische Spionagetätigkeiten gehandelt hatte.

Die Finnland-Gruppe der dritten Abteilung der Auslandsaufklärung wurde »Finnland-Mafia« genannt, aber bei den übrigen KGB-Leuten gering geschätzt: ein Küken war kein Vogel und Finnland kein Ausland.

»Du scheinst es überhaupt nicht ernst zu nehmen, dass die Polizei mich nach Nowikow gefragt hat«, schnaubte Kirsti Laaksonen auf dem Rücksitz.

»Ich nehme es ernst, aber leider habe ich keine Ahnung, warum sie das getan hat«, erklärte Feliks, und diese Antwort war ausnahmsweise ehrlich. Er ließ den Motor an und fuhr im Schritttempo los. »Du hast Nowikow früher ein paarmal getroffen, so etwas bleibt der Polizei im Gedächtnis.«

»Die KRP ist nicht dasselbe wie die SiPo.«

Das unablässige Nörgeln, die ganze fordernde Haltung der Frau ging Feliks immer mehr auf die Nerven. Laaksonen und viele andere Finnen hatten geglaubt, ihre KGB-Kontakte im Griff zu haben, obwohl es genau umgekehrt gewesen war. Oft ließen sich Menschen auf die Zusammenarbeit mit Geheimdiensten ein und glaubten, sich jederzeit davon lösen zu können, wenn sie es nur wollten. Die Wahrheit sah anders aus: Nicht einmal die geringste Kooperation geriet in Vergessenheit, sondern konnte jederzeit ausgegraben werden und zur Erpressung dienen. Moskau hatte noch immer so manchen finnischen Politiker im Würgegriff – und nicht nur Moskau, sondern ganz persönlich jene KGB-Offiziere, die konkrete Informationen über die alten Irrtümer der Politiker besaßen.

»Die Polizei wird nichts anderes tun, als dir Fragen stellen. Und du wirst wissen, wie du darauf zu antworten hast«, sagte Feliks beschwichtigend, während er das Auto hinter einem Jogger herrollen ließ.

»Das verstehe ich, aber trotzdem ärgert mich der Stress, den die KRP macht. Ich kenne da niemanden, mir wäre es lieber, wenn sie den Fall an die SiPo übergeben würden.« Laaksonen wühlte in ihrer Handtasche. »Ich habe bei der Gelegenheit gleich das Dossier von der Energiekonferenz in Brüssel mitgebracht. Aber das ist jetzt erst mal das letzte.«

»Danke. Ganz wie du willst.«

Feliks hielt unweit des Zoo-Parkplatzes im Schatten der Bäume an und ließ Laaksonen aussteigen. Dann schob er das Kuvert, das er erhalten hatte, in seine Ledertasche und fuhr in Richtung Brücke davon.

Als er den KGB verlassen hatte und auf die private Seite gewechselt war, um schließlich bei dem Energiekonzern von

Kirill Rischnikow zu landen, hatte er wieder begonnen, seine alten Kontakte zu nutzen. TerraEnergo war stark daran interessiert, den Erdgasverbrauch in Finnland zunehmend zu steigern, am liebsten auf Kosten der Kernenergie. Also hatte sich Feliks Anfang 2000 in Stockholm wieder mit Kirsti Laaksonen getroffen, fast zehn Jahre nach dem Ende seiner Dienstzeit in der russischen Botschaft in Helsinki. Es war nötig gewesen, sowohl Zuckerbrot als auch Peitsche einzusetzen: Einerseits die dezente Drohung, gewisse Dinge aus der Vergangenheit ans Tageslicht sickern zu lassen, andererseits die Aussicht auf ein »Beraterhonorar«. Von da an hatte Laaksonen in ihren Verlautbarungen und Stellungnahmen gehorsam stets jene Dinge zur Sprache gebracht, die Kirills Interessen entsprachen. Als kleine Nebengabe hatte Laaksonens Sohn, ein aufstrebender Politiker, jede Menge Publizität für seine Aktivitäten gegen die Atomenergie erhalten.

Kirsti Laaksonen gab auch an den russischen Auslandsnachrichtendienst Erkenntnisse weiter, das war zwischen den Zeilen deutlich geworden. Moskau war speziell an Informationen über die Europäische Union interessiert, und finnische Politiker boten da eine gute Quelle, zumal viele alte Kontaktpersonen inzwischen in Brüssel tätig waren und den Apparat von der Loge aus beobachten konnten. Und wenn man sich in Brüssel um seine Kontakte kümmerte, musste man sich nicht einmal um das Auge der heimischen Sicherheitspolizei sorgen.

38

Sebastian fuhr mit seinem Landrover im wohlhabenden Berliner Stadtteil Zehlendorf an den Straßenrand. Hundert Meter vor ihm ragte hinter einem Heckenzaun das weiß verputzte Einfamilienhaus von Rainer Bauer auf.

Sebastian überlegte, was er tun sollte. Er wollte mit Bauers Hilfe herausfinden, mit welcher Taktik er sich Peter Richter, dem ehemaligen Stasi-Kollegen seines Vaters, am besten näherte.

Ein grauer BMW fuhr auf Bauers Grundstück und hielt vor der Garage an. Ein braun gebrannter Mann mit hellen Haaren stieg aus. Bauer.

In dem Moment, als Sebastian ebenfalls aus dem Auto steigen wollte, geriet Bauer, der inzwischen die Eingangsstufen des Hauses erreicht hatte, ins Schwanken und brach zusammen.

Regungslos blieb er auf der Erde liegen.

Sebastian erschrak und verließ zögernd den Wagen. Sonst war niemand zu sehen, ringsum war alles still.

Hatte der Mann einen Anfall erlitten? Sebastian rannte los. Als er näher kam, sah er, dass sich auf dem Rücken des Zusammengebrochenen langsam ein roter Fleck ausbreitete.

Im selben Moment ging die Haustür auf, und eine Frau trat heraus. Als sie Bauer auf den Stufen liegen sah, fing sie voller Entsetzen an zu schreien.

Sebastian rannte zu seinem Wagen zurück und machte sich schnell davon.

Besorgt schaute Riku auf Olga Rybkina, die im Wohnzimmer ihrer langjährigen Freundin in der Ulitsa Nekrasowa auf der Couch lag.

»Ein Schluck zur Stärkung ist jetzt das Beste«, sagte Swetlana und ging zum Barschrank.

Entsetzt hatte sich Swetlana die Geschichte ihrer Freundin angehört, und Riku hatte bei der Gelegenheit ein paar neue Einzelheiten über deren Entführung erfahren.

Swetlanas großzügige, helle Wohnung in dem Jahrhundertwendehaus war schlicht und stilvoll eingerichtet und passte zu der Besitzerin. Hätte Olga Riku nicht erzählt, dass Swetlanas Gatte ein erfolgreicher Großhandelskaufmann war, hätte er geglaubt, die Chemikerin würde sich ihr Geld in einem Drogenlabor verdienen.

»Noch eine Frage zu Ralf Tanner«, sagte er möglichst höflich, ohne jedoch seine Ungeduld ganz verbergen zu können.

»Er ist Ihr Vater, nicht wahr?«, fragte Olga Rybkina und sah ihn aufmerksam an.

Riku antwortete nicht, sein Instinkt riet ihm, bei diesem Thema vorsichtig zu sein. Die Frau wirkte jetzt wesentlich jünger und wacher als vor einer Stunde in Bykows Haus.

»Sie haben schon erzählt, dass Sie sich nicht erinnern können, wann Tanner zuletzt bei Ihnen im Institut war. Aber könnten Sie vielleicht sagen, ob es vor oder nach dem November 1989 war? Vor oder nach dem Fall der Berliner Mauer?«

Die Frau seufzte. »So gut ist mein Gedächtnis leider nicht mehr.«

Riku wusste nicht, ob er froh oder enttäuscht sein sollte über das, was ihm Olga Rybkina erzählt hatte. Immerhin konnte er daraus schließen, dass sein Vater der Sowjetunion tatsächlich Technologie für den militärwissenschaftlichen Gebrauch beschafft hatte.

»Trinken Sie auch einen?«, fragte Swetlana Riku, und dieser hielt es für das Beste, einen Schluck Kognak zu nehmen. Er versuchte den Eindruck zu vermitteln, alle Zeit der Welt zu haben, obwohl er baldmöglichst im Hafen und auf dem Schiff nach Helsinki sein musste.

»Ich werde Tee und belegte Brote machen.« Swetlana ging in die Küche.

Obwohl er unter enormem Druck stand, spürte Riku plötzlich ein Wohlgefühl aufkommen. Es gefiel ihm bei den beiden alten Frauen, es war ein bisschen wie zu Hause.

Olga Rybkina sah ihn an. »Sie wissen mehr über meinen Entführer, als Sie gesagt haben. Ich will von Ihnen hören …«

»Entschuldigen Sie, wenn ich Sie unterbreche, aber ich muss gleich los und möchte Sie zuvor etwas fragen.«

In Gegenwart der Freundin hatte sich Riku gescheut, offen zu reden.

»Im Taxi haben Sie erzählt, dass sich Vera Dobrina auch nach Ihrem Mann erkundigt hat, richtig?«

»Sie fragte im Speziellen nach Jewgeni. Ich hatte den Eindruck, dass sie etwas über die Umstände seiner Ermordung wissen wollte.«

»Seiner Ermordung?«

Olga nahm einen Schluck Kognak. »Der Herbst 1989 war eine sehr merkwürdige Zeit. In Osteuropa brodelte es, und Gorbatschow versuchte, mit seinen Reformen zu retten, was zu retten war. Wir waren übers Wochenende auf unserer Datscha. Jewgeni hatte dort für unsere zehnjährige Tochter eine kleine Hütte am Waldrand gebaut. Irina bat mich mitzukommen, sie wollte mir etwas zeigen. Wir gingen zu der Hütte, und da sah ich ein Auto aufs Gelände fahren. Drei Männer packten Jewgeni und zerrten ihn in den Wagen. Zwei Wochen später fand man seine schlimm zugerichtete Leiche im Wald.«

Mit wachsendem Entsetzen hörte Riku zu. »Hat man die Täter erwischt?«

»Nein. Deswegen habe ich mich gefreut, als sich Vera Dobrina bei mir meldete. Ich dachte, wenn die bekannte, mutige

Journalistin die Ereignisse untersucht, wird die Wahrheit endlich ans Tageslicht kommen. Aber was geschah? Auch die Journalistin wurde umgebracht. Jetzt, zwanzig Jahre später. Und ich wurde gefesselt in einen Keller geworfen, um auf wer weiß was zu warten … Ich bin sicher, dass es einen Zusammenhang mit dem Mord an meinem Mann gibt.«

Riku spürte einen eiskalten Schauder. Sein Vater verschwand vor zwanzig Jahren …

»Was wollte Vera Dobrina über Ihren Mann wissen?«

»Sie fragte nach seiner Laufbahn, nach seinen Arbeitsstellen und seinem Spezialgebiet … und danach, wie die Behörden die Mordermittlungen durchgeführt haben. Es war ja kein gewöhnlicher Mord. Diese Männer holten Jewgeni und brachten ihn irgendwo hin, aber sie töteten ihn nicht sofort. Warum nur?«

»Was kam bei den Ermittlungen damals heraus?«

»Es gab keine Ermittlungen. Nicht die Miliz hat sich um den Fall gekümmert, sondern die Armee und der KGB. Nachdem Jewgeni entführt worden war, befahlen sie mir, allen Freunden und Bekannten zu erzählen, er sei auf Dienstreise. Und als die Leiche gefunden wurde, sagte man mir, Jewgeni habe Selbstmord begangen.«

»Was machte er genau beruflich?«

»Wie ich schon im Auto gesagt habe, wir haben beide in Arzamas-16 in der Rüstungsindustrie gearbeitet. Ich als Radiochemikerin in einem Institut, das Uran und Plutonium für Kernwaffen produzierte, und er als Konstrukteur dieser Waffen.«

»Er hat Kernwaffen gebaut?«

»Ja. Das war nichts Besonderes, das war eine ganz banale Tätigkeit. Sie wurden zu Tausenden hergestellt, in Serie.«

»Hat Vera Dobrina in irgendeiner Weise erwähnt, warum sie sich für das Schicksal Ihres Mannes interessierte?«

»Das haben Sie schon gefragt. Die Antwort lautet: leider nein.«

Riku ging auf der Suche nach einem Taxi durch die Innenstadt von Sankt Petersburg und telefonierte dabei mit Elina Aro in Berlin.

»Vor ein paar Monaten war ein ehemaliger Stasi-Offizier bei Sebastians Vater. Und nach allem, was Sebastian weiß, kennt Ihr Vater einen Mann, der am Mord an Sebastians Mutter beteiligt war.«

Einen verzweifelten Moment lang wünschte Riku, er hätte sich verhört. Die Vorwürfe gegen seinen Vater kamen ihm unfassbar, zugleich aber auch denkbar vor.

»Mein Vater soll einen Mann gekannt haben, der an einem Mord beteiligt war?«

»Sebastian hat mir verboten, irgendjemandem etwas davon zu erzählen. Vor allem Ihnen nicht.«

»Wieso das denn?«

»Angeblich könnte es sein, dass Sie aufgrund Ihrer Russlandkontakte in irgendwelche dubiosen Machenschaften verstrickt sind. Womöglich ungewollt.«

Riku stieß ein gepresstes Lachen hervor. »Da hat Sebastian recht, ich bin tatsächlich in dubiose Machenschaften hineingezogen worden. Aber ich weiß absolut nicht, was jetzt gerade vorgeht und wie das mit meinem Vater zusammenhängen könnte. Ich habe jedoch vor, es herauszufinden. Ich fahre nicht nach Helsinki zurück, sondern komme nach Berlin. Und morgen will ich Sebastians Vater sehen.«

»Ich weiß nicht, ob das möglich ist …«

»Das ist mir egal. Ich werde ihn sehen und basta.«

39

Henryk Dombrowski fand keine Ruhe. Wie hoch war die Strafe für Industriespionage? Zwei Jahre Gefängnis? Oder waren es sogar fünf?

Didier hatte es nicht gewusst, es hatte ihn nicht einmal interessiert. Aber er hatte Henryk erzählt, dass er Richter monatelang problemlos Informationen von der Baustelle hatte zukommen lassen, Kopien von Konstruktionszeichnungen und Schaltplänen des Automationssystems.

Jetzt war allerdings der denkbar schlechteste Moment, um erwischt zu werden. Henryk war nie in irgendeiner Form kontrolliert worden. Konnte es trotzdem sein, dass beim letzten Testlauf alle Teammitglieder doch am Eingang zum Reaktorgebäude überprüft wurden?

»Jetzt muss exakt gearbeitet werden«, sagte der portugiesische Vorarbeiter. »Der letzte Test des Schnellschlusssystems muss hundertprozentig funktionieren. Alles andere ist nicht akzeptabel. Wir tragen eine Menge Verantwortung. Arbeiten wir also gründlich.«

Die Männer gingen auf das Eingangsgebäude zu, hinter dem der gewaltige Reaktorbehälter aufragte. Er war umgeben von der Turbinenhalle, der Meerwasseranlage, Transformatoren und anderen Nebengebäuden.

Henryks Herz hämmerte, als sie sich dem Eingang näherten. Die Tasche war so schwer, dass er schwitzte und außer Atem geriet, obwohl er gemächlich ging. Fiel einem der Kollegen sein Keuchen auf?

In der Eingangshalle betraten sie den Lift, und der Portugiese hielt die Kennkarte, die er um den Hals hängen hatte, an das elektronische Lesegerät. Der Aufzug ruckte kurz, dann fuhr er sanft nach oben. Die Männer standen dicht an dicht in der Kabine.

Die Aufzugtür öffnete sich und gab den Blick auf einen langen Gang frei, durch den an Wänden und Decke große Rohre verliefen. Das tiefe Brummen, das aus ihnen drang, klang in Henryks Ohren nun geradezu Unheil verkündend. Die Männer gingen den Gang entlang, passierten Schleusen, elektrische Ventile und komplizierte Sicherheitstüren und kamen der Reaktoreinheit immer näher, die sich im Innersten des zweistöckigen Schutzgebäudes aus Stahlbeton befand. Der Reaktor war so gebaut, dass er Erdbeben, Druckwellen von Explosionen und sogar dem Aufprall eines großen Passagierflugzeugs standhielt.

In Kürze würde in den neunzig Tonnen Uran im Reaktordruckbehälter eine Kettenreaktion in Gang gesetzt werden und eine unfassbare Menge Energie produzieren. Jeder der Männer begab sich an seinen Arbeitsplatz. Das Ziel des Testlaufs bestand darin, kleine, künstliche Störfälle zu erzeugen und die Funktionstüchtigkeit des digitalen Steuer- und Regelsystems sicherzustellen. Sobald die normalen Betriebsparameter überschritten wurden, sollte das Steuer- und Limitierungssystem anspringen und die Werte wieder auf Normalniveau bringen.

Und genau über dieses digitalisierte Automationssystem wollten Henryks Kunden Informationen haben. Er stellte die schwere Tasche neben dem Schaltpult ab und registrierte, wie die Kollegen aus seinem Blickfeld verschwanden. Er wusste, dass es an der Stelle, wo er jetzt stand, keine Überwachungskamera gab.

Rasch griff er nach seiner Tasche mit dem schweren Kasten und stellte sie hinter einem großen Transformator ab. Dann nahm er ein kegelförmiges Stück Metall zur Hand und befestigte es mit einem Magneten hinter einem Rohrventil.

Schließlich packte er das eigentliche Testgerät aus und schloss es schnell am Schaltpult an.

»*Fertig?*«, fragte die Stimme des Vorarbeiters im Funkgerät.

»Fertig«, sagte Henryk ruhig.

Ungeduldig klopfte Riku an die braun gestrichene Tür. Er empfand nicht die geringste Unsicherheit. Elina Aros Anruf, durch den er erfahren hatte, dass ein deutscher Stasi-Mitarbeiter etwas über Ralf Tanner wusste, hatte absolute Entschlossenheit bei ihm ausgelöst.

Gedämpft drangen stampfende Rhythmen in den Flur des Mietshauses im Osten von Sankt Petersburg. Riku wusste, dass er durch den Türspion beobachtet wurde.

In seinem Kopf wiederholten sich die Worte von Olga Rybkina: *Ihr Vater besorgte dem Institut Geräte aus dem Westen.*

Was für welche?, hatte Riku gefragt.

Computer. Spezialgeräte fürs Labor.

Schließlich rasselten diverse Schlösser, und die Tür ging auf. Vor Riku stand ein etwa dreißigjähriger Mann mit ernster Miene und brennendem Blick, er trug Jeans und ein T-Shirt der Band Kiss. Mit einer Kopfbewegung bat er Riku herein.

Es gab nicht viele Möbel in der Wohnung, aber jede Menge Zeug aller Art: Computer, Instrumente, Telefone, Comicalben, DVDs.

»Stimmt was nicht mit dem Pass?«, fragte der Mann mürrisch.

»Er ist perfekt, Michail.« Riku zog ein Bündel Geldnoten aus der Tasche. »Ich brauche ein Visum.«

»Du bist doch schon hier …«

»Für die Ausreise. Mit dem Flugzeug.«

»Gut, dass es nur für die Ausreise ist. Da wird die Nummer

nicht überprüft. Ich hätte nämlich auf die Schnelle keine echte Nummer parat.«

Der Mann riss Riku die Scheine aus der Hand. Anschließend gingen sie in ein Zimmer, in dem die Vorhänge fest zugezogen waren.

Michail nahm ein Formular aus einem Regal. »Welches Datum?«

»Ab gestern, für ein Jahr.«

Michail schob das in den Pass einzuklebende Formular in den Drucker und schrieb etwas auf dem Computer. Riku sah sich inzwischen um. Sein Blick fiel auf einen Bildschirm, der auf dem Fußboden stand, davor eine Tastatur. Anscheinend waren nicht nur in Helsinki antike Computer in Mode. Der Amstrad war ein vertrautes Modell für ihn, so einen hatte sein Vater irgendwann gegen Ende der Achtzigerjahre mit nach Hause gebracht. Sie hatten damit Pingpong gespielt. Sein Vater war jedes Mal ganz euphorisch gewesen, seine Brille war ihm ständig auf die Nasenspitze gerutscht, so sehr war er bei der Sache gewesen.

Alles, was mit Technik zu tun hatte, hatte seinen Vater in Begeisterung versetzt. Sie hatten bei Rikus Freunden enormen Neid entfacht, indem sie ferngesteuerte Autos auf dem Asphalt fahren ließen. Und einmal war Riku mit seinem Vater und seiner Mutter auf der CeBIT in Hannover gewesen. Da hatte er begriffen, wie fließend sein Vater Deutsch sprach. Aber seine Dienstreisen führten ihn ja auch oft genug in die DDR …

Olga Rybkina hatte Riku nun erste Hinweise darauf gegeben, was Ziel und Zweck der Reisen seines Vaters gewesen waren und wer seine Kooperationspartner in Moskau waren: die Rüstungsindustrie, die Forschungseinrichtungen der Armee, vielleicht auch der KGB.

In Gedanken versunken, richtete er den Blick auf Michail, der gerade nach einem in Folie verschweißten, briefmarkengroßen Hologramm griff, es sorgfältig am linken Rand des

Formulars befestigte und das Visum schließlich in den Pass klebte.

Wenige Minuten später hatte Riku das Haus bereits verlassen. Das Taxi wartete vor der Tür.

»Zum Flughafen, möglichst schnell«, sagte er zu dem Fahrer.

40

Markku Jalava saß regungslos an seinem ordentlich aufgeräumten Schreibtisch.

Man hatte ihm die Ermittlungsunterlagen zu Vera Dobrina und Riku Tanner zur Durchsicht gebracht, aber hauptsächlich gingen ihm der Betrug und die persönliche Demütigung, die er erfahren hatte, durch den Kopf.

Die Liste mit den Anrufen und SMS-Nachrichten von Tanners Handy hatte bei den Teilnehmern der Besprechung die Runde gemacht. Markku hatte behauptet, er wisse von den Telefonaten zwischen Tanner und Mira. Dennoch hatte er den einen oder anderen misstrauischen, verlegenen und schadenfrohen Blick in der Runde gesehen.

Markku spürte, wie er von einer Wut erfasst wurde, die er kannte und die seltsam tröstlich wirkte; er ballte die Fäuste, in seinen Ohren rauschte das Blut, und seine Gedanken fokussierten sich auf einen glühenden Punkt, der leichter zu kontrollieren war. Betrug. Vor Gericht wurde man dafür bestraft. Wie konnte Mira ihn nur derart demütigen?

Er würde sie dazu bringen, ein Geständnis abzulegen – von sich aus. Er würde Beweise sammeln, die unwiderlegbar ihre Schuld erwiesen. Auf Knien würde sie ihn um Gnade anflehen. Und was Tanner betraf …

Es klopfte an der Tür. Markku fuhr zusammen, richtete seine Krawatte und streckte den Rücken durch.

Kriminalhauptmeister Tero Kivelä trat ein. »Tanners Exfrau hat angerufen.«

»Was hat sie gesagt?«

»Ihr ist eingefallen, wo sich Tanner versteckt oder seinen Sohn hingebracht haben könnte.«

»Das wurde ja auch höchste Zeit!«

»Tanner vertraut seinem Großonkel felsenfest. Der Mann ist angeblich ein richtiger Sturschädel. Die Exfrau hat ihn angerufen und ist sogar zu seiner Wohnung gefahren, hat ihn aber nicht angetroffen.«

»Wo könnte er sein?«, fragte Markku hellwach.

»Er hat ein abgelegenes Sommerhaus in Askola, wo Tanner angeblich in seiner Kindheit viel Zeit verbracht hat.«

Markku nickte bedächtig. »Und die Exfrau weiß nicht, wo die Hütte ist?«

»Sie ist nie dort gewesen.«

Kivelä wollte gehen, aber Markku hielt ihn zurück: »Tero … du hast doch überprüft, wen Tanner bei dem Seminar in Hyvinkää getroffen hat …«

»Die Liste liegt auf deinem Schreibtisch.«

»Stehen garantiert alle Namen darauf?«

In Kiveläs Blick blitzte kurz Unsicherheit auf. Markku ahnte, dass der Kollege etwas verschwieg.

»Ich will jeden Namen haben«, erklärte Markku mit Nachdruck. »Du darfst nichts vertuschen. Eventuell gibt es noch mehr Verdächtige außer Tanner.«

Kiveläs Blick irrte unsicher durch den Raum, bis der Ermittler schließlich sagte: »Eine Beobachtung fehlt.«

»Nämlich?«

»Tanner und Mira wurden zusammen gesehen.«

Markku starrte Kivelä an.

»Sie wurden zusammen gesehen?«

»Sie verbrachten den Abend zusammen im Hotelrestaurant. Dann gingen sie gemeinsam in Tanners Zimmer.«

»Wer hat das beobachtet?«

»Unsere schwedischen Kollegen. Und ein deutscher Konferenzteilnehmer, der zur gleichen Zeit in sein Zimmer ging, hat sie ebenfalls erkannt.«

»Ach ja, richtig …«, sagte Markku. »Mira hat mir davon erzählt. Sie hat Tanner ein Dokument gegeben, das er für eine laufende Ermittlung benötigte.«

»Ich dachte mir schon, dass es sich um etwas in der Art handelte.« Kivelä wirkte alles andere als überzeugt.

»Sonst noch etwas?«

Kivelä zögerte einen Moment.

»Sag schon. Ich will alles wissen.«

»Wie es aussieht, ist Mira im Fall Tanner ziemlich aktiv. Sie hat auf eigene Initiative ein Schmuckgeschäft in der Kalevankatu gegenüber dem Verlag von Elina Aro aufgesucht und dergleichen.«

»Davon hat sie mir auch erzählt, das war eine gute Idee … Versuch jetzt möglichst schnell herauszufinden, wo diese Hütte in Askola steht.«

Kivelä nickte und verließ den Raum.

Die Stille summte in Markkus Ohren, als er wieder allein war. Sein Mund war trocken, sein Körper wie taub.

Er hatte den letzten Beweis erhalten, der Fall war nun klar. Aber Mira würde jede Minute, die sie mit Tanner verbracht hatte, bereuen.

41

Elina war unruhig und wusste nicht, was sie in Sebastians stiller Wohnung in Charlottenburg anfangen sollte. Es war schwül, in der Ferne donnerte es, grünlich-mattes Licht fiel durch die Fenster.

Sebastian war schon eine ganze Weile weg, und er meldete sich nicht am Handy. Das war hart, jetzt, nach all dem, was sie besprochen hatten.

Elinas Kopfschmerzen wurden immer stärker. Sie nahm Mineralwasser aus dem Kühlschrank, suchte in ihrer Tasche nach den Tabletten und hätte sich beinahe verschluckt, weil sie tief in Gedanken war. Warum hielt sie sich zurück? Sie wusste doch, was sie tun wollte. Zögernd ging sie in Sebastians Arbeitszimmer.

Sie ließ den Blick systematisch über Tisch, Schubladen und Regale schweifen. Schließlich entschied sie sich für aufeinandergestapelte Aufbewahrungskisten und durchforstete sie entschlossen. Als Erstes fand sie Negative und Kästen mit Dias. Sie öffnete einen davon, nahm ein Diarähmchen in die Hand und hielt es gegen das Fenster. Das Bild zeigte einen Panzer, es war offenbar im Irak oder im Iran aufgenommen worden. Nachdenklich senkte sie den Blick. Ihre Augen wanderten über die Diakästen, dann bemerkte sie etwas Schwarzes unter ihnen. Sie hob einen Kasten an und blickte auf eine Waffe.

Mit stockendem Atem starrte sie die Pistole an, dann stellte sie den Diabehälter an seinen Platz zurück und schloss die Kiste.

Sie versuchte sich zu beruhigen, aber unaufhaltsam drängte die Panik an die Oberfläche. Sie musste hier raus. Und zwar schnell.

Elina rannte ins Schlafzimmer und packte panikartig ihre Sachen. Was für einen Mann hatte sie da eigentlich in ihr Leben gelassen? Gab es überhaupt irgendetwas Echtes und Authentisches an ihm?

Nachdem sie alles einigermaßen verstaut hatte, eilte sie in den Flur und öffnete die Tür.

Vor ihr stand Sebastian mit dem Schlüssel in der Hand.

»Wo willst du hin?«, fragte er.

Mit aller Macht versuchte Elina, ihre Erschütterung zu verbergen. »Ich habe über alles nachgedacht und beschlossen, nach Finnland zurückzukehren. Ich will meinen Vater sehen, ich mache mir Sorgen um ihn.«

»Du kannst mich doch jetzt nicht alleine lassen …«

Elina versuchte, an Sebastian vorbeizukommen, doch er fasste sie sanft am Arm. Nach einem Moment des Zögerns, der ihr unendlich lang vorkam, trat sie einen Schritt zurück, in den Flur hinein. Sie wunderte sich über das seltsame Taubheitsgefühl und staunte über ihr Verhalten. Musste Sebastian erst auf sie schießen, damit sie begriff, dass hier etwas ganz gewaltig schieflief?

Er folgte ihr in die Wohnung und schloss die Tür hinter sich.

»Lass uns reden«, sagte er schlicht. »Hast du die Pistole gefunden?«

»Die Pistole? Welche Pistole?« Elinas Versuch klang matt und nicht überzeugend.

»Ich brauche sie bei der Arbeit. Als Fotograf komme ich in Situationen, in denen es besser ist, bewaffnet zu sein.«

Er erwartete eindeutig eine Reaktion auf seine Erklärung, weshalb Elina nickte, aber sie machte sich nicht die Mühe, ihr Misstrauen zu verbergen. »Sonst hast du mir nichts zu sagen?«, fragte sie heiser. »In dem Fall gehe ich jetzt. Ich rufe dich von Finnland aus an, dann reden wir weiter.«

Wieder ergriff Sebastian ihren Arm. Leise sagte er: »Da ist noch etwas … das habe ich noch keinem Menschen erzählt. Dir werde ich es jetzt erzählen, unter der Bedingung, dass du es niemandem gegenüber erwähnst. Unter keinen Umständen. Versprichst du mir das?«

»Im Moment ist mir so ziemlich alles egal.«

Sebastian holte tief Atem. »Ich verstehe, dass du wütend und enttäuscht bist. Aber ich konnte dir über die Gefängnisgeschichte einfach nicht die ganze Wahrheit erzählen. Ich habe gesagt, ein ehemaliger Stasi-Mitarbeiter sei bei meinem Vater gewesen. Aber ich habe nicht gesagt, dass auch mein Vater ehemaliger Agent der Stasi-Auslandsaufklärung war.«

Sebastians Gesichtsausdruck war eine Mischung aus Scham und unverkennbarer Erleichterung darüber, das endlich laut ausgesprochen zu haben. Oder war es nur ein gut einstudierter Auftritt?

»Er war als Agent der Hauptverwaltung Aufklärung in der Bundesrepublik tätig. Einer der vielen Männern, die man ›Romeo‹ nannte, weil sie Kontakt zu allein lebenden, als Informationsquelle interessanten Frauen suchten. In seinem Fall war es eine amerikanischen NATO-Mitarbeiterin. Er ging eine Verbindung mit meiner Mutter ein und kam über sie an vertrauliche Informationen, die er an die DDR weitergab. Ich bin das Resultat von Lüge und Verrat.«

Elina war sprachlos. Mit so etwas hatte sie nicht rechnen können. Schon zum zweiten Mal innerhalb kurzer Zeit änderte sich das ganze Bild, das sie von Sebastian hatte. Aber konnte sie ihm denn glauben? Sie gab sich alle Mühe. Sie *wollte* ihm vertrauen. Sie wollte nicht annehmen müssen, sie hätte sich in ihm geirrt.

»Und der Mann, der sich als mein Vater bezeichnet, beging schließlich einen noch größeren Betrug, indem er an einer bestimmten Operation der Stasi teilnahm. Mein Vater weiß nicht, worum es genau ging, jedenfalls scheint der Tod meiner Mutter mit dieser Operation etwas zu tun zu haben.«

Elina erschrak. »Willst du damit sagen … dass dein Vater am Tod deiner Mutter beteiligt war?«

Sebastian starrte düster vor sich hin, Elina sah, wie seine Augen feucht wurden. »Er sagt, er habe meine Mutter und mich geliebt. Nach dem Mord hat er mich angeblich nicht mehr sehen wollen, weil ich die lebende Erinnerung an das war, was auch durch ihn meiner Mutter angetan worden war …«

Endlich begann Elina zu verstehen, warum diese Dinge geradezu zu einer Zwangsvorstellung von Sebastian geworden waren.

»Auch mein Vater besitzt keine wirklichen Beweise für den Mord an meiner Mutter, aber er hat einen Verdacht. Und er hat mir eine Liste mit Namen gegeben. Im April besuchte ihn im Gefängnis ein gewisser Viktor Kovalenko, der ihn nach der damaligen Operation und den beteiligten Personen ausfragte. Mein Vater glaubt, dass dieser Viktor Kovalenko meine Mutter umgebracht hat. Und ich will diesen Mann finden.«

»Und wenn du ihn findest? Erschießt du ihn dann mit deiner Pistole?«

»Ein Gericht soll ihn verurteilen. Ich bin nicht an Rache oder Selbstjustiz interessiert.«

»Und die zwei Männer? Richter und ›Martin‹?«

»Der ehemalige Stasi-Ingenieuroberst Peter Richter wohnt in Berlin, ist aber nicht zu Hause.«

»Du warst also gar nicht im Büro.«

»Doch. Ich bin nur bei Richters Wohnung vorbeigefahren. Hinter ›Martin‹ steckt der Stasi-Offizier Gerhard Frey. Ich habe seine Adresse in der Nähe von Eisenhüttenstadt. Ich werde zu ihm fahren.«

»Wie hast du so schnell herausgefunden, wer hinter dem Decknamen steckt?«

»Ich war im Archiv.«

»In welchem Archiv? Die Rosenholz-Dateien, mit denen man die Klarnamen entschlüsseln kann, befinden sich doch im Besitz der Geheimdienste.«

Sebastian schwieg eine Weile, sein Gesicht war plötzlich wieder ausdruckslos. Schließlich erklärte er: »Ich bin mit einem Journalisten befreundet, mit dem ich für Reportagen unterwegs war. Er hilft mir in solchen Dingen. Mehr kann ich dir nicht sagen.«

Die Antwort überzeugte Elina nicht. Rosenholz-Informationen wurden nicht an jeden vergeben. Wie hätte der befreundete Journalist an sie herankommen sollen?

42

Auf dem Sankt Petersburger Flughafen Pulkovo eilte Riku durch die Fluggastbrücke in den Airbus der Lufthansa, der gleich nach Berlin starten würde. Die Pass- und Visumkontrolle war problemlos verlaufen, auch wenn sie Riku zusätzliches Herzklopfen beschert hatte.

Er setzte sich an seinen Platz im mittleren Teil des Flugzeugs ans Fenster. Unablässig waren seine Gedanken mit seinem Vater beschäftigt, mit Olga Rybkina und mit dem Mann, der in Berlin wartete und eventuell über äußerst interessante Informationen verfügte. Riku nahm die Papiere, die er bei Bykow gefunden und im Taxi bereits überflogen hatte, zur Hand. Die Liste mit den Polizisten, die gegen das organisierte Verbrechen kämpften, war schauerlich zu lesen, so vollständig war sie. Hinter keinem Namen stand eine besondere Bemerkung, auch hinter seinem eigenen nicht. Wer von diesen Personen war die undichte Stelle? Oder fehlte der Verräter auf der Liste? Riku hätte gern mit Mira gesprochen, aber das musste bis zum nächsten Morgen warten. Je häufiger sie Kontakt hatten, desto mehr Probleme würde Mira bekommen.

Er überlegte, wie weit Bykow bei der Jagd nach ihm gehen würde. Er hatte sich in eine Lage manövriert, aus der es nicht unbedingt einen Ausweg gab, sondern im schlimmsten Fall nur die Option, Finnland zu verlassen – und unterzutauchen. Würde er am Ende das Schicksal seines Vaters teilen?

Und wie würde Olga Rybkina überleben? Er hatte den Eindruck, dass sie für Bykow noch wichtiger war als er selbst.

Nach und nach füllte sich die Passagierkabine. Neben Riku nahm eine deutsche Frau mit Brille Platz, die als Reiselektüre eine abgenutzte, in Leder gebundene Bibel hervorholte.

Riku konzentrierte sich auf das zweite Blatt, das er bei Bykow mitgenommen hatte, auf den Kartenausschnitt von Kotka. Ihn interessierte das Kreuz, das auf der Höhe von Huutoniemi an die Uferlinie gezeichnet worden war, obwohl er nach all dem, was er von Olga Rybkina gehört hatte, glaubte, dass hinter dem Mord an Vera Dobrina etwas vollkommen anderes steckte als Bykows Drogenmafia.

Bevor er sein Handy ausschaltete, rief er Leo an. Der Junge erzählte, sie würden nun gleich die Sauna beheizen. Trotz seiner Lage musste Riku lächeln, als er Leos begeisterten Bericht über den Fischfang des Tages und den geplanten Waldausflug hörte. Eine richtige Entscheidung hatte er in den letzten Tagen wenigstens getroffen, indem er Leo in Sicherheit gebracht hatte.

Durch den Fahrtwind des Toyota Corolla samt angehängtem Wohnwagen wurden die ersten abgefallenen Blätter des Spätsommers am Rand der Landstraße aufgewirbelt.

»Im Kernkraftwerk Olkiluoto wird morgen der dritte Reaktorblock eingeweiht. Der 2,3 Millionen teure Meiler hätte ursprünglich schon vor zwei Jahren fertiggestellt sein sollen …«

»Mach das aus«, sagte Henryk zu Saara, die auf dem Beifahrersitz saß. »Ich habe genug von der Anlage.«

Saara schaltete das Radio aus. Sie fuhren in der Abenddämmerung von Eurajoki nach Helsinki, wo sie vom Westhafen aus mit dem Schiff nach Tallinn übersetzen wollten. Dort ginge es dann auf der Straße weiter bis nach Polen, wo Henryk wie vereinbart das restliche Geld bekommen würde. Er hatte nicht abwarten können, sondern bereits beim Immobilienmakler in Gdynia angerufen und ihn gebeten, das Haus zu reservieren. Saara hatte er zuvor bereits gesagt, er habe eine Anzahlung geleistet. Das war leicht übertrieben gewesen, hatte sie aber bewogen mitzukommen – angeblich bloß, um sich das Haus anzusehen, das sie bislang nur von Bildern auf der Homepage des Maklers kannte.

»Ich mag auch nicht mehr an Olkiluoto denken. Es ist nicht schön, neben einem Atomkraftwerk zu wohnen. Man fragt sich automatisch, ob dort gepfuscht wird. Oder was bei einem Unfall passiert.«

»Darüber brauchen wir uns jetzt nicht mehr den Kopf zu zerbrechen«, antwortete Henryk schnell. Er wollte nicht mehr an die Apparate erinnert werden, die er ins Reaktorgebäude geschmuggelt hatte. »Lass uns an etwas Schöneres denken, zum Beispiel an die Küche. Auf den Fotos sieht sie ganz ordentlich aus, aber man kann sie natürlich auch erneuern ...«

Plötzlich leuchtete eine rote Warnlampe am Armaturenbrett auf.

»Was ist denn jetzt los? Das Warnlicht für die Batterie. Oder was ist das?«

Das Auto wurde langsamer.

»Nein, nicht jetzt!«, brüllte Henryk. »Das darf nicht wahr sein!«

Er lenkte den Wagen an den Straßenrand, aber er ließ sich nur schwer abbremsen. Vielleicht lag das nur an dem Wohnwagen.

»Wenn wir in Polen sind, kaufe ich ein neues Auto«, schnaubte er und stieg aus.

Er öffnete die Motorhaube und begriff sogleich die Aussichtslosigkeit der Lage: Es war dunkel, und er hatte keine funktionierende Taschenlampe dabei.

Henryk fluchte auf Polnisch und sah sich um. Ringsumher nur Wald. Keine Autos, weder aus der einen noch aus der anderen Richtung. Es nieselte leicht. Er beugte sich über den Motor und leuchtete sich mit dem spärlichen Licht des Handydisplays.

»Versuch mal, den Motor anzulassen«, rief er Saara zu.

Er wartete. Nichts geschah.

»Könntest du jetzt versuchen, den Wagen zu starten«, rief er gereizt und schaute über die Motorhaube Saara an, die am Steuer saß.

»Ich versuche es ja die ganze Zeit, aber es tut sich nichts«, gab sie zurück. »Hinter uns kommt ein Auto.«

Henryk sah die Lichter und winkte. Das Auto drosselte die Geschwindigkeit. Der Regen war stärker geworden, Henryk kniff die Augen zusammen, um besser sehen zu können. Dann erstarrte er. Er hatte das Fahrzeug erkannt. Es war der Renault der Männer, die ihm sein Honorar ausbezahlt hatten.

Was wollten die hier?

Das Auto hielt neben ihnen an. Langsam senkte sich das Seitenfenster.

Henryk erkannte das Gesicht von Richter und spürte, wie sich sein Magen vor Angst zusammenkrampfte. Gab es einen Zusammenhang zwischen der Autopanne und dem Auftauchen dieser Männer? Henryk kam das Geld in den Sinn, das im Kofferraum versteckt war.

»Probleme?«, fragte der Deutsche.

Henryk versuchte sich zu beruhigen. Vielleicht ging ja nur die Fantasie mit ihm durch. Bis jetzt war die Zusammenarbeit vorbildlich gewesen, eigentlich dürfte es keine Schwierigkeiten geben. Die fünzigtausend Euro, die er bekommen hatte, waren ein geringer Preis für die Informationen über das Automationssystem, und Richter war mit seinem Komplizen wohl einfach ebenfalls auf dem Weg nach Helsinki.

»Unser Auto streikt. Hätten Sie vielleicht eine Taschenlampe?«, sagte Henryk. Wenn es nach ihm ging, sollte Saara nicht erfahren, dass er die Männer kannte.

Richter wandte sich an den Mann am Steuer, von dem nur die Silhouette zu erkennen war. »Haben wir eine Taschenlampe?«

»Da müsste eigentlich eine drin sein«, erwiderte der Mann, öffnete das Handschuhfach und nahm etwas heraus.

Dann stieg er aus dem Wagen und ging mit einer großen Taschenlampe in der Hand im Regen auf Henryk zu.

43

Riku versuchte im Gedränge des Flughafens Tegel, die vor ihm gehenden Reisenden zu überholen. Immer wieder glaubte er, die Züge seines Vaters auf einem der Gesichter ringsum zu erkennen. Er musste den Gefühlssturm in seinem Inneren unbedingt unter Kontrolle halten.

Da rief jemand seinen Namen. In einiger Entfernung stand eine Frau, die ihm zuwinkte. Elina Aro.

Angespannt und müde sah sie aus, als sie ihm entgegenging und sich dabei immer wieder umblickte.

»Ich habe Sebastian gebeten, im Wagen zu warten, weil ich unter vier Augen mit dir reden wollte … Ich darf doch Du sagen?«

»Klar. Schieß los.«

»Er hat mir strikt verboten, irgendjemandem etwas davon zu erzählen, aber ich weiß nicht, ob ich ihm vertrauen kann …«

Elina sprach schnell, mit vor Angst gepresster Stimme. Sie hatte Ringe unter den Augen, ihre Haare waren nicht gekämmt, und die Haut unter den Sommersprossen sah unnatürlich blass aus.

»Ich habe in seiner Wohnung eine Waffe gefunden. Er behauptet, seine Mutter sei nicht bei einem Autounfall ums Leben gekommen, sondern ermordet worden … das hab ich ja schon erzählt … aber er behauptet auch, sein Vater sei Stasi-Agent gewesen und der Mörder einer der KGB-Kollegen. Sebastian sucht jetzt nach dem Mörder seiner Mutter. Es ist seltsam, wie schnell er die Identität eines Stasi-Agenten, den sein Vater erwähnt hatte, herausgefunden hat, trotz des Decknamens …«

»Ah, da seid ihr ja«, rief plötzlich jemand von hinten.

Kurz darauf stand Sebastian neben ihnen. Elina zwang sich zu einem munteren Gesichtsausdruck. »Na, dann mal los. Wo steht der Wagen?«

»Auf dem Kurzzeitparkplatz.«

Sebastian musterte Riku und Elina kurz, bevor er den beiden zum Ausgang vorausging.

Elinas Worte wirbelten kaleidoskopartig in Rikus Kopf herum. Er warf einen Blick auf den Mann vor ihm, der ruhig wirkte, unter der Oberfläche jedoch eindeutig nervös war – der Deutsche war eine Wildcard, bei der man sehr auf der Hut sein musste.

Draußen war es genauso warm wie in Sankt Petersburg, trotz der späten Abendstunde. Die tief hängenden Wolken reflektierten die Lichter der Millionenstadt.

Sie gingen zum Landrover, Riku kletterte auf die Rückbank, Elina auf den Beifahrersitz.

»Was haben Sie in Russland herausgefunden?«, fragte Sebastian, als er den Wagen startete.

»Ich wollte gerade fragen, was Sie über meinen Vater wissen?«

»Ich weiß gar nichts. Aber mein Vater kennt Leute, die Informationen über Ralf Tanner haben.«

»Ich möchte mit Ihrem Vater sprechen. Kann man gleich am Morgen Besuche im Gefängnis machen?«

Sebastian warf einen finsteren Blick auf Elina, während er den Geländewagen vom Parkplatz lenkte. Riku hatte gerade verraten, dass Elina mit ihm über Sebastian geredet hatte, das war ihm klar, aber er konnte jetzt einfach keine Rücksicht mehr auf die Beziehung des Liebespaars – oder ehemaligen Liebespaars – nehmen.

»Eins nach dem anderen«, erwiderte Sebastian kalt. »Zuerst

will ich alles über Ihren Vater und seine Aktivitäten im Jahr 1989 in Moskau wissen.«

Riku begriff, dass er keine Informationen zurückhalten konnte, wenn er selbst etwas erfahren wollte. Also berichtete er in konzentrierter Form von den Geschäften seines Vaters zwischen Ost und West, auch das, was er von Olga Rybkina gehört hatte.

»Äußert seltsam finde ich, dass Olga Rybkina von einem russischen Drogenhändler entführt wurde«, erklärte Riku. »Trotzdem sieht es so aus, als ginge es hier nicht um Drogen. Elina, sagt dir der Name Feliks etwas? Könnte er ein ehemaliger Mitarbeiter der russischen Botschaft in Helsinki sein?«

»Wie lautet der Nachname?«

»Weiß ich nicht.«

»Leider kann ich mich an keinen Feliks erinnern.«

Sebastian mischte sich ein: »Viele Stasi- und KGB-Mitarbeiter haben die Identität gewechselt, als sie in eine andere Branche gingen. Einer von ihnen ist mir bekannt, ein Mann namens Gerhard Frey. Stasi-Deckname ›Martin‹. Auch er hat in den letzten zwanzig Jahren eine falsche Identität benutzt. Ich werde mich mit ihm treffen, um einige Dinge zu erfahren, bevor ich morgen früh meinen Vater besuche. Aber zuerst bringe ich euch in meine Wohnung.«

»Weiß Frey etwas über meinen Vater?«

»Möglicherweise.«

»In dem Fall komme ich mit.«

Zu Rikus Überraschung wies Sebastian den Vorschlag nicht sofort zurück.

»Ich werde auch nicht in deiner Wohnung warten«, sagte Elina bestimmt. »Lieber bin ich bei euch und mache mir Sorgen, als dass ich alleine dasitze und Angst habe.«

Sebastian schwieg lange. Die Scheibenwischer bewegten sich hypnotisierend im Sprühregen hin und her. Schließlich gab sich Sebastian einen Ruck und begann zu erzählen.

»Meine Mutter kam bei einem Autounfall ums Leben. Die Stasi war ganz groß darin, einen Mord so zu inszenieren, dass es wie ein Unfall aussah. Ihr Spezialgebiet war das Manipulieren von Autos. Ihr müsst wissen, dass Gerhard Frey in einer Abteilung für aktive Maßnahmen arbeitete und Morde im Ausland, die von der DDR-Führung angeordnet wurden, in die Tat umsetzte. Möglicherweise war er 1984 an dem Fall Cats Falck in Schweden beteiligt. Habt ihr davon gehört?«

»Ich jedenfalls nicht«, antwortete Riku.

»Falck war Journalistin bei dem TV-Magazin *Rapport* und beschäftigte sich mit den Waffengeschäften zwischen Schweden und der DDR«, erklärte Elina. »Sie und ihre Freundin verschwanden eines Tages auf mysteriöse Weise. Fast ein halbes Jahr später fand man die Leichen der beiden Frauen in einem Auto auf dem Grund des Hammarby-Kanals von Stockholm. Die Polizei ging von einem Unfall aus. Aber nach dem Zusammenbruch der DDR stellte sich heraus, dass Spezialisten der Stasi am Werk gewesen waren. Sie töteten 1987 in der Stockholmer U-Bahn auch einen Ermittler, der geheime Waffenverkäufe des schwedischen Rüstungsproduzenten Bofors an die DDR untersucht hatte. Einer dieser Stasi-Spezialisten, ›Jürgen G.‹, wurde 2003 verhaftet, wegen Mangels an Beweisen jedoch wieder freigelassen.«

Es wurde still im Wagen, bis Elina das Wort ergriff. »Falls Frey wirklich etwas mit diesen Sonderoperationen zu tun hatte, wird er nicht gerade erfreut sein, wenn plötzlich jemand auftaucht und sich mit ihm darüber unterhalten will. Und schon gar nicht mitten in der Nacht.«

Schweigend nahm Sebastian die Auffahrt zur Schnellstraße. Auch Riku antwortete nicht.

»Sebastian«, sagte Elina vorsichtig. »Riku muss unbedingt alles erfahren. Absolut alles. Bitte erzähle es ihm.«

Ausdruckslos starrte Sebastian vor sich hin. »Hast du das nicht längst erledigt?«

Im blinkenden gelben Licht an der nächsten Kreuzung wirkte Elinas Gesicht fast geisterhaft. Riku sah, wie genau sie die Situation abwog und überlegte, was sie sagte.

»Entschuldige, aber ich konnte nicht anders. Riku musste von deinem Vater erfahren … und von deiner Mutter. Ich begreife sehr wohl, wie schmerzhaft das für dich ist, aber er muss es einfach wissen. Verstehst du das nicht? Riku kann eine große Hilfe für dich sein.«

Wieder herrschte drückende Stille im Wagen.

Schließlich erklärte Sebastian: »Es gibt nichts zu sagen. Es tut mir weh, dass du dein Versprechen nicht gehalten hast. Aber ich verstehe dich. An deiner Stelle hätte ich vermutlich auch so gehandelt.«

Riku war nicht davon überzeugt, dass Sebastian die Wahrheit sagte. Seine Stimme klang angespannt und kalt, obwohl sie vermutlich freundlich klingen sollte.

Sebastian sah Riku im Rückspiegel an. »Ich weiß nicht, inwieweit Sie die Methoden der Stasi kennen; sie setzten männliche Agenten ein, um Frauen zu ködern, die als Informationsquellen interessant waren.«

»Man bezeichnete sie als Romeos«, fügte Elina hinzu.

»Einigen Frauen wurde mit der Zeit bewusst, dass man sie nur benutzte, aber es kümmerte sie nicht oder aber sie konnten nicht mehr zurück, ohne ihr Ansehen oder ihren Arbeitsplatz zu verlieren«, fuhr Sebastian fort. »Ich glaube nicht, dass meine Mutter je die Wahrheit erfuhr.«

»Wir sind nicht für die Entscheidungen und Taten unserer Eltern verantwortlich«, sagte Riku und fragte dann: »Sie haben Ihre Jugend in den Vereinigten Staaten verbracht. In welcher Gegend?«

»In einer kleinen Stadt in Wyoming.«

»Und danach?«

»Ich bin nach Washington gegangen, um dort Journalismus zu studieren.«

Riku hörte interessiert zu. In der Hauptstadt der USA gab es zahllose Ämter und Institutionen, die als Deckorganisationen für alles Mögliche dienen konnten.

»Und nach dem Studium?«

»Ich war Bildredakteur bei einem großen Medienunternehmen. Aber ich wollte weg. Und Deutschland, meine alte Heimat, zog mich an. Ich nahm meine Kamera, ging nach Europa, und seitdem bin ich hier.«

»Haben Sie schon Kontakt mit Gerhard Frey gehabt?«, wollte Riku nach einer kurzen Pause wissen.

»Nein. Über solche Dinge redet man nicht am Telefon, sondern von Angesicht zu Angesicht.«

»Hast du deine Waffe mitgenommen?«, fragte Elina leicht aggressiv.

Sebastian antwortete nicht, sondern erhöhte die Geschwindigkeit.

44

Das hohe Fenster in der obersten Etage des Jugendstilhauses im Helsinkier Stadtteil Ullanlinna war teilweise geöffnet. Feliks hatte die geräumige Dachgeschosswohnung für einen Monat bei einer Firma gemietet, die auf die Vermittlung kurzer Mietverhältnisse spezialisiert war.

Er blickte auf die Mastbeleuchtung eines großen Segelbootes, das vom Meer zurückkehrte. Das Licht schimmerte wie ein Hoffnung weckender Stern in der Nacht. Dina, daheim in London, war stocksauer, weil sie glaubte, er hätte eine andere Frau. Das schmeichelte ihm, auch wenn er wusste, dass Dina ihn nicht nur wegen seines Charismas geheiratet hatte. Sie liebte alles an ihm – und dazu gehörte insbesondere sein Geld.

Feliks richtete den Blick wieder auf den Bildschirm und die Meldung über die am nächsten Tag bevorstehende Eröffnung des dritten Reaktorblocks in Olkiluoto. Die Fertigstellung des Atomkraftwerks weckte überall in der Welt Interesse, man betrachtete es als Projekt, das der Kernkraft womöglich doch noch zu einer neuen Renaissance verhelfen konnte.

In Olkiluoto war alles einigermaßen erträglich verlaufen, auch wenn die angeheuerten Männer ausgetauscht werden mussten. Der Pole hatte seine Schuldigkeit getan, jetzt konnte der Pole gehen. Gerade eben hatte Richter mitgeteilt, die Angelegenheit sei erledigt. Der gierige Mensch hatte sich das allein selbst zuzuschreiben, dachte Feliks.

Das Telefon neben dem Computer klingelte. Bykow aus Sankt Petersburg.

Feliks merkte sofort, wie er wieder innerlich schäumte. Hoffentlich hatte der verdammte Nichtsnutz diesmal gute Nachrichten.

»*Wir haben Olga Rybkina gefunden*«, sagte Bykow.

»Und Tanner?«

»*Hat es geschafft zu verschwinden.*«

Feliks versuchte ruhig zu bleiben. »Wo war die Rybkina?«

»*Bei einer Freundin.*«

»Ich gehe davon aus, dass du sie ordentlich zum Sprechen gebracht hast. Was hast du aus ihr herausbekommen?«

»*Tanner ist klar geworden, dass die Rybkina seinen Vater gekannt hat.*«

Feliks fluchte heftig. Genau das hätte nicht passieren dürfen. »Alles geht zum Teufel! Wir müssen Tanner finden.«

»*Du hast selbst gesagt, Tanner wird nach Finnland kommen, und du kümmerst dich um ihn. Erklär mir lieber, was wir hier mit der Oma anfangen sollen.*«

Feliks seufzte. Das Missgeschick war bereits geschehen. »Hat sie Familie?«

»*Eine Tochter. Arbeitet in Moskau in einer Bank.*«

»Droh ihr, dass es ihre Tochter nicht überlebt, wenn sie redet. Das müsste genügen.«

Feliks beendete das Gespräch und starrte über den Computerbildschirm hinweg durchs offene Fenster auf die dunkle Ostsee. Seine wichtigste Aufgabe bestand nun darin sicherzustellen, dass nicht Einzelne die Operation gefährdeten. Dafür waren gewisse Maßnahmen notwendig. Sie bargen Risiken, aber die musste er eingehen, wenn nicht die gesamte Operation scheitern sollte.

Tatsache war, dass Tanner in Sankt Petersburg Dinge über seinen Vater erfahren hatte, die ihn wahrscheinlich veranlassten, zwanzig Jahre zurückliegende Ereignisse ans Tageslicht zu zerren. Und jetzt war er verschwunden.

Feliks erinnerte sich gut an Ralf Tanner, dessen Führungsoffizier er in Helsinki gewesen war. Zu seinen wichtigsten Aufgaben gehörte damals die Suche nach Kontakten in der Westwirtschaft, die bereit waren, das Handelsembargo des Westens zu brechen. Wie manch anderer Mann der Technik hatte sich Tanner nie für einen Agenten gehalten, sondern sich immer als reinen Geschäftsmann und Ingenieur gesehen, zu dessen Kundschaft zufällig eben auch staatliche Behörden zählten.

Von Tanners Kontakten und Aktivitäten hatten in Moskau vor allem das Staatliche Komitee für Rüstungsindustrie, das für die Militärtechnologiespionage zuständig war, sowie der GRU und die Abteilung T des KGB profitiert. Das Komitee gab Tausende von Informationsbeschaffungsmaßnahmen in Auftrag, die direkt verschiedenen sowjetischen Forschungs- und Entwicklungsprojekten zugutekamen.

Auch der Sektor Wissenschaft und Technik der Stasi bediente sich Tanners Dienste, und zwar über Peter Richter, als der in Helsinki war. Richter hatte an der Karl-Marx-Universität in Leipzig eine Ausbildung zum Diplom-Ingenieur absolviert. Später war er als Ingenieuroberst in der ersten Unterabteilung des Sektors für Wissenschaft und Technik tätig gewesen, die sich auf Kernphysik, Chemie und Bakteriologie konzentriert hatte.

Es machte Feliks rasend, dass Tanners Sohn jetzt zu einer echten Bedrohung wurde. Claus Bergers Sohn wiederum schnüffelte in Deutschland herum. Feliks sah vor seinem inneren Auge bereits, wohin das führen würde. Und dies galt es zu verhindern. Zwar würde die Operation schlussendlich wohl kaum gefährdet werden, aber es durften keinerlei Beweise zurückbleiben.

Er wählte die Nummer von Melker Schwarz in Berlin. Der Mann war früher als Offizier für illegale Unterstützungsmaßnahmen der Stasi zuständig gewesen und wusste immer noch professionell zu handeln. Im Gegensatz zu Nowikow … Schwarz hatte seine Fähigkeiten zuletzt bei der Eliminierung des Computeringenieurs Bauer unter Beweis gestellt. Jemand hatte sich Bauer genähert und durchblicken lassen, etwas über dessen Machenschaften mit Richter zu wissen, und Schwarz hatte sofort und ohne Zögern gehandelt.

»Es gibt Probleme«, sagte Feliks. »Wie genau hast du das Haus von Gerhard Frey durchsucht?«

»Sehr genau.«

»Dort ist nichts entwendet worden, außer dem Material, das du mir ausgehändigt hast?«

»So ist es. Das Haus wirkt vollkommen unberührt.«

»Das genügt nicht. Es war ein Fehler, es nicht anzuzünden.«

»Das hätte zu viel Aufmerksamkeit erregt …«

»Die Lage hat sich geändert. Jemand kann einbrechen und etwas suchen, und Frey kann etwas versteckt haben, was du nicht gefunden hast. Fahr hin und zünd das Haus an.«

»Aber die Polizei wird …«

»In dieser Situation ist die Polizei das geringste Problem. Du nimmst als Brandbeschleuniger etwas, bei dem die Polizei nicht gleich auf Brandstiftung kommt. Du weißt schon.«

»Wenn du unbedingt willst. Ich fahre morgen hin.«

»Nicht morgen, sondern jetzt. Du machst dich in dieser Sekunde noch auf den Weg nach Eisenhüttenstadt.«

45

Das Dorf nördlich von Eisenhüttenstadt war wie ausgestorben, in keinem der Häuser brannte Licht, nur der kahle Platz vor dem kleinen Lebensmittelmarkt wurde von ein paar Straßenlaternen erleuchtet. Riku war müde, es ging auf ein Uhr zu, aber der Gedanke, dass der ehemalige Stasi-Offizier ihm womöglich etwas über seinen Vater erzählen konnte, hielt ihn wach.

Sie hatten an einer Autobahnraststätte etwas gegessen, anschließend führte sie der Weg fast eine Stunde lang über kleinere Landstraßen. Die wenigen Fakten hatten sie längst besprochen, und die Stimmung im Auto wurde immer angespannter, je kürzer die Entfernung wurde, die das Navigationsgerät bis zu Gerhard Freys Haus anzeigte. Inzwischen lag nur noch gut ein Kilometer vor ihnen.

Sie befanden sich am östlichsten Rand von Deutschland , die Oder verlief direkt an der Stadt entlang. Rikus Vater war viel in der DDR unterwegs gewesen, aber was hatte er mit Stasi-Leuten zu tun gehabt? Laut Elina war es durchaus möglich, dass er wegen seiner guten Kontakte im Westen von der Stasi oder dem KGB als Spion angeheuert worden war. Es fiel Riku extrem schwer, sich an diesen Gedanken zu gewöhnen.

Hinter einem Dorf schlängelte sich die Straße durch eine Ackerlandschaft, anschließend bogen sie in eine Nebenstraße ein, die in einen Kiefernwald hineinführte. Hier standen keine Häuser mehr.

»Ob die Adresse stimmt?«, murmelte Elina.

Sebastian musste wegen der Schlaglöcher im Schritttempo

fahren, bis er schließlich ganz anhielt. Hinter hohem Gras und Hecken zeichneten sich die Umrisse eines zweistöckigen Hauses ab, auf dessen Grundstück zwei weitere flache Gebäude standen. Sebastian schaltete die Scheinwerfer aus, woraufhin die Dunkelheit die gesamte Umgebung verschluckte. Die Bewohner des Hauses schienen zu schlafen, falls überhaupt jemand da war.

Riku stieg aus und spürte die kühle Nachtluft im Gesicht. Sebastian hatte sich bereits mit der Lampe in der Hand auf den Weg zum Haus gemacht. Riku und Elina folgten ihm. Das Anwesen war nur von Wald und Feldern umgeben, nirgendwo waren Lichter anderer Häuser zu sehen.

Das Hauptgebäude war ein vor langer Zeit sandfarben gestrichenes Bauernhaus, zu dem eine heruntergekommene Scheune und ein kleinerer Stall gehörten, in dem vermutlich seit Jahren keine Tiere mehr gehalten wurden.

Sebastian ging ohne Zögern die Treppe zur Haustür hinauf und klopfte. Nichts rührte sich. Er klopfte lauter, aber ringsum säuselte nur der stille Wald. Er drückte die Klinke, aber die Tür war abgesperrt.

Riku ging um das Haus herum. Es war beschwerlich, da das Gras hoch stand.

»Es sieht so aus, als wäre schon lange niemand mehr hier gewesen«, meinte Elina. »Ist es denn auch wirklich die richtige Adresse?«

Sebastian überlegte kurz, hob dann ein Brett vom Boden auf und schlug damit ein Fenster ein.

Riku und Elina sahen sich an. Aber alles blieb still, weiterhin rührte sich nichts.

Sebastian stieß mit dem Brett die restlichen scharf hervorstehenden Glasstücke aus dem Fensterrahmen, kletterte mühelos hindurch, fand im Raum einen Lichtschalter und öffnete dann Riku und Elina die Tür.

Vom Flur aus fiel ihr Blick in ein geräumiges Wohnzimmer

und in eine offene Küche mit massivem Esstisch. Die Möbel waren alt, wuchtig und abgenutzt. Der Gesamteindruck war alles andere als gemütlich. Außerdem roch es muffig.

Riku stieg die Treppe zum ersten Stock hinauf. In dem Vorraum unter der Dachschräge standen ein Korbsessel und ein Glastisch mit einem Stapel alter Zeitungen und Zeitschriften – es waren sehr alte Ausgaben.

Elina war Riku gefolgt und betrachtete den Stapel. »Die *Wochenpost* … die beliebteste Wochenzeitung der DDR.« Sie nahm eine davon in die Hand. »Vom Juni 1986. In gewissen Kreisen scheint Ostalgie noch immer angesagt zu sein.«

Riku öffnete eine Tür, tastete nach dem Lichtschalter und musste im Licht der Glühbirne, die von der Decke hing, eine Zeit lang blinzeln. Der Raum war mit allerhand Zeug angefüllt. Rikus Blick fiel auf eine Uniform, die samt Mütze an einem Garderobenhaken hing. Die Wände waren mit Karten, Bildern und Fotos tapeziert … eine Parade in Berlin, MiG-Kampfflugzeuge in Formation, Panzer, Parteiführer Erich Honecker und Generalsekretär Leonid Breschnew vor dem Kreml.

»Ostalgie pur«, sagte Elina beim Blick in das Zimmer. Allerdings schwang ein wenig Unsicherheit in ihrer Stimme mit. Sie trat näher an die Uniform heran und betrachtete die Ordenszeichen an der Brust. »Wenn die Gerhard Frey gehören, ist er ziemlich effektiv gewesen. Vielleicht ist es doch mehr als Ostalgie.«

Riku sah sich eine der Karten an der Wand an, auf der rote Flammensymbole eingezeichnet waren, die von Osten her nach Westen vorrückten.

»Atomwaffenschläge auf Westeuropa«, bemerkte Elina. »Die Ostblocksoldaten, die an vorderster Front nach West vorgerückt wären, hätten Strahlung abbekommen, aber darüber machte man sich keine Gedanken.«

»Wir müssen die Augen offen halten«, erklärte Sebastian, der in der Tür erschienen war. »In der Privatsammlung eines

Stasi-Offiziers kann sich durchaus etwas sehr Interessantes finden lassen.«

»Ich glaube, das Interessanteste ist schon mitgenommen worden«, erwiderte Riku und deutete auf ein Regal. »Und zwar erst vor Kurzem. Überall sonst liegt eine Staubschicht, an dieser Stelle im Regal aber nicht.«

Sie schauten in die großen Schränke, die ebenfalls voller alter Sachen waren: eine Schmalfilmkamera, Ziergegenstände, Bücher, ein Toaster, ein Staubsauger – alles aus DDR-Zeiten.

Riku blätterte in einem Fotoalbum, dessen Bilder aus den Achtzigerjahren zu stammen schienen. Er befürchtete und hoffte zugleich, ein bekanntes Gesicht zu erkennen.

Melker Schwarz näherte sich dem Haus von Gerhard Frey, in der einen Hand eine Waffe, in der anderen Hand einen Kanister mit brennbarer Flüssigkeit. Er hatte sein Auto ein Stück weit entfernt abgestellt, nachdem er den Landrover am Straßenrand entdeckt hatte. Im Haus brannte Licht.

Ein gewöhnlicher Einbrecher? Oder hatte Feliks konkrete Vorahnungen gehabt und deshab den Befehl zum sofortigen Aufbruch gegeben? Bei Feliks schien das die wahrscheinlichere Variante zu sein.

Der Befehl war bedingungslos gewesen: Das Haus sollte sofort in Brand gesetzt werden. Zuvor aber musste er herausfinden, wer sich im Haus aufhielt.

Schwarz zog auch die Möglichkeit in Betracht, dass der Sohn von Claus Berger, der auch schon bei Bauer gewesen war, Frey auf der Spur war. Er wollte Feliks allerdings nicht beunruhigen, bevor er sich nicht selbst Gewissheit verschafft hatte. Frey hatte ein Eremitendasein geführt und angeblich keine Verwandten, aber vielleicht hatte ein entfernter Freund angefangen, den Verschwundenen zu suchen? Allerdings wohl kaum mitten in der Nacht.

46

Elina betrachtete die Konservendosen in der Küche, die ebenfalls noch aus DDR-Zeiten stammten. Hatte Frey einst so viele davon gehortet, dass immer noch welche übrig waren? Oder standen sie nur als nostalgischer Zierrat herum?

Plötzlich sah sie aus dem Augenwinkel, dass sich vor dem Fenster etwas bewegte. Sie glaubte, die Umrisse eines Mannes wahrgenommen zu haben.

»Im Garten ist jemand«, rief sie hastig zu Sebastian hinüber, der im Wohnzimmer das Bücherregal in Augenschein nahm.

Unverzüglich lief er zur Haustür.

Melker Schwarz erkannte den Mann an der Haustür: Es war Sebastian Keller, der Sohn von Claus Berger. Aber wer war die Frau in der Küche?

Schwarz wusste, dass es von Frey keine Fotos gab. Wegen seiner Stasi-Position hatte er sein Leben lang darauf geachtet, nicht fotografiert zu werden. Da er nur fünf Jahre älter als Schwarz gewesen war, bot sich Melker eine hervorragende Gelegenheit herauszufinden, was die Personen, die im Haus herumschnüffelten, wussten. Er trat durch die Tür.

»Was tut ihr in meinem Haus?«, rief Schwarz zornig, ließ jedoch die Waffe im Holster stecken. Er ging weiter in den Flur hinein. »Ihr habt ein Fenster kaputt gemacht. Ich rufe die Polizei.«

»Wir werden den Schaden ersetzen. Wir haben geglaubt, das

Haus steht leer. Wir möchten uns nur kurz mit Ihnen unterhalten«, erwiderte der junge Mann.

Nun kam auch die Frau an die Tür, zusammen mit einem weiteren Mann, den Schwarz nicht kannte. »Seid ihr noch mehr?«

»Nein, nur wir drei.«

Schwarz ging an den drei ungebetenen Besuchern vorbei ins Haus und die Treppe hinauf. »Ich werde auf jeden Fall die Polizei rufen! Ihr dringt einfach so bei anderen Leuten ein. Was wollt ihr überhaupt?!«

»Überstürzen Sie nur nichts«, meinte Keller beruhigend. »Wir sind einen weiten Weg gefahren, nur um Sie zu treffen, und waren sehr enttäuscht, weil das Haus verlassen aussah ... Es war nicht richtig, was wir getan haben, aber wir müssen Sie etwas Wichtiges fragen.«

Schwarz schien zu überlegen. »Ich hoffe, euer Anliegen rechtfertigt euer Verhalten wirklich. Und ich will eine anständige Entschädigung für das Fenster.«

»Selbstverständlich, nennen Sie einfach eine Summe.«

Keller stellte sich selbst sowie die Frau und den anderen Mann vor. Es war ein Finne. Er machte einen ungeduldigen Eindruck und stellte schon eine Frage, bevor Keller seinen Satz beendet hatte: »Sagt Ihnen der Name Ralf Tanner etwas?«

Aha, dachte Schwarz. Jetzt hieß es, zuerst auf Zeit zu spielen und dann schnell zu handeln. »Tanner? Möglicherweise. Ich hole ein paar Unterlagen von oben, einen Moment.«

Er stieg die Treppe hinauf. Feliks hatte sich nicht umsonst Sorgen gemacht, daran bestand jetzt kein Zweifel mehr. Und Schwarz ahnte, dass er seine Rolle nicht mehr lange würde beibehalten können. Dafür wussten die drei zu viel.

Er trat in den Raum, den Frey mit lächerlichem DDR-Gerümpel vollgestellt hatte, schloss die Tür hinter sich und rief Feliks an.

»Sie sind hier, in Freys Haus«, flüsterte er. »Bergers Sohn

Keller, dazu eine Finnin und ein Finne, der behauptet, Ralf Tanner sei sein Vater.«

»In Freys Haus?«

Schwarz hörte den Schrecken in Feliks' Stimme.

»Du weißt, was zu tun ist. Wirst du es hundertprozentig schaffen, obwohl sie zu dritt sind?«

»Ich habe eine Waffe.«

»Sieh zu, dass die Leichen im Haus verbrennen. Leg los!«

Schwarz nahm rasch sein Feuerzeug zur Hand, verteilte Papier auf dem Fußboden, riss eine Landkarte von der Wand und steckte sie an. Er würde auch das Nebengebäude, in dem sie Frey verhört und umgebracht hatten, anzünden müssen. In dem Moment fiel ihm Freys Tagebuch ein, das er im Auto liegen hatte. Es war dumm gewesen, es mitzunehmen, ohne Feliks etwas davon zu sagen. Aber er wollte wissen, was Frey über die Zeit geschrieben hatte, als sie beide bei der Stasi gewesen waren. Jetzt war das Tagebuch ein gefährliches Beweisstück und musste später ebenfalls vernichtet werden.

Die Flammen leckten am Papier. Schwarz nahm ein unversehrtes Blatt als Requisite mit und ging die Treppe hinunter.

Im Wohnzimmer war nur der Finne. Dessen Miene ließ Schwarz im Nu Unannehmlichkeiten vermuten. Er schob die Hand unter die Jacke und tastete nach seiner Waffe, aber Tanner stürzte sich unfassbar schnell auf ihn und packte ihn am Handgelenk. Schwarz trat nach ihm, doch der Mann konnte dem Tritt ausweichen.

Unmittelbar darauf kam Keller mit einer Waffe in der Hand ins Wohnzimmer gelaufen. Schwarz entwand seine Hand dem Finnen, packte ihn am Hals und hielt ihm den Lauf seiner Glock an die Schläfe.

»Lass die Waffe fallen, oder ich schieße«, fauchte er Keller an.

Kaum hatte er die Drohung ausgesprochen, spürte er einen heftigen Schlag in die Rippen, den ihm der Finne verpasste. Er torkelte zurück und schoss dabei auf Keller, der jedoch hinter der Küchentür in Deckung ging. Schwarz fing sich, stürzte zum Fenster, schützte sein Gesicht mit dem Arm und sprang durch die Scheibe.

Draußen stand mit erschrockenem Gesicht die Frau. Als er die Waffe auf sie richtete, rannte sie davon. Im Augenwinkel sah Schwarz eine Bewegung im Fenster, und im selben Moment spürte er einen Schmerz in seiner Brust explodieren.

Riku rannte zur Haustür und blieben neben Sebastian im Türrahmen stehen. Er richtete den Blick zuerst auf den leblosen Körper, der im Garten lag, und dann auf Sebastian, der eine Waffe in der Hand hielt und nicht so aussah, als wäre er ein gewöhnlicher Fotograf, der gerade zum ersten Mal auf einen Menschen geschossen hatte.

»Wer bist du eigentlich, verdammt noch mal?«, keuchte Riku außer Atem.

»Das weißt du doch. Ich bin Sebastian Keller«, antwortete der Mann ausdruckslos und ging die Treppe hinunter auf den Vorplatz. Er näherte sich der Leiche, auf die ein seltsam flackernder Lichtschein fiel.

»Es brennt, ich sehe Flammen im Fenster vom Obergeschoss!«, rief Elina in diesem Moment.

Riku fuhr herum und rannte hinauf in den ersten Stock. Sie hatten die Fotos und Papiere noch längst nicht alle durchgesehen, doch er kam gar nicht mehr in den Raum hinein, in dem die Flammen hell loderten und der Rauch ihm sofort den Atem nahm. Riku rannte wieder nach unten und suchte nach einem Feuerlöscher, obwohl er schon ahnte, dass es in dem Haus keinen gab.

Sebastian war ebenfalls ins Haus zurückgekommen und wühlte im Wohnzimmer mit unglaublicher Geschwindigkeit in den Regalen.

»Kommt da raus!«, schrie Elina von der Haustür aus hysterisch.

Bücher fielen auf den Boden, das Brausen im ersten Stock wurde immer lauter. Es knackte bereits im Gebälk.

»Wir müssen raus«, rief Sebastian.

Riku warf einen Blick in einen geräumigen Wandschrank, dessen Schließmechanismus defekt war. Innen war der Türknauf abgefallen. Auf dem Boden lagen Kleidungsstücke und Schuhe kreuz und quer durcheinander. Verwundert betrachtete er die Spuren am Türrahmen.

»Nun komm schon«, drängte Sebastian an der Haustür. »Der Rauch ist zu stark, das ist gefährlich.«

Riku hob die Kleiderstange auf, die zu Boden gefallen war. »Komm her und schließ die Tür hier«, sagte Riku, der nun in dem Wandschrank stand.

Sebastian zögerte zunächst, lief dann aber ins Haus zurück. Riku setzte den inneren Türknauf ein, platzierte die Kleiderstange quer im Türrahmen, sodass sie schräg unter der Klinke klemmte und ihre Enden auf den Kratzspuren am Rahmen lagen.

»Jemand hat sich hier verschanzt …«

Riku sah sich die Kleiderstange genauer an. Sie wies rote Flecken auf, die er zunächst für Rost gehalten hatte. Er befeuchtete die Fingerspitze und wischte über einen Fleck. Was sich löste, war kein Rost.

»Blut.«

»Hier ist noch mehr davon«, schnaufte Sebastian, der Jacken und Mäntel zur Seite geräumt hatte. »Auf dem Fußboden …«

Aus dem ersten Stock war ein lautes Krachen zu hören. Das Feuer loderte immer stärker. Riku öffnete die Schranktür, hielt aber inne, als er unter einem Stiefel einen Bleistiftstummel entdeckte. Mehr instinktiv als aus einer Überlegung heraus drehte er sich um und betastete die Taschen der Mäntel: ein Taschentuch, ein Autoschlüssel, auf dessen abgegriffenem Anhänger »WARTBURG« stand, noch ein Taschentuch, eine Tankquittung. Gerade wollte er die Quittung fallen lassen, als er auf der Rückseite von Hand geschriebene Wörter sah. Die Schrift war kaum leserlich, die Wörter waren offenbar in großer Eile geschrieben worden:

SIE SIND METEOR AUF DER SPUR.

Riku blickte auf und sah in Sebastians ernstes Gesicht. Auch er hatte den Satz gelesen. Rasch steckte Riku die Quittung ein, dann rannten sie zusammen aus dem Haus. Im Flur war der Rauch bereits so dicht, dass ihnen die Augen tränten und sie husten mussten.

Elina stand kreidebleich und völlig schockiert vor dem Haus. Sebastian lief zu einem der Nebengebäude, während Riku schützend den Arm um Elina legte und sie vom Haus wegführte.

»Wir müssen mit Sebastian vorsichtig sein«, sagte er. »Ich glaube nicht, dass er uns alles erzählt hat, was er weiß.«

Er zeigte Elina die Rückseite der Tankquittung. »Jemand hat versucht, sich im Wandschrank zu verstecken, ist aber entdeckt worden. Vielleicht Frey selbst. Das hier hat er hinterlassen.«

»Was ist ›Meteor‹?«, fragte Elina mit zitternder Stimme.

Durchs Fenster sahen sie, wie das Feuer nun auch rasch im Erdgeschoss um sich griff. Am Nebengebäude klirrte eine Scheibe. Sebastian schien dort einzudringen.

Riku rannte hinüber, und als er ankam, stand das Tor bereits offen. Drinnen war es dunkel, aber plötzlich ging das Licht an. In der Scheune stand Sebastian und neben ihm ein orangefarbener Wartburg.

»Was suchst du hier?«, fragte Riku.

Sebastian nahm die Hand vom Lichtschalter und ließ den Blick über den Boden schweifen, auf dem ein paar Grasbüschel wuchsen. »Das Gleiche wie im Haus. Spuren, Zeichen, Botschaften.«

Vor einem Stuhl neben dem Wartburg blieb er stehen und ging in die Hocke. Mit den Fingerspitzen fuhr er leicht über den Boden und dann über einige Spritzer an der Wagentür.

»Hier ist ebenfalls Blut. Haben sie Frey im Haus gefunden und dann hierher gebracht? Ist der Stasi-Offizier das Opfer der gleichen Verhörmethoden geworden, die er selbst bei anderen angewandt hat?«

Riku starrte auf den Stuhl, auf den Boden und auf das Auto. Offensichtlich war hier ein Mensch gefoltert worden.

»Hier ist eine Art Luke«, sagte Elina. Sie war in die Scheune nachgekommen und stand nun in einer Ecke. Riku eilte zu ihr und sah eine Falltür mit Griff, die früher unter den Bodenbrettern verborgen gewesen sein musste. Nun hatte sie jemand mit Axtschlägen freigelegt.

Riku bückte sich und zerrte an dem Griff, aber die Luke ließ sich nicht bewegen. Sebastian half ihm, und als sie gemeinsam mit aller Kraft zogen, gelang es ihnen, sie etwas anzuheben.

»Die Eisenstange«, keuchte Riku und nickte in Richtung Wand. Sebastian griff nach der Stange, die dort lehnte, und schob sie in die schmale Öffnung unter die Luke. Schließlich schafften sie es, die Luke hochzustemmen. Riku richtete das Licht der Taschenlampe in eine leere Kammer mit Betonmauern. Sie war niedrig, nur gut einen halben Meter tief.

Draußen hörte man das Krachen einstürzender Balken.

»Man sieht das Feuer sicher schon von Weitem, bald werden Leute kommen«, sagte Sebastian.

Sie liefen nach draußen, wo der tote Mann im Schein des Feuers gespenstisch erleuchtet dalag. Sebastian durchsuchte rasch die Taschen der Leiche, wobei er die Hand mit einem Papiertaschentuch bedeckte, bevor er der Reihe nach Portemonnaie, Autoschlüssel und Handy zum Vorschein brachte und auf die Erde legte.

Riku registrierte, wie selbstverständlich Sebastian darauf achtete, keine Fingerabdrücke zu hinterlassen. Er sah zu Elina hinüber, ihre Blicke trafen sich. Riku bückte sich nach dem Portemonnaie und bedeckte seinerseits die Finger mit dem Hemdzipfel.

»Schwarz, Melker. Erdener Straße 16, Blankenfelde. Prägt euch das ein. Was ist mit dem Telefon?«

»Ist eingeschaltet«, antwortete Sebastian. »Ich nehme es mit, damit wir es uns genauer ansehen können.«

»Nein, wir schauen uns nur rasch seine beiden letzten Gespräche und SMS-Nachrichten an. Wenn man uns aus irgendeinem Grund anhält, will ich wirklich nicht, dass die Polizei bei uns das Handy eines Mannes findet, den du kurz zuvor erschossen hast.«

Sebatian reagierte nicht auf Rikus vorwurfsvollen Ton, sondern nannte die Nummern der jüngsten Telefonate, und Elina schrieb sie auf. Textmitteilungen waren keine gespeichert.

Riku bückte sich und legte das Portemonnaie zurück in die Tasche des Toten. »Ich nehme den Schlüssel; wir sehen uns seinen Wagen an.«

Sie eilten die Straße hinunter. Zweihundert Meter von ihrem Geländewagen entfernt sahen sie einen kleinen Škoda stehen.

»Ich werfe rasch einen Blick hinein. Ihr könnt mich dann auflesen«, sagte Riku und rannte weiter.

Er streckte die Hand mit dem Schlüssel aus und drückte die Fernbedienung der Zentralverriegelung, worauf die Scheinwerfer des Škoda kurz aufleuchteten. Beim Öffnen der Tür bedeckte er wieder die Hand mit dem Hemdzipfel. Im Innenraum des Wagens war nichts Besonderes zu erkennen. Im Kofferraum lag jedoch eine Plastiktüte. Sie enthielt Unterlagen und ein Buch mit schwarzem Einband, dessen Seiten von Hand beschrieben waren, es sah aus wie ein Tagebuch. Riku glaubte zu erkennen, dass es sich um dieselbe Handschrift handelte wie auf der Rückseite der Tankquittung. Um die Schrift von Gerhard Frey.

Dann hielt auch schon der Landrover neben ihm. Er nahm die Plastiktüte aus dem Kofferraum und warf den Autoschlüssel auf den Fahrersitz des Škoda.

47

»Verdammter Mist«, murmelte Feliks vor sich hin.

Er stand im Wohnzimmer seiner Wohnung in Ullanlinna und umklammerte das Telefon. Warum hatte sich Schwarz immer noch nicht gemeldet?

Unruhig machte er ein paar Schritte, dann blieb er wieder stehen, versuchte sich zu beruhigen, auch wenn er wusste, dass ihm das nicht gelingen würde.

Was war in Freys Haus geschehen?

Bei den Vorbereitungen für Meteor hatte Gerhard Frey großen Eindruck auf Feliks gemacht. Kennengelernt hatte er den Deutschen in Karlshorst, dem größten Stützpunkt des KGB außerhalb der Sowjetunion, wo die Stasi all ihr relevantes Wissen abgeliefert hatte. Frey war damals »Offizier im besonderen Einsatz« gewesen. Er war der Sohn eines Stasi-Offiziers der ersten Generation, Parteisekretär seiner Abteilung und ein in jeder Hinsicht charismatischer Fachmann, ausgebildet für Sabotageeinsätze im Ausland, ein Mann mit Ecken und Kanten und hohen Ansprüchen, der im Stasi-Chor sang, sich für Geschichte interessierte, Langstreckenschwimmen betrieb und im Gegensatz zu den anderen Beamten der mittleren und oberen Führungsebene nicht mit einem VW Golf oder einem Peugeot aus dem Westen angab, sondern einen orangefarbenen Wartburg Kombi fuhr.

Frey schien die Denkweise, auf die Markus Wolf und die übrige Führung des DDR-Nachrichtendienstes HVA ihre Leute eingeschworen hatten, vollständig verinnerlicht zu haben. Die

Offiziere der HVA wurden indoktriniert, ihren Beruf als faszinierende und außergewöhnliche Tätigkeit zu betrachten. Man vermittelte ihnen, dass sie einer besonderen Gemeinschaft angehörten, einem elitären Geheimbund, der für hehre Ziele kämpfte.

Feliks hatte sich damals nur sehr wenig mit Frey über Politik unterhalten, nachdem er gemerkt hatte, wie feindselig er Gorbatschows Reformen gegenüberstand. Frey war ein Kommunist der alten Schule, der hundertprozentig an das glaubte, was er tat.

Feliks kehrte aus den Erinnerungen in die Gegenwart zurück und wählte erneut die Nummer von Schwarz. Wieder ertönte das Anrufsignal, ohne dass jemand darauf reagierte.

Riku durchsuchte die Plastiktüte, die er im Kofferraum des Škoda gefunden hatte. Einige Blätter reichte er nach hinten an Elina weiter. Sebastian beschleunigte auf der dunklen Straße. In seiner Tasche klingelte ein Handy. Es war nicht derselbe Klingelton, den Riku zuvor bei ihm gehört hatte.

Er sah Sebastian scharf an. »Du hast das Handy des Toten doch mitgenommen, ohne es uns zu sagen.«

»Ihr versteht nicht, wie wichtig es ist, ich hatte keine andere Wahl.« Er nahm das Handy von Melker Schwarz aus der Tasche. Das Display leuchtete grün. Er warf einen kurzen Blick darauf und gab Riku das Gerät.

Der erschrak, als er den Namen auf dem Display las.

FELIKS.

Er überlegte, ob er den Anruf annehmen sollte, hielt es dann aber für klüger, es nicht zu tun. Stattdessen zeigte er Elina das Display. »Offenbar derselbe Feliks, mit dem Bykow in seinem Haus telefoniert hat.«

»Dann werden wir jetzt also von richtigen Killern gejagt«, sagte Elina, und die Angst in ihrer Stimme war unüberhörbar. »Vielleicht dieselben, die Frey ermordet haben. Metcor … Was ist das? Wir müssen mit der Polizei reden. *Jetzt sofort.* Wir müssen melden, dass vor Freys Haus ein Toter liegt.«

Riku und Sebastian schwiegen.

»Habt ihr gehört? Fahr zur nächsten Polizeistation, Sebastian!«

»Morgen früh«, erwiderte Sebastian ganz ruhig. »Gleich nachdem ich meinen Vater besucht habe.«

Riku blätterte in dem schwarzen Buch, das er der Plastiktüte aus dem Škoda entnommen hatte.

»Das hier ist Gerhard Freys Tagebuch aus den Achtzigerjahren. Der letzte Eintrag stammt vom November 1989 …«

Rikus Finger glitt über die Zeilen, hielt aber plötzlich inne. Die Handschrift war klar und deutlich und somit leicht zu lesen. In einer Zeile stand ein Wort, das einen elektrischen Stromschlag durch Rikus Körper schickte.

Tanner.

7.10. Tanner aus Moskau gekommen, die Vorbereitungen laufen.

Hastig las Riku die Einträge der Tage zuvor und danach, aber darin wurde sein Vater nicht erwähnt.

»Hier sind ein paar interessante Papiere«, sagte Elina hinter ihm. »Auf einem sind Koordinaten aufgelistet, von denen zwei eingekringelt worden sind. Kannst du die mal in das Navi eingeben …«

Der Anblick des Namens seines Vaters hatte Rikus Müdigkeit vertrieben und setzte neue Energie frei. Er nahm das Navigationsgerät aus der Halterung an der Windschutzscheibe und gab die Koordinaten ein, die Elina ihm diktierte. Das bunt leuchtende Kartenbild glitt in den Westen Deutschlands und stoppte schließlich am Ziel.

»Ramstein«, sagte Riku.

Sebastian fuhr zusammen.

»Du hast erzählt, dass du in Ramstein geboren wurdest«, meinte Riku. »Das ist nach wie vor einer der wichtigsten Stützpunkte der USA und der NATO in Europa.«

Ohne etwas zu erwidern, setzte Sebastian den Blinker.

»Und jetzt die nächsten«, sagte Elina und diktierte wieder Koordinaten, während das Auto am Straßenrand anhielt.

Riku gab die Daten ein und sah sich das Resultat an: ein Ort mitten im Nichts. »Das ist irgendwo östlich von Beeskow. Keine Ansiedlung. Der nächste Ort heißt Bärenstetten.«

»Lass uns auch einige von den Orten prüfen, die auf der Liste nicht markiert sind …«

Erneut drückte Riku die Tasten des Navis.

»Wieder keine Ortschaft. Aber in der Nähe liegt Kossa.«

»Kossa«, wiederholte Elina. »Dort befindet sich einer der DDR-Bunker, deren Verwendungszweck noch immer unklar ist.«

Sebastian streckte die Hand nach hinten aus, und Elina reichte ihm das Blatt, sodass auch Riku den Text sehen konnte.

Wie Elina gesagt hatte, waren nur die Koordinaten von Ramstein und Bärenstetten eingekreist.

»Falls Meteor etwas mit Ramstein zu tun hat, dann muss auch Bärenstetten eine Bedeutung dafür haben«, sagte Sebastian. »Also fahren wir über Bärenstetten nach Berlin zurück.«

Elina stutzte bei Sebastians Vorschlag, widersprach aber nicht, als sich der Wagen wieder in Bewegung setzte. Dass Sebastian einen Mann erschossen hatte, ließ ihr keine Ruhe, aber anderseits wuchs auch ihre Neugier immer mehr.

»Woraus schließt du, dass Frey gefoltert worden ist?«, fragte sie Sebastian nach einer Weile.

»Aus den Blutflecken.« Die Antwort kam zögernd, weshalb sie Riku sofort aufgriff.

»Wahrscheinlich hast du bei deinen Fotoreportagen allerhand gesehen und gelernt.«

Sebastian wirkte mürrisch und hatte eindeutig nicht die Absicht zu antworten.

Elina kamen die Verhör- und Foltermethoden in den Sinn,

die von der Stasi mithilfe deutscher Ingenieurskunst grausam und effektiv perfektioniert worden waren. Nach dem Krieg hatte die DDR ehemalige Gestapo-Mitarbeiter in den Dienst der Stasi genommen. Zu deren Know-how kam all das hinzu, was man vom großen Bruder im Osten lernte. Am Ende wusste die Stasi bestens darüber Bescheid, wie man einen Menschen brechen konnte. Häftlinge wurden auf unbestimmte Zeit in enge Zellen gesperrt, teils in Isolationszellen von anderthalb Quadratmetern. In manchen Zellen gab es Metallwände und Rohre, die eiskaltes Wasser verspritzten. Außerdem folterte man die Gefangenen durch Lärm, Licht, Demütigungen, durch die Misshandlung von Angehörigen vor ihren Augen oder durch Scheinhinrichtungen. Sie wurden gewürgt, unter Wasser getaucht, man gab ihnen Elektroschocks. Dann bot man ihnen eine Zigarette und Kaffee an, bis unvermutet wieder die Schinderei einsetzte. Noch heute gab es Tausende von Stasi-Opfern, die ihre psychischen Verletzungen nicht verwunden hatten. Sie würden sich nie ganz davon erholen.

Feliks saß blass auf der Couch in seinem großen Wohnzimmer in Helsinki. Es brannte lediglich eine Stehlampe. Er wagte es nicht, erneut die Nummer von Schwarz zu wählen. Stattdessen hatte er bereits Kontakt mit seinem zweiten Vertrauensmann in Berlin aufgenommen, mit Wolfgang Ruhe, und diesen gebeten, unverzüglich zu Freys Haus zu fahren.

Ruhe gehörte dem »Stabkreis« an, einer Vereinigung, die ehemalige Stasi-Offiziere nach dem Zusammenbruch der DDR gegründet hatten. Feliks passte es nicht, dass Ruhe zu diesem Kreis gehörte, er bediente sich normalerweise nur einsamer Wölfe, die er entweder persönlich kannte oder über die er in allen Einzelheiten informiert war. Nachdem er den KGB verlassen hatte, war er über die alten Netzwerke auf zahlreiche brauchbare, verbitterte Ex-Offiziere gestoßen. Ein KGB-Offizier, der unmittelbar vor dem Zerfall der Sowjetunion den

Rang eines Hauptmanns innehatte, verdiente ebenso viel wie der Leiter einer Fabrik oder einer Forschungseinrichtung. Als Jelzin aber fast ein Drittel der KGB-Stellen abgeschafft hatte, waren all diese Männer arbeitslos. Ihnen blieben nur Wut und Depression.

Solche Männer waren leicht zu engagieren, weshalb sich die KGB-Netzwerke bald in die kriminellen Kreise und in die Wirtschaft hinein ausgebreitet hatten. Kirill Rischnikow, Feliks' Kollege aus der Desinformationsabteilung, hatte wie viele andere die Chance erkannt, die sich nun bot, da die einfache Bevölkerung den Wert der Privatisierungskupons staatlicher Betriebe nicht verstand.

Feliks war nicht verbittert darüber, diese Chance nicht selbst ergriffen zu haben. Ihm genügte der gut bezahlte Job in Kirills Firma. Er beneidete Kirill nicht um seine Verantwortung und schon gar nicht um seine Gegner, deretwegen Feliks in den Anfangsjahren rund um die Uhr Personenschutz für Kirill und seine Familie organisiert hatte. Als TerraEnergo mit den Jahren immer mehr gewachsen war, hatte Feliks als Sicherheitschef Hunderte von Mitarbeitern für verschiedene Wach- und Sicherheitsaufgaben in den Häfen, Raffinerien und in der Verwaltung einstellen müssen.

Am Drogenhandel waren von ihnen nur eine Handvoll »eigener« Leute beteiligt, die allesamt eine KGB- oder Stasi-Vergangenheit hatten, so wie Wolfgang Ruhe, der nun Schwarz ersetzen sollte.

Feliks stand auf und ging nervös in die Küche, um ein Glas Wasser zu trinken. Er hatte Ruhe befohlen, so bald wie möglich anzurufen und zu berichten, was in Freys Haus eigentlich los war.

48

Zwei laut knatternde Mopeds fuhren auf den Rastplatz an der nächtlichen Landstraße, die von dichtem Wald umgeben war. Die Fahrer hielten nebeneinander an, ohne die Motoren abzustellen.

»Die werden wir jetzt mal schön aufwecken«, sagte einer der Jungen, der einen schwarzen Helm trug, und machte eine Kopfbewegung zu dem Toyota mit dem Wohnwagen hinüber, an dem die Vorhänge zugezogen waren. »Polnische Nummernschilder.«

Ohne die Antwort seines Kumpels abzuwarten, fuhr er mit seinem Moped unmittelbar an den Wohnwagen heran, ließ den Motor abrupt aufheulen, und ein donnerndes Brüllen kam aus dem abgesägten Auspuff. Mehrmals drehte der Junge am Gas, dann kehrte er zu seinem Freund zurück. Die Vorhänge blieben geschlossen.

»Die schlafen aber verdammt fest.«

Der Junge drehte eine Runde um den Wohnwagen herum und ließ dabei weiterhin den Motor immer wieder aufheulen. Keine Reaktion.

»Die haben Schiss.«

»Oder es ist gar keiner drin.«

»Warum hätten sie das Auto und den Wohnwagen denn mitten im Wald abstellen sollen?«

Die beiden Jungen machten die Motoren aus und setzten die Helme ab. Um sie herum rauschte nur noch die Stille des Waldes. Sie gingen auf den Wohnwagen zu. Der Junge mit dem schwarzen Helm klopfte an und schaute durch eines der Fenster.

»Komm, lass gut sein«, sagte der andere und sah sich nervös um.

»Hast du Angst?«

»Was riecht hier so komisch?«

»Wieso?«

»Nach Flüssiggas …«

Die Jungen schauten sich an. Derselbe, der ans Fenster geklopft hatte, betätigte den Türgriff. Abgeschlossen. Er hämmerte an die Tür.

»Hol einen Schraubenzieher!«

Der andere Junge lief zu seinem Moped und suchte im Werkzeug unter dem Sattel nach einem Schraubenzieher.

Damit bearbeiteten sie dann das Schloss, bis sie die Wohnwagentür aufbekommen hatten. Starker Gasgeruch schlug ihnen entgegen.

»Oh, Scheiße …«

Der Mutigere der beiden tastete nach der kleinen LED-Taschenlampe an seinem Schlüsselbund und leuchtete in den Wohnwagen. Der Lichtkegel fuhr über die Wände, den Tisch, die Stühle, die Kücheneinrichtung … und fiel dann auf den Schlafbereich.

Unter der Decke ragten nackte Füße heraus, die sich kein bisschen bewegten.

Das Navi leuchtete in der Nacht vor dem Hintergrund der schmalen, unasphaltierten Straße im Licht der Scheinwerfer.

Es war still im Landrover. Riku schaute aus dem Seitenfenster auf den vorüberhuschenden hohen, dichten Fichtenwald. Die Müdigkeit und die Ereignisse in Freys Haus sorgten für gedrückte, düster-angespannte Stimmung.

Die Durchsicht von Freys Tagebuch hatte Riku zwei Dinge in die Hand gegeben, an denen er sich festhalten konnte: Erstens war sein Vater bei der Operation in Ramstein dabei gewesen oder hatte zumindest etwas davon gewusst. Und zweitens war die Operation angesichts des Datums womöglich ein Grund für das Verschwinden seines Vaters gewesen.

Außerdem schien noch jemand der Operation Meteor auf den Fersen zu sein. Jemand, der es extrem ernst meinte, und der von keinem Mittel zurückschreckte.

»Meteor war höchstwahrscheinlich ein Projekt des KGB, bei dem die Stasi mithalf, weil es auf deutschem Boden umgesetzt wurde«, sagte Sebastian in die Stille hinein.

Riku war sich zunehmend sicher, dass Sebastian mehr wusste, als er zugab. Vielleicht wusste er sogar genau, was er suchte, und nutzte Elina skrupellos aus. War er womöglich hinter Ralf Tanner her? Riku fragte sich, ob es tatsächlich sein konnte, dass sein Vater gar nicht tot war, sondern irgendwo mit neuer Identität lebte. Sollte dies der Fall sein, führte sein eigener Sohn vielleicht gerade einen der Jäger zu ihm.

»Wie lange bist du schon Fotograf?«, fragte Riku.

»Das habe ich doch schon gesagt. Mehrere Jahre.«

»Reportagereisen, nicht wahr?«

Sebastian war sichtlich gereizt. »Meine Bilder sprechen für sich. Du findest sie in vielen Publikationen, falls du mir nicht glaubst.«

Riku schmunzelte. »Bilder beweisen gar nichts.«

»Worauf willst du eigentlich hinaus, verdammt?«

»He, versucht mal, ruhig zu bleiben«, sagte Elina mit erschöpfter Stimme. »Wenn wir unsere Fantasie nicht unter Kontrolle halten, werden wir noch alle paranoid.«

Sie will die Wahrheit über Sebastian noch immer nicht akzeptieren, dachte Riku frustriert.

Dann meldete das Navi, man müsse gleich links abbiegen. Sebastian bremste und bog in einen schmalen Kiesweg ein, der zwischen hohen Fichten hindurchführte. In gespannter Stille näherten sie sich den angegebenen Koordinaten.

»Sie haben Ihr Ziel erreicht«, teilte wenig später die weibliche Stimme aus dem Navi in schicksalhaftem Ton mit.

Langsam fuhren sie näher heran, bis sie ein offenes Tor und einen verrosteten Maschendrahtzaun erkannten. Auf der Erde lagen alte Stahltrossen und anderer Schrott. Vorsichtig fuhren sie weiter. Die Scheinwerfer erfassten einen kleinen Hügel, auf dem Bäume standen: der getarnte Eingang zu einem Bunker. In die Betonwand war eine graue Doppeltür aus Metall eingelassen.

»Solche gab es in der DDR massenweise«, sagte Elina.

Diese Entdeckung belebte die zuvor müde, gedrückte Stimmung im Wagen, auch wenn der Bunker ein hässliches Monument aus einem anderen Zeitalter darstellte. Riku interessierte sich allerdings mehr für das danebenstehende Wohnmobil.

»Hier sind Leute«, sagte er. »Das gefällt mir nicht.«

Sebastian nahm seine Waffe aus dem Handschuhfach und steckte sie in die Jackentasche. Riku wiederum nahm die Taschenlampe an sich und stieg zeitgleich mit Sebastian aus. Im selben Moment tauchte in der Tür des Wohnmobils ein erschrocken wirkender junger Mann in Unterhosen auf, der ein Handy ans Ohr hielt. Im Inneren des Fahrzeugs brannte Licht.

»Ein Tastendruck, und die Polizei ist hier«, rief der Mann.

»Keine Panik. Tut uns leid, wenn wir Sie erschreckt haben«, erwiderte Sebastian. Unverfroren richtete Riku den Lichtkegel direkt auf den Mann.

»Wir sind zu einer etwas ungewöhnlichen Zeit unterwegs, entschuldigen Sie die Störung«, fuhr Sebastian fort. »Was ist das hier eigentlich?«

»Warten Sie einen Moment, ich zieh mir etwas über.«

Der Mann verschwand im Wohnmobil.

»Der ist ungefährlich«, sagte Riku leise. »Leg die Waffe in den Wagen zurück. Hinter verschlossenen Türen ist sie sicherer.«

Sebastian tat so, als hätte er nichts gehört, und ging näher an das alte, mit Schlamm bespritzte Wohnmobil heran.

Kurz überlegte Riku, ob er mit Elina über Sebastian reden

sollte, aber er hatte keinen konkreten Vorschlag zur Klärung oder Verbesserung der Situation, weshalb er beschloss, nichts zu sagen. Elina dachte garantiert auch so schon ständig über Sebastian und dessen Verhalten nach.

Als der Mann wieder aus dem Wohnmobil kam, hatte er sich ein Flanellhemd, ein zerschlissenes Sakko und Jeans angezogen. Riku konnte erkennen, dass er mehrere Anstecker an der Jacke trug, angeordnet in Reihen wie Militärorden: roter Stern, Hammer und Sichel, Soldaten mit tief ins Gesicht gezogenen Helmen und bedrohlich vorgehaltenen Gewehren.

»Wie haben Sie hierher gefunden, wo doch nirgendwo Schilder stehen?«

Sebastian sah Riku an, der auf Elina deutete und sagte: »Sie ist Historikerin, spezialisiert auf den Kalten Krieg.«

»Tatsächlich? Ich studiere selbst Geschichte an der Humboldt-Uni in Berlin. Mein Name ist Jürgen Wist. Ich schreibe meine Magisterarbeit über den Status der DDR während der Militärdoktrin des Warschauer Pakts. Nebenbei kartiere ich Bunker für ein Projekt des Wirtschaftsministeriums Sachsen-Anhalt, bei dem untersucht wird, wie das Thema Kalter Krieg für den Tourismus nutzbar gemacht werden kann. Diese Orte hier sind für die Truppen der Sowjetunion gebaut worden, im Hinblick auf einen siegreichen dritten Weltkrieg.«

Für Riku klangen die Worte des Mannes absurd inmitten des finsteren, menschenleeren Waldes. Gleichzeitig aber auch irgendwie Unheil verkündend.

»Ist der Bunker für die Allgemeinheit zugänglich?«, wollte Elina wissen.

»Ja. Aber das Betreten erfolgt auf eigene Gefahr. Einige Bereiche befinden sich in kaum erträglichem Zustand.«

»Wir würden gern mal einen Blick hineinwerfen«, sagte Elina.

»Jetzt? Um diese Zeit?«

Sebastian hielt dem Mann einen Zwanziger hin. »Sie kommen mit und erzählen uns, was Sie über den Ort wissen. Wenn wir schon mal hier sind, wollen wir uns auch umsehen.«

»Das Umsehen dauert allerdings mindestens eine Stunde«, erklärte der junge Mann und öffnete die Metalltür. »Unter der Erde liegt ein komplettes kleines Dorf mit langen Gängen und einer Unmenge von Räumen. Wie lange der Rundgang dauert, hängt natürlich davon ab, wie gründlich Sie den Bunker kennenlernen wollen.«

Riku ließ den Lichtkegel der Lampe durch den weitläufigen, hohen Raum schweifen.

»Als nach dem Ende des Kalten Kriegs die Archive geöffnet wurden, stellte sich heraus, wie penibel die Mitglieder des Warschauer Pakts einen Überraschungsangriff auf den Westen vorbereitet hatten. Der zentrale Korridor für den Vorstoß sollte die Fulda-Niederung östlich von Frankfurt am Main sein.«

»Und was hat dieser Ort damit zu tun?«, fragte Elina.

»In groben Zügen sind die Pläne Moskaus bekannt, aber die konkreten Einzelheiten liegen noch immer im Dunkeln. Wir wissen zum Beispiel nicht, wo sich die Kommandozentren für den Atomkrieg befanden. Als die Sowjettruppen aus Ostdeutschland abzogen, hinterließen sie zahlreiche Verteidigungsanlagen und kontaminierte Militärgelände, über die so gut wie nichts bekannt ist.«

Durch Stahltüren gelangten sie in Räume, in denen Kabel von der Decke hingen und verstaubte Telefone herumstanden. Auch primitive Duschräume gab es.

»In der Nähe von Kossa hat man einen Bunkerkomplex in ein Museum umgewandelt. Es wird behauptet, er sei als eine der potenziellen Feuerleitzentralen der Sowjettruppen vorgesehen gewesen. Neben dreihundertfünfzig Offizieren gab es dort Platz für zweihundertfünfzig Spezialisten für den Nachrichtenverkehr. Der Bunker war vollgepackt mit Computern aus der damaligen Zeit, und es bestand ein direkter Draht nach

Moskau. Als weitere mögliche Leitzentren des Atomkriegs sind Falkenhagen, Möhlau und Schwepnitz genannt worden. Aber die sind entweder überschwemmt oder durch Sprengungen zerstört worden.«

Sie passierten eine schmale Stelle, die an das Innere eines U-Boots erinnerte. Danach schloss sich ein Gewölbe mit Metallregalen an, in denen uralte Computergehäuse standen, die Riku erneut an seinen Vater erinnerten. Es war möglich, dass er auf seinen zahlreichen Reisen in die DDR etwas mit Militärtechnik zu tun gehabt hatte … das Gleiche galt für seine Aktivitäten in der Sowjetunion.

»Man weiß nur, dass Erich Honecker bei Kriegsausbruch in einen Festungsbunker in Prenden gebracht werden sollte, wo man dem Politbüro gut ausgestattete Räume eingerichtet hatte. Wofür aber benötigte man die tausendzweihundert anderen Bunker in der DDR, diesen hier eingeschlossen?«

Schließlich erreichten sie den hinteren Bunkerbereich und blieben vor einem gelb gestreiften Absperrband stehen. Auf einem Schild stand: ACHTUNG! ZUTRITT VERBOTEN! Das Band verlief kreuz und quer vor einer Türöffnung, hinter der eine Art Höhle zu liegen schien.

»Was ist das?«, fragte Sebastian.

»Das weiß ich nicht. Lagerräume. Vielleicht für Waffen und Munition.«

Sebastian bückte sich, um unter dem Plastikband hindurchzuschlüpfen.

»Das sollten Sie besser nicht tun. Dort können Steine herabfallen.«

»Das Risiko gehe ich ein.«

Riku folgte ihm und sagte dabei zu Elina auf Finnisch: »Stell inzwischen alle möglichen Fragen.«

Es wurde immer dunkler ringsum, je weiter Sebastian und Riku in die Höhle vordrangen. Sie hörten nur den Klang ihrer Schritte. Bald fiel das Licht der Taschenlampe auf eine schwere, hohe Metalltür. Sie stand einen Spaltbreit offen, und die beiden Männer schlüpften hindurch.

»Ist dir aufgefallen, wie dick und dicht die Tür ist?«, fragte Sebastian.

Im selben Moment hörten sie ein Plätschern. Der Höhlenboden stand unter Wasser. Im schmalen Lichtkegel wateten sie voran, bis sie eine weitere Tür in der Höhlenwand entdeckten.

Sebastian bemühte sich, die Tür zu öffnen. Sie war dick und schwer und ließ sich nur langsam aufziehen. Dahinter tat sich erneut ein gewölbeartiger Raum auf.

Riku ließ das Licht der Lampe langsam über Wände und Decke gleiten. »Was ist hier aufbewahrt worden?«

»Das weiß ich nicht«, antwortete Sebastian mit seltsam deutlicher Betonung.

49

Über dem ruhigen See lag leichter Morgendunst.

»Zanderbäckchen sind die größte Delikatesse, die man sich vorstellen kann«, erklärte Kalle Leo, der ihm gegenüber im Boot saß, und tauchte für einen weiteren Zug die Ruderblätter in die glatte Wasseroberfläche. Es war feucht und kühl an diesem Herbstmorgen. Sie näherten sich zügig dem kleinen Sandstrand, hinter dem ein altes, dunkles Blockhaus zwischen den Nadelbäumen hervorlugte. Im Boot lag die reiche Beute aus den Netzen, die Kalle über Nacht ausgelegt hatte.

»Die Zander werde ich dann ganz langsam bei kleiner Flamme über dem offenen Feuer rösten«, fügte Kalle hinzu und lächelte den Jungen an.

Das Boot glitt auf den Sand und stoppte. Kalle sprang mit seinen hohen Gummistiefeln ins Wasser und zog das Boot ans Ufer.

»Guck mal, wir haben Besuch«, sagte Leo.

Kalle drehte sich abrupt um. Zwei Männer, die nicht aus der Gegend zu sein schienen, kamen auf sie zu.

Rasch blickte Kalle zum Haus, wo sein Gewehr hing. Der Weg war zu weit.

Er packte erneut das Boot.

»Halt dich fest!«, rief er Leo zu und schob das Boot mit aller Kraft wieder ins Wasser, sodass es rechts und links nur so spritzte.

»Die rennen«, juchzte Leo im Boot. Er schien das Ganze lustig zu finden.

Kalle machte noch ein paar Schritte, dann sprang er ins Boot, griff nach den Rudern und versuchte sie in die Dollen einzusetzen.

Hinter sich hörte er das Wasser spritzen. Er blickte über die Schulter und sah, dass einer der Männer den Bootssteven gepackt hatte.

Kalle stand auf, nahm ein Ruder in beide Hände und schlug damit nach dem Mann. Dieser wich aus und bekam gleich darauf das Ruder zu fassen.

Er rief seinem Komplizen etwas zu – auf Russisch.

Dann entwand er Kalle das Ruder und stieg ins Boot. Er versetzte dem alten Mann einen scharfen Schlag mit dem Ruderblatt, worauf Kalle auf die Knie sank. Leo erschrak und hielt sich am Bootsrand fest.

Wieder sauste das Ruder durch die Luft und traf Kalle im Gesicht.

Der Mann im Wasser zog inzwischen das Boot ans Ufer zurück. Kalle blickte auf den Jungen, der schockiert auf der hinteren Bank saß und Tränen in den Augen hatte.

»Keine Angst, wir werden das schon hinkriegen«, versuchte er zu sagen, hörte aber selbst, wie breiig seine Worte klangen, weil ihm das Blut aus dem Mund lief.

Er gab sich alle Mühe, bei Bewusstsein zu bleiben, aber stechende Schmerzen im Gesicht raubten ihm die Kraft. Am meisten aber schmerzte ihn, dass er sein Versprechen, Leo zu beschützen, nicht halten konnte.

DRITTER TEIL

50

Riku stand hinter Sebastian in der spartanischen Eingangshalle der Haftanstalt Moabit. Die Sonne, die am frühen Morgen durch die Oberlichter schien, warf helle Streifen auf die weiße Wand.

»Ich habe einen Besuch angemeldet«, sagte Sebastian zu dem uniformierten Pförtner hinter der kugelsicheren Scheibe. Irgendwo hörte man das Klappern schwerer Metalltüren und wütende Rufe.

»Name des Häftlings?«, fragte der Pförtner mürrisch über den Lautsprecher.

»Claus Berger.«

Riku sah, wie der Pförtner hellhörig wurde und den Blick auf ihn richtete.

»Stimmt etwas nicht?«, fragte Sebastian.

»Wer sind Sie?«

»Ich bin Sebastian Keller, Claus Bergers Sohn. Und das hier ist ein Freund aus Finnland.«

»Ihre Papiere, bitte.«

»Gibt es dafür einen besonderen Grund?«, wollte Sebastian wissen. »Beim letzten Mal hat man meinen Ausweis nicht verlangt.«

»Wir haben das Recht, die Identität aller Besucher zu überprüfen.«

Verärgert zog Sebastian das Portemonnaie aus der Innentasche seiner Jacke. Riku schätzte die Situation rasch ab. Wenn sein falscher Pass am Flughafen von Sankt Petersburg anstandslos akzeptiert worden war, würde das wahrscheinlich auch hier der Fall sein. Andererseits überraschten die Deutschen bisweilen mit ihrer Gründlichkeit.

Er reichte dem Pförtner den Pass, und dieser sah sich die Papiere genau an.

Zuerst hatte es Sebastian abgelehnt, Riku mit ins Gefängnis zu nehmen, aber Riku war strikt bei seiner Forderung geblieben. Keine Macht der Welt konnte ihn daran hindern, mit dem Mann zu sprechen, der etwas über seinen Vater wusste. Er wollte herausfinden, ob sein Vater etwas mit der 1989 von der Stasi und dem KGB geplanten Operation zu tun hatte. Außerdem hatte er Sebastian zu verstehen gegeben, dass es dessen Glaubwürdigkeit durchaus steigern könnte, wenn er Riku mit Claus Berger reden ließ. Elina war inzwischen ins Berliner Staatsarchiv gegangen, um nach Informationen über den Bunker von Bärenstetten zu suchen.

Der Pförtner nahm den Telefonhörer und rief jemanden an. Er hatte das Mikrofon der Sprechanlage ausgeschaltet und telefonierte mit ernster Miene, wobei er immer wieder einen Blick auf die beiden Männer warf.

Riku machte sich allmählich Sorgen, vor allem weil nun zwei Polizisten in der Eingangshalle erschienen. Etwas ging hier vor.

Der Pförtner beendete das Gespräch, sah Sebastian an und beugte sich näher an die Luke heran.

»Ich habe unschöne Neuigkeiten. Ihr Vater ist letzte Nacht verstorben.«

Riku richtete den Blick vom Pförtner auf Sebastian, der wiederum den Beamten anstarrte.

»Entschuldigung, aber das verstehe ich nicht …«

»Es tut mir sehr leid.«

Sebastian stützte sich am Schalterfenster ab, als würde er Halt suchen. »Was ist passiert?«

»Ihr Vater wurde vor zwei Stunden tot in seiner Zelle aufgefunden. Er hat sich erhängt. Wir wollten uns gerade mit seinen Angehörigen in Verbindung setzen.«

»Erhängt?«

Riku konnte den Blick nicht vom Gesicht des schockierten jungen Mannes wenden. Sebastian, der bis jetzt kühl und fast skrupellos gehandelt hatte, wirkte plötzlich hilflos und unsicher. Riku empfand großes Mitleid mit ihm, weil er wusste, wie es sich anfühlte, wenn man den Vater verlor. Zugleich war er grenzenlos frustriert darüber, nun doch kein Wort mit Claus Berger wechseln zu können.

»Es wird allerdings eine rechtsmedizinische Obduktion vorgenommen werden.«

Sebastian nickte steif. Er hatte vollkommen die Fassung verloren, wandte sich ab und ging ohne ein weiteres Wort zur Tür.

»Warten Sie!«, rief ihm der Pförtner hinterher.

Riku lief zu Sebastian. »Was hast du vor?«

»Mein Vater hat auf keinen Fall Selbstmord begangen.«

Im Licht der jüngsten Ereignisse nahm Riku diese Behauptung ernst.

Elina schaute auf die massive Uhr über dem Haupteingang des Staatsarchivs. Leicht außer Atem stieg sie die breite Treppe des monumentalen Gebäudes hinauf.

Der Bunker des Warschauer Pakts, den sie in der Nacht gesehen hatten, war aus einer anderen Welt gewesen, ein Schatten aus der finsteren Vergangenheit, der an die Zeiten erinnerte, als die Spannungen in Europa mit Händen zu greifen und für alle Seiten lebensgefährlich waren. Und auch wenn sich die politische Lage inzwischen beruhigt hatte, so änderten sich innerhalb von zwanzig Jahren weder die menschliche Natur noch das Handeln der Staatsführer. Nur die Mittel variierten, mit denen man seine Ziele erreichen wollte.

Elinas Schritte hallten in der hohen Eingangshalle wider. Gerade eben hatte sie ihren Vater im Krankenhaus angerufen, es ging ihm zunehmend besser. Die Polizei aus Helsinki hatte nicht bei ihr angerufen, und Elina hatte umgekehrt auch keinen Kontakt aufgenommen – obwohl sie schon gern gewusst hätte, was genau man Riku vorwarf. Jedenfalls fehlte es ihm nicht an Charakter.

Nach der Sicherheitskontrolle stieg sie über dicken roten Teppich die steile Treppe zum zweiten Stock hinauf, wo sich die Abteilung für die ehemalige DDR befand. Hinter Glaswänden standen lange Regalreihen, angefüllt mit millimetergenau ausgerichteten Ordnern. Elina versuchte, die dumpfe Müdigkeit aus den Gliedern zu schütteln. Nach den nächtlichen Ereignissen hatte sie lediglich ein paar Stunden im Auto geschlafen. Sebastians Verhalten erschütterte sie nach wie vor. Riku hatte recht: Sie konnten Sebastian nicht vertrauen. Das war die bittere Wahrheit, und die musste sie akzeptieren. Sie hatte nicht vor, mit dem Mann zusammenzubleiben, in den sie zwar verliebt gewesen war, der sich jedoch innerhalb von zwei Tagen in einen furchterregenden Fremden verwandelt hatte.

Im zweiten Stock saß ein schmaler Angestellter hinter dem Schalter und strahlte Elina erfreut an.

»Elina, guten Morgen! Das ist aber eine Überraschung. Du hast dein Kommen gar nicht angekündigt.«

»Hallo, Friedrich.«

»Steht der Zeitpunkt der Veröffentlichung schon fest?«

»Wir haben vorläufig März vereinbart, aber ich suche noch ein paar zusätzliche Informationen.«

»Was Bestimmtes?«

»Bunker in Ostdeutschland.«

Friedrich hob die Augenbrauen. »Keine einfache Materie. Die Bunker sind eine ziemliche Herausforderung. Ich habe schon wer weiß wie vielen Wissenschaftlern Dokumente, Karten, Zeichnungen und anderes ausgehändigt. Sollte eine finnische Historikerin das Rätsel der Bunker lösen, wäre das eine große Nachricht in Deutschland.«

»Ich interessiere mich vor allem für einen bestimmten Bunker.«

Sie zog eine Landkarte aus der Tasche, breitete sie auf dem Tisch aus und zeigte Friedrich die genaue Lage des Bunkers. »Hier. Etwas östlich von Beeskow.«

Friedrich schüttelte den Kopf. »Hoffnungslos. Über einzelne Bunker gibt es so gut wie nichts. Die Sowjettruppen haben alles, was es an Material und Dokumenten gab, mitgenommen. Die Wahrheit steckt in Moskau in unzugänglichen Archiven. Ein paar allgemeine Informationen findet man in Dokumenten der Volksarmee.«

»Das habe ich gehört. Aber versuchen wir es trotzdem …«

Elinas Handy klingelte. Wäre der Anrufer nicht Riku gewesen, hätte sie sich nicht gemeldet.

»Man hat Sebastians Vater erhängt in seiner Zelle aufgefunden«, erklärte Riku. »Sebastian meint, es könne sich auf keinen Fall um Selbstmord handeln.«

Riku stand mit dem Handy am Ohr auf dem Parkplatz des Gefängnisses, Sebastian saß im Landrover und versuchte, den Schock zu verarbeiten.

Nachdem Elina die Neuigkeit einigermaßen verdaut hatte, fragte Riku nach Informationen zu dem Bunker. Sie hielt es für sehr unwahrscheinlich, etwas Wesentliches zu finden, versprach aber, ihr Bestes zu tun.

Nach dem Telefonat ging Riku zum Geländewagen und öffnete behutsam die Tür. »Kann ich einsteigen?«

Sebastian nickte schwach, starrte aber weiter vor sich hin.

Riku setzte sich auf den Beifahrersitz. Nach einer Weile sagte er: »Vielleicht sollten wir das Gefängnisgelände verlassen.«

In dem Moment klingelte sein Handy. Auf dem Display stand KALLE.

Er meldete sich, konnte aber nicht mal Guten Tag sagen, denn Kalle kam ihm zuvor: *»Riku …«*

Die Stimme des alten Mannes klang so angstvoll, dass Riku das Blut in den Adern gefror.

»Sie haben Leo mitgenommen.«

In diesem Moment brach die Welt rings um Riku zusammen. Sein Herz raste, und er musste alle Anstrengung aufbringen, um sprechen zu können. »Was sagst du da? Wer hat ihn mitgenommen?«

»Die Russen.«

Die Panikwelle schlug mit voller Kraft zu, Riku glaubte, keine Luft mehr zu bekommen.

»Zwei Männer sind hier aufgetaucht. Ich konnte nichts tun … Sie haben mich überrascht …«

»Bist du sicher, dass es Russen waren?«

»Sie haben miteinander Russisch geredet. Der eine hat auf Finnisch zu mir gesagt, man werde sich mit dir in Verbindung setzen … Wenn du mit der Polizei redest, wirst du Leo nie mehr wiedersehen …«

Kalles Stimme brach. Riku schloss die Augen. Einatmen. Ausatmen. Einatmen … Solange er noch irgendwie atmen konnte, wäre er auch fähig zu handeln. »Hör zu, Kalle … Bist du okay?«

»Ja, ja, geht schon. Sie haben gefragt, wie sie dich erreichen können. Ich habe ihnen deine Nummer gegeben, am besten sprichst du direkt mit ihnen. Ich hätte einfach immer das Gewehr dabeihaben müssen …«

»Mach dir keine Vorwürfe, sondern ruh dich aus. Es tut mir leid, dass ich dir so eine gefährliche Aufgabe aufgebürdet habe. Hast du ihr Auto gesehen?«

»Nein.«

»Beschreib mir die Männer.«

»Der eine ziemlich klein, etwa so wie ich. Dunkel, um die dreißig. Der andere größer und etwas älter. Müsste man darüber nicht mit …«

»Ich regle das auf meine Art. Warte ab, bis ich dich anrufe, sag zu niemandem ein Wort. Nicht mal zu Katja.«

Mit einem metallischen Geschmack im Mund beendete Riku das Gespräch. Er konnte seine Kollegen nicht informieren. Aber allein konnte er gegen die Männer nichts ausrichten. Es war eine tödliche Sackgasse.

»Was ist?«, fragte Sebastian.

Riku versuchte sich zu konzentrieren. Er musste mehrmals husten, bis er sprechen konnte. »Bring mich zum Flughafen.«

Dem überraschten Sebastian schenkte er nicht die geringste Beachtung, sondern versuchte mit zitternden Fingern herauszufinden, wie man in seinem Handy die Aufnahmefunktion aktivierte. Innerlich betete er, dass sich die Entführer bald melden würden, noch bevor er in der Luft wäre.

51

Elina saß im Lesesaal des Staatsarchivs, vor sich einen Überblick über die Stützpunkte des Warschauer Paktes in der DDR, aber ihre Gedanken kreisten unablässig um den Tod von Sebastians Vater. Es schien ihr unmöglich, dass ein Fremder in die Gefängniszelle gelangt sein konnte. Ob es ein anderer Gefangener gewesen war?

Sie zwang sich, die Aufmerksamkeit auf den Text vor ihr zu richten. Nach einer Weile merkte sie, dass die Karte, auf die sie starrte, der ähnlich war, die bei Frey an der Wand gehangen hatte. Nur waren hier rote Pfeile, die von Ost nach West zeigten, anstelle der Flammensymbole zu sehen. Der Text dazu lautete:

Das nach dem Krieg freigegebene Archivmaterial verrät, dass es in der DDR 31 Stützpunkte gab, an denen Atomsprengköpfe gelagert wurden, sowie eine unbekannte Zahl von Stützpunkten für Sondereinheiten, an denen ebenfalls kleine, taktische Kernladungen aufbewahrt wurden. Ein Teil davon wäre in den Westen transportiert worden, wo auf militärische Tiefenaufklärung spezialisierte Fallschirmjäger und Aufklärungstruppen zusammen mit Geheimdienstoffizieren damit sensible Militär- und Zivilobjekte wie Anlagen zur Energieversorgung, für den Datenverkehr oder die Massenkommunikation zerstört hätten …

Elina erschrak, als ihr Handy klingelte. Sie tastete sofort danach und spürte die missbilligenden Blicke ringsum. In der Stille des Archivs musste das Handy stets auf lautlos gestellt oder ausgeschaltet sein. Bisher hatte sie auch immer daran gedacht, aber die Ereignisse der letzten Tage hatten offensichtlich ihre Spuren hinterlassen.

Es war Riku, der anrief. Elina ging schnell auf den Gang hinaus und meldete sich.

»Ich bin auf dem Weg nach Tegel«, sagte Riku seltsam lakonisch. »Ich fliege nach Helsinki zurück.«

»Was redest du da? Jetzt, wo wir in Deutschland allmählich der Sache näherkommen …«

»Sie haben meinen Sohn. Sie haben Leo mitgenommen. Sag das niemandem, nicht einmal Sebastian. Schon gar nicht Sebastian!«

Im Terminal von Air Berlin eilte Riku im Laufschritt auf die Sicherheitskontrolle zu. Er hatte das Ticket mit seiner eigenen Kreditkarte gekauft. Sollte Jalava doch herausfinden, wohin er unterwegs war, außer Leo war alles bedeutungslos geworden.

Um sich wenigstens einen letzten Rest Handlungsfähigkeit zu bewahren, weigerte er sich, daran zu denken, wo Leo gerade war und was wohl mit ihm geschehen mochte. Er konzentrierte sich nur auf die Menschen in der Abflughalle um ihn herum, die aktuellen Sekunden und Minuten, auf die er selbst Einfluss nehmen konnte. Die Kette seines Handelns musste ihn innerhalb der nächsten Stunden zu Leo führen. Alles andere war dem untergeordnet. Absolut alles.

Unterwegs hatte er versucht, Mira anzurufen, aber sie hatte sich nicht gemeldet – warum auch immer. Er würde es vor dem Abflug noch einmal probieren. Die Schlange am Flugsteig setzte sich bereits in Bewegung.

In dem Moment, in dem sich Riku anstellte, wurde er von einer unbekannten Nummer aus angerufen. Mira? Sicherheitshalber schaltete er die Aufnahmefunktion ein.

»Hallo?«

»Tanner?«

»Am Apparat.« Mechanisch ging Riku weiter, mit jeder Zelle seines Körpers auf den Anruf konzentriert.

Es raschelte, dann sagte eine vertraute, verweinte Stimme: *»Papa, ich hab Angst …«*

Riku musste schlucken, aber er riss sich zusammen. Doch bevor er etwas sagen konnte, raschelte es erneut, und eine samtweiche Männerstimme blaffte: *»Du kommst um zwei Uhr …«*

Obwohl es fast physisch wehtat, unterdrückte Riku einen Wutanfall und unterbrach den Mann: »Meine Maschine landet erst um vier in Helsinki«, log er. Er musste Zeit schinden.

Stille. Riku drückte das Handy fester ans Ohr. Die Bordkartenkontrolle rückte näher. Am anderen Ende der Leitung hörte man im Hintergrund ein metallisches Geräusch, das an Glockenschläge erinnerte.

»Wenn du Leo lebendig wiedersehen willst, kommst du um achtzehn Uhr zum Friedensdenkmal am Hakaniemi-Platz. Dort erhältst du weitere Anweisungen. Und ich muss wohl nicht dazusagen, dass du deinen Sohn nie zurückbekommen wirst, wenn du irgendjemanden informierst.«

Riku wusste, dass es sein sicheres Todesurteil wäre, wenn er zu dem Treffpunkt ginge. Und wenn er nicht hinginge, würde das Gleiche für Leo gelten.

Unbekannte Nummer. Schon wieder.

Mira stellte ihre Tasse auf dem hundert Jahre alten Geschirrbord ab, das sie auf dem Flohmarkt in Imatra gekauft hatte und nach langen Verhandlungen mit Markku an der Küchenwand hatte befestigen dürfen. Dann stellte sie die Packung mit den Teebeuteln in den Schrank zurück und warf einen Blick auf ihr Handy, das am Rand der Arbeitsplatte lag.

War das Riku? Womöglich gab es etwas Dringendes.

»Willst du nicht rangehen?«, fragte Markku vom Esstisch her. Er trug ein weißes Hemd und eine einwandfrei gebundene

Krawatte und beendete gerade sein Frühstück. In der Zeitung stand ein ausführlicher Artikel über die Ermittlungen im Mordfall Vera Dobrina. Darin wurde unter anderem auf einen möglichen Zusammenhang zwischen dem Mord und organisierten Drogenbanden hingewiesen.

Das Handy klingelte hartnäckig. Miras Herz hämmerte. Markku durfte auf keinen Fall misstrauisch werden, also griff sie nach dem Telefon.

»Hallo?«

»Mira, ich bin's.«

Riku.

Am liebsten hätte sie ihm gesagt, dass er im denkbar schlechtesten Moment anrief, aber niemand rief die geheime Nummer einer KRP-Polizistin ohne triftigen Grund an. Markku würde sich also sehr wundern, wenn sie das Gespräch wegen des Abwaschs direkt wieder beendete.

Sie warf einen kurzen Blick auf ihren Mann, der zumindest den Eindruck machte, als wäre er in die Zeitung vertieft.

»Moment, bitte«, sagte sie dann in sehr amtlichem Ton, ging ins Schlafzimmer und schloss die Tür hinter sich.

»Wo steckst du nur?«, flüsterte sie.

»Ich brauche deine Hilfe …«

»Nein. Jetzt erzählst du mir erst, was los ist.« Während sie sprach, bewegte sie sich so weit wie möglich von der Tür weg und stellte sich dicht ans Fenster.

»Das Wesentliche weißt du schon. Jemand versucht, mich als den Schuldigen am Geheimnisverrat hinzustellen.«

»Die Indizien sind ziemlich stark. Im EDV-Protokoll sind deine Spuren gefunden worden …«

»Du weißt genau, dass ich bestimmte Entscheidungen treffen musste, um möglichst effektiv arbeiten zu können. Ich erzähl es dir später, jetzt ist …«

»Und du wirst sicher verstehen, dass ich mir über deine Motive nicht ganz im Klaren bin«, flüsterte Mira. »Du hast mich als Informationsquelle benutzt. Und ich weiß nicht einmal, wofür du die Informationen brauchst und bei wem sie letztlich landen werden.«

Am anderen Ende der Leitung war es einen Moment still, dann sagte Riku: *»Hat sich bei den Ermittlungen etwas Neues ergeben? Über Nowikows Komplizen?«*

Mira überlegte kurz. Sie musste es ihm sagen, sie konnte nicht anders. »In der Kalevankatu vor dem Verlag war ein zweiter Mann dabei. Er heißt Viktor Kovalenko. Auch er arbeitete in den Achtzigerjahren in der russischen Botschaft.«

»Sonst noch was?«

»Nichts Wesentliches.«

Riku unterbrach die Verbindung, und Mira starrte in den Garten des Reihenhauses hinaus, der noch im Halbdunkel lag. Sie spürte förmlich die Kühle der Schatten auf der Haut und schauderte.

Als sie Markku in der Küche hantieren hörte, erwachte sie aus ihren Gedanken und ging zu ihm.

»Wer war das?«, fragte Markku und goss sich eine weitere Tasse Kaffee ein.

»Ein möglicher Zeuge bei einem Totschlag. Er wollte wissen, ob er anonym aussagen kann und was es für Zeugenschutzprogramme gibt.«

»Was für ein Fall soll das denn sein?«

»Die Bandidos-Schlägerei letzte Woche, bei der einer ums Leben kam.«

»Und was hast du gesagt?«

»Dass man darüber nachdenken kann.«

»Wie heißt er?«

Mira registrierte, dass Markku jede Regung und jede Geste von ihr genau beobachtete.

»Wer?«

»Na, der Augenzeuge.«

»Er hat seinen Namen nicht genannt. Die Zentrale hat ihn

an mich durchgestellt, weil er mit einem ermittelnden Beamten sprechen wollte.«

Kaum hatte sie das gesagt, merkte sie, dass es unbedacht gewesen war. Markku könnte bei der Zentrale nachfragen.

»Wie kommt die Fahndung nach Tanner voran?«, fragte sie deshalb schnell, um das Thema zu wechseln.

»Der Kreis um ihn herum wird immer enger«, antwortete Markku langsam und trank einen Schluck Kaffee. »Es ist nur eine Frage der Zeit, dass wir ihn erwischen. Du warst doch mit ihm zusammen bei dem Seminar in Hyvinkää. Ist dir da etwas Besonderes aufgefallen?«

»Nein.«

Die Stille schien Mira zwingen zu wollen, weiterzureden, aber sie war nicht fähig, mehr zu sagen. Markku wirkte allerdings vollkommen gelassen.

»Ich habe gehört, dass du in einem Schmuckgeschäft Überwachungsbänder von der Kalevankatu geholt hast. Gut. Nun haben wir Viktor Kovalenko identifiziert. Das kann uns helfen, Tanner auf die Spur zu kommen. Eventuell ist Tanner von dem Russen dafür bezahlt worden, dass er bei ihm aufspringt.«

»Was willst du damit sagen?«

»Bei seiner Scheidung geriet Tanner finanziell unter Druck. Er wollte seiner Frau ihren Anteil am gemeinsamen Haus auszahlen«, erklärte Markku und ging in den Flur. »Oder genauer gesagt ihren Anteil am Garten, wie er es selbst formuliert hat.«

Er zog die Anzugjacke an und streckte vor dem Spiegel den Rücken durch. »Tanner hat einen zusätzlichen Kredit aufgenommen, doch ihm fehlten trotzdem noch dreißigtausend Euro. Die Exfrau gab ihm Zeit, aber das Geld kam und kam nicht. Bis Tanner eines Tages die ganze Summe auf einmal beglich.«

Mit wachsender Unruhe hörte Mira zu. Sie fühlte sich plötzlich ganz schwach und wusste nicht, was sie sagen sollte.

Markku stand noch immer vor dem Spiegel. Er richtete den eigentlich perfekten Krawattenknoten und redete im Plauderton weiter, als ginge es ums Wetter: »Wir haben das überprüft. Tanner hat seit zwei Jahren ein sogenanntes Sparkonto, von dem seine Exfrau nichts wusste. Darauf ist Bargeld eingezahlt worden, immer ein paar Hunderter auf einmal oder auch mal ein Tausender. Ziemlich billig, der Mann. Seine Frau war von dieser Information einigermaßen überrascht. Aus gutem Grund, würde ich sagen.«

Markku verließ das Haus, ohne sich noch einmal umzudrehen. Nachdem die Tür ins Schloss gefallen war, ließ sich Mira in der Küche auf einen Stuhl sinken. Es schien ihr unmöglich, aufzustehen und zur Arbeit zu gehen. Und es schien ihr unmöglich, auch nur einen Gedanken zu fassen oder gar Entscheidungen zu treffen.

52

Im zunehmenden Wind, der vom Meer her wehte, flatterten die Fahnen Finnlands und Frankreichs an den Masten vor dem Reaktorgebäude Olkiluoto 3. Es war zehn Uhr, und die Eröffnungsfeierlichkeiten hatten begonnen. Journalisten, Fotografen und geladene Gäste standen in der Eingangshalle und lauschten der Rede des Wirtschaftsministers.

»Aufgrund seiner mutigen Entscheidungen ist Finnland im Begriff, als weltweit erster Staat in ein neues Zeitalter der Stromproduktion einzutreten«, sagte der Minister ins Mikrofon. »Gleichzeitig bringt uns dieser Kraftwerksblock, zusammen mit der Nutzung erneuerbarer Energien, bei der Umsetzung des Kyoto-Protokolls weit voran. Ich habe die große Freude und die Ehre, heute Olkiluoto 3 einzuweihen.«

Der Minister nahm die Schere vom Tablett und zerschnitt mit großer Geste ein blaues Band. Auch das symbolische Drücken eines Knopfes in der Schaltzentrale war in Erwägung gezogen worden, aber weil der Reaktor bereits hochgefahren wurde, wollte man die Arbeit des Betriebspersonals nicht stören.

Der Minister übergab die Schere der Vorstandsvorsitzenden von Areva, die nun ihrerseits ein Stück des blauen Bandes abschnitt. Dann schüttelten sie einander die Hände und tauschten Wangenküsse, während pausenlos die Kameras um sie herum klickten. Auch mit dem Direktor und dem Aufsichtsratsvorsitzenden der TVO AG wurden Hände geschüttelt. Die Spitzenmanager lächelten, und die Gäste applaudierten höflich.

Trotzdem herrschte eine angespannte Atmosphäre. Alle wussten, wie sehr es unter der Oberfläche gärte. Über Jahre hinweg hatten sich die beiden Energiekonzerne Areva und TVO gegenseitig die Verzögerung des Kraftwerkbaus vorgeworfen. Noch immer suchte man im Rahmen eines internationalen Schlichtungsverfahrens nach der Antwort auf die Frage, wer für die zusätzlichen Kosten von mehreren Milliarden Euro aufkommen musste. Offenbar ließ sich ein langer, teurer Rechtsstreit nicht verhindern.

Jetzt aber sollte trotzdem gefeiert werden. Zahlreiche Vertreter internationaler Medien waren erschienen, um der Eröffnung des modernsten Atomkraftwerks der Welt beizuwohnen.

Für Anspannung sorgte allerdings eine Greenpeace-Aktion. Aktivisten hatten von Booten aus ein riesiges Transparent entrollt, wurden aber daran gehindert, es am Ufer zu befestigen. Zumindest gab es also keine unangenehmen Fotos, die an internationale Agenturen geschickt werden konnten.

Früh am Morgen war die Polizei schon einmal am Uferstreifen vor Olkiluoto gewesen, weil ein Hobbyangler aus der Gegend einen ertrunkenen Mann mit eingegipstem Arm gefunden hatte. Dieser Vorfall warf einen unschönen Schatten auf den Festtag, denn der Tote war ein französischer Elektriker und am Bau des Kraftwerks beteiligt gewesen.

Vor dem Tor der Anlage hatten sich Demonstranten mit Transparenten und Schildern versammelt. PROTOTYP OLKILUOTO, FINNEN ALS VERSUCHSKANINCHEN, war auf einem zu lesen. Die Parolen aus den Megafonen konnte man im Stimmengewirr der Festgäste nicht verstehen.

Nach der Eröffnungszeremonie gab es eine kurze Pressekonferenz, bei der die Journalisten die Möglichkeit haben sollten, noch offene Fragen zu stellen.

»Ist nach den zahlreichen Schwierigkeiten, den enormen Verzögerungen und den gigantischen Verlusten denn jetzt alles in bester Ordnung?«, wollte eine junge Journalistin wissen.

Der Chef des Energiekonzerns warf ihr einen gequälten Blick zu. Dann sah er zuerst den Minister und dann die französische Vorstandsvorsitzende an, die jedoch lediglich mit den Schultern zuckte und lächelte.

Der Minister ergriff das Mikrofon. »Ich habe die unabhängigen Berichte zu Wirkungsgrad, Qualität und Sicherheit gelesen und kann versichern, dass das Kraftwerk hervorragende Werte hat. Wir können stolz darauf sein, dass in Finnland ein Kernkraftwerk errichtet worden ist, das der umweltfreundlichen Energieproduktion auf der ganzen Welt die Richtung weisen wird. Es besteht weitgehend Einigkeit darüber, dass es zur Atomenergie keine Alternative gibt, wenn man effektiv Energie gewinnen und gleichzeitig eine wachsende Klimaerwärmung verhindern will.«

Vor den Aufzügen, abseits der Festgäste, standen einige Angehörige des Betriebspersonals, die aus der Schaltzentrale gekommen waren, um einen Blick auf die prominenten Gäste zu werfen.

»Schade, dass wir nicht wenigstens ein paar Gläser Schampus mitnehmen können«, sagte Ingenieur Kari Siekkinen, während er wieder den Aufzug betrat. Er hatte bereits einen langen Tag hinter sich und sah müde aus. Nach der gründlichen Testphase hatte nun endlich die Inbetriebnahme begonnen.

»Gut gemacht«, sagte Mira erleichtert zu ihrem Kollegen aus der Technik, als sie die drei Standbilder betrachtete, die von der Aufnahme der Überwachungskamera im Schmuckgeschäft stammten. Durch das Schaufenster war die Straße einigermaßen gut zu sehen, und auch der dem Geschäft schräg gegenüber geparkte weinrote Volvo war zu erkennen.

Das zweite Foto zeigte in Vergrößerung das Nummernschild des Wagens, das sich Mira gleich notierte. Auf dem dritten

Foto war das Gesicht eines fünfzig- bis sechzigjährigen Mannes zu sehen.

»Reicht die Qualität für das Identifizierungsprogramm aus?«, fragte Mira.

»Nicht direkt. Aber ich probiere es mit ein paar Tricks«, erwiderte der Kollege.

Elina ging an Sebastians Seite durch die Ankunfthalle des Flughafens Helsinki-Vantaa, doch das war nur noch eine Förmlichkeit. Während des Flugs von Berlin nach Helsinki hatten sie kaum miteinander geredet. Riku hatte Elina empfohlen, nach Finnland zurückzukehren und Abstand von Sebastian zu gewinnen. Das war auch ihre Absicht. Sie wollte keine Minute länger als nötig mit diesem Mann verbringen, außerdem hoffte sie, Riku helfen zu können, seinen Sohn zu retten. Von der Entführung des Jungen hatte sie Sebastian nichts erzählt, sie konnte ihm einfach nicht mehr trauen. Überraschenderweise hatte er aber erklärt, er werde ebenfalls nach Helsinki fliegen – nicht wegen Elina, sondern aus einem anderen Grund, den er aber nicht näher erläuterte.

»Nun komm schon«, sagte er und deutete mit einer Kopfbewegung zu den Schaltern der Autovermietungen.

»Ich habe doch gesagt, dass ich ein Taxi nehme.«

»Warte.«

Elina ging weiter. Bis Sebastian ihr Handgelenk ergriff.

»Fass mich nicht an!«, fauchte sie.

»Ich will dir nur etwas geben.« Er nahm einen Briefumschlag aus seiner Umhängetasche.

»Fotos. Zur Erinnerung.«

»Ich bin nicht sicher, ob ich überhaupt Erinnerungen an diese Zeit haben will.«

Dennoch nahm sie das Kuvert an sich, das eine Speicherkarte zu enthalten schien. Und in der Tat hatte sich Sebastian während des Flugs an seiner Kamera zu schaffen gemacht.

»Also gut. Und was willst du noch?«, fragte Elina gequält.

»Ich habe vor, den Mörder meiner Mutter zu finden.«

»Viel Glück dabei.« Sie wandte sich ab und ging auf den Ausgang zu.

Der Franzose René, der die Gruppe der Sherpa-Leute bei der Uranmine von Arlit anführte, spähte durch die Türöffnung der roten Lehmhütte. Seine Leute trugen Rucksäcke, Geigerzähler und schwere Kisten mit uranhaltigen Steinen, Sandmehl und Wasserproben zu den Geländewagen.

Alles musste schnell vonstattengehen, damit niemand ihre Abfahrt erahnte.

»Wir können nicht länger warten«, sagte René zu Jean, der mit dem Laptop auf dem Schoß am verglühenden Feuer der Hütte saß.

Jean rührte sich jedoch nicht, sondern starrte weiter auf den Bildschirm.

»Hast du gehört?«, fragte René gereizt und setzte seine Mütze auf. »Wir müssen los.«

Erst jetzt schien Jean ihn wahrzunehmen. »Ich verstehe jetzt, warum Didier nicht zur Beerdigung seines Vaters gekommen ist«, sagte er und drehte den Bildschirm zu René um, der herantrat und die Meldung der französischen Presseagentur AFP las:

Ein französischer Elektriker ist in Finnland ertrunken. Seine Leiche wurde in der Nähe des Kernkraftwerks Olkiluoto aus dem Meer gezogen. Didier Khouar, 31, war in Finnland am Bau des Areva-Atomkraftwerks der neuen Generation vom Typ EPR beteiligt.

Langsam richtete René den Blick auf Jean.

»Didier hat gesagt, er sei bei einer Fortbildung in Frankreich. Dabei war er in Finnland. Warum hat er uns angelogen?«

»Keine Ahnung«, erwiderte Jean verdutzt.

Vom erlöschenden Feuer stieg dünner Rauch zur Dachöffnung auf.

»Das ist eine sehr seltsame Geschichte.«

Jean klappte rasch den Laptop zu, schob ihn in seinen Rucksack und stand auf. »Jedenfalls müssen wir so schnell wie möglich von hier weg.«

Er trat aus der Lehmhütte und eilte auf die Geländewagen zu.

53

Leena Tanner stellte zwei Kaffeebecher aufs Tablett und versuchte, ihre Nerven im Griff zu behalten. Sie waren schon strapaziert genug, seitdem Rikus Schwiegermutter außer sich vor Wut angerufen und behauptet hatte, Riku habe Leo entführt. Leena war immer gut mit Tamara ausgekommen, einmal waren sie sogar gemeinsam mit einer Billigfluglinie nach London geflogen. Aber seit Rikus und Katjas Scheidung war Tamara ein anderer Mensch geworden. Zwar hatte sie schon immer sehr an ihrem einzigen Enkelkind gehangen, aber während der Scheidungsprozess lief, hatte ihr Verhalten geradezu fanatische Züge angenommen, vor allem als zu befürchten stand, Riku könnte das alleinige Sorgerecht erhalten.

Leena kehrte mit dem Tablett ins Wohnzimmer zurück und zwang sich, nicht an Tamaras Anruf zu denken. Sie hatte anderes zu tun: Am Vormittag hatte ein Mann namens Sebastian Keller angerufen, weil er mit ihr über Ralf reden wollte. Sie hatten sich verabredet, und jetzt saß der Mann im Wohnzimmer. Leena stellte die Kaffeetassen vor ihm auf den Tisch.

»Wunderbares Bild«, sagte Keller.

»Danke. Stammt aus meiner eigenen Produktion. Sie kommen wegen einer Sache, die mit Ralf zu tun hat?«

»Ich sollte vielleicht noch vorwegschicken, dass ich Ihren Sohn kenne. Riku weiß aber nicht, dass ich hier bin. Ich wollte unter vier Augen mit Ihnen sprechen, absolut vertraulich.«

Leena nickte. Sie war gespannt. Das alles musste mit dem Besuch des Kripo-Mannes Jalava zu tun haben.

»Mein Vater hat für die Stasi gearbeitet. Es war ein Schock für mich, als ich es erfahren habe. Noch mehr schockierte mich aber, als ich erfuhr, dass meine Mutter im Zusammenhang mit einer gemeinsamen Operation von Stasi und KGB ermordet wurde. Bei der Suche in ostdeutschen Archiven bin ich auf eine Information gestoßen, nach der auch Ralf Tanner etwas mit der Stasi zu tun hatte.«

Leena konnte nicht behaupten, dass sie von dieser Mitteilung vollkommen überrascht gewesen wäre.

»Meiner Einschätzung nach könnten mir Informationen über Ralf Tanner dabei helfen, den Mörder meiner Mutter zu finden«, fuhr der Mann fort.

Leena versuchte, einen klaren Gedanken zu fassen. »Würden Sie mir etwas mehr von Ihrem Vater und Ihrer Mutter erzählen, ich bin da nicht ganz mitgekommen ...«

Regungslos hörte sie zu, wie Keller von seiner Kindheit berichtete, vom Tod seiner Mutter, vom Umzug in die Vereinigten Staaten zu Verwandten und von seinem Vater, der im Gefängnis gesessen hatte und Sebastian vor seinem Tod erschütternde Enthüllungen gemacht hatte.

»Ich weiß nichts über Aktivitäten von Ralf für die Geheimdienste der DDR oder der Sowjetunion«, erklärte Leena. »Aber es gibt da eine Person, die mehr wissen könnte. Wenn Sie mir noch etwas über Ralf erzählen, verrate ich Ihnen den Namen dieser Person.«

»Ich habe keinen Grund, Ihnen zu verschweigen, was ich über Ihren Mann herausgefunden habe. Wir haben ein gemeinsames Interesse, unsere Informationen zu teilen.«

Leena wog die Lage kurz ab, obwohl sie tief in ihrem Inneren bereits wusste, dass sie zu fast allem bereit war, um endlich Klarheit über Ralfs Schicksal zu erhalten.

»Es gibt eine Person, die über Ralfs Geschäfte Bescheid wusste«, sagte sie leise. »Ein junger TH-Student, der sich mit Computern und Elektronik wesentlich besser auskannte als

Ralf. Er heißt Jari Wuori. Ohne seine Begabung wären Ralfs Geschäfte nicht annähernd so gut gelaufen. Jari war ein Zauberer in Sachen Technik.«

Leena verstummte und überlegte, ob sie fortfahren sollte.

»Wuoris Hilfe war auch in einer anderen Hinsicht wichtig«, sagte sie schließlich. »Er war am Schmuggel von Schwarzgeld beteiligt.«

Sebastian wirkte wie elektrisiert, was Leena nicht verborgen blieb.

»Ralf erhielt dann und wann Schwarzgeldzahlungen aus Moskau. Als er verschwand, hinterließ er ungefähr hundertvierzigtausend Dollar in bar. Wuori und ich sagten darüber kein Wort, als der Fiskus den Konkurs von Ralfs Firma bekannt gab, sondern teilten die Summe untereinander auf. Das Delikt ist längst verjährt«, fügte sie sicherheitshalber hinzu. »Ich habe das Geld nach und nach bei Reisen in Finnmark und später in Euros umgetauscht. Den größten Teil habe ich für schlechte Zeiten auf die hohe Kante gelegt. Mit dem Rest habe ich Riku geholfen, seiner Frau nach der Scheidung ihren Anteil am gemeinsamen Haus auszubezahlen, und auch sonst habe ich ihm immer mal wieder mit kleinen Summen ausgeholfen. Ist schließlich nicht so leicht, mit einem einfachen Polizistengehalt eine Familie zu ernähren.«

Keller holte einen Notizblock aus der Tasche und sah Leena intensiv in die Augen. »Diesen Jari Wuori, wo finde ich ihn?«

»Ich habe seit Jahren keinen Kontakt mehr zu ihm. Einmal habe ich angerufen, aber da wollte er nicht mit mir reden. Ich glaube, er will einfach nicht mehr an jene Zeiten erinnert werden. Er hat seine Diplomarbeit für Nokia geschrieben und arbeitet seitdem dort. Inzwischen im Management. Es war klar, dass aus ihm mal was wird.«

Nach dem Telefonat mit Mira steckte Riku sein Handy wieder in die Tasche. Er stand im Schatten eines Containers am Hafen von Kotka, wohin er vom Flughafen Helsinki-Vantaa aus direkt gefahren war. Unterwegs hatte er Kalle angerufen, der im Gesundheitszentrum seine Verletzungen von dem »Sturz« behandeln ließ. Mira hätte er gern von Leos Entführung erzählt, aber das Risiko war zu groß. Ihre Loyalität litt deutlich darunter, so inflationär auf die Probe gestellt zu werden – und das war kein Wunder.

Elina hatte versprochen, alles zu tun, um herauszufinden, wer dieser Feliks sein könnte. Es war durchaus möglich, dass auch er einst in der russischen Botschaft in Helsinki gearbeitet hatte, schließlich kannte er Nowikow. Ein zweiter wichtiger Hinweis, der helfen konnte, Leos Aufenthaltsort herauszufinden, war die Tatsache, dass Viktor Kovalenko in der Kalevankatu als Komplize von Nowikow identifiziert worden war.

Aber der entscheidende Weg zu Leo war hier zu finden, im Hafen von Kotka. Aus seinem Versteck heraus beobachtete Riku drei Männer, die über ein riesiges Gelände mit Tausenden von Neuwagen spazierten. Einer der drei war sein Informant Sergej, die anderen beiden, die wie Geschäftsleute aussahen, kannte Riku nicht. Mit taxierenden Blicken gingen sie um einen funkelnagelneuen schwarzen BMW herum.

Riku schaute über die Schulter. Ein Hafenkran lud gerade einen großen Container von einem roten, mit Rost gesprenkelten Frachter.

Als er seine Aufmerksamkeit wieder auf die Männer richtete, sah er, dass sie sich die Hände schüttelten, woraufhin die beiden Fremden sich nicht in den BMW, sondern in einen Mercedes der S-Klasse setzten und davonfuhren. Sergej machte sich auf den Weg zu dem Containerareal.

Riku wartete in seinem Versteck ab. Als Sergej auf seiner Höhe war, rief er ihn beim Namen.

Der Russe blickte sich überrascht um, bemerkte Riku und trat zwischen die Container.

»Du schon wieder?« Seine Stimme klang beinahe verzweifelt. »Willst du im Ernst, dass man mich umbringt?«

»Je schneller du meine Fragen beantwortest, desto schneller bist du mich los. Was sagt dir der Name Feliks?«

»Gar nichts«, antwortete Sergej unglaubwürdig schnell.

»Und Huutoniemi? Das Stück Küste zwischen Kotka und Pyhtää?«

»Du weißt, dass ich darauf nicht antworten kann …«

Riku versetzte Sergej einen Fausthieb in den Magen, worauf der Russe zusammensackte und nach Luft rang. Riku packte ihn unter den Armen, hockte ihn auf den Hintern und zwang ihn, ihm in die Augen zu schauen.

»Bykow hat den Fehler seines Lebens begangen, indem er meinen Sohn entführt hat«, zischte Riku, plötzlich so voller Hass, dass er sich kaum mehr beherrschen konnte. »Was weißt du davon?«

Sergejs Augen waren vor Angst geweitet, aber er sagte nichts.

»Sergej, wenn du jetzt nicht redest, wird mein Junge sterben … und danach du. Das garantiere ich dir.«

Da riss sich Sergej los und trat Riku kraftvoll gegen die Brust. Überrascht taumelte Riku rücklings gegen den Container, der Russe sprang auf und zog ein Messer. Mit einem Mal erfasste Riku, in welcher Klemme Sergej saß: Der sicherste Weg zu verhindern, dass er aufflog, war der, Riku umzubringen. Im letzten Moment wich er einem blitzschnellen Messerhieb aus, packte Sergej am Handgelenk und schlug ihm mit dem Ellbogen ins Gesicht.

Der Mann heulte vor Schmerz auf und geriet ins Stolpern, ließ aber das Messer nicht los. Mit blutendem Gesicht griff er Riku erneut an, nahm das Messer in die andere Hand und stach zu.

Die Klinge ritzte Rikus Jacke auf. Er packte Sergej an beiden Armen und versetzte ihm mit dem Knie einen weiteren Stoß ins Gesicht. Der Russe stöhnte und brach zusammen. Das Messer glitt ihm aus der Hand.

Sergej fiel aufs Gesicht und winselte leise. Riku versuchte, wieder zu Atem zu kommen. Er hob das Messer vom Asphalt auf und betastete seinen Oberkörper. Der Stoff war kaputt, aber die Haut war heil.

»Bist du sicher, dass du das Bild aus dem Erdversteck in der Zeitung sehen willst?«, fauchte Riku. »Wenn du jetzt meine Frage nicht beantwortest, werde ich Bykow mitteilen, dass du ein Verräter bist. Zufällig weiß ich, dass unter seinen Händen das Sterben langsam und qualvoll ist. Was weißt du über Feliks und Huutoniemi?«

Sergej keuchte. »Ich kenne Feliks nicht. Ich weiß nur, dass er in London wohnt und Gerüchten zufolge nur Urlaub in Finnland macht. Aber es läuft da etwas … Er hat sich Männer von Bykow geliehen. Bykow besitzt in Huutoniemi eine Villa, die jetzt den Männern von Feliks zur Verfügung steht.«

»Wo liegt die Villa?«

»Die Straße heißt Huutoniementie. Das letzte Haus dort.«

54

Nachdem er den gemieteten Opel auf dem Besucherparkplatz abgestellt hatte, ging Sebastian auf den Eingang der Hauptniederlassung von Nokia in Espoo-Keilaniemi zu. Im angenehm kühlen Foyer trat er an den Empfangsschalter.

»Ich bin mit Jari Wuori verabredet«, sagte er zu der Frau, die einen Kopfhörer aufhatte und ein Mikrofon vor den grellrot geschminkten Lippen trug.

Sie tippte eine Nummer, brachte Rikus Anliegen vor und lauschte dann. »Das muss ein Missverständnis sein, er ist in einer Besprechung.«

»Er hat es vergessen. Sagen Sie, hier ist Ralf Tanner.«

»Aber …«

»Tun Sie, was ich Ihnen sage.«

Sie gehorchte und lauschte erneut. Dann nahm ihr Gesicht einen verwunderten Ausdruck an. »Ja«, sagte sie, setzte das Headset ab und reichte es Sebastian. »Er will mit Ihnen sprechen.«

Sebastian setzte sich den Hörer auf und kehrte der Frau den Rücken zu.

»*Wer sind Sie?*«

»Ich bin Sebastian Keller. Ich weiß über Ihre Geschäfte mit Ralf Tanner in den Achtzigerjahren in der Sowjetunion Bescheid.«

»*Ich kenne keinen Ralf Tanner.*«

»Hören Sie auf. Sie haben für ihn Schwarzgeld geschmuggelt, und nach seinem Verschwinden haben Sie hundertvierzigtausend Dollar Bargeld mit seiner Frau geteilt. Als Steuerdelikt ist das verjährt, aber für Ihre Karriere in der Nokia-Führungsetage wäre es sicher ungünstig, wenn so eine Information an die Öffentlichkeit käme.«

Am anderen Ende der Leitung war es einen Moment still.

»Kommen Sie herauf.«

Sebastian drehte sich um und gab der Angestellten das Headset zurück.

Sie setzte es auf und lauschte der Anweisung, dann sagte sie zu Sebastian: »Herr Wuori empfängt Sie im fünften Stock. Seine Sekretärin holt Sie vom Aufzug ab. Ich gebe Ihnen einen Besucherausweis; wenn Sie bitte dieses Formular ausfüllen.«

Mit der VISITOR-Karte aus Plastik um den Hals ging Sebastian auf die Fahrstühle zu. Während der lautlosen Fahrt nach oben memorierte er, was er über Jari Wuori im Internet gelesen hatte: dreiundvierzig Jahre alt, Diplom-Ingenieur, absolvierte das Studium an der Technischen Hochschule in Rekordzeit, Promotion am Massachusetts Institute of Technology, raketenartiger Aufstieg bei Nokia. Verheiratet mit einer Ökonomin, die in der Geschäftsführung eines Kosmetik-Unternehmens saß, zwei Töchter, großes Haus am Meer im Helsinkier Stadtteil Marjaniemi, Landhaus an der amerikanischen Ostküste, südlich von Boston, und ein Ferienhaus in Norditalien.

Ralfs ehemaligem Gehilfen schien es nicht schlecht zu gehen.

Die zierliche blonde Sekretärin begrüßte Sebastian lächelnd vor dem Aufzug und führte ihn in ein großes Büro, dessen Panoramafenster einen weiten Blick aufs Meer hinaus boten.

Am Schreibtisch saß ein Mann in aufrechter Haltung, dessen Gesicht Zielstrebigkeit ausstrahlte und die Selbstsicherheit eines Menschen, der es aufgrund seiner Fähigkeiten ganz nach oben geschafft hatte.

»Silja, würden Sie bitte die Tür schließen?«

Sebastian blieb mitten im Raum stehen.

»Ich habe Leena Tanner angerufen«, sagte Jari Wuori. »Sie hat mir von Ihnen berichtet.«

»Erzählen Sie mir bitte von Ralf Tanner und dem Jahr 1989.«

Wuoris Gesichtsausdruck wurde härter. »Ich war nur der Gehilfe. Sie glauben doch nicht im Ernst, Tanner hätte einem jungen TH-Studenten etwas Wesentliches verraten?«

»Sie haben viel gesehen und gehört.«

Wuori schmunzelte. »Ganz so war das nicht. Ralf hat die Geschäfte selbstständig erledigt. Er beherrschte das Spiel. Zu gut vielleicht. Er war einer, der Risiken einging.«

»Wie Leena Tanner vielleicht auch erzählt hat, will ich den Mord an meiner Mutter aufklären. Sollte das die Veröffentlichung von Informationen über Sie mit sich bringen, tut es mir leid. Meine Frage lautet: Ralf Tanner hatte 1989 etwas mit einer Operation von Ostdeutschen und Russen in Ramstein zu tun – was wissen Sie darüber?«

Zunächst sah es so aus, als wollte Wuori abstreiten, irgendetwas zu wissen, aber er begriff schnell, dass er seinen Besucher nicht so leicht loswürde. Er seufzte und schien sein Gedächtnis zu bemühen. »Ralf fuhr oft in die Bundesrepublik. Er hatte gute Beziehungen zu IBM Deutschland, unter anderem«, erklärte er schließlich.

»Der Herbst 1989. Sind Sie damals mit ihm in Deutschland gewesen?«

»Ralf war zu der Zeit allein unterwegs. Normalerweise war ich dabei, aber diesmal nicht. Ich erklärte es mir so, dass er etwas besonders Geheimes am Laufen hatte.«

»Womit könnte es zu tun gehabt haben?«

»Das weiß ich wirklich nicht. Ich habe mich immer nur um technische Dinge gekümmert.«

»Und Bargeld geschmuggelt.«

Wuori reagierte auf Sebastians Bemerkung in keiner Weise. Vermutlich, weil es sinnlos gewesen wäre, das abzustreiten, er wusste, dass Leena Tanner schon alles erzählt hatte.

Sebastian ließ das Schweigen andauern, bis Wuori widerstrebend erklärte: »Es gab da ein Unternehmen in Stuttgart, wo Ralf gewesen ist, soweit ich weiß, war es die Graben AG.«

Ohne um Erlaubnis zu fragen, ging Sebastian an Wuoris Schreibtisch und drehte den Laptop zu sich. Er gab den Namen des Unternehmens in die Suchmaschine ein. Die Graben AG gab es immer noch.

»Überwachungstechnik«, sagte Sebastian und sah Wuori an.

»Ralf hat keine Einzelheiten genannt, aber ich weiß, dass er den Deutschen zu verstehen gegeben hat, er repräsentiere Nokia, und die Firma wolle in ihrem Werk in Salo das Kontrollsystem am Eingang aufrüsten.«

»Weshalb hat er Sie dann doch hinzugezogen?«

»Es gab ein technisches Problem, das ich lösen sollte. Es hatte mit den Magnetstreifenkarten zu tun, auf denen das Kontrollsystem basierte. Ralf wollte eine Karte kopieren lassen, um sich zu versichern, dass das nicht so ohne Weiteres möglich war.«

Wuori verstummte. Sebastian wartete.

»Es war auch nicht so leicht möglich. Aber es war auch nicht unmöglich. Also kopierte ich die Karte.«

»Wozu hatte man damit Zugang?«

»Keine Ahnung. Sie war nur mit einer Ziffernfolge versehen. Kein Name, kein Bild.«

»Also ging es um einen ziemlich geheimen Ort.«

»Wie gesagt, ich weiß es einfach nicht.« Wuori sah auf die Uhr. »Leider kann ich Ihnen nicht weiterhelfen.«

Die Eingangshalle von Olkiluoto 3 wurde nun nach der Eröffnungsfeier gereinigt, wer nicht zum Werk gehörte, hatte das Gelände verlassen. In der Schaltzentrale war von der drückenden Hitze draußen nichts zu spüren. Unter klimatisierten Bedingungen wurde dort in drei Schichten die Funktion der Anlage überwacht, alles lief ohne nennenswerte Probleme.

»Das geht bei mir langsam schon in Richtung illegale Überstunden«, seufzte Ingenieur Kari Siekkinen. »Ich gehe jetzt. Ruft an, wenn was ist. Auch bei Kleinigkeiten«, fügte er hinzu, während er sich auf den Weg zu den Personalräumen machte.

»Wir kommen schon klar«, rief ihm ein Kollege hinterher.

Siekkinen tauschte seine Sicherheitsschuhe gegen bequeme Turnschuhe und rief seinen dreizehnjährigen Sohn Paavo an, den er wegen der vielen Arbeit bereits zu vernachlässigen glaubte. Paavo erzählte, er probiere gerade mit seinen Freunden sein neues Skateboard aus.

Elina sah ihren Vater an, der zwar noch im Krankenbett lag, aber munter wirkte. Sein Gesicht hatte eine normale Farbe, und sein Blick war scharf – fast zu scharf, als Elina nur ausweichend von ihrer Reise nach Berlin berichtete. Sie wollte nichts erwähnen, was ihn beunruhigen konnte.

»Hast du Schwierigkeiten mit Sebastian?«, fragte der Vater vorsichtig.

Sie überlegte kurz. »Das ist jetzt vorbei. Deshalb bin ich zurück nach Finnland geflogen. Tu bloß nicht so, als wärst du mit meiner Entscheidung nicht zufrieden«, antwortete sie und zwang sich zu einem Lächeln.

Ihr Vater nahm ihre Hand. Sie schwiegen eine Weile.

»Du bist klug genug. Schon immer gewesen, von klein auf.«

Elina war gerührt. Sie hätte reden mögen, über alles, aber sie beherrschte sich.

»Soll ich dir etwas aus der Cafeteria holen?«, fragte sie.

Sebastian saß am Computer in der Bibliothek von Espoo-Tapiola. Sie war von der Nokia-Zentrale aus am schnellsten zu erreichen. Auf dem Bildschirm hatte er die Kundenliste der Graben AG. Privatfirmen, Fabriken, Behörden, dann wurde es interessanter: *British Embassy, Berlin; U.S. Air Force, Fürsten-*

feldbruck, Ramstein, Spangdahlem and other U.S./NATO military installations.

Sebastian starrte vor allem auf ein Wort.

Ramstein.

Er war auf der richtigen Spur, das konnte kein Zufall sein.

Er überlegte konzentriert, wonach er noch suchen könnte. Hatten womöglich auch Peter Richter und CMP Technik, der Arbeitgeber von Rainer Bauer, etwas mit der Sache zu tun? Hingen die Ereignisse von Meteor irgendwie mit dem zusammen, was jetzt gerade vor sich ging? Er schrieb die Namen beider Firmen in das Suchfeld, aber es gab keine gemeinsamen Nachweise.

Stattdessen tauchte CMP in einem interessanten anderen Zusammenhang auf: Bauers Arbeitgeber fungierte als Subunternehmer für ein großes deutsches Ingenieurbüro, das wiederum an der Realisierung des Automationssystems im weltweit ersten EPR-Kernkraftwerk im finnischen Olkiluoto beteiligt gewesen war.

Sebastian klickte den Link an, unter dem eine Stadt auf einer Landkarte zu sehen war. Der Name ließ ihn zusammenfahren.

Rauma.

Warum hatte der ehemalige Stasi-Ingenieuroffizier Peter Richter in seiner Wohnung eine Hotelreservierung für Rauma liegen gehabt? Stand die Verbindung von Richter und Bauer in Zusammenhang mit dem Atomkraftwerk?

Rasch suchte Sebastian nach grundlegenden Informationen zu dem Reaktor Olkiluoto und stellte fest, dass der neueste Reaktorblock an diesem Vormittag eingeweiht worden war.

55

Mira hätte jubeln können über ihren Erfolg. Sie saß im Labor der KRP vor einem großen Bildschirm, auf dem nebeneinander zwei Bilder von einem Mann zu sehen waren.

Das linke Foto war relativ scharf, es war die Vergrößerung eines Negativs von guter Qualität aus dem Jahr 1988. Bei dem rechten Bild handelte es sich um das Standbild der Überwachungskamera im Schmuckgeschäft in der Kalevankatu. Auf der Vergrößerung setzte sich das Gesicht des Mannes aus grobkörnigen Pixeln zusammen. Am unteren Rand war zusätzlich ein kleineres Bild zu sehen, auf dem ein grauhaariger Mann mit einer Plastiktüte in der Hand neben einem Volvo stand.

»Ist Geschmackssache«, meinte der Kollege von der Kriminaltechnik.

»Nein. Das ist derselbe Mann. Woher stammt das Bild?«

»Aus der Datenbank der Sicherheitspolizei. Viktor Kovalenko, KGB. Fotografiert am 17.8.1988 hinter dem Konsulat der Sowjetunion, Eingang Vuorimiehenkatu.«

»Ein Kollege von Nowikow. Gut. Danke.«

Mira ging zum Informationsdienst eine Etage tiefer, wo eine Informatikerin Miras Auftrag zu Viktor Kovalenko entgegennahm.

»Hoffentlich eilt es damit nicht«, sagte sie. »Du könntest ein paar grobe Suchdurchgänge selbst machen, da drüben steht ein freier Rechner. Bei uns ist gerade ziemlich viel los, wegen Riku Tanners Vater.«

Mira nahm die Mitteilung überrascht zur Kenntnis. Sie hatte gehört, dass der Name Ralf Tanner in Dobrinas Notizen aufgetaucht war, jedoch nicht gewusst, dass jemand der Sache ernsthaft nachging. Sie spürte einen Stich. Hatte sich Riku doch in etwas Zweifelhaftes hineinziehen lassen?

Nervös nahm sie einige Recherchen zu Kovalenko vor und druckte die Ergebnisse aus.

Die vom Regen nassen Farnsträucher und Gräser streiften Rikus Beine, während er immer tiefer in den Wald hineinging. Er hatte seinen Wagen einen halben Kilometer von Huutoniemi entfernt am Straßenrand abgestellt und sich danach von der Straße ferngehalten.

Die Luft war drückend wie in einem feucht-heißen Treibhaus. Riku blickte nach oben in den dunkelgrauen Himmel über den Ahornkronen. Er musste seine Gedanken unter Kontrolle halten und durfte nicht in panische Hast verfallen, sondern musste die Vorstellung von Leos Not verdrängen. Aber trotz aller Bemühungen klang ihm immer wieder die dünne Stimme im Ohr: *Papa, ich hab Angst …*

Unzählige Male hatte er sich die Aufnahme angehört. Der Anrufer sprach hervorragendes Englisch, war aber mit absoluter Sicherheit Russe.

Riku versuchte, möglichst lautlos im Unterholz voranzukommen, bis er plötzlich stehen blieb, weil sein Blick auf eine hohe, bemooste Mauer fiel. Sie war stellenweise eingebrochen und mit Maschendraht geflickt worden, welcher wiederum verrostet und an mehreren Stellen gerissen war, sodass es keinerlei Mühe bereiten würde, auf die andere Seite zu kommen. Nicht weit entfernt konnte Riku das Zufahrtstor an der Straße erkennen.

Lauschend näherte er sich der Mauer. Etwa fünfzig Meter von der Einfahrt entfernt fehlte der Maschendraht in einer Mauerlücke fast vollständig. Vorsichtig schlüpfte Riku hindurch und schlich auf dem großen Grundstück dahinter im hohen Gras weiter.

Das Gelände war verwildert, und die Sträucher wucherten. Große alte Eichen sorgten für Schatten, hinter ihnen schimmerte blaugrau das Meer, dessen Oberfläche in der drückenden Hitze unbewegt dalag. Neben dem Anlegesteg am Ufer ragte ein roter Bootsschuppen auf. Der dichte Wald reichte unmittelbar an ihn heran. Vom Steg aus fiel der Blick auf kleine Inseln im Wasser und auf die gegenüberliegende Uferlinie etwa einen Kilometer entfernt, wo sich eine massive Felswand erhob.

Riku näherte sich nun im Schutz der Büsche und Bäume dem hell gestrichenen Haupthaus. Die Villa mit dem Mansardendach war vermutlich Anfang des 20. Jahrhunderts auf einem Sockel aus riesigen Steinkuben erbaut worden.

Abrupt blieb Riku stehen. Er hörte Stimmen von der Vorderseite des Hauses und ging hinter einer großen Eiche in Deckung, um sich ganz aufs Zuhören zu konzentrieren.

Autotüren wurden geöffnet, und zwei Männer riefen sich etwas auf Russisch zu.

Riku hielt den Atem an und wiederholte innerlich die Sätze, die er gerade gehört hatte: »*Feliks ist mit Juri schon vorgefahren. Lass uns endlich aufbrechen!*«

Schon wieder Feliks.

Worum ging es bei dem Wortwechsel? Autotüren wurden zugeschlagen, ein Motor sprang an. Kurz darauf tauchte ein Mercedes-Geländewagen hinter dem Gebäude auf. Riku versuchte, das Nummernschild zu erkennen, aber die Entfernung war zu groß.

Das Motorengeräusch verklang, und Rikus Herz pochte. Sollte er zu seinem Auto rennen und versuchen, dem Geländewagen zu folgen? Nein, dafür war es zu spät, die Russen waren längst auf und davon.

Also näherte er sich weiter behutsam der still daliegenden

Villa. Er schlich um sie herum, sah aber keine weiteren Fahrzeuge. Die halbkreisförmige Terrasse wurde von einem Balkon überdacht, der von verzierten Säulen getragen wurde. Schlingpflanzen umrankten sie.

Langsam ging Riku die Stufen zur Terrasse hinauf und hielt dabei nach Bewegungsmeldern und Überwachungskameras Ausschau. Er spähte durch ein Fenster und hatte für einen Moment das Gefühl, in den Salon russischer Adliger der Zarenzeit zu blicken.

Aber das Haus schien menschenleer zu sein.

Dennoch hütete er sich, die Tür zu berühren, sie konnte mit einer Alarmanlage verbunden sein. Er ging die Treppe wieder hinunter und noch einmal um das Haus herum.

Auf der Rückseite der Villa gab es unter der Treppe zur Küchentür eine weitere schmale Tür. Sie führte sicherlich in einen Vorratsraum oder in den Keller. Das Vorhängeschloss war alt und rostig. Riku sah sich um und musste mehrere Minuten lang nach einem geeigneten Gegenstand suchen, bis er unter der Veranda einen Spaten als Werkzeug fand. Mithilfe des Spatenblatts brach er das Schloss auf.

Anschließend lauschte er, aber das knirschende Geräusch hatte keinerlei Reaktion in der näheren Umgebung ausgelöst. Die Tür quietschte beim Öffnen in den Scharnieren. Im halbdunklen Raum dahinter spürte er einen schwachen, kühlen Luftzug. Als das Haus gebaut worden war, hatte man offenbar für eine gute Belüftung gesorgt, und Riku wusste auch gleich, warum, denn vor sich sah er die Tür zu einem Erdkeller. Hier waren Lebensmittel aufbewahrt worden. Rechts führte eine Treppe zur Küche hinauf. Riku öffnete die Kellertür ganz, damit möglichst viel Licht hineinfiel. Der Lichtschalter befand sich wahrscheinlich oben an der Treppe zur Küche. Er ließ den Blick durch den Kellerraum schweifen. An den Wänden war allerlei Plunder ordentlich gestapelt. Riku stieg die Treppe hinauf.

Er sah Licht durch die Ritzen der Küchentür dringen. Die Tür bewegte sich nicht, als er dagegendrückte. Da sie kein Schlüsselloch hatte, musste es auf der anderen Seite einen Riegel geben.

Riku nahm Anlauf und warf sich mit seiner ganzen Körpermasse gegen die Tür. Erwartungsgemäß gab der Riegel nach, und Riku stürzte mit der linken Schulter voran in die Küche. Um nicht zu fallen, hielt er sich an der Spüle fest. Dann sah er sich um. Die Schränke waren hellblau gestrichen, dekorative Geschirrborde hingen an den Wänden. Er drehte sich um und erschrak heftig, als er eine Bewegung wahrnahm, begriff aber dann, dass er sich selbst im Flurspiegel gesehen hatte, neben dem die Treppe in den ersten Stock führte.

Er musste sich beeilen. Unter Umständen hatte der Bewegungsmelder bereits stillen Alarm ausgelöst.

Rasch sah er sich in allen Räumen um und ging dann ins Obergeschoss hinauf, das nicht bewohnt zu sein schien, denn alle Möbel waren mit Tüchern abgedeckt.

Der Mercedes-Geländewagen fuhr auf dem von Wald gesäumten Kiesweg zur Straße nach Kotka.

»Dreh um«, sagte der blonde, gelassen wirkende Mann auf dem Beifahrersitz. Er hieß Vlad. »Dreh um«, wiederholte er ruhig.

»Was ist denn los?»Das Auto wurde langsamer und hielt an.

»Das Wasser.«

Der Fahrer fluchte und wendete. Vor Kurzem hatte es in Bykows Haus in Sankt Petersburg einen Wasserschaden gegeben, seitdem lautete der strikte Befehl, jedes Mal den Haupthahn abzudrehen, wenn man das Haus für längere Zeit verließ.

Im Obergeschoss gab es nichts Interessantes. Riku ging wieder nach unten, um sich dort noch einmal genauer umzusehen.

Von irgendwoher kam das laute Ticktack einer Standuhr. Im

Wohnzimmer am Ende des Ganges stand eine große, mit Samt bezogene Couchgarnitur. Von der Decke hing ein Kristalllüster. Auf dem Couchtisch lagen russische Zeitungen. Riku sah auf das Datum einer Ausgabe des *Kommersant*. Sie war vom Vortag.

Nun fing die Standuhr irgendwo in der Nähe an zu schlagen. Riku betrat den angrenzenden Raum.

Dann blieb er plötzlich stehen.

Dieses Geräusch hatte er bei dem kurzen Telefongespräch mit Leo im Hintergrund gehört! Er nahm sein Handy und hörte sich die Aufnahme noch einmal an.

Absolut dasselbe Geräusch, derselbe dumpfe Ton.

Sofort loderte Hoffnung in ihm auf. Er eilte von einem Raum zum anderen und durchsuchte sie rasch, voller Eifer und mit verstärkter Sorgfalt. Dabei kämpfte er gegen den entsetzlichen Gedanken an, Leo könnte in dem Wagen gesessen haben, der vorhin das Grundstück verlassen hatte.

Er fand nichts, absolut nichts, was auch nur den geringsten Hinweis darauf geliefert hätte, wo die Männer hingefahren waren. Schließlich verließ er das Haus frustriert durch die Hintertür und traf einen Entschluss. Er schickte Mira eine SMS mit der Adresse von Bykows Villa und schrieb dazu, er brauche Hilfe.

Dann eilte er zu dem großen Schuppen am Rand des Geländes. Drinnen roch es nach einer Mischung aus Motoröl und Benzin. Auf den Regalbrettern lagen unter anderem eine Motorsäge, Rettungswesten, und leere Bierflaschen standen herum. Rikus Blick hielt kurz bei einem Gegenstand inne, der die Größe eines Telefons hatte und wie eine Art Messgerät aussah. Auch hier nichts Nützliches.

Danach lief er zum Bootsschuppen. Er musste einen Hinweis darauf finden, wo er weitersuchen sollte. Und zwar schnell. Noch bevor er den Türgriff berühren konnte, fiel hinter ihm ein Schuss. Er spürte einen heißen Luftzug unmittelbar neben seinem Ohr, und dann flogen ihm auch schon Holzsplitter ins Gesicht, als die Kugel vor ihm in der Tür einschlug.

Der zweite Schuss fiel im selben Moment, als Riku um die Ecke des Bootsschuppens stürzte. Gleich darauf wurde ein drittes Mal geschossen.

Er rannte ein paar Schritte auf dem Brettersteg, der um den Bootsschuppen herum verlief. Dann spähte er um die Ecke: Auf dem Grundstück stand ein Auto, drei Männer näherten sich dem Ufer, alle mit einer Waffe in der Hand. Zwei von ihnen erkannte Riku wieder: Es waren die Männer, die er zuvor bei Sergej gesehen hatte.

Plötzlich rannte das Trio in Richtung Anleger los.

Riku sah nach links, nahm auf den Holzplanken Anlauf, sprang ans Ufer und rollte sich hinter einen Felsbrocken. Wieder ertönte ein Schuss, aber die Kugel prallte vom Stein ab.

Riku sprang auf und rannte gebückt in den Wald. Spitze Äste ritzten ihm die Haut auf. Der Boden wurde immer steiniger, keuchend blieb Riku stehen. Der Felsen vor ihm grenzte ans Wasser. Er hatte wieder das Ufer erreicht. Ringsum sah er das Meer mit seinen kleinen Felseninseln und erkannte, dass er sich auf der Spitze der Halbinsel befand. Die Männer kamen durch den Wald, wahrscheinlich bildeten sie eine Kette. Es gab keinen Rückweg.

Riku ging hinter einem Uferfelsen in Deckung, hob hastig einige größere Steine auf und wartete ab.

Wenig später hörte er die schnellen Schritte eines Mannes, die gleich darauf am Wasser anhielten. Eine Weile war es still, bis die Schritte direkt auf ihn zukamen. Er wusste, dass der Mann unmittelbar vor dem Uferfelsen stehen musste.

Riku sprang auf und schlug mit einem Stein nach dem Mann, der gleichzeitig herumfuhr. Er wurde an der Stirn getroffen und taumelte rückwärts. Ohne auch nur einen Augenblick zu zögern, streckte sich Riku nach der Waffe, die dem Mann aus der Hand gefallen war, doch im selben Moment traf ihn ein

Tritt in die Lendengegend. Er heulte auf vor Schmerz und schnappte gelähmt nach Luft. Der Mann riss ihm die Waffe aus der Hand, und Riku begriff, dass nun alles vorbei war. Die russischen Scheißkerle hatten gewonnen. Trotz des rasenden Schmerzes sammelte er noch einmal sämtliche Kräfte, drehte sich zur Seite und trat seinen Gegner mit voller Wucht in den Magen. Der Mann stürzte und schlug mit dem Kopf auf den Fels auf.

Riku schleppte sich zu dem ächzenden Mann und packte ihn am Kragen.

»Wo ist mein Sohn?«, keuchte er heiser. Der andere war kurz davor, bewusstlos zu werden.

Jetzt drangen Geräusche aus dem Wald. Die anderen Männer kamen. Riku blickte sich um, sah aber nirgendwo die Waffe liegen. Womöglich war sie ins Wasser gefallen, als der Russe stürzte.

Riku schaute aufs Meer hinaus. Der nächste große Stein ragte zwanzig Meter vom Ufer entfernt aus dem Wasser. Das war seine einzige Hoffnung. Schnell zog er die Schuhe aus, lief ins Wasser, und sobald er weit genug gewatet war, tauchte er unter.

Bei dem Stein schnappte er nach Luft und fasste den nächsten Felsen ins Auge. Mit Müh und Not würde er ihn tauchend erreichen können. Er holte tief Luft, glitt ins Wasser und stieß sich am Stein ab.

Hinter dem Felsen tauchte er auf. Nachdem er durchgeatmet hatte, spähte er vorsichtig zum Ufer hinüber.

Dort beugte sich ein Mann über den am Boden liegenden Komplizen. Ein dritter Mann kam gerade mit der Waffe in der Hand aus dem Wald gelaufen.

Riku blickte hinter sich aufs Meer hinaus. In etwa zwanzig, dreißig Metern Entfernung gab es eine kleine Felsinsel. Sie schien viel zu weit weg zu sein, trotzdem zögerte Riku nicht, sondern sog Luft ein und tauchte. Er stieß sich durch das trübe

Wasser und hatte das Gefühl, seine Lunge würde gleich explodieren. Schließlich sah er die Felsinsel vor sich und schwamm unter Wasser um sie herum. Mit letzter Kraft tauchte er auf und schnappte gierig nach Luft. Da hörte er plötzlich Musik. Riku drehte sich um und sah am anderen Ufer ein Häuschen stehen. Davor brannte ein Feuer. Über das Wasser hallte stampfende Techno-Musik.

Rikus wasserdichte Uhr zeigte 14.55. In drei Stunden würde er in Helsinki sein müssen, oder das Ultimatum liefe ab. Das Handy in seiner Tasche war vom Wasser ruiniert worden, aber er hätte ohnehin nicht gewusst, wen er hätte anrufen sollen. Er musste das gegenüberliegende Ufer erreichen.

Nachdem er eine Zeit lang, die ihm wie eine Ewigkeit vorkam, geschwommen war, hörte er das Brummen eines Motors. Ein Boot näherte sich, und falls es den Verfolgern gehörte, hatte er keine Chance mehr.

In das Motorengeräusch mischten sich bald auch Stimmen.

Riku paddelte im Wasser und sah auf. Ein schnittiges, blütenweißes überdachtes Boot fuhr auf ihn zu. An Bord erkannte er mehrere junge Leute. Mit abnehmender Geschwindigkeit wurde das Motorengeräusch leiser.

»Hey, Alter, was geht ab?«, rief ein junger Mann ganz an der Spitze des Bootes. Er war braun gebrannt, und seine Haare hatte die Sonne gebleicht. In der Hand hielt er eine Bierflasche. »Bist du ein bisschen schwimmen gegangen?«

»Helft mir ins Boot«, keuchte Riku. Er begriff, dass die jungen Leute ordentlich betrunken waren.

»Versuchst du einen Rekord aufzustellen?«, rief ein anderer.

»Nun helft ihm schon hoch!«, forderte eines der Mädchen zornig.

»He, der hat ja alle Klamotten an. Was für ein Spinner ist das denn?«

»Ist wahrscheinlich beim Pissen über die Reling gefallen.«

Alle lachten schallend.

Das Mädchen stellte den Motor ab, und einer der Jungen legte sich bäuchlings aufs Deck und streckte die Hand aus. Riku schwamm näher heran und ergriff sie.

Er wurde an Bord gezogen und blieb erschöpft liegen. Der Motor wurde wieder angelassen, und das Boot nahm Fahrt auf.

56

Peter Richter hatte das Fernglas auf das Atomkraftwerk Olkiluoto gerichtet, das hinter den grünen Bäumen am Ufer aufragte und sich hell vor dem dunklen Himmel abzeichnete.

Dabei war Sichtkontakt eigentlich nicht nötig, sondern entscheidend war die Erreichbarkeit per Funk, und um diese sicherzustellen, hatten sie sich entschieden, vom Meer aus zu operieren. An Land wäre es wegen der dicht stehenden Bäume und der Bewachung wesentlich schwieriger gewesen, nah genug an den Reaktor heranzukommen. Greenpeace hatte seine Protestaktion gegen die Einweihung zum Glück bereits beendet, und die Polizei patrouillierte ebenfalls nicht mehr auf dem Wasser.

Richter saß mit seinem Gehilfen Anton in einem Motorkajütboot, das leicht im Wellengang schaukelte. Auf beiden Seiten bogen sich lange Angelruten über die Reling. Am Einweihungstag des Kraftwerks war es drückend heiß gewesen, jetzt baute sich im Osten eine Gewitterfront auf. Die ersten Windböen brachten bereits die hohen Laubbäume am Ufer zum Rauschen.

Richter ärgerte sich über den Zigarettenqualm, der ihm in die Nase stieg, obwohl er Anton zum Rauchen aufs Achterdeck geschickt hatte. Anton war ein ehemaliger Hauptmann des KGB und einer der Vertrauensleute, die Feliks seit Jahren einsetzte.

»Hoffentlich kommt der Sturm nicht so schnell«, sagte Anton, als er wieder an seinen Platz zurückkehrte. Er trug grüne

Tarnhosen, unter denen er, wie Richter wusste, stets ein Stilett mit Tape am Unterschenkel befestigt hatte.

»Wir müssen vorher handeln«, erwiderte Richter.

Wieder betrachtete er den massiven Reaktorsicherheitsbehälter mit dem Fernglas. Er kannte sich gut mit der Technik von Atomkraftwerken aus, vor allem mit den Sicherheitsvorrichtungen und den Notfallsystemen. Und er wusste, wie fehlerhaft sie sein konnten.

Richter kannte Männer von russischen und deutschen Sondereinheiten, die extra dafür ausgebildet waren, Atomkraftwerke zu zerstören. Es war bedeutungslos, die technische Sicherheit der Meiler zu loben, solange es auf der Welt Menschen und Geräte gab, mit denen man jedes Kernkraftwerk zerstören konnte, wenn man nur wollte. Das Gleiche galt auch für eine andere komplizierte und gefahrenanfällige technische Errungenschaft, für das Flugzeug. Auch da konnte eine Kette von Defekten und Fehlern bisweilen zu einem Absturz führen, auch wenn alle Systeme zuvor mehrfach überprüft worden waren. Und wenn jemand es darauf anlegte, ein Flugzeug abstürzen zu lassen, waren die Sicherheitssysteme bedeutungslos.

Richter legte das Fernglas aus der Hand und sah auf die Uhr.

»Es muss jetzt passieren«, erklärte Anton.

Glaubte er wirklich, dass Richter zögerte? Ohne ein Wort zu erwidern, stand der Deutsche auf und ging in die Kajüte, wo ein spritzwassergeschützter Computer stand. In der Tasche, die an der Wand lehnte, befand sich ein gleichartiges Ersatzgerät. Auf dem Bildschirm leuchtete die Signalstärkeanzeige, sie zeigte ein vierzig Prozent stärkeres Signal an, als sie mindestens brauchten.

Alles war in bester Ordnung, das System war einsatzbereit.

Richter starrte auf die Enter-Taste. Er wusste, was es bedeutete, wenn er sie drückte.

Als er eine Stimme hinter sich hörte, schrak er zusammen.

»Worauf wartest du noch?«, fragte Anton ernst, er klang beinahe drohend.

Gereizt hob Richter den Finger, hielt ihn trotzig eine Weile in der Luft und drückte dann entschlossen auf die Taste.

Auf dem Bildschirm erschien ein Symbol, das die Aktivierung des Senders, der im Reaktor Olkiluoto 3 versteckt war, mitteilte. In dem Meiler gab es zwei voneinander unabhängige Sicherheitssysteme, die unterschiedliche Technologien verwendeten und nicht miteinander verbunden waren. Außerdem durfte natürlich auch das Steuersystem des Reaktors keine Signale in den Sicherheitssystemen auslösen.

Der von Richter aktivierte Sender erzeugte nun genau solche unerwünschten Funksignale. Sie beschädigten das System zwar in keiner Weise, verursachten aber einen Störfall.

Dieser würde die Finnen allerdings nicht überraschen. Leider. OL 3 war die erste Probeversion des kompliziertesten Kernreaktors der Welt. Bei diesem Prototyp waren sämtliche elektronischen Steuer- und Sicherheitssysteme automatisiert. Dies war in den Verkaufsgesprächen seinerzeit als großer Fortschritt gepriesen worden, hatte sich jedoch in der Realisierungsphase als reines Planspiel entpuppt. Deswegen war es zu Verzögerungen gekommen, und der Druck war gestiegen. Aber man hatte die Probleme vor der Öffentlichkeit verheimlicht, bis schließlich die Leitung der Finnischen Strahlenschutzbehörde laut die Wahrheit aussprach, die sie als Aufsichtsbehörde nicht mehr verschweigen konnte: Den Mitarbeitern von Areva mangelte es an fachlicher Kompetenz, um die Probleme mit dem Automationssystem beheben zu können, und nicht einmal offensichtliche Planungsfehler waren korrigiert worden. Am Ende bekam man die Technik dann doch in den Griff, doch der Glaube an die Zuverlässigkeit des Automationssystems war erschüttert.

»Fahren wir«, sagte Richter zu Anton, der daraufhin unverzüglich das Boot wendete.

Richter starrte aus dem Kajütenfenster auf Olkiluoto. Einen Störfall zu verursachen war der erste Teil ihres zweistufigen Plans, und Richter konnte es nicht verhindern, dass ihm ein unangenehmer Schauer über den Rücken lief, wenn er an den zweiten Teil dachte. Auf den Beginn von Phase zwei würden sie im Hotel warten. Zu den Sicherheitsmaßnahmen der Operation gehörte es, keine Sekunde länger als nötig mit den Geräten unterwegs zu sein.

57

»Ich kaufe euch ein Handy ab«, sagte Riku zu den jungen Leuten, die um ihn herumstanden. Er hielt die SIM-Karte aus seinem tropfnassen Telefon in der Hand. Leos Entführer konnten im Moment keinen Kontakt zu ihm aufnehmen, und er hatte ihre Nummer nicht.

Keiner antwortete ihm. Aus den Lautsprechern kam stampfende Musik. Die Fassade des modernen, kastenförmigen Ferienhauses, das auf dem Felsen stand, war von oben bis unten dunkel verglast. Davor flackerte ein riesiges Feuer.

Riku öffnete sein Portemonnaie. »Schnell. Ich kann zahlen.« Er zog einen feuchten Fünfzigeuroschein heraus.

»Du kriegst mein Nokia für einen Hunderter«, erklärte einer der Jungen und trank die Bierdose, die er in der Hand hielt, aus.

»Ich brauche auch für meine Freunde drüben auf der Halbinsel ein Telefon.« Riku sprach hastig und atemlos. »Wir haben eine bescheuerte Wette abgeschlossen, und ihre Handys sind auch nass geworden. Ich zahle hundert Euro für zwei Handys, und ihr bekommt einen Hunderter dazu, wenn ihr ihnen mit dem Boot das zweite Handy samt SIM-Karte bringt.«

Die Jungen sahen einander an. »Ich hab eine Prepaid-Karte, auf der ist aber nicht mehr viel drauf …«, nuschelte einer von ihnen.

»Meine Kumpels geben euch noch eine Kiste Bier dazu«, lockte Riku und streckte die Hand mit den feuchten Scheinen aus. »Und hier sind noch fünfzig für deine Turnschuhe«, sagte er und deutete mit einer Kopfbewegung auf die Sportschuhe des Jungen.

Sobald er die Schuhe anhatte, setzte er seine SIM-Karte in das Handy ein. Es schien zu funktionieren.

Die Jungen machten sich mit dem Boot auf den Weg nach Huutoniemi.

Riku deutete auf den Parkplatz hinter dem Ferienhaus. »Könnte mich jemand von euch in die Zivilisation zurückbringen?«, fragte er.

»Willst du, dass wir besoffen Auto fahren?«

»Ich kann Sie fahren«, sagte da eine helle Stimme.

Riku drehte sich um. Es war das dunkelhaarige Mädchen, das vorhin seine Freunde aufgefordert hatte, ihn ins Boot zu ziehen. Sie schien als Einzige nüchtern zu sein.

»Ist es schlimm?«, rief Ingenieur Kari Siekkinen, während er auf die Kinder zurannte, die sich auf dem Bürgersteig versammelt hatten. Auch einige Erwachsene waren darunter. Alle hatten ernste Mienen. Zwei Autos standen am Straßenrand, auf dem angrenzenden Rasen lagen Fahrräder.

Siekkinen schob sich durch die Menschenansammlung und sah den Jungen in weißem T-Shirt und Jeans regungslos neben der Skating-Rampe auf dem Asphalt liegen. Sofort erkannte er das kreidebleiche Gesicht seines dreizehnjährigen Sohnes Paavo. Vor wenigen Minuten hatte sein Freund Antero angerufen und völlig aufgelöst gestammelt, dass Paavo gestürzt sei und sich den Kopf aufgeschlagen hätte. »Ihr hattet doch Helme auf?«, hatte Siekkinen sofort gefragt. Antero hatte vor Schluchzen nicht mehr antworten können.

Siekkinen ging neben seinem Jungen in die Hocke und sah die Frau an, die über Paavo gebeugt am Boden kniete und vorsichtig seinen Nacken abtastete.

»... da ist sicher nichts kaputt.«

Ihr ernster Gesichtsausdruck sagte jedoch etwas anderes. Sie stand auf und sah sich um. »Trotzdem wäre es am besten, einen Krankenwagen zu rufen.«

Siekkinen tastete nach seinem Telefon.

»Der ist schon gerufen worden«, sagte jemand.

Wie gelähmt starrte Siekkinen auf seinen Sohn. Heute hatte er einen Tag mit ihm verbringen wollen. Die beruflichen Sorgen der letzten Wochen hatten sehr an seinen Kräften gezehrt. Obwohl er über mehr als zwanzig Jahre Erfahrung in Olkiluoto 1 und 2 verfügte, war die Last der Verantwortung für die Inbetriebnahme eines neuen Kraftwerkstyps riesig. Er hatte einen freien Nachmittag zu Hause mehr als nötig. Dem hatte nun aber Anteros Anruf ein jähes Ende gesetzt.

Paavo müsste längst wieder zu sich gekommen sein, wenn er durch den Aufprall lediglich bewusstlos geworden wäre. Vorsichtig hielt Siekkinen die Hand seines Sohnes und spürte, wie die Blicke der Gaffer seine Nerven zusätzlich strapazierten.

»Hier gibt es nichts zu sehen«, zischte er. »Geht nach Hause.«

Widerstrebend zogen sich die Kinder und Jugendlichen zurück. Da ertönte eine Sirene, das Signal kam näher, und der Krankenwagen bog mit Blaulicht um die Ecke und hielt auf dem Bürgersteig an.

Vorsichtig legten die Sanitäter den Jungen auf die Bahre und schoben ihn in den Wagen. Siekkinen wollte gerade mit einsteigen, als sein Handy klingelte. Wäre der Anruf nicht aus der Schaltzentrale gekommen, hätte er sich nicht gemeldet.

»Ich kann jetzt nicht reden, Paavo hat sich verletzt und muss ins Krankenhaus …«

»Kari, wir haben hier … äh … den Alarmzustand.«

Ein Sanitäter hielt die Tür des Krankenwagens auf, aber Siekkinen war stehen geblieben und drückte das Handy fest ans Ohr. Im Hintergrund hörte er die Alarmtöne aus der Schaltzentrale.

»Was zum Teufel meinst du damit?«

»Die Messgeräte zeigen einen Anstieg des Reaktordrucks an. Das Sicherheitssystem ist aktiviert.«

Siekkinens Herz setzte einen Schlag aus. Das war doch nicht möglich!

»Ich kann nicht mit«, sagte er zu dem Sanitäter, der ihm die Krankenwagentür aufhielt. »Ich rufe meine Frau an und komme dann in die Klinik nach«, fügte er hinzu und rannte zu seinem Auto. Paavo befand sich nun in guten Händen, im Moment konnte er nichts für ihn tun. Aber wenn der Reaktordruck tatsächlich gestiegen war … Die Schutz- und Sicherheitsmaßnahmen, die bei Stör- und Unglücksfällen nötig wurden, waren automatisiert, aber Siekkinen hatte noch das endlose Wirrwarr, die Verzögerungen, die Inkompetenz und die Einstellungsprobleme im Hinterkopf, mit denen der Hersteller das wichtigste System des Meilers zusammengeschustert hatte. Schlussendlich waren die digitalen Automations- und Sicherheitskontrollsysteme in Deutschland und Irland für die Installation vorbereitet gewesen, betriebsbereit, wie Areva mitteilte. Aber als die Strahlenschutzbehörde eine Überprüfung der Systeme vornahm, bestanden sie die Tests nicht. Die Programmierungstechnologie von Areva war mangelhaft, und offenbar waren die Finnen die Ersten, die sich überhaupt gründlich mit der Programmierkompetenz von Areva beschäftigt hatten.

»Wann hat es angefangen?«, fragte er den Schichtleiter, während er in seinen Wagen stieg.

»Vor drei Minuten. Mit der Schnellabschaltung des Reaktors ist es losgegangen.«

Siekkinen war klar, dass er so rasch wie möglich ins Werk musste. Er fiel ihm schwer zu glauben, dass ein wirklicher Fehler vorlag oder echte Gefahr bestand, aber ein vom System gemeldeter Alarmzustand war äußerst unangenehm. Man müsste der Strahlenschutzbehörde und der Öffentlichkeit davon Mitteilung machen, und darauf war nun wirklich niemand scharf – schon gar nicht am Tag der Eröffnung.

58

Sebastian las das Schild am Straßenrand, RAUMA 83. Während der gesamten Fahrt hatte er innerlich Informationsschnipsel zusammengetragen, die immer neue Fragen aufwarfen. Die jüngste war zugleich die seltsamste: Warum schien der Stasi-Ingenieuroberst Peter Richter so sehr an dem heute eingeweihten, supermodernen Atomkraftwerk interessiert zu sein?

Sebastian hätte gern mit jemandem darüber geredet, aber es gab niemanden. Er hätte Elina alles erzählen mögen – absolut alles –, doch die Zeit dafür war noch nicht gekommen.

Sein Handy klingelte. Eine deutsche Nummer. Von derselben Nummer aus hatte im Lauf des Tages schon mehrmals jemand versucht, ihn zu erreichen, aber er hatte nicht reagiert. Im schlimmsten Fall hatte sich jemand nach dem Mord an Rainer Bauer das Kennzeichen des Landrovers notiert, und nun wollte die Polizei ihm Fragen stellen.

Andererseits konnte es auch etwas Wichtiges sein, weshalb er es nun doch für klüger hielt, sich zu melden.

»Hier spricht Vollzugsdienstleiter Brandt aus der Vollzugsanstalt Moabit«, sagte eine förmlich klingende Männerstimme. *»Es geht um den Tod Ihres Vaters. Sie haben heute Morgen die Vollzugsanstalt so plötzlich verlassen, dass man Ihnen den Brief, den Ihr Vater an Sie adressiert hat, nicht aushändigen konnte. Der übrige Nachlass ist bereits seiner Frau Ludmila Berger übergeben worden.«*

Sebastians Griff ums Lenkrad wurde fester. Seiner Frau?

Warum hatte sein Vater ihm nicht erzählt, dass er verheiratet war?

»Holen Sie den Brief ab, oder sollen wir ihn per Post schicken?«

In Sebastians Kopf schossen die Gedanken hin und her. Ludmila Berger … Was hatte sein Vater ihm noch alles verheimlicht?

»Sie öffnen den Brief, scannen ihn und schicken ihn per Fax an eine Hotelrezeption in Finnland. Ist Ihnen das recht?«

»Wenn Sie das wünschen.«

Sebastian wusste, dass die Beamten wegen der Ermittlung zu dem Todesfall den Brief ohnehin lesen würden. Jedenfalls dann, wenn die Obduktion bestätigte, dass es sich nicht um Selbstmord handelte.

»Würden Sie … würden Sie mir noch die Kontaktdaten der Ehefrau meines Vaters geben?«

»Das geht leider nicht. Da müssen Sie einen schriftlichen Antrag stellen.«

»Verstehe. Ich teile Ihnen bald die finnische Faxnummer mit.«

Riku wollte der jungen Frau, die ihn gefahren hatte, zwanzig Euro geben, aber sie nahm das Geld nicht an, sondern machte sich, ohne Fragen zu stellen, auf den Rückweg. In nassen Kleidern stand er nun auf dem Feldweg, wo er seinen gemieteten Ford abgestellt hatte.

Besorgt blickte er auf die Uhr und nahm das Handy, das er den jungen Leuten abgekauft hatte. Dann wählte er die Nummer des Apparats, den die Jungs hoffentlich nach Huutoniemi gebracht hatten.

Gespannt lauschte er. Immerhin läutete es.

Dann meldete sich jemand.

»Hallo.«

Selbst bei dem einen Wort hörte Riku den russischen Akzent heraus.

Er konzentrierte sich, nannte seinen Namen und versuchte, ruhig zu klingen. »Ich schaffe es nicht bis sechs Uhr zum vereinbarten Treffpunkt.«

»Auf Zeit zu spielen hilft jetzt nichts. Nach diesem Telefonat zerbreche ich die SIM-Karte. Das wirst du bestimmt verstehen. Falls nicht …«

»Ich habe Beweise«, sagte Riku rasch. Bisher hatte er das heikle Thema gemieden und für eine schlimmere Zwangslage aufgespart, aber genau die war jetzt eingetreten. »Wenn mein Sohn nicht bis heute um sechs Uhr unversehrt in die Innenstadt von Helsinki zurückgebracht wird, gehen diese Beweise an die Presse.«

Es war still am anderen Ende. Verheißungsvoll still.

»Beweise wofür?«

Riku überlegte fieberhaft. Die Gedanken rotierten wild in seinem Kopf. »Ich weiß von Feliks. Ich weiß von Frey. Ich weiß von Meteor.«

Wieder war es still am anderen Ende, dann wurde die Verbindung abgebrochen.

Zitternd nahm Riku das Handy vom Ohr. Hatte er gerade den entscheidenden Fehler begangen? Hatte er verraten, dass er auf dem Holzweg war?

Er kämpfte gegen die aufsteigende Panik an und rief dieselbe Nummer noch einmal an.

»Die gewählte Nummer ist derzeit nicht erreichbar …«

Riku wusste, dass er in einer Sackgasse gelandet war. Er saß schlimmer in der Klemme als je zuvor. Im selben Moment wurde ihm klar, dass die Villa der Russen seine einzige Verbindung zu Feliks darstellte. Wo sollte er sonst hingehen … Im Schutz des Waldes lief er auf die Villa zu. Der Hass auf Leos Entführer mischte sich mit einer unbeschreiblichen Verzweiflung. Immer schneller rannte er durch Wald und Dickicht und hatte buchstäblich den Geschmack von Blut auf der Zunge.

Das Grundstück war menschenleer, nirgendwo stand ein

Fahrzeug. Dann aber sah Riku eine Bewegung hinter den Büschen. Er versteckte sich hinter einer großen Eiche. Die Sicht war nicht gut, aber jemand stand mit dem Rücken zu ihm an einer Ecke der Villa. Riku hob einen dicken Stock auf. Das Überraschungsmoment war seine einzige Chance.

Die Gestalt jenseits der Büsche schien sich nicht zu bewegen. Riku begriff, dass er das umgehend ausnutzen musste, eine bessere Gelegenheit würde nicht kommen. Die Sträucher verbargen ihn einigermaßen, sobald die Person vor das Gebäude trat, würde er seine Deckung verlieren.

So lautlos, wie er nur konnte, rannte er über das weiche Gras, erreichte schließlich das Gebüsch neben dem Haus und näherte sich geduckt der Person.

Die fuhr plötzlich herum und richtete eine Waffe auf Riku.

»Keine Bewegung!«, rief sie.

Eine Frau, begriff Riku. Eine Frau, die er kannte.

Er hielt mitten im Lauf inne. »Mira …«

Sie stand wie angewurzelt mit vorgehaltener Waffe da und starrte Riku entsetzt an.

»Bist du wahnsinnig?«, bekam sie schließlich mit zitternder Stimme heraus. »Ich hätte dich töten können. Wo warst du?« Ihre Stimme klang tief und aufgeregt. »Ich habe versucht, dich anzurufen …«

»Sie haben Leo entführt. Das darfst du keinem Menschen sagen. Wir haben einen Verräter im Haus. Bykow besitzt eine exakte Liste mit all unseren Ermittlern. Es geht um Leos Leben. Und um meins.«

»Wer hat ihn entführt?«

»Irgendwelche Leute, die mit Bykow zu tun haben, aber nicht aus dem Drogenmilieu stammen. Leo war hier, ist es aber nicht mehr. Ich muss hier nach Spuren suchen. Anschließend wollte ich nach Helsinki fahren, wo mir Leo übergeben werden sollte … Aber jetzt habe ich alles verbockt … und ich weiß nicht, wie ich Kontakt mit ihnen aufnehmen kann …«

Riku sprach atemlos. Mira, die anfangs zornig gewesen war, reagierte nun mit Bestürzung und Mitleid. Sie trat einen Schritt näher an ihn heran. »Ich habe versucht, dich anzurufen, weil ich dir erzählen wollte, dass wir die wahre Identität von Feliks kennen. Wir haben einen Bildvergleich vorgenommen. Feliks Grischanow heißt in Wirklichkeit Viktor Kovalenko. Wahrscheinlich verfügt er über mehrere Identitäten. Die SiPo hat Material über ihn, aber sie rücken nichts heraus.«

»In welchem Zusammenhang stehen die Informationen der SiPo?«

»Das weiß ich nicht.«

Riku wischte sich mit dem Ärmel über das Gesicht und riss sich zusammen. Er blickte auf die Uhr. »Sieh du dich so genau wie möglich in der Villa um. Vielleicht findest du etwas. Es *muss* dort irgendetwas geben … Du kommst durch die Tür eines Lagerraums auf der Rückseite hinein. Irgendwie müssen wir eine Spur von Leo finden … Ich fahre nach Helsinki. Ist dein Wagen gut versteckt?«

»Er steht ein paar Hundert Meter weiter in einer Nebenstraße.«

»Gib mir deine Waffe.«

Mira zögerte, reichte ihm dann aber ihre Glock.

»Und gib mir auch kurz dein Handy, damit ich die Nummer eingeben kann, unter der du mich erreichst. Ich rufe dich von unterwegs aus an.«

Nachdem er die Nummer eingetippt hatte, schaute er Mira wortlos einen Moment in die Augen, dann ging er im Laufschritt zu seinem Auto. Schon nach den ersten Schritten versuchte er erneut, die Russen anzurufen.

»Die gewählte Nummer ist derzeit nicht erreichbar …«

Der Akku des Handys, das er dem Jungen abgekauft hatte, war fast leer. Riku rief Elina an und sagte: »Ich habe gerade erfahren, dass Feliks Grischanow mit richtigem Namen Viktor Kovalenko heißt.«

»Viktor Kovalenko? Den Namen kenne ich, das passt ins Bild. Er hat zur gleichen Zeit in der russischen Botschaft gearbeitet wie Nowikow. Wo bist du?«

»Hör mir genau zu. Das Allerwichtigste ist jetzt, diesen Feliks-Viktor zu finden.«

Am anderen Ende der Leitung wurde es kurz still. Dann sagte Elina: *»Ich kenne eine Person, die Viktor Kovalenko gekannt hat. Kirsti Laaksonen.«*

»Die SiPo hat irgendwelche Informationen über Kovalenko, händigt sie aber der KRP nicht aus. Jedenfalls nicht offiziell.«

»Die Laaksonen wird schon seit dreißig Jahren geschützt. Sie hat sowohl mit der Stasi als auch mit dem KGB zu tun gehabt. Vielleicht halten sie wegen ihr die Informationen zurück.«

»Könntest du für mich herausfinden, wo sich Frau Laaksonen derzeit aufhält?«

»Ich bin bei meinem Vater im Krankenhaus. Was wirst du …«

»Wenn Kirsti Laaksonen die einzige uns bekannte Person ist, die Feliks kennt, werde ich zu ihr fahren. Und zwar sofort.«

59

Der Junge wollte keine Bonbons aus der Dose, die Feliks ihm hinhielt.

Dann eben nicht.

Feliks saß auf der Rückbank neben Leo Tanner und versuchte zu analysieren, wie gefährlich die Informationen waren, über die der Vater des Jungen verfügte. Sie waren auf jeden Fall bedrohlich. Tanner hatte zu viele wesentliche Dinge erwähnt. Es war also sonnenklar, dass er in gewissem Maße Kenntnisse über die Operation hatte. Die Frage lautete: Hatte die auch sonst jemand?

Jedenfalls niemand bei der KRP. Ansonsten möglicherweise Elina Aro oder Sebastian Keller.

Feliks spürte die zunehmende Nervenanspannung. Alle Probleme waren erst dadurch entstanden, dass Vera Dobrina angefangen hatte, im Leben des Ehepaars Rybkin herumzustochern. Deshalb hatte man sie aus dem Weg räumen wollen und dafür Andrej Nowikow engagiert – was sich als Katastrophe erwiesen hatte. Das Bild von der Gruppe junger KGB-Offiziere in Topform war Vergangenheit, reine Nostalgie. Die Realität war ein Trüppchen übergewichtiger Männer, denen die Haare ausgingen und die sich trotzdem zu viel auf sich einbildeten.

Feliks musste gestehen, dass für ihn das Gleiche galt. Zumindest war seine Fähigkeit, Druck auszuhalten, schwächer geworden. Als er noch ein junger, omnipotenter Geheimdienstoffizier war, steigerte der Druck nur seine Energie und seinen Einsatzwillen. Jetzt aber …

Er lehnte den Kopf gegen die lederne Nackenstütze des Range Rovers. Richter hatte mitgeteilt, die Störsignale in Olkiluoto seien ausgelöst worden. Jetzt musste nur noch die zweite Stufe abgewartet werden. Feliks hatte Juri gebeten, am Meerufer in der Nähe seiner Helsinkier Mietwohnung zu parken. Leo Tanner musste im Auto bleiben, hinter verdunkelten Scheiben, auf keinen Fall durfte er auf der Straße gesehen werden. Zuerst hatten sie den Jungen in die Villa in Huutoniemi gebracht, von wo aus Juri ihn nach Helsinki gefahren hatte.

Feliks` Blick durch das Wagenfenster fiel auf eine vertraute Umgebung. Wenige Häuserblocks weiter befand sich die russische Botschaft und nicht weit davon entfernt die amerikanische. Ihm kamen seine Anfangsjahre in Helsinki in den Sinn, Anfang der Achtzigerjahre, als die ersten Samen für die Operation Meteor ausgelegt worden waren.

Damals ging es um ein festes Ziel des Kreml: Es reichte nicht aus, lediglich Informationen über die NATO zu sammeln. Das zentrale Ziel hieß: handeln. Das westliche Militärbündnis schwächen. Am effektivsten ging das, indem man aktiv die Beziehungen zwischen den USA und ihren Verbündeten in Europa störte. Die Stationierung amerikanischer Atomwaffen in Europa, vor allem in der Bundesrepublik Deutschland, bot dafür eine günstige Gelegenheit, da auch ganz normale Bürger dagegen demonstrierten.

Und jetzt, während der letzten Monate, war Feliks gezwungen gewesen, mit seinem ehemaligen Kollegen und jetzigen Chef Kirill Rischnikow in die damalige Zeit zurückzukehren. Und wieder war er in Helsinki gelandet. Obgleich dies allein schon überraschend genug war, wurde es von der aktuellen Lage noch überboten: Niemals hätte Feliks geglaubt, dass er einmal Schokolade und Bonbons für einen sechsjährigen finnischen Jungen kaufen würde, um diesen auf der Rückbank eines Range Rovers ruhigzustellen.

»Ich hab Durst«, sagte der Junge.

Feliks seufzte und sah Juri wütend an. »Hast du nicht genug von dieser Limonade gekauft, Herrgott noch mal?!«

Ingenieur Kari Siekkinen bog in die Zufahrt zum Kraftwerksgelände ein, nachdem er die ganze Strecke mit überhöhter Geschwindigkeit gefahren war. Im Radio kamen die Lokalnachrichten.

An der Landstraße 12 in der Nähe von Köyliö wurden in einem Wohnwagen zwei Tote entdeckt. Als Todesursache werden defekte Flüssiggasvorrichtungen vermutet. Bei den Opfern handelt es sich um einen polnischen Elektriker, der in Olkiluoto gearbeitet hat, und um dessen finnische Freundin.

Siekkinen hielt vor dem Eingangsgebäude an. Die Nachricht vom Unfalltod des polnischen Kraftwerksmitarbeiters drang nur an der Oberfläche in sein Bewusstsein. Es war eine tragische Neuigkeit, aber im Moment war er gerade auf zwei wesentlich ernstere Dinge fokussiert. Zum Glück hatte er seine Frau erreicht. Sie war jetzt auf dem Weg zur Klinik, um bei Paavo zu sein.

Siekkinen warf die Wagentür ins Schloss und rannte auf das Gebäude zu. Er hielt die Magnetkarte auf das Lesegerät, passierte das ernste Gesicht des Pförtners und eilte die Treppe hinauf. Er sah bereits die Schlagzeilen von morgen vor sich. Rächten sich die Probleme, die während der Bauphase in der Qualitätskontrolle aufgetaucht waren, am Ende doch auf fürchterliche Weise? Wäre irgendjemand bereit, einen Jumbojet zu besteigen, wenn er von Arbeitern, die nicht ausgebildet waren und die Sprache nicht beherrschten, für zwei Euro Stundenlohn gebaut worden wäre, so wie es in Olkiluoto der Fall gewesen war?

Jetzt hieß es, die Ruhe zu bewahren, bestimmt lag nur ein Messfehler vor, auf den die Systeme sensibel reagiert hatten. Außer den beiden voneinander unabhängigen digitalen Systemen gab es in der Anlage noch ein fest verdrahtetes Sicherheitssystem, mit dem man im Prinzip den Reaktor abschalten und die Kühlsysteme steuern konnte. Siekkinen wunderte sich über die Kaltblütigkeit der Franzosen, denn in ihrem eigenen EPR-Kraftwerk, das sie in Flamanville bauten, sollte es überhaupt kein analoges Sicherheitssystem mehr geben. Die Briten hingegen bestanden für ihr EPR-Werk darauf, die Amerikaner ebenfalls.

Was Siekkinen ärgerte, war, dass die Amerikaner daran gedacht hatten, für das US-Lizenzmodell noch weitere Sicherheitseigenschaften einzufordern, die in Olkiluoto komplett fehlten. Mit welcher Begründung sollten die Finnen mit größeren Risiken leben müssen?

Siekkinen passierte die Sicherheitstüren in der Schaltzentrale. Die Atmosphäre in dem klinisch-sterilen Raum mit den dicken fensterlosen Wänden war angespannt. Die Mitarbeiter vor den Bildschirmen, Messarmaturen und Signallampen beobachteten intensiv den Zustand des Kernreaktors, der Turbinen und der sonstigen Kraftwerksprozesse.

»Norha, wie ist die Lage?«

Schichtleiter Pasi Norha, der einen langen weißen Kittel trug, wirkte irritiert. »Ich verstehe das nicht. Laut Fehlerbericht steigt der Druck im Reaktor an. Ebenso im Verdampfer. Die Messgeräte zeigen Werte an, die miteinander im Widerspruch stehen. Das ist ganz merkwürdig.«

Siekkinen richtete den Blick auf das mit Signallämpchen ausgestattete Schema, das den Reaktordruckbehälter darstellte. In diesem Behälter produzierte eine kontrollierte Fissionsreaktion mithilfe von Uran Wärme, die im Kühlkreislauf zu Turbinen geleitet und zunächst in mechanische und dann durch einen Generator in elektrische Energie umgewandelt wurde und als solche ins staatliche Stromnetz eingespeist werden konnte.

Ein zweites Schema stand für die riesigen schwarzen Verdampfer und den Druckhalter. Den Geräten zufolge war dort alles in Ordnung. Aber einige Messarmaturen zeigten eine ernsthafte Betriebsstörung an, weshalb die Schnellabschaltung und andere Sicherheitsvorrichtungen aktiviert worden waren.

Siekkinen überflog den Fehlerbericht, den er in der Hand hielt. Der Druck im Kühlbereich des Reaktors schien ständig zuzunehmen.

»Wie sieht es mit den Sicherheitsventilen im Primärbereich aus?«

»Von den Schutzsystemen kommen ständig widersprüchliche Informationen. Laut digitalem System klemmen zwei Ventile.«

»Das Notkühlsystem?«

»Ist aktiviert, aber digital wird uns mitgeteilt, dass auch dort Störungen vorliegen.«

»Wir gehen zur manuellen Steuerung des Notkühlsystems über.«

»Wir verlieren Speisewasser«, sagte ein Mitarbeiter und deutete auf eine Anzeige.

»Was?«, rief Siekkinen bestürzt. Falls der Anzeige zu glauben war, gelang es dem Speisewassersystem nicht mehr, Wasser in die Verdampfer einzuspeisen.

»Könnte ein Schaden an der Wärmetransportleitung vorliegen?«

»Das ist möglich. Jedenfalls sinken die Durchflusswerte.«

»Ersatzsystem?«

»Dort scheint es eine Betriebsstörung zu geben.«

»Das ist doch nicht möglich!«

Siekkinen schüttelte den Kopf. Nichts dergleichen war ihm je begegnet. Es sah aus, als wäre das Kraftwerk von einem Allgemeindefekt betroffen, der sich von einem System zum anderen ausbreitete.

»Sieh dir die Werte von den Hochdruckkühlern an!«

Siekkinen starrte auf die ständig kletternden digitalen Zahlen.

»Der Druck steigt zu schnell an«, sagte der Schichtleiter todernst. »Absolut zu schnell, verdammt.«

Siekkinen spürte, wie Panik in ihm aufkam. Er kannte so etwas nicht, er hatte immer alles im Griff gehabt – und genau deshalb hatte man ihn zum Betriebsleiter der neuen Reaktoreinheit gemacht.

»Das ist unfassbar. Die Störung kann nur im Automationssystem liegen …«

»Vielleicht, aber haben wir Zeit, das herauszufinden?«, fragte Norha, der inzwischen noch blasser geworden war. Auch alle anderen in der Schaltzentrale standen wie erstarrt da und sahen Siekkinen an, der die Strahlenschutzbehörde in Helsinki anrief und kurz über die Lage berichtete.

Die Handlungsanweisung entsprach dem Schluss, zu dem Siekkinen selbst gelangt war: Sie mussten die schwierigste, aber einzig mögliche Maßnahme ergreifen. Man durfte kein Risiko eingehen, auch wenn sich die Vorsichtsmaßnahme sicherlich als unnötig erweisen würde.

»Wir beginnen mit der Evakuierung des Kraftwerks«, sagte er und empfand großen Schmerz, als er die Worte laut aussprach, die er nicht einmal in seinen schlimmsten Albträumen in den Mund genommen hatte.

60

Peter Richter stand im ersten Stock des im funktionalistischen Stil erbauten Hotels Raumanlinna am Fenster und blickte auf das menschenleere Stadtzentrum. Die eifrige Person an der Rezeption hatte von dem nahe gelegenen Holzhausviertel erzählt, das auf der Liste des UNESCO-Weltkulturerbes stand. Richters Gedanken waren jedoch auf ein etwas weiter nördlich gelegenes Objekt gerichtet.

Anton lag schweigend auf dem Bett. Der schwarze Aktenkoffer aus Kunstleder war griffbereit auf dem Tisch platziert.

Das Warten zehrte an den Nerven. Gerade eben war Anton von einer erneuten Zigarettenpause zurückgekehrt.

Der Fernseher, der an einer Wandhalterung befestigt war, zeigte die Videotext-Nachrichten, die waren angeblich die schnellsten. Über Probleme in Olkiluoto 3 wurde noch nicht berichtet.

Und wenn die von Rainer Bauer beschafften Informationen fehlerhaft waren? Bei den Frequenzbereichen oder bei etwas anderem Wesentlichen? Kaum denkbar.

Was Richter hingegen tatsächlich Sorgen bereitete, war die Tatsache, dass jemand über seine Kooperation mit Bauer Bescheid wusste. Bauer hatte sehr nervös aus Berlin angerufen und berichtet, ein Unbekannter sei während des Mittagessens bei ihm aufgetaucht und habe nach Richter gefragt. Daraufhin hatte Feliks nichts riskieren wollen, sondern Schwarz beauftragt, Bauer unverzüglich zum Schweigen zu bringen.

Damit wurde allerdings nur der Dreck unter den Teppich gekehrt. Richter wusste, dass jemand hinter ihm her war, höchstwahrscheinlich der Sohn von Claus Berger. Bei der nächsten Gelegenheit musste er das Übel an der Wurzel packen.

Richter hatte ausschließlich im Bereich der wissenschaftlichen und technischen Spionage gearbeitet, im Gegensatz zu Stasi-Hauptmann Claus Berger, der seine Laufbahn im Jahr 1979 begonnen hatte, nach einer ganzen Welle von Überläufern. Zuerst flog Ingrid Garbe, Sekretärin in der NATO-Vertretung der Bundesrepublik Deutschland in Brüssel, auf. Ursel Lorenz setzte sich etwas später ab – sie hatte in der operativen Abteilung der NATO gearbeitet und war an sehr detaillierte Informationen über die Arbeitsweise im Lageraum des Hauptquartiers herangekommen. Die Nächste, die sich auf und davon machte, war die belgische Sekretärin Imelda Verrept, nach ihr kamen Ursula Höfs, Inge Goliath und Helga Rödiger. Dolmetscherinnen, Sekretärinnen, Büroangestellte, die interessantes Material in die Hände bekamen. In der *Bild*-Zeitung war eine Fotoreihe mit zwölf Frauen zu sehen gewesen, unter der Überschrift: »Diese Sekretärinnen spionierten aus Liebe«. Viele der Frauen setzten nach der Enttarnung ihre Ehe oder ihre außereheliche Partnerschaft in der DDR fort, die Beziehungen waren nicht selten echt und stabil. Normalerweise offenbarte ein Romeo in einer frühen Phase des Zusammenseins seinen wirklichen Hintergrund, und sehr oft war die Frau dann bereit, Informationen von ihrem Arbeitsplatz weiterzugeben. Über die Gründe eines solchen Verhaltens wurde viel diskutiert, aber das eine spezifische Motiv gab es nicht. Spannung und Liebe statt Einsamkeit, Abenteuerlust und die intime Nähe durch ein gemeinsames Geheimnis mochten dem Leben eine Bedeutung geben.

Der Propagandasieg durch die Enthüllung all dieser Fälle verblasste freilich neben der Tatsache, dass die Stasi damit wertvolle Informationsquellen verlor und vor allem die USA noch vorsichtiger wurden. Das Pentagon gab seinen westdeutschen Verbündeten keine brisanten Informationen mehr in die Hand, sondern handelte selbst. In westdeutschen Ämtern tauchten Plakate auf, auf denen ein Mann zu sehen war, der eine Frau umgarnte. Der Text dazu lautete: »Das Codewort, das Geheimnisse verrät, heißt ›Liebe‹. Dein Partner ist nicht frei, sondern hat eine langjährige Beziehung mit der Staatssicherheit der DDR. Vergiss das nicht.«

Unter dem Druck des KGB hatte sich die Stasi verstärkt um neue Informationsquellen bemüht. Der aus Leipzig stammende Claus Berger war eine vielversprechende Beziehung mit der in Ramstein tätigen amerikanischen Sekretärin Barbara Keller eingegangen. Unter anderem durch Keller hatte man Erkenntnisse über das NATO-Stabsmanöver Able Archer 83 erhalten. Die paranoid aufgescheuchte KGB-Führung glaubte, die NATO würde unter dem Deckmantel dieses Manövers einen wirklichen Überraschungsschlag vorbereiten.

Aber noch wertvoller wurde Bergers Beziehung zu Barbara Keller ein Jahr später, als Meteor geplant und umgesetzt wurde.

Richter schaute durchs Fenster hinunter auf die Hotelgäste, die über den Parkplatz gingen. Die meisten von ihnen waren wegen Olkiluoto hier, darunter viele Ausländer, in deren Schar man wenig auffiel. Feliks hatte verlangt, dass Richter sich unter falschem Namen im Hotel anmeldete, was sich in dieser Situation als klug herausgestellt hatte. Normalerweise benutzte Richter lieber seinen richtigen Namen, denn wer der Verwendung einer falschen Identität überführt wurde, kam unmöglich schadlos davon. Deshalb war er nach dem Zusammenbruch der Stasi sofort offen mit seiner Vergangenheit umgegangen. Er hatte seinen ehemaligen Arbeitgeber nicht verschwiegen, weil die Wahrheit ohnehin früher oder später herausgekommen wäre. Dass er Ingenieur war, half ihm zusätzlich: In erster Linie war er Fachmann in Sachen Technik.

Anton setzte sich auf den Bettrand. »Lass uns gehen.«

»Geduld. Wir warten innerhalb dieser vier Wände und nicht draußen.«

Richter blickte auf den Fernsehschirm und empfand eine riesige Erleichterung, als er die Überschrift der neuesten Meldung las.

Betriebsstörung im neuen Kernkraftwerk Olkiluoto.

Jeden Moment konnte jemand kommen.

Mira war in der Villa in Huutoniemi rasch und zielstrebig vorgegangen, sie hatte jede Schublade geöffnet, alle Schränke und Regale durchsucht. In der Küche hatte sie in der Mülltüte Bonbonpapierchen, eine Colaflasche und eine leere Pappschachtel gefunden, die laut Aufdruck ein Lego-Feuerwehrauto enthalten hatte. Riku hatte recht – wenn der Junge hier gewesen war, konnte man vielleicht etwas finden … einen Hinweis, mit dessen Hilfe sich auf das nächste Versteck schließen ließe.

Mira ging systematisch vor. In einem Papierstoß in einem Regal fand sie Bleistiftzeichnungen. Sie blätterte Bücher durch, hielt sie am Rücken und schüttelte sie, aber es waren keine Zettel eingelegt. Dann griff sie nach einer Zigarrendose aus Metall. Ihr Deckel zierte das altertümlich wirkende Bild eines Seemanns im Ringelhemd, aber die Dose selbst war nicht alt. Mira wollte sie schon wieder schließen, da bemerkte sie, dass die Seidenverkleidung an einer Stelle etwas abstand.

Sie griff nach dem Zipfel, hob die Verkleidung an und blickte auf drei SIM-Karten, die mit Klebestreifen am Boden der Dose befestigt waren. Vermutlich waren es Prepaid-Karten, wie sie Kriminelle benutzten, damit man sie nicht orten konnte. Daneben lag die Speicherkarte eines Handys. Mira schob die Zigarrendose in einen Plastikbeutel und setzte ihre Durchsuchung fort.

Gravierende Störung bei der Inbetriebnahme des größten Atomreaktors der Welt in Finnland, titelte die BBC auf ihrer Nachrichtenseite.

Kirill Rischnikow las es auf dem Display seines iPhones, erleichtert und aufgeregt zugleich. Feliks hatte ihn bereits informiert, da die Nachricht in Finnland früher herausgegeben worden war. Kirill saß im Liegestuhl auf der schattigen Terrasse mit Blick auf den kleinen, von Bergen umrahmten Hallstätter See. Hinter grünen Hangwiesen ragten schneebedeckte Gipfel auf. Vor einer Stunde war sein Learjet, mit dem er in London City gestartet war, in Salzburg gelandet.

Er stand auf und stützte sich aufs Geländer, unter dem es sechzig Meter tief steil zu dem dunkelblau schimmernden See hinabging. Er war erleichtert, aber zugleich erfüllte ihn die adrenalinhaltige Anspannung, die er stets spürte, wenn er große Risiken einging, ob es sich nun um eine staatliche Aufklärungsoperation oder um ein Geschäft in der freien Wirtschaft handelte. Auf jeden Fall war die erste Stufe – der technisch anspruchsvollste Teil – in Finnland erfolgreich absolviert worden. Das gesendete Signal brachte das digitale Automationssystem des Reaktors durcheinander, und da man in der Schaltzentrale den Grund für das Problem nicht kannte, musste man den widersprüchlichen Fehlermeldungen mit großem Ernst begegnen.

Kirill verließ das Zimmer und machte sich auf den Weg zum Speisesaal. Er kam an der breiten, dunkelgrün getönten Glaswand vorbei, hinter der der Pool lag, den er regelmäßig benutzte, um sein Gewicht im Griff zu behalten. Durch die Tür auf der linken Seite betrat er einen hohen Raum, an dessen kirchenartiger Balkendecke Spots leuchteten. Durch eine Hälfte der Doppeltür blickte er in den Speisesaal, wo an einem Ende des langen Tischs für vier Personen gedeckt war. Wegen des geheimen Treffens fehlte das übliche Personal, und Kirills Sicherheitsleute kümmerten sich um alles. Die fertige Mahlzeit wurde in einem Salzburger Sternerestaurant geholt.

Kirill steuerte die Sitzgruppe vor dem gewaltigen Kamin an. In der Feuerstelle brannte Erdgas aus der Flasche, eines der Produkte von TerraEnergo. Kirill mochte exakt geplante Einzelheiten, und auf solchen basierte auch die derzeit vonstattengehende Operation.

Die zweite Stufe würde bald beginnen. Sie war an und für sich unkompliziert, enthielt aber mehr Unsicherheitsfaktoren als die erste.

Der Plan lehnte sich an die Operation Meteor an, die Kirill und Feliks 1989 in der Abteilung für aktive Maßnahmen des KGB vorbereitet hatten. Kirill dachte mit Wärme an seine KGB-Zeit zurück. Jene Jahre hatten das Fundament für seine spätere Karriere gelegt, aus ihnen hatte er die Kenntnisse und Kompetenz für effektives Vorgehen auch im Wirtschaftsleben mitgenommen. Nachdem er 1982 sein Studium am Institut für internationale Beziehungen in Moskau abgeschlossen hatte, nahm er noch im selben Jahr die Arbeit beim KGB auf, in dem Jahr, in dem Juri Andropow zum Herrscher im Kreml avancierte. Andropow hatte in den Sechzigerjahren als KGB-Chef angefangen und schon zu Beginn seiner Karriere ein aggressiveres Vorgehen gegen den Feind gefordert. Zur Hauptaufgabe der Auslandsaufklärung erklärte er politische Sonderoperationen und Sabotageakte.

Kirill hatte über den Mut seiner Vorgänger gestaunt: Der KGB hatte unter anderem Vorbereitungen für einen Guerillakrieg auf Kreta und in Italien getroffen, Pläne für eine Überschwemmung der Londoner U-Bahn ausgearbeitet und das Vergiften des Wahingtoner Trinkwassers sowie die Sabotage einer Ölpipeline zwischen Italien und der Bundesrepublik Deutschland geplant. Zu den realisierten Operationen zählte zum Beispiel der Einsatz von Terroristen bei Anschlägen auf Objekte der USA und der NATO.

Die wirtschaftlichen Probleme des Ostblocks, die sich in Kirills Arbeit direkt widerspiegelten, hatten zu Gorbatschows

Zeit extrem zugenommen. In den am besten informierten Abteilungen des KGB sah man, wie die Sowjetunion von Monat zu Monat schwächer wurde. In den osteuropäischen Satellitenstaaten begannen die Volksbewegungen. Es musste etwas unternommen werden.

Im Herbst 1988 wurde Kirill einer Gruppe zugeteilt, deren Aufgabe darin bestand, »ungewöhnliche operative Sondermaßnahmen« zu entwickeln, um bestehende Differenzen zwischen einzelnen NATO-Verbündeten zu verschärfen. Die kleine Gruppe wurde mit weitläufigen Befugnissen ausgestattet und dann mit den zuverlässigsten Männern des KGB und der Stasi-Abteilung für Sonderoperationen tätig. Die Stasi verfügte über eine lange Tradition und über die operativen Voraussetzungen für den Kampf gegen die Nachrüstung in der Bundesrepublik. Zusätzlich wurde Kirills Kompetenz in Sachen Desinformation und strategische Planung gebraucht sowie insbesondere die technischen Fachkenntnisse für Sabotageakte.

Die Gruppe plante die Operation Meteor zur inneren Zersetzung der NATO. Der Streit um die Stationierung von Mittelstreckenraketen in Europa hatte für einen Riss zwischen den Mitgliedern des Militärbündnisses gesorgt, und der Sinn von Meteor bestand darin, die Vereinigten Staaten zu zwingen, ihre Atomraketen aus der Bundesrepublik abzuziehen.

Die Ereignisse in den Mitgliederstaaten des Warschauer Paktes im Herbst 1989 lösten bei Stasi und KGB geradezu Panik aus. Nach Auffassung der Offiziersgruppe, die eine harte Linie fahren wollte, gab es nichts mehr zu verlieren. Mit dem heimlichen Segen ihrer Vorgesetzten trieben sie die Vorbereitungen für Meteor voran, losgelöst von den offiziellen Organisationen des KGB und der Stasi.

Als Objekt wurde Ramstein gewählt, der Luftwaffenstützpunkt der Vereinigten Staaten, wo HVA-Agent Claus Berger eine Beziehung zu der amerikanischen Luftwaffenangestellten Barbara Keller eingegangen war. Mithilfe der Frau erhielt die

Gruppe, die an Meteor arbeitete, Zugang zum Stützpunktgelände. Ermutigt wurden sie in ihren Planungen durch eine 1986 in Moskau erfolgreich durchgeführte Operation. Damals hatte eine gewisse Violetta Seina, die im Dienst des KGB stand, den US-Marineinfanteriesoldaten Clayton J. Lonetree verführt, mit dessen Hilfe sie dann KGB-Agenten in die amerikanische Botschaft schleusen konnte, um dort Abhörgeräte zu installieren.

Aber in Ramstein mussten sie in einen besonderen Sicherheitsbereich vordringen, wo mit Atomsprengköpfen ausgerüstete Raketen für Flugzeuge gelagert wurden. Um hineinzugelangen, mussten sie eine Kontrollzone passieren, was eine der größten Herausforderungen des Vorhabens darstellte. Schließlich lösten sie das Problem mithilfe eines finnischen Ingenieurs, der verschiedenen Abteilungen der russischen Streitkräfte westliche Technologie, die der Handelssperre unterlag, lieferte. Auf Bestellung der Meteor-Gruppe nahm jener Ralf Tanner Kontakt mit einem deutschen Unternehmen auf, das Zugangsüberwachungsvorrichtungen für Ramstein produziert hatte, und gab vor, Vertreter einer großen finnischen Firma zu sein. Als er beliefert worden war, kam Tanner persönlich nach Ramstein, um mit einem Gerät die Daten auf der Magnetkarte von Barbara Keller zu manipulieren.

Meteor sollte seine Wirkung wie eine Schockwelle entfalten, die ein überraschendes und großes Ereignis verursachte. Allerdings wurde Meteor dann selbst von einer Schockwelle überrannt, als der Fall der Berliner Mauer im November 1989 für das endgültige Aus für die Operation sorgte. Über Nacht verloren die Stasi-Offiziere ihre Arbeitsplätze, und Meteor wurde aus der Umlaufbahn geschleudert.

Jetzt, mehr als zwanzig Jahre später, wollten sich Kirill und seine Leute die Schockwelle unter den Herausforderungen des neuen Jahrtausends zunutze machen. Einst hatte der Fall der Mauer die Operation gestoppt. Jetzt gefährdete ein finnischer

Polizist das Vorhaben, wie Feliks berichtet hatte. Aber das würde ihm nicht gelingen. Diesmal würde statt des Meteors etwas anderes aus der Umlaufbahn fliegen.

»Rem berichtet aus Salzburg, die Gulfstream der Gäste ist gelandet«, sagte einer der Sicherheitsleute an der Tür zum Speisesaal.

»Gut«, antwortete Kirill. »Wir essen in zwei Stunden.«

Der Flug von Houston, Texas, war lang, weshalb vor dem Essen ein kleiner Spaziergang auf einem Gebirgspfad in frischer Alpenluft stehen sollte.

61

Elina saß in ihrer Wohnung am Computer, neben sich ein Blatt Papier, auf dem sie sich Schlüsselworte notiert hatte. Sie arbeitete schnell und effizient. Rikus Lage war entsetzlich und hoffnungslos, wenn sie nur an den kleinen Jungen und seine Angst dachte …

Sie hatte die Referentin von Kirsti Laaksonen erreicht und erfahren, die Abgeordnete sei im Parlament, wo gerade die erste Sitzung der Herbstperiode begann. Riku hatte sich für die Information lediglich bedankt, ohne von seinen weiteren Plänen zu sprechen. Elina hatte angeboten, mit Frau Laaksonen zu sprechen, aber Riku hatte es strikt abgelehnt.

Durch das offene Fenster blies eine Windbö herein, aber es war trotz des bedeckten Himmels so warm, dass Elinas viel zu großes Männer-T-Shirt, das sie immer trug, wenn sie sich auf ihre Forschungsarbeit konzentrierte, ihr an der Haut klebte. Im Radio kamen Nachrichten, die sich mit der Betriebsstörung im neuen Atomkraftwerk Olkiluoto beschäftigten. Der Redakteur zählte auf, was im schlimmsten Fall passieren konnte:

»*… ist unmöglich. Im Reaktor gibt es mehrere physische Sperren, und schon eine davon reicht aus, um sicherzustellen, dass keine Radioaktivität austritt, nicht einmal beim größten anzunehmenden Unfall. Wahrscheinlich handelt es sich jetzt lediglich um einen Fehlalarm des Automationssystems, weshalb es überflüssig ist, von austretender Radioaktivität auch nur zu sprechen …*«

Elina schaltete das Radio aus und konzentrierte sich auf das

Wesentliche. Die Enttarnung von Viktor Kovalenko als Feliks Grischanow gab ihr neue Anhaltspunkte für die Recherche. Jetzt, da sie das KGB-Labyrinth in Angriff nehmen konnte, fühlte sie sich wie bei einem Heimspiel. Sie hatte sämtliche Informationen zusammengetragen, die über Kovalenko alias Grischanow öffentlich zugänglich waren. Der Mann arbeitete als Sicherheitschef für den Energiekonzern TerraEnergo, der sich in russischem Besitz befand, jedoch in Zug in der Schweiz registriert war. Mehr war über ihn nicht zu finden.

Für Elina war es keine Überraschung, dass auch der Besitzer des Konzerns, der in London lebende Oligarch Kirill Rischnikow, eine KGB-Vergangenheit hatte. Viele KGB-Offiziere hatten es dank ihrer zahlreichen Kenntnisse geschafft, sich an den Privatisierungen der staatlichen Energieunternehmen, die in der Ära Jelzin eingeleitet wurden, zu beteiligen. Rischnikow war es in den Neunzigerjahren gelungen, ein ineffizientes Großunternehmen, das die Ressourcen Sibiriens ausbeutete, in außerordentlich profitable Form zu bringen. Dann hatte er sein eigenes Unternehmen gegründet, TerraEnergo, hatte den Energieriesen in seinen Besitz gebracht und weitere Firmen aus dem Sektor Energiegewinnung in Russland und im Ausland hinzugekauft.

TerraEnergo handelte mit Rohöl, Produkten der Ölraffination, Steinkohle und Erdgas. Kirill Rischnikow war als intelligenter, äußerst risikobereiter Geschäftsmann bekannt, der dank seiner Eigenschaften zu einem der reichsten Männer der Welt avanciert war.

Im Archiv einer britischen Zeitung stieß Elina auf eine interessante Information: TerraEnergo hatte Anti-Atomkraft-Aktivitäten unterstützt. Für den Produzenten fossiler Brennstoffe stellte das Comeback der Kernenergie wohl eindeutig eine Bedrohung dar. Das Projekt war mittels geheimer Geldtransfers und diverser Strohmänner nahezu wie eine KGB-Operation durchgeführt worden, was natürlich zu der Tatsache passte, dass in der Konzernführung Männer mit einschlägiger Vergangenheit saßen.

Elina rief bei TerraEnergo an und fragte bei der Zentrale nach der Durchwahl von Feliks Grischanow. Es meldete sich Grischanows Stellvertreter, der erklärte, Grischanow sei in Urlaub, und der nicht bereit war, ihr die Privatnummer seines Chefs zu nennen.

Sofort rief Elina Riku an und erstattete ihm Bericht. Riku befand sich auf dem Weg von Kotka nach Helsinki und klang verzweifelt.

»Bitte sehr«, sagte die Frau an der Rezeption des Hotels Raumanlinna und reichte Sebastian freundlich lächelnd das Fax, das kurz zuvor von der Justizvollzugsanstalt Moabit an das Hotel geschickt worden war.

Im Foyer hielten sich eine französische Reisegesellschaft und viele andere Ausländer auf. Sebastian begriff, dass sie wegen der Einweihung des Atomkraftwerks gekommen waren. Intuitiv hielt er unter den Gästen nach Peter Richter Ausschau. Mit dem Fax in der Hand steuerte er sein Auto auf dem Hotelparkplatz an, um den Brief dort in Ruhe zu lesen.

Wenig später war er von einem Sturm der Gefühle ergriffen und starrte entgeistert vor sich hin. Mit nichts dergleichen hatte er gerechnet.

Er las den Brief noch einmal, holte tief Luft und rief dann Elina an. Er musste es tun, er musste einfach mit jemandem über den Inhalt dieses Briefes reden.

»Ich will nicht, dass du mich anrufst«, sagte Elina schroff.

»Du musst mir zuhören. Elina, ich bitte dich ... Mein Vater hat mir einen Brief hinterlassen, der mir gerade zugefaxt wurde. Darf ich ihn dir vorlesen?«

Elina schwieg, blieb aber am Apparat.

Sebastian begann laut zu lesen: »Sebastian, wenn du diesen Brief liest, bin ich bereits tot. Ich versichere dir, dass es kein

Selbstmord war, auch wenn es wahrscheinlich so inszeniert worden ist ...«

Sebastians Stimme bebte. Er zwang sich weiterzulesen. »Ich ahne, dass ich bald sterben werde. Der oder die Täter werden ehemalige KGB-Offiziere sein, dieselben Männer, die deine Mutter umgebracht haben. Am Ende führt uns das Schicksal also doch wieder zusammen. Ich schwöre dir, dass deine Mutter die einzige Frau war, die ich je geliebt habe.«

Sebastian musste eine Pause machen. Er atmete tief durch, bevor er weiterlas: »All die Jahre habe ich die schwere Last in meinem Herzen getragen, dass ich damals den Mord an deiner Mutter womöglich hätte verhindern können, es aber nicht tat. Ich war der DDR gegenüber loyal. Ich hätte etwas unternehmen müssen, aber ich war ein Feigling. Nach dem Tod deiner Mutter ertrug ich es nicht mehr, dich zu sehen ... Ich arbeitete weiterhin, aber ein Leben hatte ich nicht mehr.«

Wieder machte Sebastian eine Pause. Elina wartete geduldig ab, bis er sich wieder gefasst hatte.

»Ich bin zufrieden damit, dass du eine Partnerin in Finnland gefunden hast. Ich mag die Finnen. Vor meiner Stationierung in der Bundesrepublik war eine finnische Frau mein Objekt in der DDR ...«

»Lies nur weiter«, sagte Elina. Ihre Stimme klang nun wohlwollend und ermunternd.

»Wir lernten uns in der FDJ-Jugendhochschule Wilhelm Pieck kennen. Ich spreche von Kirsti Laaksonen, der heutigen Parlamentsabgeordneten, die schon seit Jahrzehnten Kontakt mit einem ehemaligen KGB-Offizier namens Viktor Kovalenko hat. Kirsti brachte 1978 in Helsinki einen Sohn zur Welt, dessen Vater ich bin. Wir haben keine Verbindung gehabt, das Ganze ist wegen Kirstis politischer Karriere sehr peinlich und brisant. Ich hoffe, auch du wirst den Fall auf sich beruhen lassen. Aber du hast das Recht, von deinem Halbbruder zu erfahren.«

Sebastians Stimme versagte, am anderen Ende der Verbindung herrschte tiefe Stille.

Elina war selbst so bestürzt über das, was sie gerade gehört hatte, dass sie es nicht wagte, sich auch nur vorzustellen, wie sich Sebastian fühlte. Sie starrte aus dem Fenster auf die Grünanlage und sagte vorsichtig: »Deswegen also stand Kirsti Laaksonens Name in Veras Notizheft …«

»Ich will Viktor Kovalenko finden, und ich hoffe, dass du mir dabei hilfst. Ich will von ihm alles über den Mord an meiner Mutter hören.«

»Eventuell kann man über Laaksonen an Kovalenko herankommen. Sie steht seit Jahren in engem Kontakt mit der russischen Botschaft in Helsinki.«

»Der Brief geht noch weiter. Setz dich, falls du stehst.«

In Sebastians Tonfall lag nicht der geringste Funken Humor.

»Lass hören«, sagte Elina. Intuitiv befolgte sie Sebastians Rat und setzte sich an den Schreibtisch.

»Mein Vater schreibt: Und vor allem hast du das Recht, von deiner Halbschwester zu erfahren. In Ostberlin arbeitete nämlich eine KGB-Agentin namens Ludmila Sokolowa, mit der ich eine Romanze hatte. Dahinter steckten keinerlei berufliche Verpflichtungen. 1980 wurde Ludmila nach Moskau zurückversetzt, und damals war sie schwanger. In Moskau brachte sie unsere gemeinsame Tochter zur Welt, die von Ludmilas neuem Partner, einem KGB-Offizier, als sein Kind anerkannt wurde. Das Mädchen erhielt den Namen Vera.«

Elina schloss die Augen und sagte kaum hörbar: »Vera …«

»Ja, Vera Dobrina war meine Halbschwester«, bestätigte Sebastian. *»Ich wusste es nicht. Mein Vater schreibt weiter in seinem Brief: Während ihrer Ehe blieb Ludmila heimlich in Kontakt mit mir. Sie arbeitete im Archiv der Auslandsaufklärung. Nach dem Zusammenbruch der Sowjetunion wurde sie arbeitslos, trennte sich von ihrem Mann und zog zu mir nach Deutschland.*

Vera blieb zum Studieren in Moskau und begann ihre Laufbahn als Journalistin. Ludmila war an meinen Geschäften beteiligt, die allerdings immer schwieriger wurden. Um mit unseren Schulden fertigzuwerden, trafen wir verzweifelte Entscheidungen, und ich wurde am Ende wegen Konkursbetrugs verurteilt. Ludmila ist der einzige Mensch, der alles über mich weiß. Auch von dir weiß sie. Einige der alten Geschichten hat sie Vera erzählt. Unter anderem hat sie ihr gesagt, wie der KGB in den Achtzigerjahren an Informationen aus der näheren Umgebung des finnischen Präsidenten kam.«

Elina stutzte. »Entschuldige, wenn ich unterbreche, aber Ludmila lebt also immer noch und wohnt in Deutschland?«

Sebastian hörte den Enthusiasmus in Elinas Stimme. »Ja. Aber ich weiß nicht, ob Ludmila mit fremden Leuten redet, falls du an so etwas denkst. Ich lese den Brief zu Ende …«

Er richtete den Blick auf das Blatt, das er auf dem Lenkrad abstützte: »Von dir, mein lieber Sebastian, hat Ludmila unserer Tochter nur so viel erzählt, dass es dich gibt. Nicht einmal deinen Namen hat sie genannt. Und Vera hat nicht weiter gefragt, denn sie wusste, dass sie keine Antwort bekommt. Allerdings hat sie mithilfe der wenigen Fakten, die sie besaß, auf eigene Faust deinen Namen herausgefunden …«

Sebastian holte Luft und las leise weiter: »Es tut mir unglaublich leid, dass mein Leben auf einer Lüge beruht hat. Ich wünschte aus vollem Herzen, alles hätte sich anders entwickelt. Ich will, dass du glücklich bist. Gib dem Bösen keinen Platz in deinem Leben. Hör auf, dich mit Stasi-Angelegenheiten zu befassen, sie sind es nicht wert, sein Leben dafür zu opfern. Wenn das jemand beurteilen kann, dann ich. Leb wohl … Dein Vater Claus.«

Damit war der Brief zu Ende. Elina und Sebastian schwiegen.

»Vermutlich glaubst du, ich hätte von Vera gewusst«, sagte Sebastian schließlich. »Aber so war es nicht. Als ich im BstU-

Archiv nach Informationen über meinen Vater suchte, war ich von allem, was ich fand, extrem schockiert. Vera, eine Russin, die ich damals nicht kannte, sprach mich an, und ich muss ihr gegenüber ziemlich abweisend gewesen sein. Dann stellte sie sich als Journalistin vor, und bald begriff ich, dass sie eine erfahrene investigative Journalistin war. Wir trafen uns wieder, und schließlich bat ich sie um Hilfe bei der Untersuchung der Hinweise meines Vaters, die sich auf Russland bezogen. Aber erst jetzt erfahre ich aus diesem Brief, dass ich Vera nicht zufällig begegnet bin. Sie hat gezielt nach mir gesucht. Dann bin ich im BstU dir begegnet. Und das war Liebe auf den ersten Blick, ob du das nun glaubst oder nicht.«

Elina seufzte tief. *»Ich weiß nicht, was ich denken soll.«*

Ihre Reaktion ließ sofort neue Hoffnung in Sebastian aufleben.

»Wo bist du?«

In dem Moment sah er zwei Männer aus dem Hotel kommen und auf den Parkplatz zugehen. Einer von ihnen trug einen schwarzen Aktenkoffer und hatte einen Schnurrbart. Sebastian erkannte ihn.

Peter Richter. Der Ingenieuroberst der Stasi.

»Ich muss jetzt aufhören, ich rufe dich später wieder an«, sagte Sebastian schnell und beendete das Gespräch.

Richter und der andere Mann stiegen in einen Renault, der gleich darauf rückwärts aus der Parkbucht stieß. Sebastian ließ den Motor an. Er gab dem anderen Wagen etwas Vorsprung, dann fuhr er ihm hinterher.

62

Riku eilte die Treppe des Parlamentsgebäudes hinauf und an den massiven Säulen vorbei zum Eingang. Seine Kleider waren noch immer unangenehm feucht, aber die schlimmste Nässe war vom Autositz aufgesogen worden und in der Nachmittagshitze verdunstet. Inzwischen war Wind aufgekommen, dunkle Wolken stauten sich am Himmel, ein Gewitter rückte grummelnd immer näher.

Riku hatte die Nummer von Feliks Grischanows Büro angerufen, die ihm Elina gegeben hatte, aber der Mann war im Urlaub, wie Elina ja gesagt hatte. Auch die Abgeordnete Laaksonen hatte sich nicht selbst am Telefon gemeldet. Ihre Referentin hatte erklärt, Kirsti Laaksonen sei im Parlament.

Der Pförtner im kurzärmeligen weißen Hemd sah Riku misstrauisch durch die Scheibe an, als der auf ihn zutrat. Riku zeigte seine Dienstmarke. »Ich möchte mich mit einer Abgeordneten treffen.«

»Haben Sie einen Termin?«

»Nein. Es handelt sich um eine dringende polizeiliche Angelegenheit.«

Der Pförtner nickte unsicher. Sein Kollege stand auf, und Riku ging durch den Metalldetektor bei der Sicherheitskontrolle. Das Gerät reagierte, und Riku hob beruhigend die Hände. Er ging an einer Säulenreihe und Stühlen im antiken Stil vorbei zur Marmortreppe. Das von oben einfallende Licht ließ das gesamte monumentale Treppenhaus in einer seltsamen Mischung aus Helligkeit und gedämpften Farbtönen erstrahlen.

Im ersten Stock lag der pompöse Staatssaal, von dessen hoher Decke gewaltige Kronleuchter hingen. Von dort gelangte man in den Sitzungssaal, aber Riku ging durch einen hohen, schmalen Foyerbereich weiter zur Cafeteria. Er war schon ein-, zweimal dort gewesen und erinnerte sich an das laute Gelächter und das vertrauliche Geplauder an den Tischen.

Auch jetzt war das Café, in dem grüne Farbtöne dominierten, voller Leute, aber das heitere Stimmengewirr fehlte. Alle schauten konzentriert auf einen laut gestellten Fernseher. Etwas abseits unterhielten sich einige Abgeordnete mit einem Journalisten. Auf dem Bildschirm war eine Aufnahme des Kernkraftwerks Olkiluoto zu sehen, aus dem Off der Telefonbericht eines Reporters zu hören.

»*… gegenüber der Nachrichtenredaktion des Finnischen Rundfunks bestätigt, dass die Inbetriebnahme von Olkiluoto 3 wegen eines Störfalls im Automationssystem unterbrochen worden ist. Laut der technischen Leitung des Kraftwerks wird derzeit nach dem Grund für die sehr ernst zu nehmende Störung gesucht. Die Experten glauben jedoch nicht …*«

Rikus Blick richtete sich auf eine Gruppe von Leuten an einem Tisch, in deren Mitte er ein aus den Medien bekanntes Gesicht entdeckte: Kirsti Laaksonen.

Zögernd blieb er an der Tür stehen. Er hörte die Vorsitzende der Grünen zu einem Journalisten sagen: »Genau davor haben wir immer gewarnt. Mit der Atomenergie sind enorme Risiken verbunden.«

»Trotzdem sind Sie als Koalitionspartner in einer Regierung geblieben, die entschieden hat, ein weiteres Kernkraftwerk zu bauen«, entgegnete der Journalist.

Riku hörte die Antwort nicht mehr, denn er ging quer durch den Raum auf Kirsti Laaksonen zu. Als er vor ihr stehen blieb, wandte sie sich ihm mit fragendem Gesichtsausdruck zu.

»Entschuldigen Sie«, sagte er. »Ich möchte ein paar Worte mit Ihnen unter vier Augen wechseln.«

Nun blickten ihn auch die anderen am Tisch an, richteten ihre Aufmerksamkeit aber gleich wieder auf die Fernsehnachrichten.

»Verzeihung, aber kennen wir uns?«, fragte Laaksonen.

»Ich werde Ihnen nur unter vier Augen sagen, worum es geht.«

Verärgert sah die Frau auf Riku und dann auf ihre Armbanduhr. »Leider muss ich in den Sitzungssaal …«

»Meine Angelegenheit ist dringend. Es geht um Viktor Kovalenko.«

Laaksonen konnte ihre Überraschung nicht verbergen, doch im Nu hatte sie ihre gelassene Miene wiedergefunden.

»Ich kenne niemanden, der so heißt. Leider kann ich Ihnen nicht helfen«, erklärte sie und wandte sich ab.

Riku versuchte einen Wutausbruch zu unterdrücken. Er schloss die Augen, atmete tief durch und konzentrierte sich auf die Stimme des Nachrichtensprechers.

»Wir schalten nun live zur ersten Fragestunde des Parlaments nach der Sommerpause. Sobald Anlass dazu besteht, kommen wir auf die Vorfälle in Olkiluoto zurück. Spätestens in unserer Sendung um 17 Uhr gibt es dazu weitere …«

Nun brach aufgeregtes Stimmengewirr in der Cafeteria aus.

»So etwas ist nicht gerade gute Werbung im Ausland«, sagte einer von Laaksonens Fraktionskollegen.

»Das Image-Problem scheint mir hier das geringste zu sein«, erwiderter ein anderer.

»Das ist doch bloß ein Messfehler, im Prozess selbst gibt es keine Abweichungen.«

»Hoffentlich hast du recht«, erwiderte Laaksonen und tat, als bemerkte sie nicht, dass Riku noch immer neben ihr stand. »Ihr wisst doch noch, was ich über die Risiken gesagt habe. Mein Sohn Johannes war übrigens heute Vormittag bei der Demonstration vor dem Reaktor …«

Laut hörbar sagte Riku: »Wie gesagt, ich möchte eigentlich

mit Ihnen unter vier Augen über Ihre KGB-Kontakte reden, aber es geht natürlich auch hier.«

Die Tischrunde verstummte, alle Blicke richteten sich auf Riku.

Kirsti Laaksonen blickte kurz auf ihre Kollegen und lachte trocken auf. »So manch einer glaubt, etwas über meine Kontakte zu wissen«, meinte sie, stand jedoch auf, nahm ihre Tasche und ging zur Tür. Riku folgte ihr.

In dem hohen Foyer fuhr Laaksonen zornig herum. »Was glauben Sie eigentlich, wer Sie sind?«

»Riku Tanner, KRP.« Er zeigte seine Dienstmarke und sah, wie Laaksonens Blick schärfer wurde.

»In der russischen Botschaft arbeitete in den Achtzigerjahren ein KGB-Mann namens Andrej Nowikow. Vor einigen Tagen hat er die Journalistin Vera Dobrina ermordet. Ich suche jetzt seinen ehemaligen Kollegen Viktor Kovalenko, der inzwischen den falschen Namen Feliks Grischanow benutzt, eventuell auch noch weitere. Die Lage ist ernst, und außerdem ist es dringend, denn wir haben es zusätzlich mit einer Geiselnahme zu tun, von der die Öffentlichkeit noch nicht unterrichtet werden konnte. Wir müssen Kontakt zu Kovalenko bekommen und ihn finden.«

»Da kann ich Ihnen leider nicht helfen«, antwortete Laaksonen und wandte sich erneut ab.

Mehr instinktiv als überlegt griff Riku nach dem Ellenbogen der Frau. Sogleich ließ er wieder los und sagte: »Mein sechsjähriger Junge ist entführt worden. Es geht buchstäblich um Leben und Tod. Das Ganze ist absolut vertraulich, auch all das, was Sie mir erzählen. Ich spreche jetzt als Vater, der versucht, das Leben seines Sohnes zu retten.«

Riku sah der Frau in die Augen – in Augen, die schon viel gesehen hatten und in denen ein äußerst selbstsicherer Blick lag.

»Das tut mir leid für Ihren Sohn, aber wie gesagt, ich kann Ihnen leider nicht helfen. Ich muss gehen.«

Von machtloser Wut ergriffen stand Riku da und sah zu, wie die Frau mit anderen Abgeordneten, die aus der Cafeteria strömten, hinter dem langen, dunkelgrünen Samtvorhang im Plenarsaal verschwand. Mit ihr schienen nun auch die letzten Reste Hoffnung dahin zu sein. Diese Frau würde wegen eines kleinen Jungen nicht ihre Haut riskieren.

Unentschlossen ging Riku die Treppe hinunter.

Was sollte er jetzt tun? Seine erste Begegnung mit den Entführern durfte nicht erst am Treffpunkt für die Übergabe stattfinden, dann wäre es zu spät.

Außerdem war es nur eine Frage der Zeit, bis seine Kollegen ihn finden und festnehmen würden. Riku hatte sich längst überlegt, was er dann sagen und tun würde. Wegen Leo hätten alle Verständnis für seine Lage, jeder seiner Kollegen würde ihm eine Stunde Aufschub geben, eine Chance, seinen Sohn zu retten.

Aber worauf würde er diese Zeit verwenden?

Mitten auf der Marmortreppe blieb er stehen und überblickte das große Foyer des Parlamentsgebäudes, wo zwei irritiert wirkende Wachmänner nebeneinanderstanden und ihn ansahen.

Plötzlich schienen auch Rikus letzte Kräfte zu schwinden. Sein Blick blieb auf dem schwarzen Kreis haften, der auf den gelblichen Fußboden gemalt war und von dem Strahlen in alle Himmelsrichtungen führten. Er suchte Halt an einem Marmorpfeiler. Jetzt fühlte er sich gnadenlos erschöpft.

Irgendwo ertönte ein gedämpfter Ton. Immer wieder.

Riku kam erst wieder zu sich, als er begriff, dass sein Handy in der Tasche klingelte.

Die Anruferin war Elina.

»Bist du okay?«, fragte ihre besorgte Stimme.

»Sag schnell! Ich kann mich im Moment nur auf Leo konzentrieren.«

»Das verstehe ich, aber hör dir das an: Sebastians Vater hat

einen Brief hinterlassen, in dem er prophezeit, ermordet zu werden, und zwar von ehemaligen KGB-Agenten. Er sagt außerdem, er hätte in den Achtzigerjahren ein Verhältnis mit einer finnischen Politikerin gehabt, und aus der Beziehung hätte er einen Sohn. Die Frau ist Kirsti Laaksonen, die sowohl der Stasi wie auch dem KGB bedeutsames vertrauliches Material geliefert hat.«

Riku stand einen Moment regungslos da und ließ die Sätze in sein Bewusstsein dringen. Die Hoffnung kehrte zurück, und mit ihr neue Energie, die ihn wieder handlungsfähig machte.

»Wo bist du?«

»Im Parlament. Wir reden später weiter«, sagte er, beendete das Gespräch und ging die Marmortreppe wieder hinauf. Plötzlich schien sein Herz mit neuer Kraft zu schlagen. Entschlossen marschierte er in den Staatssaal und ging auf den grünen Vorhang und die verglaste Eingangstür zum Plenarsaal dahinter zu. Der Wachmann dort hob die Hand: »Hier haben nur Abgeordnete Zugang.«

Riku zeigte seine Dienstmarke. Der Mann sah ihn fragend und abwartend an, aber Riku ging wortlos an ihm vorbei.

»He, wir haben gerade eine Live-Übertragung«, rief ihm der Wachmann hinterher.

Riku betrat den Kuppelsaal, wo die Stimmung von den Ereignissen in Olkiluoto beherrscht wurde. Im vorderen Teil des Raumes, unter großen Skulpturen, die nackte Menschen darstellten, saß erhöht der Parlamentspräsident zwischen seinen Stellvertretern und warf einen fragenden Blick auf den Unbekannten, der im Hintergrund aufgetaucht war. Kirsti Laaksonen saß auf ihrem schwarzen Stuhl aus Jacarandaholz, einige Plätze von ihr entfernt beendete gerade ein Fraktionskollege seinen im Stehen vorgebrachten Redebeitrag. Die Fernsehkamera auf der Besuchertribüne war auf den Sprecher gerichtet.

»Lassen wir die Regierung auf die Frage des Abgeordneten Mattila antworten«, sagte der Präsident und erteilte dem Wirtschaftsminister das Wort.

»Sehr geehrter Herr Präsident, jetzt ist der falsche Augenblick, um auf allgemeiner Ebene über Atomkraft zu reden. Wir müssen genau verfolgen, was in Olkiluoto geschieht. Als ich heute Morgen jenes modernste Kernkraftwerk der Welt einweihte, versprach man mir, dass die Sicherheit dort absolut an erster Stelle stehe. Ich habe eine sehr detaillierte Beschreibung des digitalen Sicherheitssystems des Werks erhalten. Der aktuelle Alarm beweist nur, wie sensibel das besagte System reagiert …«

»Die Titanic sollte auch unsinkbar sein«, rief jemand dazwischen.

Riku bemerkte, dass die neben dem Wirtschaftsminister sitzende Innenministerin Timonen ihn verdutzt ansah, als er auf dem abschüssigen Mittelgang in den vorderen Teil des Saales hinunterging, wo Kirsti Laaksonen saß. Riku achtete nicht auf die befremdet dreinblickenden Gesichter der Abgeordneten, als er sich zwischen den Stühlen zu seinem Ziel durchschlängelte.

Einen Moment lang starrte Laaksonen ihn irritiert an, dann drehte sie sich um und rief: »Wache …«

Anschließend wandte sie sich an ihre Fraktionskollegen: »Könnte jemand einen Sicherheitsmann holen, damit dieser Störer aus dem Sitzungssaal entfernt wird …«

»Viele Grüße von Claus Berger aus Berlin«, sagte Riku. »An Sie und Ihren Sohn.«

Kirsti Laaksonen starrte Riku an. Zum ersten Mal lag etwas Menschliches in ihrem Blick: nackte Angst. Im selben Moment schien sie zu begreifen, dass die Fernsehkamera von der Empore aus auf sie gerichtet war. Jeder Abgeordnete hatte vor sich ein Mikrofon, außerdem wusste Riku, dass der Plenarsaal die Stimme auch ohne Mikrofon gut trug, weshalb auch ein Gespräch in normaler Lautstärke leicht im ganzen Saal gehört werden konnte.

»Abgeordnete Laaksonen«, sagte der Präsident in einem Ton,

in dem Gereiztheit mitschwang. Seine Brille saß auf der Nasenspitze, über ihren Rand hinweg sah er Kirsti Laaksonen herausfordernd an. »Was ist bei Ihnen los?«

Zwei Wachmänner kamen den Gang herunter und wollten auf Riku zugehen, aber Laaksonen machte eine abwehrende Geste. »Schon gut, ich werde vor dem Saal mit ihm reden. Macht ihr inzwischen hier weiter.«

Sie erhob sich würdevoll, zwang ein Lächeln auf ihre Lippen und schob sich durch die Sitzreihen hindurch zum Seitenausgang. Riku folgte ihr. Mit den Wachmännern im Schlepptau gingen sie ins Foyer, wo Laaksonen stehen blieb und sich umdrehte.

»Danke«, sagte sie kurz und knapp zu den Wachleuten.

»Ist alles in Ordnung?«, fragte einer der beiden sicherheitshalber nach.

»Ja. Wir werden uns hier kurz unterhalten.«

Die Männer warfen einen skeptischen Blick auf Riku, und der andere sagte zu Laaksonen: »Er hat seine Dienstmarke gezeigt, ich ...«

»Schon in Ordnung, Sie können uns alleine lassen«, erklärte die Abgeordnete noch strenger als zuvor und trat einige weitere Schritte zur Seite.

Schließlich blieben sie neben der Büste des ehemaligen Staatspräsidenten Svinhufvud an einer Wand des Staatssaals stehen.

Riku sah der Frau in die Augen und sagte: »Ich weiß, dass Sie dem Stasi-Agenten Claus Berger in den Achtzigerjahren geheime Dokumente ausgehändigt haben.«

»Sie wissen nicht, wovon Sie reden«, flüsterte sie, sichtlich am Ende ihrer Geduld. »Sie wissen überhaupt nichts ...«

»Es gibt darüber eine schriftliche Zeugenaussage von Berger. Und auch darüber, dass er der Vater Ihres Sohnes ist. Aber all das bleibt unter uns, wenn Sie Kontakt zu Viktor Kovalenko aufnehmen, dem jetzigen Feliks Grischanow. Sofort, in diesem

Moment. Ansonsten wird die Sache öffentlich, und Sie kommen vor Gericht, wo dann die schriftlichen Beweise vorgelegt werden.«

In Laaksonens Gesicht war Röte aufgestiegen. »Vor Gericht? Es wird keinen Prozess gegen mich geben«, fauchte sie. »Ihr bei der KRP wisst offenbar nicht, wem ihr auf die Füße treten könnt und wem nicht. Reden Sie mit Pesola von der SiPo …«

Sie holte ihr Handy hervor und suchte nach einer Nummer.

»Nein, jetzt reden wir nicht mit der SiPo …«

»Doch, das tun wir«, zischte Laaksonen. Sie wartete kurz, das Handy am Ohr, nannte dann ihren Namen und fuhr fort: »Bitte sag dem neben mir stehenden KRP-Mann, er soll mich in Ruhe lassen … Es geht darum, dass er mich erpresst und mir mit rechtlichen Maßnahmen droht, von denen jeder, dich eingeschlossen, weiß, dass sie nicht greifen könnnen … Ja?«

Sie hörte einen Moment zu. »Lieber so. Ich warte hinter dem Haupteingang auf dich.«

Sie beendete das Gespräch und sagte etwas unsicher zu Riku: »Pesola kommt her … ich verstehe das nicht … Ich werde jetzt nach unten gehen, Sie warten hier.«

Riku gefiel die Wendung der Ereignisse nicht, aber er hatte wenig Alternativen. Er stellte fest, dass er insgeheim sogar hoffte, seine Kollegen würden kommen; vielleicht wäre es das Klügste, alle Karten auf den Tisch zu legen und gemeinsam zu überlegen, was als Nächstes zu tun wäre.

63

Elina eilte durch die Grünanlage vor ihrem Haus zum Taxistand und fragte sich, was Riku eigentlich mit Kirsti Laaksonen bereden wollte.

Von Sebastian hatte sie nichts mehr gehört, obwohl er versprochen hatte, noch einmal anzurufen. Sie hätte gerne über den Brief mit ihm gesprochen, es war ihr jedoch nicht so wichtig, dass sie ihn von sich aus anrief. Sie hatte ihre Entscheidung getroffen.

Obendrein war Elina sich ganz und gar nicht sicher, dass Sebastian wirklich nicht gewusst hatte, dass Vera seine Halbschwester war. Sie konnte ihm einfach nicht mehr vertrauen.

Außerdem hatte sie beschlossen, mit der Witwe von Berger in Deutschland zu reden. Sie musste unbedingt wissen, was Ludmila Sokolowa über die Hintergründe in Finnland erzählen konnte.

Rasch öffnete sie die Tür des erstbesten Taxis, stieg ein und bat, zum Parlament gefahren zu werden.

Sie hatte sich Sebastians Fotos auf der Speicherkarte angeschaut, die er ihr sozusagen zum Abschied gegeben hatte. Wäre da nicht Sebastians höchst merkwürdiges und gefährliches Verhalten gewesen, hätte sie alles wahrscheinlich durch einen Tränenschleier angesehen, aber so hatte sie die Fotos nur flüchtig zur Kenntnis genommen, enttäuscht von sich und ihrer Menschenkenntnis.

Sebastian hatte ausreichend Abstand zu dem Renault von Richter und seinem Komplizen gehalten, um nicht entdeckt zu werden. Der Wagen war von Rauma nach Eurajoki gefahren, dort nach Nordwesten abgebogen und fuhr nun an der Küste entlang. Der bloße Blick auf das Navi zeigte, wohin es ging: Auf der anderen Seite der Bucht lag Olkiluoto mit seinen Atomkraftwerken.

Was hatte Richter hier verloren? Sebastians Beunruhigung nahm weiter zu. Am liebsten hätte er seinen Vorgesetzten angerufen, aber dann wäre die Stasi-Vergangenheit seines Vaters herausgekommen, und die wollte er unter allen Umständen vor seinem Arbeitgeber geheim halten.

Als er die nächste Kurve passiert hatte, war Richters Auto verschwunden. Die lange, von Wald gesäumte Gerade war leer. Links schimmerte hinter den Bäumen das Meer.

Sebastian fluchte innerlich. Hatten sie ihn bemerkt? Er verringerte die Geschwindigkeit, bemerkte links eine Abzweigung und bremste. Weil er keine andere Nebenstraße sah, bog er dort ein.

Der Weg schlängelte sich durch den Nadelwald auf das Meer zu. War Richter tatsächlich hier entlanggefahren? Falls ja, würde Sebastian ihm unweigerlich zu nahe kommen und entdeckt werden.

Er stellte das Auto am Wegrand ab, stieg rasch aus und rannte im Wald parallel zu dem Weg weiter. Das Meer war ganz nah, der Weg musste bald enden.

Und da sah Sebastian auch schon den Renault in einer Fichtenschonung stehen. Er stoppte abrupt und schlich sich tiefer in den Wald hinein. Was ging hier vor? Sebastian ging weiter und blieb schließlich am Waldrand stehen, vor ihm lag das Meer. An der fernen Uferlinie gegenüber zeichnete sich ein gewaltiger Dschungel von Hochspannungsmasten und Stromleitungen ab, hinter denen drei rote, kastenförmige Meiler aufragten.

Markku Jalava sah dem Gesicht seines Mitarbeiters an, dass etwas Bedeutsames geschehen war.

»Riku Tanner ist im Parlamentsgebäude«, sagte Kivelä. »Hat die Laaksonen aus dem Plenarsaal geholt. Pesola von der SiPo hat angerufen, er fährt hin, um mit der Laaksonen zu reden.«

Markku sprang auf. »Was läuft da eigentlich zwischen Pesola und der Laaksonen, verdammt noch mal?«

»Keine Ahnung. Wie gesagt, Tanner hält sich offenbar noch immer im Parlament auf. Ich fahre mit Manninen, Saari und Stenlund hin.«

Markku nahm seine Waffe und eilte zur Tür.

Kivelä sah ihm überrascht hinterher.

64

Im Foyer des Parlamentsgebäudes wartete Kirsti Laaksonen nervös auf den stellvertretenden Leiter der Sicherheitspolizei. Pesola sollte dem Mann von der KRP die Hintergründe erklären, wie er es für richtig hielt, und ihm deutlich machen, dass es nichts brachte, die Abgeordnete Kirsti Laaksonen mit der ewigen Landesverratskarte zu erpressen.

Sie selbst konnte mit niemandem über ihr Abkommen mit der SiPo sprechen. Es war Anfang der Neunzigerjahre zustande gekommen, in einer Situation, in der die SiPo herausgefunden hatte, dass sie geheimes Material an Mitarbeiter der HVA und des KGB weitergegeben hatte. Ihr hatte aufgrund der Stasi-Kontakte ein Verfahren wegen Landesverrats gedroht. Von den KGB-Kontakten wusste man zwar, jedoch hatte es dafür keine Beweise gegeben. Einer der Russen, den Laaksonen gut kannte, war für die SiPo von besonderem Interesse gewesen: Aleksej Tarasov, der seine Laufbahn in Helsinki begonnen hatte und später ins Hauptquartier der KGB-Auslandsaufklärung gewechselt war.

Sehr schnell hatte sich herausgestellt, dass die SiPo anstelle eines Landesverratsprozesses andere Pläne mit Frau Laaksonen hatte. Man schlug ihr vor, den Kontakt mit Tarasov weiter aufrechtzuerhalten – und ihn mit ausgewählten Informationen zu versorgen. Sie willigte ein, die Russen zu hintergehen, denn das war der einzige Weg, eine Haftstrafe, das Ende der Karriere, ja die Zerstörung ihres ganzen Lebens zu vermeiden. Bald war ihr die Bedeutung der Konstruktion deutlich geworden: Der eigentliche Doppelagent war Tarasov, der beim KGB für den britischen Geheimdienst SIS spionierte, mit welchem die SiPo wiederum eng und inoffiziell kooperierte. Tarasov war als Agent so wichtig, dass man als Informationsvermittlerin eine Person suchte, die beim KGB auf keinen Fall in den Verdacht geriet, eine britische Agentin zu sein. Für diese Aufgabe eignete sich die vom KGB angeworbene finnische Politikerin Laaksonen perfekt.

Seitdem hatte sie Tarasov immer wieder in Moskau und Helsinki getroffen, hatte ihm geheimes, aber harmloses Material übergeben – und vor allem von ihm Mikrofilmrollen und USB-Sticks erhalten, die über die SiPo und einen Aufklärungsmitarbeiter der britischen Botschaft schließlich in London gelandet waren. Bisweilen waren fast peinliche Situationen entstanden, wenn man sich in Finnland wunderte, warum die SiPo keine Maßnahmen gegen die mit den Russen mauschelnde Laaksonen ergriff. Ihr Name stand sogar auf der berühmten Tiitinen-Liste, die auch deshalb nicht veröffentlicht werden konnte.

Endlich betrat Pesola das Gebäude und eilte an der Pförtnerloge vorbei auf Laaksonen zu. Seltsam ernst und verärgert stand er vor ihr.

»Wir haben … eine Vereinbarung, wie du sehr wohl weißt«, sagte Laaksonen so leise, dass Pesola sich nach vorn neigen musste, um sie zu verstehen. »Komm mit und erklär das dem Kerl von der KRP so, dass er es auch wirklich kapiert.«

Pesolas Blick wurde mit einem Schlag kalt, fast verächtlich. »Die Vereinbarung war einmal.«

»Was sagst du da?« Kirsti Laaksonen konnte nicht vermeiden, dass ihre Stimme schrill wurde.

»Ich habe gerade gehört, dass sich Aleksej Tarasov letzte Woche nach England abgesetzt hat. Deine Dienste werden nicht mehr gebraucht.«

In ihrer Not packte die Abgeordnete Pesola am Arm, aber

der Mann löste ihren Griff in aller Ruhe und sagte: »Unsere Zusammenarbeit ist in jeder Form beendet. Wir können dir keinerlei Immunität mehr bieten.«

»Ihr könnt mich doch nicht einfach so fallen lassen …«

»Fallen lassen? Wir wollen ein paar Tatsachen nicht vergessen. Ohne uns wärst du damals wegen schwerer Spionage vor Gericht gekommen.« Pesolas Blick war eisig. »Du hast die Gelegenheit erhalten, den Prozess zu umgehen. Wie du weißt, verjährt schwere Spionage als Delikt nicht. An deiner Stelle wäre ich daher schön still. Besonders weil deine Freunde in Moskau äußerst enttäuscht wären, wenn sie erführen, dass du aus eigenem Interesse einem KGB-Verräter geholfen hast.«

Laaksonen konnte nur mit Müh und Not nicken, sie schwankte leicht.

Pesola nahm keinerlei Rücksicht auf ihren Zustand, sondern machte auf dem Absatz kehrt und ging davon. Laaksonen räusperte sich und wollte ihm etwas hinterherrufen, aber es gab nichts mehr zu sagen.

Sie war auf sich allein gestellt.

Riku musterte Kirsti Laaksonen aufmerksam, als sie zurückkam und dabei irgendwie verloren wirkte. Er hatte sich darauf eingestellt, dass Pesola ihn holen käme.

»Die Zeit läuft ab«, sagte er. »Ich will …«

»Sie haben versprochen, dass alles unter uns bleibt, aber was garantiert mir, dass Sie schweigen werden?« Die Selbstsicherheit der Frau war völlig verflogen. Es musste etwas passiert sein. Etwas, das Riku von Nutzen sein konnte.

»Mein Wort. Wenn Sie sich darauf nicht verlassen, werde ich alles, was ich vorhin über Sie, Claus Berger und Ihren Sohn erwähnt habe, der Presse berichten. Sie müssen verstehen, dass ich nicht Ihre Karriere zerstören, sondern meinem sechsjährigen Jungen, der sich in den Händen von Feliks Grischanow befindet, das Leben retten will.«

Laaksonen sah Riku an. Sie hatte bereits aufgegeben, in ihren Augen lag der glasige Blick eines verzweifelten Menschen.

Erneut nahm sie ihr Telefon zur Hand und tippte eine Nummer.

»Feliks? Entschuldige die Störung«, sagte sie. »Neben mir steht jemand, der mit dir reden will. Er weiß von Claus Berger.«

Sie gab Riku das Handy.

Riku kehrte ihr den Rücken zu und trat einige Schritte zur Seite. »Sie haben Melker Schwarz einen Auftrag erteilt, an dem er komplett gescheitert ist«, sagte er. »Ich – und nur ich – besitze detaillierte Informationen über Gerhard Frey, den Bunker in Bärenstetten und Meteor … Aber all das bleibt geheim, wenn Sie mir meinen Sohn unversehrt wiedergeben. Als Erstes will ich wissen, dass es ihm gut geht.«

»Wir müssen uns treffen.«

»Ich will die Stimme meines Sohnes hören.«

Es wurde still in der Leitung. Riku schloss die Augen.

»Papa …«

Sofort riss Riku die Augen wieder auf.

»Leo«, sagte er so ruhig wie möglich, »geht es dir gut?«

»Ja, aber was ist mit Onkel Kalle …«

Es raschelte, dann meldete sich Feliks wieder. *»Das war mein Beweis. Wir müssen uns genauer unterhalten. Wo sind Sie?«*

Riku überlegte. Er wusste etwas, etwas Wesentliches, das die Entführer um jeden Preis geheim halten wollten. *Er selbst* war der Beweis.

»Ich bin im Parlamentsgebäude. Lassen Sie den Jungen frei, dann bekommen Sie mich.«

Riku hielt den Atem an, während er auf die Antwort wartete.

»Wir treffen uns in zehn Minuten auf dem Parkplatz am Kaisaniemi-Ufer.«

»Nein, ich gehe hier nicht weg. Wir werden uns an einem möglichst belebten Ort treffen. Ich muss die Gewissheit haben, dass sich mein Sohn in Sicherheit befindet. Sie fahren am Parlament vor, und dort machen wir den Austausch. Ich warte oben auf der Treppe. Sie führen meinen Sohn zu mir, ich übergebe ihn der Obhut der Pförtner und gehe dann mit Ihnen zu Ihrem Wagen.«

Kurze Stille. Dann sagte die tiefe Stimme: »*Sie wissen, was mit Ihrem Jungen passiert, wenn sich auch nur ein Polizist einmischt.*«

65

Die Möwen am bleigrauen Himmel schrien nervenzerreißend. Peter Richter massierte sich auf dem Beifahrersitz des Renaults kurz die schmerzenden Schläfen und sah auf die Uhr. Anton saß mit versteinertem Gesicht am Steuer.

Richter stieg aus und schaute auf die Gebäude von Olkiluoto, die sich in der Ferne abzeichneten. Er nahm den Aktenkoffer vom Rücksitz, setzte sich wieder nach vorn und öffnete den Koffer auf den Knien. In die Deckelpolsterung war eine Mulde geschnitten worden, in der ein Funkauslöser lag. Richter nahm ihn heraus.

Wieder sah er auf die Uhr. Er wurde von Sekunde zu Sekunde nervöser, parallel dazu nahmen die Kopfschmerzen zu. Zum Glück war die Technik des Senders, der das Automationssystem des Reaktors gestört hatte, funkelnagelneu. Kirill hatte ihnen das Gerät auf eigenen, geheimen Kanälen aus den Vereinigten Staaten zukommen lassen, nachdem Richter getan hatte, was er am besten konnte: Informationen beschaffen. Er hatte Rainer Bauer, den Mitarbeiter des deutschen Ingenieurbüros, das an der Entwicklung des Automationssystems beteiligt gewesen war, bestochen und von ihm detaillierte Informationen über das System erhalten, einschließlich der Frequenzbereiche.

Für die zweite Stufe der Operation bedienten sie sich hingegen einer altbewährten, einfachen und sicheren Technik. Der Sprengsatz, den Henryk Dombrowski in das Reaktorgebäude von Olkiluoto 3 geschleust hatte, stammte ursprünglich aus dem Bunkerdepot der DDR-Sondertruppen in Bärenstetten. Es war eine von Hunderten in der Sowjetunion konstruierten taktischen Kernladungen der RA-Reihe. Für ihre Entwicklung und Lagerung waren der russische Militärgeheimdienst GRU sowie der KGB zuständig gewesen. Da die Bomben für Sabotage- und Terrorzwecke ausgelegt waren und ihre Entwicklung dem KGB unterlag, standen sie nicht unter der Kontrolle des Verteidigungsministeriums.

Während der Meteor-Vorbereitungen im Jahr 1989 waren Viktor Kovalenko vom KGB – der heutige Feliks Grischanow – und Gerhard Frey von der Stasi für den Transport der Kernladung von der DDR nach Ramstein verantwortlich gewesen. Ohne die Hilfe der Stasi hätten die Russen unmöglich einen Weg gefunden, um den Sprengsatz dicht genug an einen Atomsprengkopf der Amerikaner bringen zu können. Der KGB hatte sich traditionell bei Operationen gegen die NATO und die Bundesrepublik Deutschland auf die Hilfe der Ostdeutschen verlassen, und diesmal hatte man Barbara Keller in Ramstein gebraucht – auch wenn die nichts von ihrer Helferrolle wusste. Alles war gut gelaufen, bis Keller bemerkte, dass ihre Personenkontrollkarte für den Stützpunkt verschwunden war, und gleich darauf begriff, dass etwas im Gange war. Ralf Tanner hatte die Plastikkarte nur kurz entwendet, um den Magnetstreifen zu kopieren, aber sie hatten Pech bei der Wahl des Zeitpunkts. Schließlich hatte Feliks blitzschnell eine Entscheidung treffen müssen und Barbara Keller umgebracht.

Das hatte die Operation gerettet. Wäre die Berliner Mauer zwei Wochen später gefallen, wäre ein heimlich in den Luftwaffenstützpunkt Ramstein geschmuggelter Kernsprengsatz noch explodiert. Der »Unfall« hätte großen Druck erzeugt, die Atomsprengköpfe aus Europa abzuziehen, und hätte vielleicht sogar zum Auseinanderbrechen der NATO geführt.

Der Gang der Geschichte war jedoch ein anderer. Richter erinnerte sich noch an das letzte Gespräch, das er mit Frey geführt hatte. Drei Tage zuvor war die Mauer in Berlin gefallen, und Menschenmassen hatten das Stasi-Hauptquartier in der Normannenstraße besetzt. In ihrer Panik vernichteten die Offiziere geheime Dokumente. Die Stimmung in der Gruppe, die Meteor umsetzen sollte, ging von Ungläubigkeit in Verzweiflung über.

»Ich werde weder mein Land noch meine Ideale verraten«, hatte Frey in Kaiserslautern, unweit von Ramstein, gesagt. Sie saßen in der Nähe des Hauses, das sie als Stützpunkt gemietet hatten, in einem Park.

»Deine Ideale kannst du wahren bis ins Grab, aber unser Land wird es bald nicht mehr geben«, erwiderte Richter.

»Blödsinn.« Freys Ton war eisig, fast bedrohlich. Der große Mann war ganz rot im Gesicht und wirkte plötzlich völlig unberechenbar. Er hatte seine Ausbildung in einer Abteilung für Sonderaufträge erhalten, zu deren Verantwortungsbereich die schwere Sabotage hinter der Frontlinie gehörte, unter anderem auch die Sprengung von Atomkraftwerken. Für die Zerstörung eines Kernreaktors existierten detaillierte Anweisungen, die festlegten, wo eine Sprengladung optimal zu platzieren wäre.

»Die Strafe für Landesverrat ist der Tod, das haben wir akzeptiert, als wir unseren Eid abgelegt haben«, fuhr Frey fort. »Daran halte ich bis zu meinem letzten Atemzug fest.«

Er hob den rechten Arm und sagte leise die alte Liturgie auf: »Sollte ich jemals diesen meinen feierlichen Fahneneid verletzen, so mögen mich die harte Strafe des Gesetzes unserer Republik und die Verachtung des werktätigen Volkes treffen.«

»Wir können die Ladung nicht nach Bärenstetten zurückbringen, nirgendwohin in die DDR. Wir brauchen Anweisungen aus Moskau …«

Frey sah Richter aggressiv an. »Moskau hat uns betrogen. Die Sowjetunion hat die DDR betrogen. Was hat der Narr im Kreml getan, als es darum ging, die Lage in Berlin in den Griff zu kriegen? Er hat uns an den Westen verkauft!«

Freys Blick strahlte kalten Hass und beängstigenden Fanatismus aus.

»Wir sind dem KGB nichts schuldig. Wir sind niemandem etwas schuldig.«

Damit stand Frey von der Parkbank auf und ging davon.

Richter glaubte, er werde ihn im Haus antreffen, aber dort war nur Kovalenko. Mehr von Intuition als von Vernunft getrieben, stieg Richter auf den Dachboden, wo sie die Kernladung versteckt hatten.

Das Versteck war leer.

In dem Moment begriff Richter, dass Frey die Ladung schon früher fortgeschafft hatte.

Er wollte seinem Vorgesetzten bei der HVA Meldung über den Vorfall machen, aber mittlerweile verwüsteten Menschenmassen das Hauptquartier in der Normannenstraße. Wem in der DDR sollte er den Vorfall jetzt melden? Die Stasi gab es nicht mehr.

Kovalenko hatte über Bonn Notfallkontakt nach Moskau aufgenommen und Kirill Rischnikow erreicht, der befahl, Freys Tat geheim zu halten. Sie alle kannten Frey und waren davon überzeugt, dass er von sich hören lassen würde, wenn sich die erste Erschütterung über die Ereignisse in Berlin gelegt hätte.

Sie hatten sich getäuscht. Von Frey war nie wieder etwas zu hören gewesen. Die Meteor-Gruppe suchte ihn eine Zeit lang, aber es wurde für sie immer schwieriger, in Deutschland zu agieren. Die KGB-Zentrale in Karlshorst wurde geräumt, und der Fall Frey ging im Chaos unter. Über Meteor wurde eisern geschwiegen. Nur einer stellte hartnäckig Fragen, der Kernwaffeningenieur Jewgeni Rybkin, der das Deaktivieren des Sicherheitscodes übernommen hatte. Er musste eliminiert werden. Der Finne Ralf Tanner, den man bei der Manipulation der Zugangskarte in Ramstein eingesetzt hatte, war rechtzeitig auf die Idee gekommen zu verschwinden; ihn brachte man dann durch Erpressung endgültig zum Schweigen, indem man ihm drohte, seinen Sohn und seine Frau zu töten.

Richter selbst wurde arbeitslos, wie alle seine Stasi-Kollegen, und Viktor Kovalenko und Kirill Rischnikow lösten sich während der Umwälzungen in der Sowjetunion vom KGB. Das Bunkerdepot in Bärenstetten wurde geräumt, ebenso wie sämtliche Stützpunkte der Roten Armee in der DDR.

Jahre später hatte nun Richter im vergangenen Frühjahr von Viktor-Feliks erfahren, dass der nach langer, zäher Suche Frey in einem abgelegenen Haus bei Eisenhüttenstadt aufgespürt hatte. Zusammen waren sie hingefahren, um ihren ehemaligen Kollegen zu treffen – mit der Absicht, die Wahrheit über das Schicksal der Kernladung aus ihm herauszuholen. Sie fanden, was sie suchten, in einer Betonkammer unter dem Fußboden eines Nebengebäudes.

Und in wenigen Minuten würde ebendiese Kernladung explodieren, unter dem Stahlbetonschutzmantel des Atomreaktors, der auf der anderen Seite der Bucht aufragte. Die Entfernung war ausreichend groß, weshalb Richter sich keine Sorgen um seine eigene Sicherheit machte. Bei der Kernladung handelte es sich um die kleinste ihrer Baureihe mit einer Sprengkraft von weniger als einer Kilotonne – was sechzig Tonnen TNT entsprach. Ihre geringe Größe war für die Aktion von enormem Vorteil, die zylinderförmige Bombe war nur fünfundvierzig Zentimeter lang, hatte einen Durchmesser von fünfzehn Zentimetern und wog sechsundzwanzig Kilo. Die Amerikaner nannten die von ihnen entwickelten entsprechenden Atomsprengsätze, die in einen Rucksack passten, *Special Atomic Demolition Munition*, kurz SADM.

Die Kuppelform des Reaktorschutzmantels würde die Sprengwirkung der kleinen Ladung verstärken, und das Ergebnis würde eine räumlich begrenzte, aber totale Zerstörung sein. Man würde das Reaktorgehäuse für alle Zeiten mit Beton ausgießen müssen. Und wenn man die Ursache des Vorfalls nicht würde ermitteln können, geriete der neue Aufschwung der Atomenergie wegen gravierender technischer Risiken wieder ins Stocken. Wenn man allerdings herausfände, dass es sich um einen Anschlag gehandelt hatte, würde man wegen des erhöhten Sabotagerisikos in nächster Zeit Abstand von der Kernenergie nehmen.

In jedem Fall würde der Handel mit fossilen Energieträgern davon profitieren, also die Öl- und Erdgasindustrie, für die das Comeback der Atomkraft Gift war.

Richter warf einen Blick auf Anton, der die Fahrertür öffnete.

»Ich rauche eine«, sagte der Mann und stieg aus.

»Aber schnell.«

Richter entfernte den Klebestreifen über dem Auslöseknopf des Senders und zog die Teleskopantenne heraus. In drei Minuten würde die Renaissance der Atomenergie mit einem Schlag vorbei sein.

Sebastian kniff die Augen zusammen und ließ vorsichtig die Fichtenzweige los, zwischen denen er hindurchgespäht hatte. Er spürte in seinem Inneren diffuse Panik aufkommen. Richter hatte irgendeinen Sender bei sich. Ausgerechnet Richter, der nicht nur früher bei der Stasi Ingenieuroberst für Sonderoperationen gewesen war, sondern auch mit dem Mann zu tun gehabt hatte, der maßgeblich zur Entwicklung des Automationssystems für das in der Ferne aufragende Atomkraftwerk beigetragen hatte …

Langsam näherte sich Sebastian dem Renault, blieb aber abrupt stehen, als der blonde Mann am Steuer ausstieg und eine Zigarettenschachtel aus der Tasche zog. Er entfernte sich einige Schritte von dem Wagen, steckte sich eine Zigarette an und nahm einen tiefen Zug, wobei er genussvoll zum Himmel blickte.

Die Entfernung zum Renault betrug zwanzig Meter. Der Wagen stand auf der Grenze zwischen dem Weg und dem mit

Gras bewachsenen Ufergelände, das sich daran anschloss. Drei Meter davor endete der Wald.

Wäre nur ein Mann im Auto gewesen, hätte Sebastian nicht gezögert, denn er hatte den Überraschungsvorteil auf seiner Seite. Zwei Männer aber bedeuteten eine echte Herausforderung – die er in dieser Situation aber annehmen musste.

Er näherte sich dem Fahrzeug, äußerst langsam und beherrscht, obwohl ihn jeder Muskel in seinem Körper zum Sturmangriff aufrief.

66

Riku wartete hinter einer der dicken Säulen oberhalb der Treppe des Parlamentsgebäudes, den Blick auf die Straße geheftet. Der Verkehr auf der Mannerheimintie floss gleichmäßig dahin. Auf der anderen Straßenseite standen das Museum Kiasma, das Medienhaus und die Konzerthalle. Auf der Treppe zum Parlament saßen einige Touristen und aßen Proviant aus ihren Rucksäcken. Ihre Kameras lagen neben ihnen auf den Steinstufen.

Jeden Augenblick würden seine Kollegen angefahren kommen, aber Riku war inzwischen nicht mehr so hoffnungsvoll wie zuvor. Wenn er genau darüber nachdachte, würden die Kollegen wohl kaum auf seine Bitten eingehen oder sich seine Vorschläge auch nur anhören.

Er sah auf die Uhr. Seit dem Telefonat mit Feliks waren acht Minuten vergangen.

Ein starker, warmer Windstoß fuhr ihm ins Gesicht. Irgendwo grollte dumpf ein Gewitter.

Vor der Säule schoss ein Tourist ein Foto, und in der Ferne knatterte ein Hubschrauber. Riku schaute über die Schulter ins Foyer. Durch die Scheibe erkannte er kurz ein Gesicht, das aber sogleich verschwand. Der Pförtner behielt ihn weiterhin im Auge.

Riku umklammerte die Waffe unter seiner Jacke immer fester und stellte sich mit dem Rücken zur Mauer. Jedenfalls würde ihn niemand von hinten überraschen.

Sein Handy klingelte. Rasch griff er danach, in der Befürchtung, Feliks könnte es im letzten Moment mit faulen Tricks probieren.

Es war Elina.

»Nicht jetzt«, sagte Riku ungeduldig.

»Das Staatsarchiv in Berlin hat angerufen. Friedrich, ein Bekannter von mir, hat etwas über den Bunker in Bärenstetten gefunden, und zwar in einem interessanten Zusammenhang.«

Rikus Blick glitt über den Strom der Fahrzeuge auf der Mannerheimintie, aus dem sich gerade ein Taxi löste und zum Parlament abbog, zu dem Kurzzeitparkplatz unterhalb der Treppe.

»Gemäß der Doktrin der ›vorgeschobenen Verteidigung‹ lagerte die Sowjetunion in der DDR auch nicht-konventionelle Waffen, unter anderem chemische und biologische, die für Sabotageakte bestimmt waren, aber auch taktische Kernladungen für den Gebrauch durch Sondereinheiten … Hast du gehört?«

»Sprich weiter, schnell!«

Aus dem Taxi stieg eine Frau im Kostüm und steuerte die linken Eingangstüren oberhalb der Treppen an.

»Zumindest die Bunker in Briesendorf, Dissenberg und Borknitz wurden als Sonderdepots benutzt. Könnte es sein, dass im Bärenstettener Bunker Virus- und Bakterienstämme für Sabotagezwecke gelagert wurden? In dem Institut, in dem Olga Rybkina tätig war, wurde auch auf dem Sektor chemische und biologische Waffen geforscht. Die Stasi setzte bei einigen ihrer Mordoperationen Nervengift und Bakterienstämme ein, die sie vom KGB bekommen hatte. Und da Frey Offizier in der Sabotageabteilung war …«

Nun fuhr ein olivgrüner Range Rover vor dem Parlamentsgebäude vor. Rikus Pulsschlag beschleunigte sich.

»Wir reden später weiter, ich muss jetzt los«, sagte Riku hektisch und beendete die Verbindung.

Der Geländewagen hielt am Fuß der Treppe an. Riku ließ ihn nicht aus den Augen. Jeder Muskel seines Körpers war angespannt. Die hintere Tür auf der Beifahrerseite wurde geöffnet, und ein Mann stieg aus, der gleich darauf einem kleinen Jungen aus dem Wagen half.

Leo.

Riku schossen Tränen in die Augen, das Gefühl der Erleichterung zog ihm fast den Boden unter den Füßen weg. Der Mann hielt den Jungen fest an seiner Seite. Riku konnte Leos tapferes, ernstes Gesicht sehen.

Riku sah sich gründlich nach allen Seiten um, dann trat er einen Schritt vor.

Sebastian, der sich im Schutz des Waldes lautlos vorwärtsgeschlichen hatte, hielt hinter den Fichten, die unmittelbar am Wegrand wuchsen, an. Der rauchende Mann stand mit dem Rücken zu ihm nur drei Meter entfernt. Bis zum Auto war es noch einmal so weit.

Würde sich Richter im falschen Moment umdrehen oder in den Rückspiegel schauen, wäre das Spiel verloren.

Vorsichtig schob Sebastian einige Zweige zur Seite und fixierte den Hinterkopf des rauchenden Mannes. Er spannte die Muskeln an, konzentrierte sich und sprang dann mit einem Satz auf den Weg. Der Mann fuhr herum, aber im selben Moment drückte ihm Sebastian schon die Hand auf den Mund, schlug ihm mit der anderen Hand auf den k.o.-Punkt im Nacken und zog den Bewusstlosen gleich darauf zwischen die Bäume.

Am Rand seines Sehfeldes registrierte Richter eine Bewegung im Rückspiegel. Fichtenzweige wippten. Warum war Anton in den Wald gegangen?

Mit dem Sender in der einen Hand öffnete er die Beifahrertür und stieg aus.

»Anton?«

Keine Reaktion. Nur das Rauschen der Wellen.

Richter tastete mit der freien Hand nach der Pistole im Schulterholster, zog sie heraus und bemerkte im selben Augenblick, dass er von hinten angegriffen wurde. Er fuhr herum, schaffte es aber nicht mehr, die Waffe auf den Angreifer zu richten, der mit einem dicken Ast nach ihm schlug. Der Hieb ging wenige Zentimeter an seinem Kopf vorbei und traf ihn mit Wucht auf die Schulter. Gleichzeitig bekam er einen heftigen Tritt in die Kniekehle, und Richter sackte zusammen. Der Angreifer packte den Sender, riss ihn Richter aus der Hand und hob die Waffe auf, die zu Boden gefallen war.

Richter bemühte alle Kräfte, um sich aufzurappeln, aber es war zu spät: Er schaute in den Lauf seiner eigenen Pistole.

Dann aber sah er Anton mit gezogenem Stilett taumelnd aus dem Wald kommen und sich dem Angreifer von hinten nähern. Richter schaute dem jungen Mann fest in die Augen und sagte: »Ich weiß, wer du bist, ich habe Neuigkeiten für dich …«

»Ach ja?«

Mit sicherer Hand schleuderte Anton sein Stilett. Es traf den Angreifer in den Rücken und blieb stecken. Der Mann drehte sich langsam um, versuchte zitternd, die Waffe auf Anton zu richten, und drückte ab. Der Schuss ging vorbei. Dann machte der Mann noch zwei Schritte nach vorn, bis er stöhnend zusammenbrach und auf dem Bauch liegen blieb.

Keuchend rannte Richter zu dem Sender, schaltete ihn ein und starrte auf das erloschene Signallämpchen, das zu seiner riesigen Erleichterung sofort wieder anging. Ohne einen Moment zu zögern, deaktivierte er die Sicherheitssperre und drückte auf den Auslöser.

Betriebsleiter Siekkinen spürte, wie der Boden in der Schaltzentrale zitterte. Sie hörten ein Geräusch in tiefer Frequenz, das an das Donnern bei Gewitter erinnerte und in der bunkerartigen Stahlbetonkonstruktion anhaltend dröhnte. Sämtliche Monitore und Signallampen erloschen, nur die mit Akku betriebenen Notlichter schimmerten matt. Die Alarmsirenen begannen zu heulen.

»Großer Gott«, entfuhr es Siekkinen. Er hielt sich mit beiden Händen am Rand des Kontrollpults fest und starrte Norha an, auf dessen Gesicht sich totale Panik abzeichnete.

»*Großer Gott*«, brüllte Siekkinen erneut und drehte sich zur Tür um, auf die bereits vier seiner Kollegen voller Panik zurannten.

Nur Norha stand im matten Lichtschein wie zur Statue erstarrt, mit geweiteten glasigen Augen.

»Raus hier!«, rief Siekkinen ihm zu, aber Norha rührte sich nicht vom Fleck.

Siekkinen packte ihn am Arm und zerrte ihn gewaltsam zur Tür.

67

Feliks erkannte die Person, die oben auf der Parlamentstreppe auftauchte, sofort. Riku Tanner.

»Ich sehe ihn«, sagte er leise auf Russisch in das Mikrofon unter seinem Kragen. »Drei Säulen von dir entfernt.«

»Ich gehe auf ihn zu«, erwiderte Vlads Stimme in dem kleinen Stöpsel in Feliks' Ohr.

Vlad trug ein Hemd mit kurzen Ärmeln, Shorts und einen Rucksack. Er stand auf dem oberen Treppenabsatz und tat so, als fotografierte er das Parlamentsgebäude und dessen Umgebung. Er sah wie ein Tourist aus, doch statt Proviant enthielt sein Rucksack eine mit Schalldämpfer ausgerüstete Handfeuerwaffe.

»Warte noch. Womöglich ahnt er die Gefahr. Bleib auf deiner Position.«

Feliks blieb am Fuß der gewaltigen Granittreppe stehen und hielt weiterhin den erstaunlich ruhigen Jungen an der Hand. Die Lage war eindeutig: Leo Tanner war der Köder, mit dem Riku Tanner hervorgelockt werden konnte, um ihn zu eliminieren.

Feliks sah in Tanners Hand ein Telefon, er schien eine Nummer zu wählen.

Gleich darauf klingelte Feliks' Handy.

Tanners Stimme war klar und deutlich. Es lag nicht das geringste Zögern darin: *»Hier werden jeden Moment Polizisten eintreffen, die mich suchen. Ich kann allerdings dafür sorgen, dass sie umkehren. Niemand weiß etwas von meinem Jungen oder von Ihnen. Kommen Sie die Treppe hoch.«*

»Wir treffen uns auf halbem Weg.«

»Nein. Ihr kommt hoch.«

Feliks sah auf die Uhr, er konnte sich wegen des Mannes da oben keine Verzögerungen leisten. Es war klar, dass Tanner nichts von der Sprengladung in Olkiluoto wusste, ansonsten würde es dort bereits vor Polizisten des Einsatzkommandos wimmeln.

Aber ebenso klar war auch, dass die Informationen, die Tanner gesammelt hatte, nach der Explosion eine Katastrophe auslösen konnten. Tanner musste ein für alle Mal zum Schweigen gebracht werden, auch wenn Feliks damit riskierte, dass Vlad verhaftet wurde. Vlad würde der Polizei nichts verraten, jedenfalls nichts Kritisches, weil er keine gefährlichen Details der Operation kannte.

»Also gut«, sagte Feliks zu Tanner am Telefon. »Wir kommen hoch.«

Feliks brach die Verbindung ab, nahm Leo, der sich sträubte, auf den Arm und stieg die Treppe hinauf. Der Junge war schwer, er wirkte stark und unberechenbar, aber er bot den notwendigen Schutz: Weder Tanner noch sonst wer würde auf Feliks schießen können, ohne den Jungen in Lebensgefahr zu bringen.

»Die Übergabe findet oben auf dem Treppenabsatz statt«, sagte er über Funk zu Vlad. »Tanners Aufmerksamkeit wird ausschließlich auf den Jungen gerichtet sein. Genau in dem Moment schlägst du zu.«

Der Junge auf seinem Arm strampelte.

»Beruhige dich, dein Vater wartet dort oben …«

Das Taxi hielt vor der Parlamentszufahrt, auf der quer ein Polizeiauto stand. Daneben hatten sich mehrere Schaulustige versammelt.

»Was ist passiert?«, fragte Elina nervös, während sie dem Fahrer das Geld gab.

»Wahrscheinlich wird da wieder mal demonstriert.«

Elina hätte am liebsten Riku angerufen, doch sie wusste, dass jetzt nicht der richtige Zeitpunkt dafür war. Sie stieg aus und eilte zu einem Polizisten. Vom blauschwarzen Himmel fielen einzelne schwere Regentropfen. »Was ist passiert?«

»Gehen Sie nur ruhig weiter, hier gibt es nichts zu sehen.«

Im Gerätedepot der Feuerwache Rauma befestigten Feuerwehrmann Tommi Ruuska und sein jüngerer Kollege Jani Moisio das Schutzblech der Hochdruckpumpe.

»Zieh noch einmal an«, forderte Ruuska.

Plötzlich kam aus der Lautsprecheranlage ein ohrenbetäubend lautes Alarmsignal, und Moisio zog die Schraube so schnell er konnte fest.

»Olkiluoto 3, Olkiluoto 3 …«, meldete eine Stimme.

Ruuska hielt abrupt in seinen Bewegungen inne.

»Dies ist kein Probealarm«, fuhr die Stimme aus dem Lautsprecher fort, in einem Ton, der keine Missverständnisse aufkommen ließ.

»Volle Strahlenschutzausrüstung für alle Einsatzgruppen.«

Ein seltsames Gefühl durchlief Ruuska. An diesen Moment würde er sich für den Rest seines Lebens erinnern.

»Nur Freiwillige rücken aus.«

Moisios und Ruuskas Blicke trafen sich.

»Scheiße«, sagte Ruuska leise und starrte Moisio an.

Auf dem Dach der Feuerwache begann die Sirene zu heulen.

68

Das grüne Licht leuchtete auf, und das Metalltor öffnete sich. Markku Jalava fuhr in den Hof des Parlamentsgebäudes, wo bereits zwei Polizeistreifen auf ihn und Kivelä warteten, so wie es ihnen befohlen worden war. Manninen, Saari und Stenlund bogen in einem zweiten Wagen in den Hof.

Markku eilte, gefolgt von den anderen Beamten, ins Gebäude und durchquerte im Laufschritt das Foyer in Richtung Pförtnerloge.

»Markku Jalava, KRP«, sagte er zum Pförtner, der sofort nach draußen auf den Treppenabsatz vor der Tür zeigte. »Der Mann, den Sie suchen, ist dort.«

Markku erkannte Tanner von hinten und zog die Waffe.

»Markku«, sagte Kivelä ernst. »Muss das wirklich sein …«

»Ich leite den Einsatz, und ich treffe die Entscheidungen. Tanner hat bereits einen Mann getötet. Diesmal entwischt er uns nicht.« Er ging auf die Eingangstür zu.

»Warte …«

»Misch dich nicht in meine Angelegenheiten ein!«

Der Mann, der aus der Rauchwolke gerannt kam, trug einen gelben Schutzanzug und eine Gesichtsmaske. In der Hand hielt er ein Strahlenmessgerät. Aus dem Reaktorgebäude drangen das Fauchen des Feuers und das Heulen mehrerer Alarmsirenen. Der Mann rannte weiter zu der Löscheinheit der Kraftwerksfeuerwehr, wo ihn der Brandmeister in gleicher Schutzausrüstung erwartete.

»1160«, rief der Mann mit dem Messgerät durch den Atemschutz. »Man kann nicht rein!«

»Wir müssen das Feuer löschen, damit wir die Löcher stopfen können«, erwiderte der Brandmeister ruhig. »Wir tauschen die Männer in kurzen Abständen aus, Verstärkung kommt aus der gesamten Provinz.«

Riku beobachtete den Russen, der mit Leo auf dem Arm langsam die Treppe heraufkam. Als die beiden nur noch zehn Meter entfernt waren, sagte er: »Setzen Sie den Jungen ab und lassen Sie ihn ins Gebäude gehen. Dann folge ich Ihnen zum Wagen.«

Der Mann ließ Leo vom Arm, und in diesem Moment schwang die Tür abrupt auf.

Riku erkannte sofort, wer in der Türöffnung stand: Markku Jalava, im Anzug und mit vorgehaltener Waffe.

»Tanner«, brüllte Jalava und richtete die Waffe auf Riku. »Hände in den Nacken, ganz ruhig!«

»Der Typ ist Polizist und weiß nichts von Leo und all dem anderen«, rief Riku Feliks auf Russisch zu.

»Tanner, das Arschloch, spielt mit seinen Leuten sein eigenes Spiel«, rief Jalava hinter sich. »Leg jetzt endlich die Hände in den Nacken, verdammt, oder ich schieße!«

Riku schaute Feliks an und sagte auf Russisch: »Lassen Sie den Jungen, wo er ist, dann komme ich sofort mit Ihnen.«

Feliks hielt die Hand des erschrockenen Jungen fest umklammert und blickte auf den Mann, der brüllend die Waffe auf Tanner richtete.

Blitzschnell versuchte er zu entscheiden, ob das Ganze nur eine Inszenierung war, eine Falle. Nein, Tanners Panik war echt. Aber die Situation geriet trotzdem außer Kontrolle: Wegen des Polizisten konnte Vlad nicht mehr auf Tanner schießen.

Feliks wusste, dass er in Sicherheit war, solange er den Jungen bei sich hatte. Er musste versuchen, zurück in den Wagen zu kommen. Gerade wollte er Tanner ein Zeichen geben, ihm zu folgen, da hörte er Vlads ruhige Stimme im Kopfhörer: »*Sektor frei, Tanner im Visier.*«

Feliks zögerte keine Sekunde. »Schieß!«

Der Schuss ertönte fast noch bevor er seinen kurzen Befehl ausgesprochen hatte. Aber Tanner blieb stehen. Sein Gesichtsausdruck und seine Blickrichtung veranlassten Feliks jedoch, auch dorthin zu schauen, wo Vlad Posten bezogen hatte.

Vlad lag zwanzig Meter weiter neben einer Säule, die Pistole mit Schalldämpfer war ihm aus der Hand gefallen und zwei Stufen tiefer gerutscht. Einer der Polizisten hatte ihn bemerkt.

»Du kommst jetzt mit in den Wagen«, rief Feliks Tanner zu. Alles war im Begriff, zum Teufel zu gehen.

Da spürte Feliks einen schmerzhaften Biss im Handrücken. Die Überraschung war so vollkommen, dass sich der Junge losreißen konnte und schon mehrere Meter gerannt war, bis sich Feliks in Bewegung setzte.

»Leo, da rein!«, rief Riku. Der Junge flitzte durch die Tür, die jemand von innen aufhielt, Feliks stürzte ihm hinterher.

Riku rannte ebenfalls los.

»Halt!«, brüllte Jalava.

Riku blieb stehen und starrte auf das verzerrte Gesicht seines Vorgesetzten, der die Waffe auf ihn richtete.

»Lass die Waffe fallen, oder ich erschieße dich.«

Riku stellte fest, dass sie nur mehr zu zweit auf der Treppe standen. Die Leiche des Russen lag dreißig Meter entfernt neben einer Säule.

»Markku, ich bin kein Verräter, jemand anders gibt Informationen weiter … Wir können das alles später klären, jetzt muss mein Junge in Sicherheit gebracht werden …«

Kivelä erschien in der Tür. Hinter ihm stand Feliks im Foyer.

Er hatte den strampelnden Leo wieder auf dem Arm und richtete die Waffe auf ihn.

Die Hände im Nacken verschränkt ging Riku auf die Tür zu.

»Bleib, wo du bist, verdammt!«, schrie Jalava mit wutverzerrter Stimme.

Kivelä sah ihn mit geweiteten Augen an. »Jalava, beruhige dich. Gib mir deine Pistole. Du kannst nicht auf einen Unbewaffneten schießen. Das wäre eine öffentliche Hinrichtung. Mord. Und du hättest sogar ein Motiv …«

»Was soll das heißen?«, brüllte Jalava, der eindeutig die Kontrolle über sich verloren hatte.

Riku ging an Kivelä vorbei durch die Tür. Er hielt noch immer die Arme im Nacken verschränkt, während er auf Feliks und Leo zuging.

Der Pförtner hatte das Radio laufen. Plötzlich brach die Musik ab, und eine Stimme sagte: *»Dies ist eine Notfallmeldung. Ich wiederhole: Dies ist eine Notfallmeldung. Wegen eines schweren Unfalls im Atomkraftwerk Olkiluoto werden die Bewohner des Bereichs Rauma–Eurajoki–Luvia aufgefordert, sich unverzüglich in die innersten Räume ihrer Häuser zu begeben und Türen, Fenster und Belüftungskanäle zu schließen. Es besteht die Gefahr einer radioaktiven Verstrahlung …«*

69

Riku las Feliks am Gesicht ab, dass dieser extrem aufmerksam die Nachricht aus dem Radio verfolgte. Die Notfallmeldung war schockierend, aber was hatte sie für Feliks in einer Situation zu bedeuten, in der er eine Geisel vor sich hielt, während Polizisten mit ihren Waffen auf ihn zielten?

Mit einem Schlag kam Riku die Antwort in den Sinn. Das war der gemeinsame Nenner, der den ermordeten Kernwaffeningenieur Jewgeni Rybkin, den Bunker von Bärenstetten, in dem kleine Kernladungen für Sabotageakte deponiert waren, und die Betonkammer in Freys Schuppen verband … Im selben Augenblick begriff Riku auch, dass das Gerät in der Größe eines Telefons, das er im Nebengebäude der Villa in Huutoniemi gesehen hatte, ein Geigerzähler gewesen war.

Ihm wurde schwindlig. Deswegen hatte man ihn zum Schweigen bringen wollen. Deswegen war Vera Dobrina ermordet worden …

Er sah den Russen an und beschloss, ein Risiko einzugehen.

»Die Explosion ist euch gelungen«, sagte er zu Feliks auf Russisch, damit die Polizisten es nicht verstanden.

Sofort richtete Feliks die Waffe auf ihn.

»Ich weiß alles«, sprach Riku rasch weiter. »Und bald weiß es die ganze Welt, wenn du mir oder meinem Sohn etwas antust …«

»Bring uns hier raus, zu meinem Wagen. Wir reden dort.«

Riku sah sich um. An verschiedenen Stellen des Foyers waren Polizisten in Position gegangen.

»Gebt uns freies Geleit«, sagte Riku, drehte sich um und ging langsam in Richtung Ausgang. »Das Leben meines Jungen steht auf dem Spiel.« Feliks folgte ihm, wobei er sich wachsam umblickte. Noch immer hielt er Leo auf dem Arm.

Jalava stand vor der Tür, die Pistole mit beiden Händen umklammert, leicht in den Knien federnd, Riku im Visier.

»Markku, ich kann mich nicht ergeben, du siehst doch, dass er meinen Jungen hat. Wir gehen jetzt zu seinem Wagen, du darfst hier nicht eingreifen.«

»Mit diesem Bluff kommst du nicht durch. Bleib stehen, oder ich schieße!«

»Du bist wahnsinnig«, sagte Riku. Sein Blick sprang zwischen den Augen des hasserfüllten Mannes und der auf ihn gerichteten Pistole hin und her. Er sah, wie Markkus Finger sich krümmte. Das schiere Entsetzen überkam ihn.

Doch kurz bevor Jalava abdrückte, fiel ein anderer Schuss.

Die zuerst abgefeuerte Kugel traf Jalavas Oberschenkel, weswegen dessen Schuss, nur einen Sekundenbruchteil später ausgelöst, fehlging und unmittelbar neben Riku in der Fensterscheibe einschlug.

Jalava schrie vor Schmerz auf und brach zusammen. Blitzschnell richteten die Polizisten im Foyer ihre Waffen auf die Tür dem Ausgang gegenüber, von wo aus auf Jalava geschossen worden war.

Dort stand Mira Jalava und starrte kreidebleich auf ihre Ersatzwaffe. Für einen Augenblick war es vollkommen still im Foyer. Dann schüttelte Mira ihre Lähmung ab und sagte mit lauter, bebender Stimme: »Markku ist der Verräter, den wir suchen. Ich habe in einer Villa bei Kotka absolut sichere Beweise dafür gefunden.«

70

Der Löschzug der Feuerwehr Rauma hielt am Rand der Straße, die nach Olkiluoto führte, hinter Dutzenden anderer Feuerwehrwagen an. Tommi Ruuska saß in gelbem Schutzoverall und mit Gesichtsmaske im Einsatzfahrzeug und starrte aus dem Fenster. Die Abenddämmerung setzte allmählich ein. Hoch über die Bäume ragte der Reaktorsicherheitsbehälter des neuen Meilers auf, umhüllt von dichtem schwarzem Rauch.

»Die Notabschaltung von Block eins und zwei läuft, das Personal wird gerade evakuiert«, erklärte die Stimme des leitenden Branddirektors über das interne Funknetz. Ruuska saß regungslos neben seinem Kollegen Moisio und lauschte den Informationen aus dem Lautsprecher.

»Die Werksfeuerwehr birgt derzeit Mitarbeiter der Schaltzentrale von Block drei aus dem Rauch. Das Reaktorgebäude ist zum größten Teil unversehrt geblieben, aber durch beschädigte Einstiegsschächte und Rohre breiten sich Rauch und Emissionen aus. Diese Kanäle müssen geschlossen werden.«

Ruuska wusste bereits, was als Nächstes kommen würde, die unvermeidlichen Worte, die sie auch schon während der Ausbildung und bei Übungen gehört hatten, und die sie scheinbar leichthin aufgenommen hatten, obwohl sie im Gedächtnis geblieben waren und ihnen immer wieder im Kopf herumspukten.

»Es geht um unverzügliche Maßnahmen zur Rettung von Menschenleben. Außerdem muss ein signifikantes Ansteigen der Strahlenbelastung für die Bevölkerung verhindert werden. Damit

wir möglichst wenig Strahlung ausgesetzt sind, werden die Einsatzkräfte regelmäßig in kurzen Abständen ausgetauscht.«

Ruuska spürte die Gänsehaut auf seinen Armen. Hier war nicht die Rede von einer effektiven Belastung von einem halben Sievert oder vom äquivalenten Maximum von fünf Sievert. Jetzt ging es lediglich darum, dass jeder Freiwillige so wenig wie möglich der radioaktiven Strahlung ausgesetzt war, während er die notwendigen Aufgaben erfüllte.

Mira hatte ihre Ersatzwaffe einem Kollegen ausgehändigt und ging langsam zu Markku hin, der auf dem Boden lag und von Kivelä und Manninen notdürftig verbunden wurde. Der Pförtner, der sofort die Erste-Hilfe-Tasche gebracht hatte, stand daneben. Im Foyer leiteten Polizisten aufgeregte Abgeordnete in andere Bereiche des Gebäudes. Die Radionachrichten hallten weiterhin in dem saalartigen Raum wider.

»… Laut unserem Reporter in Eurajoki ist im Kraftwerk ein Feuer ausgebrochen, und zumindest ein Teil des Reaktorsicherheitsbehälters ist bei der Explosion beschädigt worden. Feuerwehrmänner in schwerer Schutzausrüstung warten auf die Erlaubnis, das Gelände zu betreten …«

Mira blieb vor Markku stehen. Ihr kam alles so unwirklich vor, wie in einem Traum, bei dem man nicht sicher sein konnte, ob es ein reiner Albtraum war oder ob sich unter all dem Entsetzlichen nicht doch die Verheißung auf etwas Besseres verbarg …

»Lasst Tanner nicht laufen«, ächzte Markku. Sein Gesicht war schmerzverzerrt.

»Hör endlich mit deinem Theater auf«, sagte Mira und zeigte ihm eine Handy-Speicherkarte. »Hier ist eine lange Sequenz drauf, in der zu hören ist, wie du mit den Russen über dein Honorar verhandelst. Warum … Wie konntest du uns nur alle hintergehen …«

Ihr brach die Stimme.

»Du bist ja wahnsinnig, was zum Teufel behauptest du da?«

Mira blickte auf ihren künftigen Exmann hinab. Seine Unschuldsbeteuerungen standen im krassen Widerspruch zu seinem Blick, der voller Angst und Panik war.

»Ich muss nichts behaupten. Du sagst alles selbst auf der Aufnahme, die diese Speicherkarte enthält. Mehr habe ich dir nun nicht mehr zu sagen. Für alle Zeit.«

Mira fühlte sich sonderbar ruhig. Sie steckte die Speicherkarte ein.

Aus dem Funkgerät des Polizisten, der neben ihr stand, kam eine fauchende Stimme: *»Kein Zugriff vor dem Gebäude! Das ist eine Geiselnahme. Der Mann, der das Kind trägt, ist bewaffnet …«*

Elina schaute zwischen zwei Streifenpolizisten hindurch auf die Szene und ballte vor Entsetzen die Fäuste bei dem schockierenden Anblick, der sich ihr bot. Riku stieg gerade in einen Range Rover, zusammen mit einem Mann, der einen kleinen Jungen auf dem Arm trug und das Kind mit einer Waffe bedrohte. Schaulustige hatten sich versammelt, die von den Polizisten zurückgedrängt wurden. Ein Krankenwagen näherte sich. Hinter einem Polizeiauto, das auf dem Rasen geparkt war, sah Elina einen Polizisten mit Gewehr samt Zielfernrohr. Aber niemand unternahm etwas, alle warteten.

Außer Atem eilte Timo Vuorenpää in die Bereitschaftszentrale der Strahlenschutzbehörde im Osten von Helsinki. Der große Büroraum befand sich im innersten Kern des Gebäudes. Der Bereitschaftsleiter war von der Geburtstagsfeier seines in der Nähe wohnenden Bruders buchstäblich hergerannt. Zum Glück hatte er nur ein Glas Wein getrunken. Er und die hundertsechsundzwanzig anderen Mitarbeiter der Behörde waren alle gleichzeitig von der Strahlenaufsicht per SMS alarmiert worden.

Noch während er rannte, hatte Vuorenpää per Telefon die Basisinformationen zur Lage erhalten. Jetzt stand er neben einem Mitarbeiter, der die Informationen verfolgte, die das IMIS-System lieferte, um Details zu erfahren. Dieses integrierte Mess- und Informationssystem für die Überwachung der Radioaktivität in der Umwelt lieferte ständig Daten über die Strahlenmesswerte in Olkiluoto, aber die aktuellen Werte waren manuell direkt an den beschädigten Punkten gemessen worden.

»Am Zugang effektive 1160 Millisievert«, sagte der Mitarbeiter.

Vuorenpää schaute auf den Bildschirm und versuchte, seine Angst zu unterdrücken. Die effektive Dosis beschrieb den gesundheitlichen Schaden, der durch die Strahlenbelastung verursacht wurde: Eine Dosis der Größenordnung 5000 bis 6000 Millisievert führte, wenn man ihr schlagartig ausgesetzt war, fast sicher zum Tod, mehr als 1000 Millisievert in einem Zeitraum von weniger als vierundzwanzig Stunden verursachten Symptome einer Strahlenerkrankung wie Müdigkeit und Übelkeit. Hier lag auch der Grenzwert für die Evakuierung der Bevölkerung.

Vuorenpää erhielt einen Anruf vom Chef der örtlichen Rettungsleitstelle, dem vom Bereitschaftsleiter des Kraftwerks Olkiluoto die Einsatzverantwortung übertragen worden war. Dem Krisenstab gehörten Vertreter von Rettungs- und Polizeiabteilung, der technischen Leitung, Strahlenschutzbehörde, Luftwaffe, Feuerwehr, Notfallzentrale der Provinz Satakunta und Notdienstakademie an.

Nach den bisherigen Informationen hatte es keine unmittelbaren Todesopfer gegeben, denn das Reaktorgebäude war direkt nach der Störfallmeldung geräumt worden. Etwa zehn Mitarbeiter waren Rauchgas und radioaktiven Emissionen ausgesetzt gewesen.

Wie abgestumpft saß Riku im Range Rover von Feliks auf dem Beifahrersitz. Auf der Rückbank hockte Leo neben Feliks.

Miras Behauptung, Markku sei der Verräter gewesen, erschien ihm unmöglich und völlig glaubwürdig zugleich. Viele Dinge bekamen so eine logische Erklärung. Deshalb hatte Markku seine Treibjagd auf Riku gestartet, und deshalb war er bereit gewesen, ihn zu erschießen, unter dem Vorwand, die Flucht eines Verbrechers zu verhindern.

Feliks' Fahrer lenkte den Geländewagen an den Polizisten vorbei, die Schaulustige fernhielten, und bog in die Mannerheimintie ein. Mit einer Hand lenkte er, in der anderen hielt er eine Pistole. Es war derselbe Mann, den Riku bei der Villa in Huutoniemi gesehen hatte. Feliks telefonierte mit gesenkter Stimme. Er wirkte nervös.

Riku drehte sich um, und als er Leos ernstem Blick begegnete, zwang er sich zu einem aufmunternden Lächeln. Bei allem, was um sie herum passierte, war er unendlich stolz auf seinen tapferen Jungen. Der Fahrer behielt den Rückspiegel im Auge und warf zwischendurch einen Blick auf Riku.

Das Radio lief die ganze Zeit, aber erst jetzt konnte sich Riku so weit konzentrieren, dass er verstand, was gesagt wurde.

»Laut einer Stellungnahme des Strahlenschutzzentrums sind die Strahlenwerte in der Umgebung von Olkiluoto infolge des Unfalls höher als gewöhnlich. Die Bevölkerung in der sogenannten Sicherheitszone, also im Umkreis von fünf Kilometern, wird evakuiert, sobald die Emissionswolke über das Gebiet hinweggezogen ist. Bis dahin werden die Menschen aufgefordert, das Haus nicht zu verlassen und Jodtabletten einzunehmen …«

Wenn die Kernladung bereits 1989 aus dem Bunker in Bärenstetten entwendet wurde, wo war sie dann all die Jahre?, fragte sich Riku erschüttert. Er musste sich zusammenreißen, um klar denken zu können. Bei Frey?

»Die Regierung tritt in dieser Stunde zu einer Krisensitzung wegen des Unfalls im Kraftwerk Olkiluoto zusammen …«

Feliks hatte sein Telefonat beendet und beugte sich nun zu Riku vor.

»Wer weiß noch etwas?«, fragte er scharf.

»Niemand.«

»Lüg mich nicht an, verdammt! Ich weiß genau, dass Sebastian Keller in Olkiluoto herumgepfuscht hat.«

Riku traute seinen Ohren nicht. »Sebastian? Ich habe ihn zuletzt in Berlin gesehen, ich habe keine Ahnung, was er seitdem getrieben hat.«

»Elina Aro wird es sicher wissen.«

»Nein, sie haben sich getrennt. Elina Aro weiß nichts von der Kernladung. Sebastian muss auf eigene Faust hingefahren sein …«

»Keller wird nicht plaudern, nie mehr. Wenn die Wahrheit ans Tageslicht kommt, werdet ihr alle sterben: du, dein Sohn …«

»Umgekehrt«, erwiderte Riku und schaffte es, seine Stimme ruhig und stabil zu halten. »Wenn mir oder meinem Sohn etwas zustößt, wird euer Treiben sofort auffliegen. Als Profi verstehst du bestimmt, dass ich sämtliche sensiblen Informationen über euer Vorhaben in meiner persönlichen Mailbox gespeichert habe. Dort befindet sich auch weiteres brisantes Material über Drogenhändler und Informanten. Bestimmte Personen haben Anweisung, die Dateien nach meinem Tod zu öffnen.«

Feliks schien über die Situation nachzudenken. Hier lag ein klassisches Gleichgewicht des Schreckens vor, und das schien Feliks, dem langen Schweigen nach zu urteilen, allmählich zu begreifen.

»Und wenn du bei einem Autounfall ums Leben kommst?«

»Ich fahre stets vorsichtig«, antwortete Riku, ohne mit der Wimper zu zucken.

Wieder schwieg Feliks eine Weile.

»Hier in Rauma ist die Lage unübersichtlich, die Menschen

ziehen sich in Schutzräume zurück, aber die Plätze reichen nicht für alle. Ein Teil der Einwohner versucht, mit dem Auto die Stadt zu verlassen, obwohl die Anweisung erteilt wurde, in den Häusern zu bleiben …«

»Du hast mich gerade unterbrochen«, sagte Feliks schließlich. »Wenn die Wahrheit ans Tageslicht kommt, werdet ihr alle sterben: du, dein Sohn und dein Vater. Das Leben von drei Generationen liegt in deiner Verantwortung.«

»Mein Vater?«

»Dein Vater lebt unter falschem Namen in Brasilien. Er ist 1989 dorthin geflohen, nachdem er mir und meinen Kollegen seinen Tod vorgetäuscht hat.«

Riku wurde schwindlig. Darauf konnte er nichts erwidern.

»Hätten wir damals gewusst, dass Ralf Tanner noch lebt, hätten wir ihn erpresst, indem wir dich und deine Mutter bedroht hätten. Das war deinem Vater klar, er konnte keinen Kontakt zu euch aufnehmen, ohne euch zu gefährden. Durch seine Habgier und wegen seiner Kontakte hat er sich in ein viel zu gefährliches Spiel verstrickt.«

Riku war wie hypnotisiert, er wollte mehr hören, andererseits hatte er das Gefühl, mehr gar nicht ertragen zu können.

»Auf seine alten Tage hat er uns jetzt noch ein bisschen mit dem Funkauslöser helfen müssen. Er war wenig kooperationsbereit, bis wir ihm ein paar Fotos von dir und deinem Sohn gezeigt und ihm erzählt haben, was euch passieren wird, wenn er die kleine technische Herausforderung nicht besteht. Besonders die Nachricht über seinen Enkel schien ihn motiviert zu haben.«

Riku musste gegen die Tränen ankämpfen. »Wer … Unter welchem Namen lebt er in Brasilien?«

»Alle Tanners sitzen jetzt in einem Boot, und wenn es ins Schwanken gerät, wird es kentern. Und ihr müsst alle ertrinken. An deiner Stelle würde ich mich damit begnügen, den Vater in guter Erinnerung zu behalten. Aber aus meiner Sicht ist es natürlich besser, wenn der Betonring, der dich in die Tiefe reißt, besonders schwer ist, falls unser Geheimnis nicht gewahrt wird … Er nennt sich Gustav Berglund, ist schwedischer Staatsangehöriger und wohnt in São Paulo.«

71

Bereitschaftsleiter Timo Vuorenpää vom Strahlenschutzzentrum blickte auf den großen Bildschirm mit der Karte Südwestfinnlands.

Das Programm für die Berechnung der Ausbreitung und Dosis der Emission zeichnete eine Verlaufsvorhersage auf die Karte. Demnach bewegte sich die keilförmige radioaktive Wolke von Olkiluoto aus in Richtung Meer und die Küstenregion. Die nächstgelegenen größeren Wohngebiete waren die Kommune Eurajoki in sechzehn Kilometern Entfernung und die Stadt Rauma, die dreizehn Kilometer vom Kernkraftwerk entfernt lag.

Innerhalb der Fünf-Kilometer-Schutzzone lebte ein Teil der Menschen auf Schären, weshalb sie nicht so rasch gewarnt und nur langsam evakuiert werden konnten. In der Notstandsplanungszone, die einen Radius von zwanzig Kilometern hatte, lebten etwa sechsundvierzigtausend Menschen. Zum Glück drückte der Wind aus südlicher Richtung die Emissionswolke aufs Meer hinaus, weshalb die bevölkerungsreiche Region Turku nicht bedroht war.

»In dieser Region scheint die resultierende Dosis laut Schätzprogramm bei Erwachsenen unter hundert zu liegen, das gilt aber nicht für Kinder«, sagte Vuorenpää und zeigte mit dem Cursor auf die Stadt Rauma.

Ab einhundert Mikrosievert mussten umfangreiche Maßnahmen ergriffen werden. Mit dem Programm zur Schätzung der Strahlendosis versuchte man bei Reaktorunfällen eine schnelle

Voraussage der Dosen in der Umgebung zu erzielen, aber die entscheidenden Berechnungen wurden von Hand überprüft. In der aktuellen Situation war jede Berechnung der radioaktiven Dosis nur provisorisch möglich, denn es fehlten Grundwerte – man kannte die meteorologischen Voraussetzungen, aber man brauchte auch Daten über die Dauer, die Höhe und die Menge der Emission.

»Was ist da eigentlich passiert?«, fragte Vuorenpää den Forschungsleiter der Strahlenschutzbehörde.

»Ich habe gerade mit Betriebsleiter Siekkinen gesprochen. Er befindet sich in der Klinik. Als es zum Unfall kam, war er in der Schaltzentrale. Er kann sich nicht erklären, was die Explosion ausgelöst haben könnte. Ein EPR-Reaktor kann nicht detonieren, trotzdem ist es passiert, und zwar mit enormer Wucht. Ich finde dafür keine andere vernünftige Erklärung als Sabotage. Eine Bombe.«

»Das muss dann aber eine wirklich kolossale gewesen sein. Zig Tonnen TNT. Eine LKW-Ladung. So etwas ist kaum denkbar. Außerdem: Welche Terroristen sollten ausgerechnet in Finnland ein Attentat verüben?«

Vuorenpää wusste, dass auch manch konkretere technische Frage ohne Antwort bleiben würde. Das Innere des Reaktorgebäudes war vollkommen zerstört. Man würde die Stellen, an denen Strahlung austrat, stopfen und den gesamten Atommeiler mit Beton ausgießen. Wegen der hohen Strahlenbelastung auf der Insel Olkiluoto würde man auch die Blöcke eins und zwei für immer stilllegen müssen. Die Zwischenlagerbecken für die abgebrannten Kernbrennstäbe mussten geleert und der Bau des unterirdischen Endlagers abgebrochen werden. Stattdessen würde die ganze Insel zum Endlager werden, zur verbotenen Zone, zum gigantischen, extrem teuren Mahnmal einer ganzen Ära, zu einem Mahnmal, das Finnland weitläufiger und dauerhafter bekannt machen würde als Tschernobyl.

Riku umarmte Leo fest und lächelte. Sie standen vor dem Gebäude der KRP, der Regen hatte aufgehört, die Luft war angenehm kühl und frisch.

»Jetzt steig zu deiner Mutter ins Auto. Ich komme in einer Stunde nach, wie wir es ausgemacht haben«, sagte er und schloss kurz darauf die Wagentür hinter Leo. Katja saß am Steuer. Sie warf Riku einen unergründlichen Blick zu, dann startete sie den Wagen und fuhr davon.

Riku hätte Leo am liebsten nie mehr aus den Augen gelassen, aber es half alles nichts, er und sein Sohn mussten sich möglichst rasch wieder an das normale Leben gewöhnen. Leo sollte sich wieder vollkommen sicher fühlen können, nichts durfte das grundlegende Gefühl, behütet zu sein, erschüttern. Und Riku musste sich auf den stahlkalten Mechanismus verlassen, der Feliks Grischanow zwang, sie in Ruhe zu lassen – und durch den sie gezwungen waren, über die Operation der Russen zu schweigen. Riku konnte sich nicht mit Leo in einem geheimen Versteck verschanzen und auch nicht bis ans Ende der Welt fliehen.

Er konnte nicht tun, was sein Vater getan hatte.

Er atmete tief und ruhig. Noch sah er sich nicht in der Lage, seiner Mutter zu sagen, dass sein Vater am Leben war. Erst würde er selbst nach Brasilien fliegen, so bald wie möglich. Seinem Vater würde er das vorher nicht ankündigen, er wollte zuerst die Umstände dort mit eigenen Augen sehen.

Sebastians Verhalten verwunderte Riku. Was war er eigentlich für ein Mensch? Wieso war er nach Olkiluoto gefahren? Riku hatte vor, Elina gleich am nächsten Morgen zu treffen, und hasste sich schon jetzt dafür, dass er ihr von dem mysteriösen Schicksal des undurchschaubaren Mannes nichts erzählen wollte. Er wollte Elina nicht noch mehr mit Sebastians dubiosen Angelegenheiten belasten.

Kivelä, der etwas abseits telefoniert hatte, kam nun auf ihn zu.

»Wir konnten Feliks Grischanow unter der Nummer, die du uns gegeben hast, nicht erreichen«, erklärte er. »Nach dem Range Rover wird gefahndet, aber ich schätze, dass wir den auch nicht finden. Zumindest nicht mit Insassen. An den Grenzen läuft die Fahndung ebenfalls, vielleicht klappt es dort.«

»Hoffen wir es«, antwortete Riku, während er mit Kivelä auf den Haupteingang zuging.

Feliks hatte ihn und Leo in der Sturenkatu, nur wenige Kilometer vom Parlament entfernt, abgesetzt, freilich nicht ohne sich zu versichern, dass die Polizei ihnen nicht folgte. Zum Glück hatte Kivelä den Range Rover zu Leos Sicherheit ungehindert fahren lassen. Riku rief den Kollegen an, sobald er mit seinem Jungen auf der Straße stand. Kivelä holte die beiden ab und brachte sie zum Hauptquartier der KRP. Gegen Riku würde wegen fahrlässiger Tötung ermittelt werden, weil er in der alten Fabrikhalle in Roihupelto Nowikow erschossen hatte, allerdings in Notwehr. Feliks würde man wegen bewaffneter Geiselnahme anklagen, falls man ihn erwischte. Weitere Anschuldigungen lagen dem Staatsanwalt nicht vor.

In der Eingangshalle der KRP steuerten sie die Cafeteria an, wo sich vor dem Fernseher alle versammelt zu haben schienen, die nach Dienstschluss noch im Haus waren.

»Olkiluoto ist weltweit die absolute Hauptnachricht. Experten zufolge wird der Vorfall auch überall auf der Welt entscheidend die Atompolitik beeinflussen. Die Internationale Atomenergie-Organisation IAEA hat den Unfall als schweren Atomunfall der Stufe 6 auf der internationalen Bewertungsskala INES deklariert. Die Ursache für das Unglück ist noch immer nicht bekannt. Ihr auf die Spur zu kommen wird laut Fachleuten eine Herausforderung sein. Nach wie vor kämpfen Rettungskräfte mit dem Abdichten der Stellen, an denen radioaktive Strahlung austritt. Betonmischfahrzeuge fahren auf das Gelände und werden nach dem Abladen von Arbeitern in Strahlenschutzanzügen mit Hochdruckreinigern abgespritzt, ehe sie die Insel wieder verlassen …«

Riku schaute auf den Bildschirm und fühlte sich schuldig. Hätte er die Katastrophe verhindern können?

Ja. Wenn er Feliks Grischanow früher aufgespürt hätte. Wenn …

Jedes Wenn und Aber war jetzt sinnlos. Er sollte sich eher überlegen, ob es richtig war, über eine Angelegenheit solchen Ausmaßes zu schweigen, auch wenn es um sein Leben und das des Kindes ging. Innerlich rechtfertigte er seine Entscheidung damit, dass man nichts mehr ungeschehen machen konnte und das Wissen um die Sabotage in keiner Weise die Sicherheit der anderen Atomkraftwerke erhöhen würde. Im Gegenteil: Ein gelungenes Attentat würde Terroristen nur ermuntern, andernorts das Gleiche zu versuchen. Wollten die Behörden verantwortlich handeln, dann hielten sie die Ursache für die Explosion vor der Öffentlichkeit geheim.

»Ich gehe in mein Büro, falls ich hier noch eines habe«, sagte Riku zu Kivelä. Der nickte, nahm aber den Blick nicht vom Fernseher.

Auf dem Weg zum Lift rief er Katja an und erfuhr, dass Leo am Essen war. Sein Hunger sei gewaltig.

Als er sein Büro betrat, fiel Riku auf, dass alle Ordner fein säuberlich im Regal standen … viel zu ordentlich. Vermutlich hatte man seine kompletten Unterlagen und den Computer genau durchsucht.

Er setzte sich an den Schreibtisch und lehnte sich zurück. Es war vollkommen still. Nur aus der Ferne hörte er das Grummeln des abziehenden Gewitters. Riku fühlte sich vollkommen kraftlos. Vor ihm lagen harte Vernehmungen, und dafür musste er in Ruhe nachdenken, sich seine Worte genau überlegen.

Lautlos erschien jemand an der Tür. Mira.

»Komm rein«, sagte Riku.

Sie schloss die Tür hinter sich.

»Mira … ich weiß ehrlich nicht, was ich sagen soll … wie ich dir danken soll. Du hast mir das Leben gerettet und …«

»Einigen wir uns darauf, dass dieses Danke genügt und wir nicht mehr auf das Thema zurückkommen müssen. Heldentum steigt einem nämlich schnell zu Kopf.«

Eine Weile sahen sie sich ernst in die Augen, dann brachen sie in müdes, befreiendes Lachen aus.

»Es ist bestimmt nicht ganz korrekt, in so einem Moment zu lachen …«

»Genau in so einem Moment muss man lachen«, sagte Riku. Dann wurden sie wieder ernst.

»Hast du etwas Derartiges geahnt?«, fragte Riku. »War es für dich eine totale Überraschung, dass Markku zu so etwas fähig war?«

»Ich habe es nicht geahnt. Aber jetzt verstehe ich vieles. Die finanzielle Lage. Die Fahrten nach Tallinn. Markku sprach immer von einer Erbschaft, aber das angebliche Erbe scheint von Bykow gekommen zu sein …«

Sie erzählte von der Handy-Speicherkarte, die sie in der Villa gefunden hatte und die nun bei der KRP-Führung lag: achtundzwanzig Fotos und drei Videoaufnahmen von jeweils einer knappen halben Minute. Eine davon zeigte, wie Markku in Tallinn von einem Russen Geld übergeben wurde.

»All das hat mit dem Geld zu tun, über das nach der Beschlagnahmung bei dem Versteck in Kannelmäki gemunkelt wurde. Manninen behauptet steif und fest, er habe eine riesige Menge Bargeld gesehen, die später nicht mehr da gewesen sei. Markku leitete damals zusammen mit den Esten die Ermittlungen. Er fand Geld, das niemand vermisste. Und konnte der Verlockung nicht widerstehen … Bykow kam der Sache auf den Grund und erpresste ihn. Er eignete sich bestens dazu, erpresst zu werden.«

Riku stellte erleichtert fest, dass Mira trotz aller Erschöpfung und Erschütterung immer noch klar und stark wirkte.

»Markku ist ein Narziss durch und durch, er hatte das Gefühl, einen höheren Lebensstandard zu verdienen, als sein Beruf es ihm ermöglichte«, fuhr sie fort. »Er kaufte sich ein Boot, ein neues Auto. Er besaß Kapitalanlagen, von denen er behauptete …« Sie überlegte kurz, bevor sie weitersprach: »Alles ist für ihn eine Art Spiel gewesen. Das harte und geschickte Spielen hat ihn auch zum Dezernatsleiter gemacht. Er bekam die Anerkennung, nach der er lechzte, aber er musste immer mehr darauf achten, nicht aufzufliegen. Gleichzeitig wusste er, dass man früher oder später bei der Polizei anfangen würde, nach der undichten Stelle zu suchen. Ich glaube, er hat den ganzen Drogenfahnderprozess herbeigeführt, um so richtig für Unordnung zu sorgen. Und dann kam die Suppe, die du dir eingebrockt hast, und die bot ihm eine gute Gelegenheit. Der eigentliche Verräter durfte den angeblichen Verräter suchen. Er hätte dich vor dem Parlamentsgebäude mit einer glaubwürdigen Begründung erschossen und sich damit gerettet. Und gleichzeitig hätte er seiner Eifersucht Genüge getan …«

»Ist die pathologisch bei ihm?«

Mira nickte. »Er hat mich ständig angerufen und sich mehrfach versichert, ob ich auch war, wo ich zu sein behauptete. Er hat meine Taschen durchwühlt, die Daten in meinem Handy durchsucht …«

»Glaubst du, er hatte den Verdacht …«

»Natürlich war mir klar, dass man unseren Kontakt falsch interpretieren konnte. Ich konnte ihm jedoch nicht die Wahrheit sagen, und auch sonst keinem. Aber das ist nun vorbei.«

Mira streckte sich, und ihre vertraute aufgeschlossene Miene kehrte zurück. »Was steckte eigentlich hinter Leos Entführung?«

»Bykows Bande wollte mich zum Schweigen bringen.«

»Du willst doch nicht im Ernst behaupten, dass es dabei nur um Drogen ging?«

»Es sieht so aus.«

Mira sah ihn ungläubig an.

»Wer war der Mann, mit dem du in den Wagen gestiegen bist? Und warum hat er euch freigelassen?«

Riku hatte mit diesem Moment gerechnet, und nun war er da.

»Ich kann es dir nicht sagen«, gestand er leise.

Mira schaute ihn lange an und sprach dann sehr langsam. »Du kannst es mir nicht sagen? Ich habe dir das Leben gerettet. Und davor ein Geheimnis, das du mir anvertraut hast, für mich behalten, auf die Gefahr hin, mein Ansehen und meinen Job zu verlieren. Und jetzt kannst du *mir* nicht die Wahrheit sagen?«

»Es tut mir leid, aber ich kann es einfach nicht. Ich werde es nie können. Niemandem gegenüber.«

Mira starrte ihn an.

»Ich verstehe«, sagte sie, verließ den Raum und warf die Tür hinter sich zu.

72

Feuerwehrmann Tommi Ruuska versuchte durch den vom Schweiß beschlagenen Gesichtsschutz hindurch zu sehen, wann die Betonmasse, die aus dem Rohr quoll, den oberen Rand der Verschalung erreicht hatte. Die Masse floss schnell, aber jede Sekunde kam Ruuska übermäßig lang vor. Den akustischen Alarm am Dosimeter hatte er längst ausgeschaltet. Er war wütend, und er hatte Angst, aber er war auch stolz auf sich, denn er wusste, er tat etwas wirklich Wichtiges.

Eine grelle Halogenlampe beleuchtete das Objekt seiner Arbeit, ein Loch in der rauchgeschwärzten Wand. Während der Bauphase waren die Qualität der Betonmasse und der Verarbeitung kontrolliert worden, jetzt ging es nur darum, so schnell wie möglich alle Löcher in der Reaktorhalle zu schließen, auch die allerkleinsten.

Die Masse lief über, bevor Ruuska dem Mann, der neben dem Betonfahrzeug die Steuerung bediente, ein Handzeichen geben konnte. Aber dann stoppte die Betonzufuhr aus dem ziehharmonikaartigen Rohr, und Ruuska ging ohne zu zögern hinaus, denn die Werte auf seinem Dosismessgerät waren bereits hoch genug.

Gegen die Bitterkeit, die ihm einen kleinen Stich versetzte, konnte er nichts machen. Wie einfach es sich die Chefs an ihren Schreibtischen machten, wenn sie Menschen zu Rettungsarbeiten schickten: *Jede individuelle Strahlenbelastung wird beobachtet, alles wird notiert* … Sah so der wirksame Schutz gegen Strahlenkrankheiten aus?

Riku saß in seinem Wohnzimmer vor dem Kamin auf dem Fußboden, in der Hand den Pass, den er sich in Sankt Petersburg hatte machen lassen. Durch das offene Fenster drang der Duft des Gartens herein, den ein Sturzregen am Abend gegossen hatte. Der Fernseher zeigte eine Karte der näheren Umgebung von Olkiluoto.

»*Infolge des Strahlenunfalls darf im Umkreis von dreißig bis vierzig Kilometern für die nächsten Jahre kein Vieh weiden und kein Ackerbau betrieben werden. Der radioaktive Niederschlag ist nach vorläufigen Schätzungen wenige Kilometer vom Kraftwerk entfernt so hoch, dass niemand in der Gegend leben kann. Derzeit wird die Bevölkerung evakuiert, anschließend wird das Gebiet für mehrere Generationen unbewohnt bleiben …*«

Riku schob den Pass zwischen die brennenden Holzscheite im Kamin.

Im Fernsehen interviewte der Reporter einen Mann, der am Abend bereits mit seiner Familie evakuiert worden war.

»*Unsere Familie lebt seit dem 18. Jahrhundert auf dem Hof. Nach dem Krieg wurden hier Vertriebene aus Karelien angesiedelt, jetzt werden wir selbst vertrieben …*«

Riku wollte nicht weiter zuhören, er schaltete den Fernseher aus.

Dann sah er zu, wie die Flammen an den Rändern des Passes leckten. Er hatte seine Mutter angerufen, die von Sebastian Kellers Besuch erzählt und gefragt hatte, was eigentlich los war. Riku hatte sie belügen und sagen müssen, er wisse es nicht – um sie nicht in Gefahr zu bringen: Leo, seinen Vater und auch sich selbst. Vielleicht würde er seiner Mutter später einmal verraten können, dass sein Vater am Leben war.

Er nahm die Informationen zur Hand, die er aus dem Internet ausgedruckt hatte. Von dem Eigentümer der brasilianischen Elektrofirma gab es auf der Homepage kein Foto, sehr wohl aber welche vom Verkaufsleiter und anderen Mitarbeitern. Bei Gustav Berglund stand nur der Name sowie »lange Erfahrung im Bereich Informationstechnik und Elektronik«.

Riku faltete das Blatt in der Mitte und schob es ebenfalls in den Kamin. Es war dummer Eifer gewesen, so etwas auszudrucken, obwohl er anschließend sorgfältig im Zwischenspeicher des Rechners alles gelöscht hatte.

Er nahm ein zweites Blatt zur Hand und las:

Stanislaw Lunev, ein hochrangiger Offizier des Militärgeheimdienstes GRU, der sich in die USA abgesetzt hatte, bestätigte im Jahr 2000 bei einer Befragung im Kongress der Vereinigten Staaten die Existenz von sowjetischen taktischen Kernladungen im Aktenkofferformat. Lunev, der sich in einem Zeugenschutzprogramm befindet, sagte, er sei selbst für den Umgang mit solchen Kernwaffen und für ihren Schmuggel über Staatsgrenzen ausgebildet worden.

Nachdem er das Blatt gelesen hatte, riss Riku es in der Mitte durch, warf es in die Flammen und ging zum nächsten Blatt über:

Die in den Sechzigerjahren in den Vereinigten Staaten entwickelten tragbaren Kernladungen sollten besonders in Europa eingesetzt werden, falls die Sowjetunion den Kontinent besetzen würde. Fallschirmspringer amerikanischer Sondereinheiten sollten mit den Bomben im feindlichen Gebiet landen. Die Ziele wären Kraftwerke, Staudämme, Tunnels, Häfen und Brücken gewesen. Das bekannteste aller SADM-Modelle der US-Armee war das W54, das wie ein Rucksack auf dem Rücken getragen wurde. Zumindest Ende der Achtzigerjahre waren solche Bomben in Europa, in Südkorea und auf Guam einsatzbereit …

Riku zerknüllte den Ausdruck und warf ihn ins Feuer.

Was war bei alldem im Jahr 1989 die Rolle seines Vaters gewesen? Hatte er eine technische Aufgabe?

Riku stand auf. Wollte er überhaupt wissen, was sein Vater getan hatte, als er selbst noch ein kleiner Junge war, oder was für ein Mensch sein Vater im Lauf von zwanzig Jahren geworden war?

Ja. Genau das wollte er wissen.

Als es an der Tür klingelte, fuhr er zusammen. Wer konnte das sein, mitten in der Nacht? Er holte die Pistole aus dem Arbeitszimmer, hielt sie hinter dem Rücken versteckt und schaute durch den Türspion. Unter der Hoflampe stand Elina. Er versteckte die Waffe rasch in der Kommode im Flur und öffnete die Tür.

»Anscheinend habe ich dich nicht geweckt«, sagte Elina müde und trat ein.

Sie umarmten sich fest und standen lange so da. Schließlich löste sich Elina aus seinen Armen und ging ins Wohnzimmer, das nur vom Schein des Kaminfeuers erleuchtet war.

»Ist es nicht ein bisschen zu warm, um den Kamin anzumachen?«

»Das Feuer sorgt für trockene Luft, es ist so feucht.«

Blass ließ sich Elina auf die Couch sinken.

»Setz dich auch, damit es dich nicht umhaut, wenn du hörst, was außer Kirsti Laaksonens kleinem Geheimnis noch alles im Brief von Sebastians Vater stand.«

Folgsam nahm Riku auf dem Sitzsack Platz.

»Vera war die Tochter von Claus Berger«, sagte Elina.

»Wie bitte?«, fragte Riku verdutzt.

In allen Einzelheiten schilderte Elina ihm nun, wie Sebastian und Vera sich Sebastians Version zufolge kennengelernt hatten.

»Ich glaube auch in diesem Fall nicht, dass Sebastian die ganze Wahrheit sagt«, meinte Elina. »Er hat sich nicht einmal die Mühe gemacht zu antworten, als ich ihn fragte, wo er ist. Er sagte nur, er werde später zurückrufen, hat er aber nicht. Ich werde ihn nicht anrufen, denn ich will gar nicht wissen, wer er wirklich ist …«

Riku fühlte sich unbehaglich, aber er schwieg.

Elina stand auf und zog einen Zettel aus der Tasche. »Die Russen treiben irgendetwas, das mit einer alten Operation von 1989 zu tun hat, das ist klar. Ich habe hier ein Schema mit den Dingen gezeichnet, die wir wissen. Und all das aufgelistet, was wir herausfinden müssen …«

»Nein«, Riku wies das Blatt zurück. »Die Polizei wird untersuchen, was sie für sinnvoll hält.«

»Als Wissenschaftlerin kann ich sagen, dass die Polizei bei dieser Konstellation total im Wald steht. Das weißt du selbst.«

»Das ist nicht mehr unsere Angelegenheit, in keinem Fall. Das ist Sache der Behörden.«

Elina faltete das Blatt zusammen und steckte es wieder ein. »Deine Einstellung macht mir Angst. Ist etwas …«

»Es besteht kein Grund, Angst zu haben. Niemand bedroht dich. Und wir haben die Pläne der Russen doch ziemlich durcheinandergebracht, worin sie auch immer bestanden haben mochten. Falls sie etwas im Schilde geführt haben sollten, tun sie es jetzt bestimmt nicht mehr. Du kannst dich auf deine eigenen Forschungen konzentrieren. Irgendetwas wird dir das alles doch sicher für dein Buch bringen?«

»Mich interessiert sehr, was Friedrich über das irrsinnige Arsenal des Warschauer Paktes in der DDR erwähnt hat. Was für ein Gleichgewicht des Schreckens damals zwischen den Mächten herrschte, ganz konkret. Die Bunker faszinieren mich.«

»Ein Gleichgewicht des Schreckens kann sowohl zwischen Staaten als auch zwischen einzelnen Menschen herrschen«, murmelte Riku, während er aufstand. »Ich habe einen guten Rotwein da, der schon lange darauf wartet, dass es etwas zu feiern gibt. Findest du nicht, dass wir jetzt Anlass dazu haben?«

»Absolut.«

Elina folgte ihm in die Küche.

»Was hast du über Feliks Grischanow herausgefunden?«, fragte sie und setzte sich an den Küchentisch.

Riku nahm eine Weinflasche aus dem Gestell. »Wie gesagt, lassen wir diese Dinge auf sich beruhen. Ich will in keiner Weise mehr über die Ereignisse der letzten Tage reden. Und ich glaube auch nicht, dass du das tun solltest.«

Elina ließ sich von seinem Widerwillen nicht beirren: »Nach meiner Theorie hatte Meteor irgendwie mit den Zerwürfnissen innerhalb der NATO am Ende der Achtzigerjahre zu tun. Moskaus Hauptabsicht bestand darin, Streit zwischen den NATO-Staaten zu provozieren. Sie pumpten wahnsinnige Summen in verschiedene Friedensgruppen.«

»Der Feind deines Feindes ist dein Freund. Sagt man in Russland.«

»Die Firma von Feliks hat bei ihren Geschäften das gleiche Prinzip befolgt. Sie haben Atomkraftgegner finanziert, weil die Atomenergie die Interessen der Gas- und Ölkonzerne bedrohte.«

Riku nahm zwei Gläser aus dem Regal und stellte sie auf den Tisch.

Elina redete hartnäckig weiter. »Es kann natürlich sein, dass ich mich irre und die wirtschaftlichen Gründe gar nicht so entscheidend waren, als Feliks' Firma die Atomkraftgegner unterstützte. Mir ist nämlich ein interessanter Aspekt aufgefallen. Rate mal, wo Viktor Kovalenko alias Feliks Grischanow geboren wurde?«

Riku drehte den Öffner in den Korken. »Ich habe, ehrlich gesagt, keine Lust, zu raten.«

»Er wurde am 18.4.1951 in Tschernobyl geboren. Nach der Explosion im Atomkraftwerk im Jahr 1986 hat er seine Eltern und seine Zwillingsschwestern verloren, die alle in der Region lebten.«

Riku hielt in seinen Bewegungen inne.

»Feliks und ich haben demnach die gleiche Meinung über Atomkraft, aber aus verschiedenen Gründen«, sagte er, bemüht, seine Überraschung zu verbergen, indem er schnell redete. »Für mich ist sie eine technisch unausgereifte Methode, solange das Müllproblem nicht gelöst ist. Der Fall Olkiluoto ist zwar ein viel zu hoher Preis, um den Regierungen die Augen zu öffnen, aber vielleicht verhindert er etwas noch Schlimmeres in einem der zahllosen Reaktoren, die man wegen dieses Vorfalls vom Netz nehmen wird. Zumindest wird man künftigen Generationen weniger Müll hinterlassen.«

Er zog den Korken aus der Flasche. Nachdem er nun wusste, dass Feliks einen direkten Bezug zu Tschernobyl hatte, erschien dessen Handeln in völlig neuem Licht.

Riku nahm die Flasche in die eine und die Gläser in die andere Hand und ging in das vom Schein des Kaminfeuers behaglich beleuchtete Wohnzimmer zurück.

»In dem, was nach Tschernobyl passiert ist, zeigt sich im Grunde das Wesen der ganzen Finnlandisierung«, sagte Elina von der Küchentür aus. »Der finnische Präsident sorgte damals höchstpersönlich dafür, dass die Evakuierungsflüge finnischer Staatsbürger aus dem Niederschlagsgebiet aufgeschoben wurden, nur um Moskau zu gefallen. Er konstatierte, aus finnischer Sicht seien die wesentlichen Dinge gut gelaufen, die Geschehnisse hätten die finnisch-sowjetischen Beziehungen nicht beeinträchtigt. Was bedeutet schon das bisschen radioaktiver Niederschlag, Hauptsache, ›wir Finnen verbreiten nicht die Hysterie, die in der Welt verbreitet wird‹, so hat er es damals gesagt. Die anderen westlichen Staaten evakuierten damals 134 000 Bürger aus der Sowjetunion, um sie nicht dem radioaktiven Niederschlag auszusetzen.«

Riku seufzte und reichte Elina ein Weinglas. »Könnten wir die Geschichte mal kurz vergessen und uns auf diesen Augenblick konzentrieren?«

Kaum hatte er das gesagt, klingelte sein Handy: Pesola von der Sicherheitspolizei. Um diese Zeit? Ein unangenehmes Gefühl beschlich Riku.

»Bist du zu Hause?«, fragte Pesola unwirsch.

»Ja.«

»Ich komme vorbei und bringe noch jemanden mit. Könntest du die Aro anrufen und sie dann abholen, damit sie auch dabei ist?«

»Sie … sie ist gerade gekommen.«

»Gut. Wir sind gleich da.«

Riku beendete das Gespräch. »Ein Mann von der SiPo kommt vorbei. Er will auch mit dir sprechen.«

»Um diese Zeit? Warum denn das?«

»Ich wette, es hat mit Frau Laaksonen zu tun.«

Riku fuhr zusammen, als es läutete. Hatte Pesola vom Garten aus angerufen?, fragte er sich, als er zur Tür ging.

Draußen stand Mira. Ohne um Erlaubnis zu bitten, trat sie in Stiefeln und Lederjacke in den Flur.

»Ich wollte dir nur sagen, dass ich bei Markku im Krankenhaus war. Er ist operiert worden und wird bald wieder vollständig hergestellt sein.«

»Gut«, erwiderte Riku gezwungen.

»Ich habe ihm gesagt, dass ich morgen die Scheidung einreichen werde.«

Sie trat einen Schritt vor, und ihr Blick fiel ins Wohnzimmer.

»Ah, du hast Besuch … die Archivmaus.«

»Wie bitte?«, fragte Elina.

»Riku hat dich neulich so genannt.«

Riku merkte, dass er rot wurde, und lachte krampfhaft.

»Ich will euch nicht weiter stören«, sagte Mira betont munter. »Hier wird wahrscheinlich gerade die jüngere finnische Geschichte analysiert und über weitere tiefsinnige Dinge gesprochen. Gute Nacht.«

Riku stand noch an der Tür und sah Miras davonfahrendem Auto nach, als ein anderer Wagen unter der Straßenlampe anhielt. Pesola stieg aus. Er kam in Begleitung eines großen, militärisch wirkenden Mannes. Riku führte die beiden ins Wohnzimmer.

»Ich habe eine unangenehme Nachricht, die Sebastian Keller betrifft«, sagte Pesola auf Englisch. »Er ist am Abend tot aufgefunden worden.«

Riku sah Elina an, die ganz bleich geworden war.

»Was … wie …«

Da ergriff der Fremde das Wort. »Ich bin Jack O'Donnell«, sagte er und zeigte seinen Ausweis. »Herr Keller ist für die Regierung der Vereinigten Staaten tätig gewesen, und ich kümmere mich zusammen mit seinen Angehörigen um seine Überführung in die USA.«

»Mit seinen Angehörigen?«, fragte Elina mit schwacher Stimme. »Wen meinen Sie damit?«

»Hauptsächlich seine Frau. Ich weiß, dass Sie … eine enge Bekannte von ihm waren. Und deswegen bin ich auch hier. Haben Sie etwas, das ihm gehört?«

Elina schien sich bewundernswert schnell gefasst zu haben.

»Das ihm gehört? Was sollte das sein?«

»Unterlagen, Kameras, Handy, so etwas.«

»Nein«, antwortete Elina erstaunt. »Nichts. Was hat das alles zu bedeuten? Können Sie mir etwas genauer sagen, was er beruflich gemacht hat?«

Riku wies auf die Couch. »Setzen wir uns. Tee? Kaffee?«

»Nur ein Glas Wasser, bitte«, sagte der Amerikaner und setzte sich.

Riku ging das Wasser holen. Er gab Pesola ein Zeichen, ihm zu folgen, und fragte ihn in der Küche: »Was soll das, verdammt noch mal? Die Überführung einer Leiche mitten in der Nacht organisieren? Persönlichen Besitz einsammeln?«

»Ich weiß es doch selbst nicht. Und nach den Angelegenheiten großer Jungs fragt man nicht. Dieser Jack gehört nicht zum Helsinkier CIA-Büro, sondern sitzt im Hauptquartier.«

»Wo hat man die Leiche gefunden?«

»Auch das weiß ich nicht. Jack hat Kontakt mit uns aufgenommen, als sie die Leiche schon hatten. Sie liegt jetzt in einem amerikanischen Learjet, der auf dem Flughafen Helsinki-Vantaa steht.«

Riku und Pesola starrten einander wortlos an, dann füllte Riku ein Glas mit Wasser, und sie kehrten ins Wohnzimmer zurück.

»Danke. Ich habe gerade erzählt, was für ein großartiger Typ Sebastian war«, sagte der Amerikaner, während er das Glas entgegennahm. »Ich weiß, das alles ist für Sie eine große Überraschung. Aber wir Leute vom Nachrichtendienst können leider nicht einfach so unseren Beruf preisgeben. Und Seb war Geheimdienstmann mit Leib und Seele. Ich weiß noch, wie er einmal eine Geschichte aus seiner Kindheit erzählt hat. Zum Freundeskreis seiner Mutter in Ramstein gehörte ein gewisser Jimmy. Seb wusste nicht, für welche Behörde der Mann arbeitete, vielleicht für den DIA, den Nachrichtendienst der Armee. Oder für die CIA. Auf jeden Fall war er Sebs Idol. Ein ruhiger, kaltblütiger Kerl, der viel reiste. Schon als Kind wollte Seb auch zum Nachrichtendienst.«

Riku beobachtete Elina, die dem Amerikaner fast regungslos zuhörte. Gleich würde er sie nach den Dingen fragen, die er wissen wollte, seine Eisbrechertaktik war aus einem Kilometer Abstand zu erkennen.

»Gegen Ende seines Studiums ging Seb auf die CIA zu. Er wurde zu Gesprächen eingeladen, sein perfektes Deutsch machte großen Eindruck. 9/11 war gerade passiert, in Deutschland wurde ermittelt. Er wurde für die Ausbildung angenommen und fast auf der Stelle nach Hamburg geschickt. Danach reiste er von Deutschland aus in die ganze Welt. Er hatte den Job seiner Träume tatsächlich bekommen. Und jetzt muss das alles so traurig enden. Elina, es wäre für mich äußerst wichtig zu wissen, ob Ihnen Sebastian irgendetwas zur Aufbewahrung gegeben hat.«

Na also, jetzt sind wir beim Thema, dachte Riku. Was sollte

das Brisantes sein, das sich in Sebastians Besitz befunden haben sollte?

»Wie ich bereits gesagt habe, er hat mir nichts gegeben«, erwiderte Elina knapp. »Dürfen Geheimdienstleute wegen ihres Berufs nicht einmal sagen, ob sie verheiratet sind?«

»Das kommt … auf die … Situation an«, antwortete der Amerikaner zögerlich.

»Wussten Sie über die Stasi-Vergangenheit von Sebastians Vater Bescheid?«

»Wie bitte?«

Rasch sagte Riku auf Finnisch zu Elina: »Darüber sollte man vielleicht besser nicht reden. Sie haben es offensichtlich nicht gewusst. Irgendetwas in der Art versuchen sie eventuell herauszufinden.«

»Was meinen Sie?«, hakte der Amerikaner nach. »Welche Stasi-Vergangenheit?«

»Vielleicht habe ich es auch falsch verstanden. Sebastian hat so viel geredet, alles Mögliche. Und offenbar auch viel gelogen«, antwortete Elina und lächelte den Amerikaner an.

Es wurde still im Raum.

»Wenn Sie nichts haben, was ihm gehört, dann wäre die Sache insofern klar«, sagte der Amerikaner schließlich und stand auf. »Falls Ihnen noch etwas einfällt, können Sie sich an Pesola wenden. Danke für Ihre Hilfe.«

Riku brannte vor Neugier und hätte dem Amerikaner gern ein paar Fragen gestellt, aber er hielt wohlweislich den Mund, während er die Besucher zur Tür begleitete. Seine Schlussfolgerung war kühn, aber sie war fast die einzig mögliche: An dem Projekt von Feliks waren auch amerikanische Interessengruppen aus der Ölbranche beteiligt, deren Position und Erträge durch einen Rückschlag für die Atomkraftlobby ebenso gestärkt würden wie die der Russen. Dubiose Ölmagnaten in Texas verfügten seit jeher über enge Beziehungen zu den zwielichtigen Abteilungen der CIA, genau wie KGB und FSB zum russischen Ölsektor. In der globalen Wirtschaft war die Macht des Geldes und der gemeinsamen Interessen der Eigentümer stärker als die verstaubten Ideologien und geografischen Zuordnungen des letzten Jahrhunderts.

Elina wartete im Wohnzimmer. Sie wirkte konfus. »Sebastian hat mir eine Speicherkarte mit Fotos gegeben, zur Erinnerung …« Ihre Stimme zitterte. »Hätte ich die dem Amerikaner aushändigen sollen? Falls noch etwas anderes drauf ist …«

»Nein. Behalte die Fotos. Zur Erinnerung, wie du gesagt hast. Ich glaube, Sebastian hat sich wirklich etwas aus dir gemacht …«

»Ich weiß nicht mehr, was ich denken soll … Hat er denn je die Wahrheit gesagt? War an seiner Stasi-Behauptung irgendetwas dran?«

»Ja. Und da lag auch sein Problem. Sein Arbeitgeber durfte nichts von der Stasi-Vergangenheit seines Vaters wissen.«

»Jetzt begreife ich auch, wie er so schnell Gerhard Freys Identität hinter dem Decknamen herausgefunden hat«, sagte Elina. »Ich wusste, dass nur die Geheimdienste über die Rosenholz-Dateien verfügen … und ich wusste, dass Sebastians Behauptung, er habe die Information mithilfe eines befreundeten Journalisten bekommen, Unsinn war. Aber ich konnte mir einfach nicht vorstellen, dass er durch seine Kollegen selbst Zugriff auf das Rosenholz-Material gehabt hatte …«

Sie saßen eine Weile schweigend im Schein des Feuers, bis Riku sein Weinglas in die Hand nahm. »Jetzt konzentrieren wir uns endlich auf unsere eigenen Angelegenheiten. Auf unser Leben.«

»Was hast du vor?«

»Der wahre Geheimnisverräter ist gefunden. Die Schießerei in Roihupelto wird untersucht, das war eine Notwehrsituation. Aber wie auch immer, ich werde auf jeden Fall aus dem Polizeidienst ausscheiden. Und ich werde etwas tun, das ich schon immer tun wollte. Am liebsten würde ich nach Italien gehen, wenn ich Leo mitnehmen könnte ... Als Erstes werde ich allerdings in Urlaub fahren, möglichst weit weg. Ich wollte schon immer mal nach Brasilien, aber die Flüge sind teuer. Vielleicht habe ich jedoch aus alldem gelernt, dass man die Dinge, die man tun will, auch wirklich tun und nicht immer mit wechselnden Vorwänden aufschieben soll. Und du?«

Elina grinste und griff nach dem anderen Rotweinglas. »Ich habe mich auch schon immer für Südamerika interessiert. Am liebsten würde ich dich fragen, wann du nach Brasilien fliegst. Aber ich weiß ja nicht, ob du so eine Archivmaus wie mich überhaupt mitnehmen willst.«

NACHWORT

Wieder einmal möchte ich allen danken, die mir beim Schreiben dieser Geschichte geholfen haben. Von den schriftlichen Quellen möchte ich besonders die Bücher von Oleg Gordiewski und Markus Wolf nennen, die von den persönlichen Erfahrungen zweier Männer erzählen, die sich in der Welt der Geheimdienste bewegt haben. Der Themenbereich ist ergiebig, und es werden wohl noch viele interessante Dinge in die Diskussion geraten.

Riku Tanner wird auch in Zukunft in meinen Büchern auftreten.